Unter den Pseudonymen: May Brooke Aweley/Nora Richter wagte die neugierige Berlinerin den Sprung von schicksalhaften Geschichten in die Welt der Thriller. Seit ihrer Jugend ist sie dem Ruf ihrer Passion zum Schreiben gefolgt. Ihre Bücher stürmten in kürzester Zeit die E-Book-Bestsellerlisten.

May B. Aweley pendelt zwischen ihrer Wahlheimat Berlin und einer idyllischen Kleinstadt in Niedersachsen, wo sie sich mit ihrer Familie von den Inspirationen der Großstadt zum Schreiben zurückziehen kann.

Weitere Titel der Autorin:

Puppenbraut
Existenzlos
Der Angstheiler
Lauf, Sophie
Erlöse uns
Erinnerung aus Glas
Titel in der Regel auch als E-Book erhältlich.

Für Julia Hoffman, eine junge, aufstrebende Professorin, endet die Karriere plötzlich, als sie des Mordes angeklagt wird. Alle Indizien scheinen zu stimmen, doch die Erinnerung an jenen Tag ist verschwunden.

Mit viel Schmerz im Herzen muss Julia zusehen, wie ihr Leben mit jedem Tag immer mehr zum Albtraum ohne Wiederkehr wird. Doch plötzlich findet sie etwas heraus, das eine Wendung ihres grausamen Schicksals zu sein scheint...

Diese Geschichte basiert auf einer wahren Begebenheit.

May B. Aweley

Nora Richter

Trau. Ihr. Nicht.

Psychothriller

Impressum

Bibliografische Information der Deutschen Nationalbibliothek:
Die Deutsche Nationalbibliothek verzeichnet diese Publikation in der Deutschen Nationalbibliografie; detaillierte bibliografische Daten sind im Internet über http://dnb.dnb.de abrufbar.

© 2019 May B. Aweley/Nora Richter

Lektorat & Korrektorat: Elke Krüßmann & Aaron K. Archer
Covergestaltung: Aaron K. Archer

Bilderrechte © FlexDreams@ Shutterstock

Herstellung und Verlag: BoD – Books on Demand, Norderstedt

ISBN: 9783749495894

Ich schrieb diese Geschichte

für meine Mutter.

Sie basiert auf wahren Begebenheiten.

In Gedanken an die Frau,

die Julia Hoffmann verkörpert.

Du hättest heute

viel Freude an Deinem Kind.

Das Leben kennt manchmal keine Gnade.

Ruhe in Frieden.

Kleine Hand in meiner Hand,
Ich und du im jungen Grase,
Ich und du, im Kinderland
gehen wir auf der langen Straße:
Deine Hand in meiner Hand!
Kleine Hand in meiner Hand,
Die einander zärtlich fassen:
Ich und du, nichts hat Bestand.
Einmal, ach! muss ich dich lassen,
Kleine Hand aus meiner Hand.
Kleine Hand in meiner Hand,
Kleiner Schritt bei meinem Schritt,
Kleiner Fuß im weiten Land:
Einmal geh ich nicht mehr mit.
Einmal gehst du ohne mich,
Wie ein Traum mein Bild verblich.
[Friedrich Schnack]

PROLOG

Am Anfang war das Ende.

Im Leben jedes Menschen gibt es diesen einen Augenblick, an den man immer wieder denkt und überlegt: Was wäre, wenn? Man bereut zutiefst etwas, das das Leben in eine völlig neue Bahn geworfen hat, ohne es ändern zu können.

Diese Frage vergiftete meine Seele immer wieder aufs Neue und ließ mich innerlich Stück für Stück und ohne Hoffnung auf ein Fünkchen Gnade sterben. Gefangen in einem großzügig geschnittenen Sarg, den ich nun bewohnte, fragte ich mich, was wohl geschehen wäre, wenn ich an jenem Freitag nicht das Labor der Chirurgie betreten hätte? Hätte mich das miese Schicksal dennoch irgendwann eingeholt?

Die Sonne schien direkt in die gelblich-braunen Wände meiner neuen Bleibe in Berlin, die aufgrund der geringen Quadratmeterzahl von den Insassen als 'Wohnklo' bezeichnet wurde. Nicht einmal die sommerlich-wärmenden Strahlen erhellten meine derzeitige Gemütsverfassung. Im Gegenteil. Durch sie erschien mir der Raum noch stickiger und kleiner als sonst. Es bedrückte mich, eingeschlossen zu sein. In meiner Vorstellung wuchs das Gefühl von Panik, eines Tages in dieser Zelle zu sterben. Das Gefühl der Enge in der Brust schnürte mir die Luft ab und schien sich allmählich zu verstärken. Um mich von meinem reizlosen Dahinvegetieren abzulenken, tauchte ich oft in meine Vergangenheit ab. Als mir die Welt noch offenstand.

Als ich frei war.

Vor etwa sieben Jahren im Sommer saß ich mit Philippe auf einem frisch gemähten Rasen am Berliner Lietzensee. Damals war ich wahnsinnig verliebt in den heutigen Vater meiner Tochter. Während ich meinen dicken Bauch streichelte, in dem das kleine Wesen heranwuchs, bereitete Philippe alles für eine kleine Stärkung vor. Noch nie zuvor waren wir so glücklich wie in diesem Moment am Ufer des Sees. Später nur noch ein einziges Mal - bei der Geburt unserer zauberhaften Tochter Tamara. Zumindest erschien es uns damals so. Wenn ich mich dem Gedanken richtig hingab, konnte ich mich sogar an die kuschelig-weiche Picknickdecke erinnern - eines meiner Lieblingsstücke. Das Bild üppiger Trauerweiden, die ihre Zweige tief in einen der schönsten Seen im Herzen Berlins eintauchten, und die Silhouetten der in der Sonne dösenden, majestätischen Reiher ließ uns glauben, eins mit der Natur zu sein. Unvorstellbar lange her schien es. In dieser Intensität waren meine Tagträume kaum noch erträglich.

Gibt es im Leben so etwas wie Vorsehung? Wäre ich Astrid Schneider je begegnet, wenn nicht dieser winzige Vorfall im Krankenhaus gewesen wäre? Einer Sache war ich mir ganz sicher: An jenem Tag, als diese Frau in mein Leben trat, brachte sie das Unheil mit sich. Bärbel Hartmann, meine Studienfreundin, nannte das, was Astrid stets begleitete, ganz schlicht: schlechtes Karma. Doch in meinem Fall war es etwas wesentlich Düsteres, Grausameres. Nichts war wie vorher, wenn man dieser Frau begegnet war. Sie hinterließ Verwüstung. Innere Leere. Den Tod.

Wie lange ist es schon her, dass mir der Gedanke an meine einstige Freundin Tränen in die Augen trieb? Irgendwann versiegte auch dieser letzte Beweis meiner Verletzlichkeit, die im Gefängnis sowieso deplatziert war. Meine Vergangenheit konnte ich nicht ungeschehen machen. Und ich konnte keine Leben mehr retten.

Was mir am meisten wehtat? Dass Tammy, mein kleines Töchterchen, die prägendste Zeit ihres Lebens ohne mich verbringen muss? Aus den Gefängnismauern heraus kann ich sie niemals vor den Schattenseiten der Welt beschützen. Vor allem nicht vor der Wahrheit, dass ihre Mutter eine grausame Mörderin ist. Zumindest, wenn man den zahlreichen Boulevardblättern und den Indizien Glauben schenken wollte. Und ich kann meine Tochter nicht vor meiner ärgsten Feindin beschützen.

Ich wusste nicht, was mich rasender machte: die Tatsache, dass jemand meine Rolle als Mutter einnahm? Oder die traurige

Wahrheit, dass man es zuließ? Mein Lebensgefährte, dem ich alles anvertraute, hielt mich für paranoid.

Astrid half meiner kleinen Familie aufopferungsvoll und scheinbar selbstlos. Warum? Weil sie durch meine schreckliche Tat das erreicht hatte, was sie sich seit meiner Schwangerschaft wünschte: Sie hatte nun wieder eine kleine Tochter. MEINE kleine Tochter.

Mit der sie hin und wieder sogar in unserem gemeinsamen Bett in MEINEM Haus schlief. Für ihre Mühe verlangte sie tatsächlich nichts. Zumindest finanziell. Jedoch tief verborgen, viel zu subtil für Philippes Vorstellung, verfolgte sie ein einziges Ziel: Sie wollte nicht nur mir ähnlich sein. Das war nicht genug. Sie wollte ICH sein.

Aus meiner Trauer wurde Wut. Aus der Wut, die ich tief im Herzen verstecken musste, um nicht wahnsinnig zu werden, irgendwann Gleichgültigkeit. Denn im Grunde genommen war nur ich für meine Misere verantwortlich. Nicht sie. Sie war diejenige, die mein Elend eigentlich nur ausgenutzt hatte. Wenn nicht sie, dann wäre es eine andere Frau gewesen.

Es wäre so einfach gewesen, meiner Familie das Leid zu ersparen, indem ich mir irgendwann das Leben nahm. Im Gefängnis genoss ich als ehemalige Ärztin genug Vertrauen, es auf vielerlei Wegen zu tun. Doch der einzige Grund, warum ich mich noch nicht erhängt oder vergiftet hatte, waren meine Kinder. Ich hatte nicht das Recht, ihnen das Leben noch mehr als bisher zu versauen. Eines Tages würde ich die Chance ergreifen, ihnen eine gute Mutter zu sein. Unwillkürlich musste ich mich in diesem Moment an meine Mutter erinnern. An die Zeit, bevor ich mit dem Medizinstudium anfing. Damals hatte mir meine Mutter in einem melancholischen Seelenzustand gesagt, dass Kinder der einzige Grund für Eltern seien, sich nicht das Leben zu nehmen, wenn's hart wird. Meine Mutter litt an Depressionen.

Als ihre Tochter fand ich diese Aussage natürlich verstörend. Weil sie mir Angst machte. Und weil ich es nicht verstand. Meine Mutter verließ mich, noch ehe ich ihr beweisen konnte, wie stolz sie auf mich hätte sein können. Sie starb an Krebs. Vermutlich war in ihrem Fall die Krankheit nur ein Ausdruck dessen, wie wenig Lebensmut noch in ihr steckte.

Heute verstehe ich, was sie für mich empfand. Vermutlich das Gleiche, was ich für meine Kinder empfinde. Denn auch ich war laut Diagnose leicht depressiv. Doch im Gegensatz zu meiner Mutter hatte ich wenigstens einen triftigen Grund. *Den Knast.* Und ich hatte wenigstens zwei gute Gründe, es bis zur Freilassung durchzustehen. Unbeirrt behielt ich den Glauben, dass ich für meine Kinder immer noch unentbehrlich war. Was Philippe betraf, war ich unserer Gefühle füreinander nicht mehr sicher.

Das Geräusch der aneinander reibenden Metallplatten im Inneren des Scharniers an der Tür unterbrach meine Gedanken abrupt. Und das war gut so. Meine Gedanken waren wieder schwer zu ertragen.

»Professor Hoffmann?« Die Beamtin entblößte ihre Zähne zu einem müden Lächeln, als sie die Tür aufschlug. Scheinbar war sie heute gut gelaunt. Im Laufe der Jahre im Gefängnis konnte ich nicht vollständig ergründen, ob sie nicht tatsächlich ein wenig Respekt vor meinem akademischen Titel hatte. Vielleicht nahm sie mich nur aufs Korn. Denn an diesem Ort verband mich gar nichts mit dieser glänzenden Persönlichkeit, die ich vor dem Mord gewesen bin. Hinter den Gefängnismauern fühlte ich mich nicht einmal als halber Mensch.

»Ihr Besuch ist schon da. Bereit, Ihr Töchterchen zu sehen?«, fragte Frau Bachmeier mitfühlend, nachdem sie den angespannten Ausdruck in meinen Augen gesehen hatte.

Ja. Nein.

Natürlich war ich immer bereit, meine Tochter zur Kinderspielstunde in der JVA zu sehen.

Und nein: Wie konnte ich bloß meinem kleinen Mädchen diesen zermürbenden Anblick der zu Recht verurteilten Mörderinnen und Betrügerinnen zumuten? Wie konnte ich nur ihre Hand in meine nehmen, um sie dann drei Stunden später loszulassen und nicht zum wiederholten Male innerlich zu sterben, wenn die Zeit vorüber war? Wenn sie mich besuchte, raste mein Herz vor unbändiger Freude, und gleichzeitig fühlte ich den Trennungsschmerz. Das gleiche Gefühl beherrschte mich immer, wenn mein Sohn Ben zu Besuch kam. Und das, obwohl er schon einundzwanzig und ein stattlicher Mann war. Mit jeder Faser meines Körpers vermisste ich beide.

Der kinderfreundlich ausgestattete Besucherraum der JVA war kein geeigneter Raum dafür, die verlorene Mutter-Kind-Zeit aufzuholen. Aber es war ein Ort der Hoffnung. Und des Vergessens. Es war eine Art Fantasie-Oase für die Seele der Mütter.

Mein Kopfnicken bestätigte der Wärterin meine Bereitschaft, mich einer Welt zu stellen, in der ich so tun konnte, als wäre ich Tammys sorgende Mutter. Mein größter Traum war, eine Zeit zu erleben, in der ich als Mutter mit Tammy Plätzchen zu Weihnachten in unserer Küche backen würde. Dass ich die Chance bekäme, wie jede 'normale Mutter' gespielt meckern zu dürfen, dass mein Kind heimlich vom Teig naschte. Nichts in der Welt brauchte ich mehr als Normalität. Doch um diese unbeschwerte Zeit habe ich mich nun selbst betrogen.

Frau Bachmeier, die mich zu meinem Kind begleitete und die ich sonst des Öfteren sah, war eine recht beleibte Frau mittleren Alters. Sie versteckte ihren übergroßen Busen in einem taubenblauen Hemd mit dunklen Streifen im Schulterbereich. Wie alle anderen Wärterinnen der JVA kannte auch sie bereits meine traurige Lebensgeschichte. Oder deren offiziellen Teil.

Bei einem verhörähnlichen Aufnahmegespräch während der Einlieferung konnten sich die Aufsichtspersonen ein Bild von jedem Neuzugang machen, um die potentielle Gefahr, die von den Gefangenen ausging, einschätzen zu können. Die Vorstellung, eine junge, aufstrebende Professorin, die Leiterin des pathologischen Instituts am benachbarten Klinikum war, wegen eines Mordes zu verhaften, schien nicht nur für die Medien *die Sensation* zu sein.

Es war wie ein mieser, selbst erdachter Witz! Mit dieser Vorgeschichte wurde ich ungewollt zum Aushängeschild unseres geschlossenen Vollzugs. Als eine Intellektuelle, die durch eine Laune des Schicksals auf Abwege kam. Wie selbstverständlich war ich in jeder Hinsicht eine Vorzeigegefangene. Und auch wenn mein schulischer Werdegang im Gefängnis unter den Insassen auf eine mit viel Neid behaftete Weise auffiel, galt ich unter den Gefangenen eher als Exotin, die man lieber mit Samthandschuhen anfasste. Oder am besten ganz mied.

Schweigend folgte ich Frau Bachmeier durch die trostlosen, labyrinthähnlichen Gänge. Ich registrierte, wie sich die metallenen Türen automatisch öffneten und gleich hinter uns wieder zufielen. Wie von Geisterhand.

Meine Gedanken waren wie weggefegt. Mein Kopf ganz leer. Tabula rasa.

Alles, was ich wollte, war nur, schneller zu sein. Meine Sehnsucht nach Tammy wuchs mit jedem Schritt, den ich ihr näherkam. Und ich hatte panische Angst davor, nur den Anflug einer Andeutung von Distanz oder gar Ablehnung von ihr zu erfahren.

Als wollte mich jemand bestrafen, verging die Zeit im Schneckentempo, bis wir endlich das Spielzimmer erreicht hatten. Auch wenn in diesem Raum Millionen von Kindern gesessen hätten, hätte ich sofort das lockige, pechschwarze Haar meines Kindes erkannt. Tammy saß in der hintersten Ecke, in ein Malbuch vertieft. Und sie wirkte entsetzlich verloren.

Meine Tochter hatte vieles von ihrem attraktiven Vater geerbt, in den ich mich einst Hals über Kopf verliebt hatte: die kräftigen Haare und den dunklen Teint. Sie wirkte stets, als wäre sie gerade aus dem Urlaub gekommen. Von mir bekam sie ihre schmächtige Figur und die großen, rehbraunen Augen. Eine meiner besten Attribute, im Leben alles zu erreichen, was ich wollte.

In der Ellenbogen-Gesellschaft unter Medizinern erschien ich stets als eher harmlos. Man übersah mich schnell, während ich bereits heimlich die Karriereleiter hinaufkletterte. Wenn man mich schließlich als starke Konkurrenz erkannte, war es zu spät.

Meine Bekannten sagten, Tammy sei mir wie aus dem Gesicht geschnitten. Doch ihre sanftmütigen Gesichtszüge konnten unmöglich von mir stammen. Mir war klar, dass Mütter tendenziell ihre Kinder vergöttern. Aber Tammy war auch objektiv bildhübsch. Und durch ihr ausgeglichenes Wesen war sie der Liebling jeder Erzieherin. In Tammys Erziehung legte ich großen Wert darauf, dass sie wie mein Sohn Ben sehr bescheiden aufwuchs. Von gesunder, kohlenhydratarmer Ernährung angefangen bis zu nur einer Handvoll Spielzeug. Tammy sollte lernen, mit wenig auszukommen, um später mit ihrem Sanftmut sprichwörtliche Berggipfel zu erklimmen.

Nach und nach trat aber jemand in das Leben meines Kindes, der sich seine Liebe mit einem Meer aus Kuscheltieren erkaufte, Spielzeuge, deren Herkunft so verschleiert wie ihre Zusammensetzung war. Geschweige denn die Berge von Süßigkeiten. Tammys Kinderzimmer glich nun einer Mischung aus bunten Jahrmarkts-Buden. Meine Proteste nützten mittlerweile so viel wie meine nachts vergossenen Tränen. Nichts. Gar nichts. Irgendwann war auch Ben, mein eigener Sohn, in meinem Haus nicht mehr willkommen. Denn Astrid nutzte jede Gelegenheit, meine eigenen Kinder gegeneinander aufzuhetzen.

Schweigend stand ich nun an der Tür zu einem in den Besucherraum integrierten Spielzimmer und war unendlich dankbar, dass Frau Bachmeier genug Geduld aufbrachte, mich den ergreifenden Augenblick aus der Entfernung auskosten zu lassen. Während ich Tammy beim Malen zusah, stieg automatisch die Erinnerung ihres Babyduftes in meine Nase.

Ich bildete mir ein, die Berührung ihrer Babyhändchen an meinem Gesicht zu spüren. Diese Vorstellung erschien mir so real, dass es mir einen wohligen Schauer über den Rücken jagte. Tief ergriffen kniff ich die Augen zusammen, um zu verhindern, dass mir die Tränen kamen. Wie konnte ich durch eine unerklärlich schlimme Tat darauf verzichtet haben? Mit einer Handbewegung wischte ich mir übers Gesicht. Dabei zwang ich mich, an etwas Belangloses zu denken. Mütter und Kinder hatten wöchentlich etwa drei Stunden im Spielzimmer der JVA füreinander. Um nichts in der Welt wollte ich diese Zeit mit unangebrachten Sentimentalitäten vergeuden.

Ich war Tammys Mutter. Und Mütter waren stark!

Für Trauer würde ich genug Zeit haben, wenn heute das Zufallen der metallenen Tür meiner Zelle einen weiteren Tag meines Martyriums beenden würde. Selbst die stärksten unter uns Insassinnen, die brutalsten Mörderinnen, erschienen am nächsten Tag bei der Essensausgabe nicht selten mit angeschwollenen Augen, wenn am Vortag die Familie zu Besuch war. Nur die Mauern unserer Zellen waren Zeuge, wie viel Gefühl wirklich tief in uns verborgen steckte. Jeden Morgen gegen sechs Uhr, nach der Lebendkontrolle durch die Wärter, setzten wir aufs Neue eine Maske der Gleichgültigkeit auf. Sie sicherte das Überleben im Gefängnis. Jede noch so kleine Emotion verriet Schwäche. Und Schwäche machte angreifbar. Nur die angeschwollenen Augen konnte keine von uns verbergen.

Als hätte Tammy meinen Blick gespürt, hob sie ihren Kopf, ohne sich von ihrem Sitzplatz zu erheben. Es dauerte nicht lange, dass sich unsere Augen begegneten und mich die Emotionen doch noch übermannten. Ich konnte die Tränen kaum unterdrücken, die sich rücksichtslos einen Weg auf meine Wangen bahnten.

Meine Tochter streckte die Arme nach mir aus. Nun war sie plötzlich wieder mein kleines Baby, das ich damals verlassen hatte. So voller Vertrauen, das ich nicht verdiente! Flugs verschwand die Welt um uns herum, und ich rannte zu ihr. Wie viel Zeit ab diesem Moment verging, bis ich sie in meine Arme schloss, vermochte ich nicht zu sagen. Mir kam es wie eine Ewigkeit vor, bis mir der Duft ihres Apfelshampoos in die Nase stieg. Als ob ich es für immer in mir behalten könnte, hielt ich den Atem an, so lange ich es konnte.

»Mama, ich kriege keine Luft!«, flüsterte mir Tammy ins Ohr. »Das ist voll peinlich. Ich bin doch kein Baby mehr! Ich komme schon nach dem Sommer in die Schule!« Aus dem Mund meines Kindes konnte ich die nachgeplapperten Sätze der älteren Nachbarskinder heraushören, wie mir Philippe immer berichtete. Die Zwillinge waren drei Jahre älter als Tammy und daran interessiert, ihre eigene Mutter ständig auf Abstand zu halten. Tammy wiederholte jeden einzelnen Satz, den sie für cool befand.

Dass sie sich aus meiner Umarmung löste, nahm ich daher nicht persönlich. In gewisser Weise war es für mich ein Kompliment. Trotz der langjährigen Abwesenheit von Zuhause war ihr Bedürfnis nach Nähe zu mir relativ 'normal' geblieben, was größtenteils Philippe zu verdanken war. Schweren Herzens küsste ich Tammy auf die leicht verschwitzte Stirn und ließ sie los. Ihr zuliebe tat ich so, als würde es mir nichts ausmachen, auf ihre Umarmung zu verzichten. Ich war wieder die coole Mutter der noch cooleren Tochter. Mein verkrüppeltes Innerstes konnte ich vorzüglich hinter der Fassade aus Unbekümmertheit verstecken.

»Wie geht es dir, Schatz?«, fragte ich scheinbar leichtfertig. »Freust du dich schon auf die Schule?« *Jede Woche der gleiche Satz,* dachte ich zugleich. Und dennoch wollte ich es wissen.

Tammy nickte sofort. Sie wirkte seltsam, als würde sie etwas bedrücken.

Das Verhältnis zu meiner Tochter war nicht wie das einer 'normalen Mutter'. Wie denn auch? In den wöchentlichen drei Stunden konnte ich keine Mutter-Kind-Bindung aufbauen. Was sie zunehmend brauchte und was ihr Philippe oder mein Vater nicht geben konnten, war das weibliche Verständnis der Welt. Ein weibliches Vorbild.

In solchen Momenten wünschte ich mir, dass meine Mutter unter uns wäre. Oder zumindest, dass Philippes Familie in unserer Nähe und nicht in Australien wohnen würde. Doch seit ich im Gefängnis war, schien die Welt uns vergessen zu haben. Wie auch der gesamte frühere Bekanntenkreis, der einst so umfangreich war. Von meiner engsten Freundin Bärbel, ihrem Ehemann Thomas und Markus, meinem Ex-Ehemann, einmal abgesehen.

Ein seltsamer Schatten huschte über Tammys Gesicht.

»Dich bedrückt doch etwas ... Was ist es?«, versuchte ich es erneut und setzte mich auf den gegenüberstehenden Stuhl. Meine Tochter senkte zur Antwort den Blick, der nun an ihren gezeichneten

Bildern hängenblieb. Das entging mir nicht. Sie wollte oder konnte ganz offensichtlich nicht darüber sprechen, was ihr Kummer bereitete.

»Darf ich?«, fragte ich schüchtern, wartete aber die Antwort nicht ab. Was auch immer sie beschäftigte - die Antwort würde ich gleich auf der Skizze finden. Es war ihre Art, kompliziertere Sachverhalte mitzuteilen. »Wow. So lange hat man dich auf mich warten lassen? Das sind ganz schön viele Bilder!«

Während ich die Zeichnungen meiner Tochter durchsah, fiel mir ein, dass ihre Männchen erstaunlich detailliert geworden waren. Vielleicht zu genau? Zu sehen, dass sich das gezeichnete Paar auf der Skizze an den Händen hielt, war schmerzhaft. Es fiel mir nicht schwer, in dem dünnen Strichmännchen mit dem gelben Haar mich selbst zu erkennen.

»Papa?«, lächelte ich sie an und tippte auf das andere Männchen.

Tammy nickte. Das breite Grinsen konnte ich mir nicht verkneifen. Philippes Bauch war recht umfangreich und hinter einem roten Hemd oder ähnlichem versteckt. Hatte er im Laufe der Zeit tatsächlich so zugenommen, ohne dass ich es bemerkt hatte? Oder war es nur die bunte Fantasie einer Sechsjährigen? Mir fiel auf, dass ich ihn schon lange nicht mehr stehend gesehen hatte. Und sitzend entgingen mir offenbar manche Informationen. Ich grinste.

Beide Figuren standen auf etwas Grünem. Offensichtlich auf Gras.

Freiheit.

So gern hätte ich ihr jetzt den Wunsch erfüllt, mit ihr bei diesem schönen Wetter im Park zu sein. Doch das war selbst in der Zukunft ein unerreichbarer Traum. Das Strichmännchen rechts von dem Paar war winzig klein. Nur an der Lockenpracht, für die sich Tammy vermutlich unverhältnismäßig viel Zeit genommen hatte, erkannte ich, dass sie sich selbst gezeichnet hatte.

Aber wir waren nicht nur zu dritt. Da war noch eine weitere Figur. Ganz abseits. Zwei Klumpfüße, recht unschön ... Ich ahnte bereits, wer das sein sollte. In der rechten, oberen Ecke, mit wenig Farbe bedacht ... Unscheinbar ...

»Ist das Astrid?«, fragte ich behutsam. Tammy schaute mich an und nickte.

»Ich mag sie nicht, Mami«, sagte sie flüsternd.

Woher der plötzliche Sinneswandel? Tammy ließ sich sonst - wie man von jedem Kind in diesem Alter auch nicht anders erwartet hätte - von Astrids unbändiger Großzügigkeit manipulieren. Slush, Popcorn, Spielzeug waren die Währung der Kinder, die sie zu schätzen wussten.

»Ach, Schatz«, erwiderte ich darauf. »Wir müssen froh sein, dass Astrid für dich da ist. Oma und Opa sind in Australien und können uns nicht helfen. Und Opa Peter kann sich nicht um dich kümmern, wenn Papa über Nacht nicht Zuhause ist. So übel ist Astrid doch gar nicht...«, versuchte ich meine Tochter zu überzeugen. Meine erlogenen Worte klangen nicht mal für mich glaubhaft.

Sie schwieg.

»Hey. Ich habe mit einem neuen Rechtsanwalt gesprochen. Vielleicht können sie doch noch etwas tun, mal sehen.«

Fataler Fehler. Dabei wollte ich sie aufmuntern. Im gleichen Augenblick hätte ich mir fast auf die Zunge gebissen. Verdammt! Glaubte ich überhaupt selbst daran, dass sich etwas besserte? Der Anwalt, Doktor Henrik von Bayer, den Markus für ein Wiederaufnahmeverfahren vorgeschlagen und bezahlt hatte, brachte etwas Hoffnung mit. Doch die Nachforschungen samt der Auswertung der gesammelten Beweise und die unzähligen Anträge kosteten sicherlich Zeit. Und sie brachten erneut Angst vor einem unsicheren Ausgang der Verhandlung mit. Wollte ich diese Unsicherheit? War es nicht einfacher, die Hoffnung zu begraben? Es fehlte uns immer noch *das kleine Wunder*, das die Notwendigkeit der Wiederaufnahme ernsthaft rechtfertigen würde.

Aber Wunder geschehen nie.

Was hat mich bloß geritten, dies vor Tammy zu erwähnen?, rügte ich mich in Gedanken. *Bin ich bescheuert?*

»Dann kommst du endlich nach Hause, Mami?« Das Gesicht meiner Tochter strahlte vor kindlicher Freude. Wer weiß, wie oft sie sich das schon vorgestellt hatte. Zwar kannte sie uns zu dritt - als eine richtige Familie - noch nicht. Doch sie sah die Familien ihrer Freunde. Vater, Mutter, Kind und Hund ... Nur ihr Vater und unser Golden Retriver erfüllten diese Vorstellung.

Verdammt. »Nein, Schatz. Noch nicht. Ich komme noch nicht nach Hause«, sagte ich gepresst durch die Zähne und nahm mir vor, sie vom Thema abzulenken, indem ich zum nächsten Bild blätterte.

In diesem Augenblick stockte mir der Atem. Zwei Strichmännchen ... Ein Bett ...

ZWEI STRICHMÄNNCHEN?

ZWEI STRICHMÄNNCHEN!

Um meine aufsteigende Wut zu beherrschen, atmete ich mehrfach ein und aus. Doch die Enttäuschung ließ sich nicht verleugnen. Ich erkannte Philippes Bauch ... Und die Klumpfüße ... *Hatte Astrid es tatsächlich geschafft, neben meiner Mutterrolle auch noch meine Betthälfte zu erobern?*

»Tammy«, frage ich kontrolliert leise. »Willst du mir etwas über die Zeichnung erzählen?«

Kann man Kinder überhaupt sensibel danach fragen, was sie so traumatisiert hat, dass sie darüber nicht sprechen wollen? Ich meine, nicht als Mutter, sondern als Psychologin? Mir fiel es unwahrscheinlich schwer.

Hatte mein Verlobter es etwa gewagt, mit diesem Weib in unserem Bett Sex zu haben? Vor den Augen unseres gemeinsamen Kindes? Ich konnte es nicht begreifen. Nun verstand ich aber Tammy. Vielleicht war es ihr nicht klar, was sie gesehen hatte. Doch ganz sicher spürte sie unterbewusst, dass das Gesehene falsch war. Daher beschloss sie, es mir auf ihre Art zu erzählen.

»Ja«, sagte Tammy plötzlich fröhlich, als wäre nichts geschehen. »Ich habe eine schöne Kette bekommen. Als Glücksbringer! Das habe ich dir noch gar nicht gezeigt, oder?«

Okay. Ganz offensichtlich wollte sie doch nicht darüber sprechen. Umso besser! *Das werde ich mit Philippe klären! Gnade ihm Gott, wenn es stimmt!*, schwor ich mir und wandte mich wieder meinem Kind zu. Ich tat, als wäre soeben nichts passiert.

»Eine Kette als Glücksbringer? Wie schön!« Zumindest versuchte ich es unbeschwert zu bemerken, während Tammy in ihrem T-Shirt nach der offensichtlich recht langen Kette suchte. *Warum ist mir an meinem Kind bloß nicht sofort aufgefallen, dass sie von Astrid 'behängt' wurde? Wollte sich diese Frau die Liebe meines Kindes oder ihr Schweigen erkaufen?*, waren Fragen, die ich beim nächsten Besuch von Philippe wohl würde klären müssen.

Mein Verlobter wusste genau, wie ich zu Schmuck im Kindergartenalter stand. Tammy war dafür viel zu klein! Was, wenn sie damit auf dem Spielplatz hängenblieb?

»Schau mal, Mami.« Tammy strahlte, während in mir die Wut auf ihren untreuen Vater stieg. Sie streckte mir ihre kleine Hand mit einem Herzmedaillon an einer silbernen Kette entgegen. Dabei wirkten ihre Augen so lieblich, dass ich schweren Herzens den Blick von meinem kleinen Mädchen lösen und auf so etwas Unbedeutendes wie ein billiges Schmuckstück weichen musste.

Zumindest, bis ich sah, was sie tatsächlich in ihrer Hand hielt. Dieses Bild kam wie ein Schlag in die Magengrube. Und ich vergaß alles um mich.

Es war meine Kette, das gestohlene Herz. Ein Erbstück meiner Mutter. Kein Zweifel. Selbst die kleine Schramme erkannte ich darauf.

Plötzlich fügte sich ein Puzzle in meinem Kopf zu einem einzigen, stimmigen Bild zusammen. War so viel Grausamkeit möglich? Zum ersten Mal verstand ich das perfide Spiel, in dem ich zu einer Schachfigur und meine Tochter zum Einsatz geworden war.

Ein Spiel, das ich schon vor seinem Beginn an nicht gewinnen konnte. Weil ich ein zu weiches Herz hatte. Weil ich zu blind war. Und nun öffnete man mir die Augen.

Saß ich etwa hinter Gittern für ein Verbrechen, das ich nie begangen hatte?

Für das, was gekommen war, gab es Anzeichen ...

Teil I: SÜNDE

Kapitel 1

Wann oder wie ich Andreas Lange das erste Mal getroffen hatte, daran konnte ich mich nicht sonderlich gut erinnern. Es schien, als wäre er schon immer da gewesen. Doch eine Erinnerung, vielleicht war es die allererste, blieb mir besonders im Kopf hängen ...

Es war ein später Nachmittag, als mein Telefon klingelte. Eigentlich hatte ich gerade meine Füße hochgelegt und mich entspannt. Freitags früher Feierabend machen zu können, galt als Privileg in der sonst immerzu beschäftigten Hauptstadt. Aber das gönnte ich meinem Team. An jenem Tag gönnte ich es sogar mir selbst. Und obwohl ich erst einundvierzig und immer noch sehr schlank war, holte mich regelmäßig die Erkenntnis ein, dass mein Körper an gewisse Grenzen stieß, wenn ich längere Zeit Pumps mit hohen Absätzen trug. Gewiss wurde der Absatz mit der Zeit immer kleiner, doch ganz darauf zu verzichten und mich in weißen Gesundheitsschuhen durch die Gänge der Klinik zu bewegen, erzeugte einen Würgereflex in mir.

Zunächst ließ ich das Telefon mehrmals klingeln, doch als sich der Anrufer als penetrant erwies, ließ ich meine leicht angeschwollenen Beine von der Couch herunterfallen und stand langsam auf. Immer noch in der Hoffnung, dass der Störenfried irgendwann aufgeben würde. Es war so typisch für mich, den Hörer direkt auf der Basisstation liegenzulassen.

»Ja?«, sagte ich, ohne eine gewisse Freundlichkeit vorzutäuschen. Die Woche war einfach zu hart gewesen. Ich wollte meine Ruhe haben.

»Hi, Jul«, erwiderte die mir so vertraute Stimme meines Exmannes Markus. Bei der Erinnerung musste ich in mich hineinlächeln. Markus und ich verstanden uns nach wie vor recht gut. Dass wir uns scheiden ließen, änderte nichts an unserer freundschaftlichen Zuneigung zueinander. Nur meine neu erworbene Professur in der Rechtsmedizin und seine fehlende

Flexibilität, meinetwegen von Wiesbaden nach Berlin umziehen zu wollen, machte den Scheidungsgedanken irgendwann für beide attraktiv.

Wenn man von dem mittlerweile zur Routine gewordenen Sex absah. Und ich wollte nie mein Leben als Hausfrau an der Seite eines Doktors der Rechtsmedizin verbringen, wenn mir in Berlin alle Türen für eine große Karriere offenstanden. Aber vielleicht gefiel uns beiden der Gedanke nicht, uns in einem Vorgesetzte-Mitarbeiter-Verhältnis in Wiesbaden wiederzufinden? Oder wir waren beziehungsmüde geworden? Was auch immer der Grund für die Scheidung war, war im Grunde mittlerweile unwichtig. Wir waren glücklich getrennt. Das zählte.

Da ich schwieg, setzte er fort: »Die Schule hat angerufen. Ben hat sich mit einem anderen Jungen auf dem Schulhof geprügelt.«

Es war schon das zweite Mal in dieser Woche. »Ist soweit alles okay?«, fragte ich besorgt.

»Beiden geht es gut«, beruhigte mich Markus sofort. »Ein paar Prellungen, Schürfwunden ... Körperlich ist alles in Ordnung.«

»Wieder die gleichen?«, fragte ich, obwohl ich es ahnte.

»Ja«, bestätigte Markus leise. »Und es ging wieder darum, dass du uns wegen eines anderen Kerls verlassen hast oder so ähnlich. Das hat er zumindest erzählt.«

Ich schwieg. Unsere Scheidung war für Ben tatsächlich nicht einfach, weshalb wir uns entschlossen hatten, dass er wenigstens sein Umfeld behielt. Einen Wohnortwechsel von Wiesbaden nach Berlin wollten wir ihm nicht auch noch zumuten. Und Markus war so ein wundervoller Vater, dass ich mir sicher war, dass es zwischen den beiden bestens funktionieren würde. Ich behielt meist recht.

»Verdammt. Er hat es schon schwer genug. Die Pubertät macht ihm zu schaffen. Müssen dann auch noch solche Geschichten dazukommen?« Markus sonst beherrschte Stimme verriet eine gewisse Ratlosigkeit.

»Soll ich länger bei euch bleiben? Ich könnte spontan auch eine Woche Urlaub nehmen ...«, überlegte ich und fügte hinzu: »Es passt gerade gut, zumal ich Ideen für eine Veröffentlichung hätte, die ich mit dir besprechen wollte.«

»Wenn du meinst ...« Auch wenn sich Markus Mühe gab, es gleichgültig klingen zu lassen, wusste ich im Grunde, dass er sich freute, die Verantwortung für unseren Sohn eine Weile wieder zu teilen. Als wir noch zusammenwohnten, gab es öfter Streit, weil ich als Hausfrau trotz meiner unzähligen Publikationen ziemlich unzufrieden war. Erst als die Scheidung rechtskräftig wurde und wir erkannt hatten, dass uns nicht nur das gemeinsame Kind und die Arbeit verbanden, verbesserte sich unser Verhältnis. Markus wurde zu meinem Freund, den ich gern an Wochenenden besuchte. Manchmal mit einem gewissen körperlichen Extra. Nur diesmal mit mehr Leidenschaft als zur Zeit unserer Ehe. Wir waren eben frei und dennoch verbunden. Das tat uns allen gut und entspannte die Situation für Ben. Unser Sohn verdiente es, uns glücklich zu sehen.

»Ich freue mich auf die freien Tage mit euch«, sagte ich wahrheitsgemäß.

»Wir doch auch. Hey, was für eine Veröffentlichung meintest du?«, fragte Markus ohne Umschweife.

»Nun, du weißt doch, dass die Niederlande vor sechs Jahren gesetzlich verankert haben, dass man Körpermerkmale aus der DNA herauslesen darf«, erklärte ich, bis mir einfiel, dass ich nicht mit einem Studenten, sondern einem Fachkollegen sprach. Daher ersparte ich mir die Erklärung, dass in Deutschland lediglich eine Vergleichsanalyse vom DNA-Material des vermeintlichen Täters und der, die man am Fundort der Leiche gefunden hatte, juristisch zugelassen war. Im Klartext bedeutete das auch, dass wir weder das Recht hatten, nach genetisch bedingten Krankheiten noch nach Merkmalen wie Augenfarbe, Haarfarbe oder Geschlecht in der untersuchten DNA-Probe forschen zu dürfen.

Da Markus schwieg, fuhr ich fort: »Nun habe ich ein paar Ideen zu einer ganz aktuellen Veröffentlichung. Wir hätten beide eine Einladung nach Amsterdam, um einen sehr interessanten Kollegen kennenzulernen, der sich mit dem Thema beschäftigt. Natürlich nur, wenn du Interesse hättest. Ich glaube nicht, dass wir die Entwicklung der Medizin so lange zurückhalten können, wie die Juristen es gern hätten.«

Noch während mein Ex-Ehemann Luft holen konnte, sagte ich schmunzelnd: »Du gibst den Termin vor. Ich füge mich gern.«

Markus lachte. »So, so. Es ist also beschlossene Sache? Was, wenn ich 'nein' gesagt hätte?«, fragte er keck. Plötzlich fühlte ich mich, als wäre ich wieder mit ihm verheiratet. An den guten Tagen, an denen wir vergaßen, dass wir beide so etwas wie zwei Alpha-Männchen verschiedener Geschlechter waren.

»Du hättest nicht 'nein' gesagt«, erwiderte ich ebenfalls frech. Dabei merkte ich, wie ich meine Finger um eine Strähne drehte. Wie ein Teenager. »Erstens wissen wir beide, dass es für uns eine großartige Chance wäre, und zweitens ...«, ließ ich die Stimme hängen. *Verdammt, flirtete ich gerade etwa mit ihm?* Umso erstaunlicher war, dass er darauf einging. Dass wir uns seit der Scheidung erstaunlich gut verstanden, war der Tatsache zuzuschreiben, dass wir uns lediglich etwas aus den Augen verloren hatten. Aber zwei wichtige Ziele blieben uns gleich: unser Sohn Ben und unsere berufliche Karriere. Mit anderen Worten: Ich vertraute Markus immer noch blind. Die Angst, dass es sich ändern würde, sollte einer von uns einen neuen Partner finden, ließ ich gar nicht zu.

»... und zweitens?«, griff er lächelnd meinen Flirtversuch auf. Im gleichen Moment klingelte es an der Tür.

»... und zweitens freust du dich schon auf mich! Nicht wahr?«, fragte ich fröhlich und bewegte mich in Richtung Tür.

»Tss, tss. Da ist jemand ganz schön eingebildet«, spottete er gespielt. »Nun geh schon ran!« Er schien offensichtlich auch das Klingeln gehört zu haben. »Wir sehen uns morgen am Bahnhof.«

Erneutes Klingeln.

»Jaha. Moment!«, rief ich und drehte den Schlüssel um.

Die Tür abzuschließen, besonders wenn ich Zuhause war, war eine Macke, die sich schon seit der frühesten Kindheit manifestiert hatte.

»Hey«, hörte ich Markus noch sagen, bevor ich auflegte. »Ich freue mich wirklich auf die verlängerte Zeit mit dir.«

Kapitel 2

Als ich den Hörer auf die Anrichte im Flur gelegt und danach die Klinke bedient hatte, wollte der Paketbote schon wieder verschwinden. Scheinbar war das von mir geäußerte *Moment* nicht laut genug, dass er es hören konnte. Aber ich wollte Markus am Telefon nicht ins Ohr schreien.

»Warten Sie doch!«, rief ich dem drahtigen, recht großen Mann hinterher. Er drehte sich zu mir um.

Erstaunlich gut sah der aus, auch wenn ich ihn nicht als männlich genug empfand. Ein attraktiver Mann 'von der Stange', etwas jünger als ich. Also nicht wirklich auffallend, doch zweifelsohne einer der adrettesten Paketlieferanten, die je an meiner Tür geklingelt hatten. »Wenn der Postmann zweimal klingelt«, ging es mir durch den Kopf. Warum ich plötzlich an die berühmte Sexszene auf dem Küchentisch denken musste, wunderte mich allerdings. Der Mann hatte genauso wenig Ähnlichkeit mit Jack Nicholson wie ich mit Jessica Lange. Vielleicht geschah es durch das unerwartete Ereignis, einen fremden Mann an meiner Tür zu sehen, oder durch das Beinahe-Flirten mit Markus, dass ich plötzlich rot anlief. *Wie ein Schulmädchen. Wie peinlich.* Möglicherweise war es nur die Tatsache, dass ich schon recht lange keinen Sex mehr hatte und der arme Kerl meine Bedürfnisse weckte.

»Oh, Sie sind doch da!«, stellte er das Offensichtliche fest. Als er meine Verlegenheit sah, wanderte sein Blick automatisch zu seinem PD-Assistenten, auf dem ich gleich unterschreiben musste. Er klickte sich durch verschiedene Menüs. Ich konnte nicht genau sagen, wann ein Paketlieferant zum ersten Mal mit diesem digitalen Pad bei mir erschienen ist. Ziemlich praktisch fand ich sie allerdings schon immer. Diesmal war ich zudem noch dankbar, dass ich die Chance erhielt, Fassung zu finden, während er die Daten eingab.

Ein Paketbote und ich ... Was für ein Unsinn!

»Professor Doktor med. Julia Hoffmann«, las er mit dem Blick auf das Paket und biss sich beschämt auf die Lippe. Als hätte er meine Gedanken lesen können. »Das wären dann Sie, nicht wahr?«

»Ähm, ja«, antwortete ich und lächelte freundlich, um die Situation zu entschärfen. Männer hatten oft Probleme, die rechtmäßig erworbenen Titel meiner Person zuzuordnen. »Das Paket sieht schwer aus. Sind sicherlich ein paar Zeitschriften«, erklärte ich und fragte mich zugleich, warum ich das eigentlich tat. Warum fühlte ich mich so verlegen? Es war doch ein stinknormaler Paketlieferant! Vermutlich, weil mir peinliche Stille bei fremden Menschen unangenehm war. Selbst für einen Moment.

»Nein, es ist nicht so schwer, wie es aussieht. Aber ich trage es Ihnen gern rein.« Nun lächelte auch der Mann und reichte mir sein Pad, auf dem ich unterschrieb, während er das Paket im Hausflur ablegte. Meinen bereits gepackten Koffer bemerkte er sofort. »Ich heiße übrigens Andreas. Jetzt, wo ich Ihren Namen kenne ...« Eigentlich sollte es ein Scherz sein, doch ich empfand es nicht so. Es war mir irgendwie zu persönlich. »Oh, da hatte ich aber Glück«, setzte er fort. »Eine Minute später und ich müsste die wichtigen Unterlagen bei einem Nachbarn hinterlassen. Und hätte mir damit den Abend nicht mit dem Anblick einer schönen Frau versüßt. Das wäre echt schade gewesen.«

Das war zweifelsohne das erste Mal, dass mir ein Paketbote ein Kompliment machte. Ich war baff. Und es fühlte sich nicht besonders gut an. »Ach was, nein. Ich fahre erst morgen weg. Also heute wäre es auch später kein großes Problem gewesen«, entgegnete ich affektiert. *Was mache ich? Das ist doch grotesk.*

»Oh, Sie fahren weg? Schade. Nun bin ich für Ihre Pakete zuständig. Ich war erst wenige Male hier in der Nähe. Der Chef empfahl mir, mir die Gesichter und die Namen zu merken. Das erleichtere den Zustelldienst ungemein, sagte er. Denn meist liefern wir aus, wenn die Kunden gerade nach Hause kommen. Dann muss ich nicht erst beim Nachbarn klingeln, sondern kann einen kurzen Augenblick warten. Manchmal sprechen mich die Kunden direkt auf der Straße an, weil sie es eilig haben und nicht warten wollen, bis ich vor die Tür gefahren bin. In Ihrer Gegend ist es nicht besonders schwer, sich Namen zu merken. Jede Menge Reihenhäuser und nur vereinzelt Bewohner ...«

»Ah ja«, bestätigte ich höflich, aber nun leicht desinteressiert. »Mehrfamilienblocks sind in Zehlendorf tatsächlich recht selten anzutreffen. Dafür haben Sie woanders vermutlich mehr zu tun bei weniger Laufarbeit, oder? Von Tür zu Tür zu gehen ist anstrengender, könnte ich mir vorstellen.«

»Ihr Gesicht habe ich mir jetzt als einziges eingeprägt. Die anderen sind nun aus meinem Gedächtnis verschwunden«, sagte er zerstreut. Er hörte mir ganz offensichtlich nicht mehr zu. »Sie ... sehen so toll aus ...«

War das eben ein Kompliment? Oder ging der Mann zu weit?, fragte ich mich, während mein Bauchgefühl es noch nicht einordnen konnte. *Seltsam ...*

Ich schwieg irritiert. Wahrscheinlich konnte man meine Bestürzung von meinem Gesicht ablesen.

»Es tut mir leid, wenn ich Ihnen Zeit gestohlen habe«, entschuldigte sich der Paketbote so reuevoll, dass es mich freundlicher stimmte. *Er hat doch nichts Schlimmes getan. Nur ein Kompliment gemacht, mehr nicht. Krieg dich wieder ein,* überlegte ich.

»Ach was!«, erwiderte ich leichtfertig. »Es war schön, sich mal mit jemandem zu unterhalten.« *Na super! Klingt, als wäre ich mutterseelenallein ...*

»Gute Reise und einen schönen Abend dann noch«, entgegnete er lächelnd.

»Danke, Ihnen auch«, wünschte ich und schloss die Eingangstür. Mit Nachdruck. Was war das? Für ein paar Sekunden blieb ich so stehen und wunderte mich über mich selbst. *Habe ich es jetzt etwa nötig, mich wie eine alte Dame mit Paketlieferanten zu unterhalten?*, überlegte ich und schüttelte ungläubig den Kopf. Als wäre ich jemandem im Haus die Antwort auf diese Frage schuldig. Doch außer mir bewohnte niemand das kleine Reihenhäuschen, das ich mit so viel Liebe ausgesucht, gekauft und von Grund auf renoviert hatte, in der Hoffnung, dass mich Markus oder Ben öfter besuchen würden.

Meine langen, blonden Haare folgten der Kopfbewegung verzögert mit dem Ergebnis, dass ich an den Endungen etwas Spliss sah. Das weißlich-nüchterne Flurlicht war dafür perfekt. Das Thema Paketbote war für mich wieder vergessen.

Die Arbeit nimmt mich in letzter Zeit so stark in Anspruch, dass ich nicht mal Zeit habe, zum Friseur zu gehen, stellte ich fest. Obwohl in meinem Job in erster Linie die Facheignung von immenser Bedeutung war, schadete gepflegtes Aussehen nicht. Im Gegenteil. Mein Äußeres war der Grund, warum ich an manche Aufträge schneller als alle anderen kam.

Durch meine friedfertige Art war ich sehr beliebt. Die Leute, die sich mit mir abgaben, profitierten von meinem positiven, lebensbejahenden Wesen. Ich gab ihnen gern das Gefühl, besonders zu sein. Das tat ich aber in den seltensten Fällen nur aus Berechnung. Meistens verteilte ich meine Aufmerksamkeit ehrlich und gern. Dafür bekam ich jederzeit Hilfe zurück, wenn ich sie brauchte. Mein derzeitiges Single-Dasein war folglich nicht das Ergebnis fehlender Angebote der Männer um mich herum. Im Moment genoss ich einfach nur meine Freiheit.

Aber Spliss in den Haaren? Das ging gar nicht! Dazu war ich viel zu eitel! Da ich nächste Woche in Wiesbaden verbringen wollte, beschloss ich, ein paar wichtige Termine dort zu machen. Noch war es nicht zu spät. Also nahm ich meine Tasche und das Handy auf dem Weg zu meinem modern eingerichteten Wohnzimmer mit. Dann setzte ich mich wieder auf die Couch.

Noch bevor ich meinen Terminkalender überhaupt herausnehmen konnte, klingelte es erneut an der Tür.

Nun verdrehte ich die Augen beim Aufstehen. Es nervte mich.

»Ja?«, fragte ich diesmal mürrisch durch die Tür.

»Entschuldigung«, hörte ich eine gedämpfte männliche Stimme sagen. Als ich erneut die Tür öffnete, sah ich den Paketlieferanten wieder. Er wirkte bedröppelt.

»Haben Sie noch etwas für mich?«, fragte ich diesmal leicht gereizt, als ich ein weiteres Paket in seiner Hand sah. Mir war die

Situation von vorhin peinlich. Und der Mann sollte nicht denken, ich hätte jetzt Zeit oder Lust auf Plaudereien an der Eingangstür.

»Ähm«, es schien ihm ebenfalls peinlich zu sein, »der Nachbar aus der neun ist nicht Zuhause. Nun ... Sie sind aber daheim. Da dachte ich, ich könnte ... Andererseits fahren Sie ja weg und so.«

»Nein«, sagte ich eine Spur zu überzeugt. Mit meinen Nachbarn wollte ich nur wenig Kontakt haben. Alles andere brachte immerzu Schwierigkeiten mit sich. Also vor allem eine Paketannahme. Doch für meine Überzeugungen konnte der arme Paketbote nichts. Man sah ihm an, dass er sich ärgerte, mich um Hilfe gefragt zu haben. Vielleicht war ich ungerecht? Immerhin war er doch ganz freundlich. »Ich fahre für eine komplette Woche weg«, erläuterte ich daher sanfter. »Das passiert öfter, daher kann ich keine Pakete annehmen. Für die Nachbarn ist es vermutlich einfacher, wenn sie zur Post gehen, ehe sie eine Woche auf mich warten müssen. Es tut mir leid.« Das tat es mir irgendwie tatsächlich.

»Verstehe! Eine Woche wäre zu lang. Vielen Dank, dass Sie nicht sauer auf mich sind. Das war doch ganz schön frech von mir, Sie zu fragen.«

»Ach was«, winkte ich mit der Hand ab. »An Ihrer Stelle hätte ich es nicht anders gemacht.«

Peinliche Stille. Etwas, das ich hasste.

Der Paketlieferant scharrte verlegen mit dem Fuß auf dem Steinboden vor meiner Haustür.

Wie unangenehm.

»Na dann ...«, sagten wir beinahe zur gleichen Zeit. Das ließ uns beide schmunzeln.

»Sie zuerst«, bat der Paketbote. Die Situation glich nun einer unglaublich schlechten Soap, in die ich aus Versehen hineingeraten war.

»Andreas, richtig?« An den Namen, den er mir beiläufig genannt hatte, konnte ich mich nur deshalb erinnern, weil mein erster Grundschulfreund auch Andreas hieß. Diese persönliche Anrede schien ihn zu freuen. *Wieder ein Fehler.* »Ich wünsche Ihnen noch einen angenehmen Feierabend ... *Irgendwann* ...«, setzte ich fort, um ihn an seinen Job zu erinnern.

»Ihnen auch«, entgegnete er. Bald darauf ließ ich die Eingangstür ins Schloss fallen.

Sein erneutes »Eine tolle Reise!« registrierte ich zwar, jedoch ließ ich es in der Luft verstummen, als hätte er es nicht geäußert. Unangenehme Situationen wie diese versuchte ich schnell zu vergessen. In diesem Fall war es nicht schwer, weil es in meinem Kopf von Dingen schwirrte, die ich noch vergessen hatte in den Reisekoffer zu packen.

Kapitel 3

Montag, 20.04.2009
Zehn Tage später, wieder in Berlin

Das einzig Gute am frühen Aufstehen im April war der Duft des Frühlings, wenn ich bei Sonnenaufgang das Haus verließ. Entlang der Straße, die ich tagtäglich passierte, konnte man in wilden Beeten bereits Tulpen sehen. Wie jeden Morgen eilte ich zum Bus, der mich zum S-Bahnhof Krumme Lanke bringen würde, um dann etwa eine weitere Dreiviertelstunde mit dem S- und U-Bahnnetz mitten durch das Herz der pulsierenden Stadt bis nach Lichtenberg zu pendeln.

Wie die meisten Berliner nutzte ich den wirklich vorzüglich ausgebauten Nahverkehr für die Fahrten zum Institut aus vier Gründen: Erstens bekam ich jeden Tag die Möglichkeit, eine Zeitung, ein Buch oder Fachliteratur zu lesen, für die ich mir sonst kaum Zeit genommen hätte. Zweitens war es nicht einfach, einen Parkplatz im Zentrum zu finden. Drittens besaß ich kein Auto mehr. Und viertens hasste ich den zähfließenden Verkehr zur Rushhour auf Straßen mit unvorstellbar vielen Ampeln. Die Bahn ersparte mir dagegen mindestens die halbe Fahrzeit in jede Richtung, ohne dass ich genervt am Ziel ankam.

Das Pathologische Institut, das ich leitete, war ein privates Unternehmen, das alle klinischen Untersuchungen annahm, die nicht bei hausinternen Laboren der Krankenhäuser wie der Charité durchgeführt werden konnten. Seit ich an der Spitze des Instituts stand, hatten wir uns auf besonders sensible Untersuchungen spezialisiert, die ein enormes Fachwissen erforderten. Meistens deshalb, weil sie sehr fehleranfällig waren. Wir boten seltene Dienstleistung an, sodass uns selbst große Krankenhäuser beauftragten. Über einen Mangel an Aufträgen konnten wir uns also nicht beklagen. Doch meine besondere Vorliebe waren Untersuchungen für die Gerichtsmedizin. In diesem Thema fühlte ich mich wie Zuhause. Und mein Interesse war gleich, egal ob es sich dabei um die Beweissicherung bei einem Mordfall oder bei einem anderen Gewaltverbrechen handelte. Denn

Vergewaltigungen oder Missbrauch kamen in der Gerichtsmedizin deutlich öfter vor als Morde. Zu dem Gebäudekomplex, in dem sich mein Institut befand, gehörten noch andere Bereiche der Medizin, die ebenfalls in privater Hand waren. Aus einem simplen Grund: Wir teilten uns oft die teuren Apparaturen und verkürzten die Informationswege, falls eine genauere Diagnose mehrere Fachgebiete betraf. Das machte uns zu einem der fähigsten Institute deutschlandweit.

Die oberste Etage des modern wirkenden Blocks mit einem Blick auf die Dächer Berlins war meiner Pathologie vorbehalten. Mein Büro war dennoch sehr minimalistisch ausgestattet: ein massiver weißer Schreibtisch, passende und mit Büchern überfüllte Regale an der Wand hinter meinem schwarzen Chefsessel, silberne Stühle mit weißem Bezug. Damit das Ganze nicht zu steril wirkte, gab es zwei große, bunte Bilder in Pastelltönen mit undefinierbarem Inhalt und eine mintgrüne Couch, auf der ich bereits oft übernachtet hatte, wenn die Arbeit mal wieder überhandnahm. Es passierte sehr selten, aber es kam zwischendurch vor.

Mein Schreibtisch sah nach dem einwöchigen Urlaub genauso aus, wie ich es bereits erwartet hatte: Berge von Akten tummelten sich darauf, als hätte ich mindestens ein halbes Jahr in Wiesbaden verbracht. Und das, obwohl ich ihn pingelig aufgeräumt hinterlassen hatte. Dennoch ließ ich mich nicht entmutigen. Meine medizinisch-technischen Assistenten arbeiteten unter Hannas Leitung wie ein gut geöltes Präzisionswerk. Was die Routinearbeiten des Labors betraf, wurde ich nur benötigt, um Unterschriften zu leisten, die den Befunden einen förmlichen Charakter verliehen. Ich war quasi für den letzten Schliff verantwortlich. Einen großen Teil des Papierberges würde ich daher nur überfliegen und unterschreiben müssen.

Nachdem ich mein Jackett über die Lehne des Chefsessels gehängt und meine Aktentasche auf dem Boden abgestellt hatte, ging ich in unsere kleine Küche, um mir den ersten ernstzunehmenden Kaffee des heutigen Tages zu gönnen. Es war in der Regel nicht mein allererster Becher - sondern der erste, den ich mir im Sitzen, in der beruhigenden Stille meines Büros genehmigte, bevor ich meinen Arbeitstag startete.

Noch ehe ich das erste Dokument in der Hand hatte, klingelte bereits das Telefon. Nichts, was ich nicht von einem regulären Montag her kannte. Doch nach einem Urlaub voller wunderschöner und manchmal kräfteraubender Momente mit meinem pubertierenden Sohn war mein Job nicht das, woran ich sofort mit Freude dachte. Markus und Ben waren ein so gut eingespieltes Team, dass es mich in manchen Augenblicken traurig machte, meinen Sohn nicht genauso nah bei mir zu wissen. Aber Ben brauchte seinen Vater und seine gewohnte Umgebung gerade jetzt. Als ich vor ein paar Monaten die Idee geäußert hatte, dass er auch zu mir nach Berlin umziehen könnte, lief er an dem Abend weg und kam über Nacht nicht mehr nach Hause. Es hatte uns viele Nerven gekostet, ihn bei seinem Schulfreund zu finden. Auch wenn es eine Gardinenpredigt gab, mussten wir eines einsehen: Einen Ortswechsel würde er nicht verkraften. Und mit seinen dreizehn Jahren war er alt genug, allein die Entscheidung treffen zu können, bei welchem Elternteil er wohnen wollte.

»... die Ergebnisse nochmal geprüft?«, hörte ich den Arzt, Doktor Engelhardt, am Hörer sagen.

Welche Ergebnisse?, überlegte ich krampfhaft und ärgerte mich, dass ich mein Büro gedanklich verlassen hatte, ohne es gemerkt zu haben. »Ich bin heute den ersten Tag nach meinem Urlaub im Institut und habe leider noch nicht alle Akten durch«, wand ich mich heraus. Wenigstens war ich im Bilde, mit wem ich gerade sprach. Das würde die Suche nach den benötigten Befunden etwas erleichtern.

»Oh, dann haben Sie sicherlich das volle Programm«, entgegnete er verständnisvoll. »Nicht eilig, unsere Patienten laufen ja nicht weg. Diese sitzt sogar lebenslänglich ein. In ihrem Fall ist es vielleicht auch etwas zu übervorsichtig von mir, doch ich wollte den Befund nochmal histologisch absichern«, erklärte der Gefängnisarzt.

Mein Gegenüber kannte ich nur vom Namen und der Stimme am Telefon. Und das, obwohl er in der nahegelegenen Frauen-JVA arbeitete, die oft unsere Dienste in Anspruch nahm. Er fuhr fort: »In der Chirurgie müsste auch noch etwas über die Patientin liegen. Die Insassinnen haben sie übel zugerichtet, muss ich schon sagen.«

»Ist das Röntgengerät in der JVA etwa immer noch defekt?«, fragte ich neugierig. Die Chirurgie zählte zu den vom Gefängnis am meisten in Anspruch genommenen Diensten unseres Gebäudekomplexes.

Der Arzt lachte hörbar auf. »Ich möchte behaupten, dass wir uns nie ein neues werden leisten können. Aber wer weiß, manchmal geschehen auch Wunder, und man findet plötzlich Gelder für die notwendigsten Finanzierungen. Für die wenigen Untersuchungen, die wir benötigen, ist die Begleitung des Sträflings durch Beamten in die Chirurgie insgesamt deutlich billiger, als dass sich eine Neuanschaffung in unserem Haus jemals lohnen würde. Vermutlich bleiben wir für die Ewigkeit miteinander verbunden.«

Der Arzt war wirklich sehr sympathisch. Nicht jeder der dortigen Ärzte nahm sich Zeit für eine freundliche Plauderei während der Arbeitszeit. Die meisten wollten schnelle Ergebnisse, die sie nicht selten mit der so typischen Berliner Schnauze einforderten, an die ich als Wiesbadenerin noch nicht zu hundert Prozent gewöhnt war.

»Ach, über gute Kundschaft auf Lebenszeit wollen wir uns nicht beschweren«, erwiderte ich erheitert. »Ihre Patientin sollte zu ihrem Recht kommen. Gegen Mittag wollte ich eh bei der Chirurgie vorbeischauen. Soll ich dort meine Befunde übergeben? Dann hätten Sie alles gleichzeitig vor Ort? Natürlich nur, falls die Chirurgie langsamer als die Pathologie ist.«

»Das wäre natürlich fantastisch«, freute sich der Gefängnisarzt. Dass dieser Gefallen der erste Stein einer Lawine war, die mein Leben in eine Katastrophe lenken würde, war mir damals nicht bewusst. Hätte ich es geahnt, so hätte ich bei diesem Telefonat niemals abgehoben.

Niemals.

Kapitel 4

Einige Stunden später

Den Stapel an Dokumenten auf meinem Schreibtisch abzuarbeiten erwies sich mühseliger, als ich erwartet hätte. Obwohl Hanna eine wirklich tolle Vorarbeit geleistet hatte, war ich zur Mittagszeit gerade mal mit der Hälfte der Arbeit durch. Beinahe bereute ich es, dem Gefängnisarzt das Versprechen gegeben zu haben, unsere Befunde persönlich zur Chirurgie zu bringen, und überlegte, wen ich damit am besten beauftragen konnte. Doch mein Team war schon sehr ausgelastet, also hatte ich keine andere Wahl, als es selbst zu tun.

Die Patientin, um die es laut der Unterlagen ging, war sogar aus meinem Jahrgang. Was uns betraf, wies sie keine pathologischen Auffälligkeiten auf. *Ist diese Tatsache für die Frau günstig? Freut sie sich darüber, wenn sie es erfährt? Oder hofft sie insgeheim, durch eine Krankheit der Gefängnisstrafe zu entkommen?*, überlegte ich. Wenn sie tatsächlich im Gefängnis von anderen Frauen verprügelt worden war, dann hatte sie dort wohl kein leichtes Leben. *Vielleicht saß sie wegen Misshandlung eines Kindes ein?*

Der Ehrenkodex der Gefangenen untereinander, den ich aus Filmen kannte, erschien plötzlich vor meinem geistigen Auge. *In meinem Alter ... Im Gefängnis. Gruselig. Wie kann man so sein Leben verpfuschen?* Zum Glück war das nicht meine Welt, daher schob ich die düsteren Gedanken beiseite und nahm den Umschlag mit den Befunden mit. Je schneller ich sie abgegeben hatte, desto schneller konnte ich den Rest meiner liegengelassenen Arbeit erledigen. Es gab für heute noch zwei DNA-Vergleiche, die nicht ganz einfach waren, weil die angelieferten Proben bereits sehr alt waren. Vorsichtshalber würde ich Hanna dabei über die Schulter schauen. Nicht, dass ich ihr nicht vertraute. Diese Arbeit wollte ich begleiten. Es waren alte Fälle ohne Ermittlungserfolg, die nochmals aufgerollt wurden. Vielleicht könnte mein Institut dank modernster Methoden doch noch den Täter überführen? Das konnte ich mir nicht entgehen lassen.

Die Umschläge der alten Proben legte ich auf meinen zu bearbeitenden Stapel ganz nach unten. Bei der Bearbeitung ging ich immer sehr streng vor. Was mir am wenigsten Spaß bereitete, kam zuerst dran, damit mir am Ende mehr Zeit für die interessanten Fälle blieb. Doch zunächst war der lästige Befund dran, was sich mit einem Mittagessen beim Italiener gegenüber verbinden ließ. Ich verspürte Hunger.

Die Chirurgie, die vorwiegend orthopädische Aufgaben und Arbeitsunfälle übernahm, war im Erdgeschoss untergebracht, um den regen Patientenverkehr möglichst in den untersten Stockwerken zu halten. Ich nahm wie immer die Treppe, denn die Bewegung tat mir gut, nachdem ich den halben Tag in meinem Chefsessel verbracht hatte. Eine willkommene Abwechslung, wenn man sonst keine Zeit für Besuche im Fitnessstudio hatte.

Als ich die in Glas gefasste Eingangstür meiner Fachkollegen passierte, fiel mir auf, wie nüchtern das überfüllte Wartezimmer wirkte. Es bestand aus drei fantasielos geweißten Wänden, wobei eines zur Abwechslung aus einem Panoramafenster bestand. Geschätzt um die dreißig Stühle standen darin systematisch angeordnet, auf denen Patienten mit Gipsbeinen, Schienen und Krücken saßen. Vom Empfangstresen waren sie lediglich durch eine Glaswand getrennt. Man nahm damit den Patienten jegliche Intimität.

Wenn sie sich entschieden, nach Hause zu gehen, erbost über lange Wartezeiten, sahen sie vom Sitzplatz aus den nächsten Patienten im Empfangsbereich, der den frei gewordenen Sitzplatz sofort in Beschlag nehmen würde. Eine minimale Privatsphäre bot lediglich der erste Platz in der hinteren Reihe der bahnhofartig angeordneten Sitzplätze am Panoramafenster. Es war die perfekte Vorstellung von Massenabfertigung, zumal die Patienten durch Lautsprecher zu den zahlreichen Räumen der Praxis ausgerufen wurden. Doch damit war deren Pilgerfahrt noch nicht zu Ende. Vor den Praxisräumen durften sie dann eine weitere Zeit auf einem Stuhl absitzen, bevor sie endgültig ins Zimmer gebeten wurden. Jedes Mal, wenn ich solche Szenen beobachtete, dankte ich im Geiste dafür, privatversichert zu sein.

Dafür war der Empfangscounter eine Augenweide stilvoller Gestaltung. Der üppige, lichtdurchflutete Raum war großzügig mit Grünpflanzen ausgestattet. Die Wände kleideten Bilder mit künstlerischem Anspruch. Ich vermutete, dass das Ambiente nicht nur Privatpatienten anlocken, sondern auch noch zum Konzept eines angenehmen Arbeitsklimas gehören sollte. So viel Edles war bei uns in der Pathologie unvorstellbar. *Vielleicht wegen des Zustands der Patienten?*, dachte ich und grinste. *Geschäfte mit lebendigen Menschen waren vermutlich lukrativer.*

Mein Arztkittel stellte außer Frage, dass ich mich an der Menschenmenge kommentarlos vorbeidrängen und mich seitlich zu einer dunkelhaarigen Frau stellen konnte, die mit der Dateneingabe am Computer beschäftigt war. Ganz offensichtlich gehörte nicht die Aufnahme angekommener Patienten zu ihren Aufgaben, weshalb ich beschloss, genau sie anzusprechen.

Noch ehe ich ihr mein Anliegen schildern konnte, öffnete sich die massive Eingangstür mit Schwung. Das fiel in dem Durcheinander zuerst gar nicht auf. Das Wartezimmer war bereits brechend voll. Aber auch vor dem Empfangstresen stand eine beachtliche Zahl an Menschen, die hofften, noch heute aufgenommen zu werden. Einiges ging im hohen Geräuschpegel unter. Also waren wir nicht darauf vorbereitet, was gleich passieren würde.

Eine junge, wutentbrannte Frau kam auf uns zu und schrie eine der Arzthelferinnen an, sie möge sie endlich in Ruhe lassen. Einige Schimpfwörter begleiteten diese Bitte. Mir fiel nur auf, dass die beiden hätten Schwestern sein können.

Skurriler konnte die Situation nicht werden, daher wunderte es mich nicht, dass es trotz des Menschenauflaufs plötzlich still wurde. Jetzt peitschten nur noch wüste Beschimpfungen durch die stickige Luft des Empfangs. Wie eine Szene aus einem Film. Unterdessen sah ich, wie sich die Augen der Arzthelferin mit Tränen füllten. Also war sie tatsächlich gemeint. Nun stand sie wie gelähmt da und starrte ihre Angreiferin an, als könnte sie den ihr entgegengebrachten Hass nicht begreifen. Tränen liefen an ihren

Wangen hinunter. Sie schwieg immer noch. Das machte wiederum die andere Frau noch wütender.

»Astrid ...« Eine andere Arzthelferin wandte sich an die schockierte Kollegin. »Geh bitte sofort in den Röntgenraum«, zischte sie durch die Zähne. »Wir kümmern uns schon um Sabine.« Die Situation war für alle Beteiligten unangenehm. Ich hatte den Eindruck, dass dies nicht das erste Mal vorgekommen war.

»Warten Sie bitte einen Moment. Gleich geht es weiter!« Diese laut ausgesprochene Bitte galt der ersten Reihe der Patienten, die am Rezeptionstresen angelehnt waren. Es wurde chaotisch. Zwei Helferinnen verließen den Empfangsbereich durch eine schwingende Halbtür. Ganz offensichtlich entschieden sie sich, den etwas längeren Weg zu nehmen, weil die Gänge blockiert waren. Während eine der Frauen versuchte, Ruhe in die Situation zu bringen, indem sie die wild gestikulierende Frau an den Armen packte, sprach die andere beruhigend auf sie ein. Alles wirkte so unbeholfen. Mir fiel auf, wie unendlich traurig diese Astrid aussah. Sie tat mir leid, wie sie bedrückt und unfähig, ein Wort zu sagen, dastand. Dass sie sich nicht rührte, machte die aufgebrachte Frau noch rasender.

»Kommen Sie«, sagte ich so behutsam, wie ich konnte, und wandte mich an die verwirrte Schwester. Zunächst sah sie mich geistesabwesend an, kam mir jedoch schnell entgegen. Zwar kannte ich die Praxis eher oberflächlich, doch sie war idiotensicher ausgeschildert. Der Röntgenraum befand sich hinter einer Wand, nur wenige Schritte vom Tresen entfernt. Also begleitete ich sie.

Der Tumult am Empfang blieb uns erspart, weil der Raum vollkommen schalldicht zu sein schien. In der Mitte befand sich eine Liege, umgeben von modernsten Apparaturen. Ganz hinten an der Wand sah ich zwei Stühle und fragte mich selbst, wozu sie gut waren. Die Patienten, die hier bestrahlt wurden, durften doch ganz sicher keine Angehörigen mitnehmen. Aber das war jetzt nicht wichtig. Behutsam begleitete ich Astrid zu den Stühlen, indem ich ihr meinen Arm um ihre Schulter legte.

»Geht es Ihnen gut?«, fragte ich, so sanft ich nur konnte.

»Ja«, Astrid schniefte, »es ist okay.« Sie setzte sich. Aus dem Blickwinkel sah ich das typische Waschbecken, das sich praktisch in jedem Raum einer medizinischen Institution befand. Ich ging darauf zu, entnahm einige Papiertücher aus dem Spender, und wandte mich der erneut schluchzenden Frau zu.

»Es wird alles gut«, behauptete ich eher unbeholfen als überzeugend, als ich wieder zu ihr ging.

Astrid schmiegte sich plötzlich vereinnahmend an mich, drückte mich. Während ich merkte, wie sich ihr Gesicht an meine Brust presste, fühlte ich mich eigenartig. Natürlich tat es gut, jemandem zu helfen. Aber ich kannte sie nicht, und alles in mir wehrte sich gegen diese Intimität. Mehr aus Höflichkeit klopfte ich auf ihren Rücken - wie bei einem Säugling, dem man ein Bäuerchen entlocken wollte.

Es vergingen einige Minuten, bis sie mich losließ. Unangenehm für mich. Tröstend für sie. Langsam versiegten ihre Tränen.

»Entschuldigung«, murmelte Astrid plötzlich. »Sie müssen mich doch für verrückt halten.«

»Ach was«, entgegnete ich mit einem Schulterzucken. »Ich habe die Szene eben mitbekommen. Es tut mir so leid. DIESE FRAU muss verrückt sein. Nicht Sie!«

»Nein«, verneinte die Frau. »Sie hat das Recht, mich zu hassen. Sabine kann immer noch nicht begreifen, dass ich mit ihr nicht mehr befreundet sein möchte. Aber sie hat mich damals so verletzt ... Mich vor meiner Wohnung anzuschreien, reicht ihr wohl nicht mehr aus ... Doch wenn eine Freundschaft so viel mitmacht wie bei uns, muss sie einfach irgendwann scheitern.« Erneut liefen Tränen über ihre Wangen. Meinem Impuls, sie zu trösten, widerstand ich diesmal. Noch immer fühlte ich mich seltsam.

»Das tut mir so leid für Sie«, sagte ich stattdessen wirklich mitfühlend.

»Wieso eigentlich noch 'Sie'?« Die Frau zwang sich ein zugegeben trauriges Lächeln ab. »Ich heiße doch Astrid. Astrid Schneider.« Dann sah sie plötzlich meinen Namen, der auf die Kitteltasche gestickt war. Was meine Arbeitskleidung betraf, legte ich Wert darauf, dass sie halbwegs professionell aussah. Eine teure Stickerei und ein gebügelter Kittel waren mir nicht unwichtig. »Professor Doktor med. Julia Hoffmann, Leitung des Institutes für Pathologie«, las Astrid mit Ehrfurcht in der Stimme. Es sah so aus, als hätte sie mich bisher für eine Arzthelferin gehalten. »Au Backe, tut mir leid, Frau Professor.«

Ich lachte. Trotz oder gerade durch ihr etwas fülligeres Auftreten wirkte Astrid so schutzbedürftig auf mich. Nicht zuletzt, weil ihre Schminke zerlaufen war. Mir fiel auf, dass sie unter dem Kittel einen kurzen Rock trug, was weder ihrer sehr fraulichen Figur schmeichelte noch ihrem Alter entsprach. Ich schätzte sie etwas jünger ein als mich. Vielleicht war es die ungewohnte Situation oder Astrid selbst, warum ich mich spontan entschloss, eine meiner wichtigsten Regeln zu brechen. Dazu gehörte, mich nicht mit Menschen zu duzen, die mir gänzlich fremd waren.

»Einfach nur Julia«, sagte ich freundlich und gab ihr die Hand. Im gleichen Augenblick fiel mir wieder ein, warum ich eigentlich in der Chirurgie erschienen war. *Die Unterlagen*, dachte ich. Ich vernahm, dass mein Magen die ganze Zeit vor Hunger knurrte. *Peinlich.*

Doch Astrid überhörte das Geräusch gekonnt. »Wie kann ich Ihnen ...«, fing sie an.

»... dir ...«, verbesserte ich lächelnd.

»Okay«, grinste sie. »Wie kann ich dir danken?«, fragte sie unsicher.

»Es gibt doch nichts zu danken«, versicherte ich amüsiert. »Allerdings bin ich nicht ohne Grund bei euch aufgetaucht. Die JVA hat die Untersuchung einer Insassin in Auftrag gegeben. Die Befunde haben sie noch nicht erhalten. Der behandelnde Gefängnisarzt bat mich, unsere Befunde an euch zu leiten, damit er alles zur gleichen Zeit bekommt.« Dass es mir Papierkram und ein Formschreiben an die JVA ersparen würde, erwähnte ich nicht.

»Oh Gott, ja.« Astrids Augen weiteten sich. Nun war sie wieder eine Arzthelferin. Von den Geschehnissen vor ein paar Minuten war keine Spur geblieben. »Wir haben so selten Patienten aus der JVA, dass es etwas Besonderes ist. War das nicht diese Frau, die man so furchtbar zugerichtet hatte? Mit mehreren Knochenbrüchen und Prellungen von Kopf bis Fuß? Etwa vor zwei Wochen? Damals hatte ich Schwierigkeiten, sie zu fixieren, damit ich brauchbare Bilder für den Arzt machen konnte. Erst mit starken Schmerzmitteln ging es.«

»Das klingt entsetzlich«, schüttelte ich ungläubig den Kopf. So viel Brutalität kannte ich nur an einem Leichnam aus dem Sektionssaal während meiner Studienzeit oder manchmal aus den Patientenakten. Dann allerdings nur auf Papier dokumentiert und real lediglich als Spuren in Form von zu bestimmenden Spermien, Haar- oder Fingernagelproben oder dergleichen. Den Menschen, der sich dahinter verbarg, kannte ich als eine zu untersuchende Nummer mit einer Vorgeschichte. Selten länger als eine DIN A4-Seite. Wenn ich meinen Patienten mehr Wert zuschrieb, weil ihre Diagnose interessant erschien, dann kannte ich noch den dazugehörigen Namen oder das Geburtsdatum. Wie sie aussahen, ob sie Kinder hatten, geschieden oder ledig waren, wusste ich nicht. Und das war in meinem Job richtig so! Keine Nähe zum Patienten!

»So geht man halt mit Kinderschändern im Knast um!«, sagte Astrid nüchtern. »Etwas anderes hatte sie wahrscheinlich nicht verdient.!«

Ob sie recht hatte oder die Wahrheit auf einem Klischee aufgebaut war, interessierte mich nicht genug, um es infrage zu stellen. Abgesehen davon war ich streng gegen Gewalt.

Ich schwieg.

»Aber eine vernünftige medizinische Betreuung«, fuhr sie fort, »gehört sich auch für Kinderschänder, finde ich. Wenn du mir die Befunde gibst, schicke ich sie zusammen mit unseren Papieren noch heute raus. Wäre das okay?«

»Und wie!«, sagte ich dankbar, dann stand ich auf. Mein Magen knurrte erneut.

»Am liebsten würde ich dich jetzt aus Dankbarkeit zum Essen einladen.« Astrid schaute wieder bedröppelt.

Das will aber ich nicht, dachte ich mit gemischten Gefühlen. Sie tat mir einfach leid. »Es tut mir leid, doch ich habe jetzt keine Zeit«, lehnte ich daher behutsam ab. Vielleicht brauchte sie jemanden zum Reden? Ich war jedenfalls falsch dafür. Und irgendwie war durch den Stress mein Appetit auf Pasta vergangen. Damit sich mein Magen endlich beruhigte, würde ich mir gleich ein Brötchen beim Bäcker kaufen und hinter dem Schreibtisch meines menschenleeren, sterilen Büros *abtauchen.* Weit weg von hilfsbedürftigen, fremden Menschen.

»Vielleicht dann beim nächsten Mal?«, hörte ich Astrid sagen, als ich an der Tür zum Raum stand. »Ich schulde dir etwas, meine liebe Julia ...«

»Ja, vielleicht nächstes Mal«, erwiderte ich, ohne mich umzudrehen.

Am Abend

Den restlichen Weg, den ich üblicherweise von Krumme Lanke mit dem Bus nach Hause bewältigte, ging ich heute zu Fuß. Das Frühlingswetter war einfach zu herrlich, um es aus dem Fenster dieses garantiert überfüllten Fortbewegungsmittels wahrzunehmen. In der Luft lag der Duft von Maiglöckchen. Ich fühlte mich plötzlich so unbeschwert, als könnte ich fliegen. Auch wenn nicht bewusst, grinste ich. Das Wetter war eindeutig schuld!

Ich hatte mich heute entschieden, das Büro früher zu verlassen, sodass ich gegen sechs Ben von Zuhause aus anrufen konnte, um zu fragen, wie seine Arbeit in Geschichte gelaufen war. Obwohl mein Sohn in diesem Fach echt gut war, hatte die Vorbereitung diesmal wegen meines Urlaubs bei den beiden an Zeit eingebüßt.

Als ich die Tür meines Reihenhauses öffnete, fiel mir auf, wie wenig Leben darin enthalten war. Im Inneren roch es nach ... Adjektiven wie: unbenutzt, nicht existent. Etwas in dieser Art. Diese vorhandene Leere war es, die mich manchmal etwas länger von Zuhause weghielt. Doch meine Einsamkeit hätte ich niemals vor mir selbst zugegeben.

Ein Klingelton hallte im Inneren und erfüllte plötzlich mein Haus wie durch ein Wunder mit Leben. Schnell lief ich hinein, um abzuheben.

»Hey! Was ist mit dir los?«, hörte ich Bärbels Stimme. Wir hatten zusammen Medizin studiert, bevor unsere Wege nach und nach auseinander gingen. Erst nach Jahren fand sie mich über Social Media wieder. Was war unsere Freude groß, als wir feststellen mussten, dass uns das Schicksal in die gleiche Stadt verschlagen hatte. Nur dass sie mittlerweile eine verheiratete Kinderärztin mit eigener Praxis in der Nähe der Steglitzer Schlossarkaden war. Mit einer traumhaft eingerichteten Eigentumswohnung direkt über der Praxis.

»Hi, Schatz! Warum fragst du?«, wunderte ich mich.

»Seit einer Woche versuche ich dich zu erreichen. Nicht mal dein Anrufbeantworter ging ran. Wäre in der letzten Zeit durch die sommerliche Grippewelle nicht so viel Stress gewesen, hätte ich dir längst die Polizei auf den Hals gehetzt. Erst im Institut sagte man mir, du hättest Urlaub. Doch erreichbar warst du gar nicht. Und dass du wegfährst, hast du auch nicht erzählt. Ich dachte, jemand hätte dich umgelegt.«

»Verdammt«, ärgerte ich mich über meine eigene Vergesslichkeit. »Du hast recht. Dass ich vorhatte, nach Wiesbaden zu fahren und dann auch noch etwas länger dort zu bleiben, habe ich dir nicht erzählt ... Und mein Handy hatte ich Zuhause vergessen. Meine Schuld.« *Na gut, das Handy hatte ich in letzter Sekunde absichtlich liegengelassen, damit man mich mit der Arbeit in Ruhe lässt. Dabei hatte ich vergessen, dass ich einige wenige soziale Kontakte hatte. So erklärt, würde sie es unter Umständen persönlich nehmen*, ergänzte ich in Gedanken. »Verzeih mir bitte.«

»Julia!« Bärbel versuchte gespielt streng zu sein. Als Witz gemeint, war dennoch etwas Ernsthaftes darin versteckt. »Du jagst mir nie wieder ... nie wieder so viel Angst ein! Hast du mich verstanden?«

»Ja«, erwiderte ich schuldbewusst. Ihre Sorgen verstand ich gut. Immerhin wohnte ich allein. Mir hätte alles Mögliche passieren können.

»Weshalb ich außerdem anrufe«, setzte sie sanftmütiger fort. »Hättest du Lust auf ein Theaterstück? Diesen Samstag. Habe zwei Freikarten für 'Forget Sex In The City' bekommen ... Thomas übernimmt die Kinder.«

»Ja, gern«, freute ich mich aufrichtig. Frauenabende mit Bärbel waren schon immer klasse!

Im gleichen Augenblick klingelte es an der Tür. »Wann?«, fragte ich daher schnell, während ich zur Tür eilte, um sie zu öffnen. Vor mir erschienen drei riesige Pakete. Als ob sie in der Luft schweben würden. Vom Lieferanten waren lediglich die Beine zu erahnen.

»Bärbel ...« Mir war klar, dass ich das Gespräch beenden musste, wenn ich annehmen wollte. »Ich rufe dich später zurück, okay?

Habe gerade Pakete bekommen ... Ich komme gern am Samstag mit, dann quatschen wir in Ruhe.« Mit diesen Worten beendete ich das Telefonat.

»Davon ist nur eines für Sie. Der Rest für Ihre Nachbarn. Würden Sie es trotzdem annehmen? Dann wäre meine Tour heute vorbei. Von Ihren Nachbarn ist keiner Zuhause?«, hörte ich eine männliche Stimme sagen.

Der Paketbote hatte diesmal Glück. Ich hatte keine Lust auf Diskussionen. »Okay«, erklärte ich mich zögernd zum Bunkern bereit.

»Danke, das ist sehr nett.« Stöhnend legte der Mann die Pakete auf der Erde ab. Sein Gesicht kam mir bekannt vor.

»Sie sind es wieder?«, lachte er, als er mich überlegen sah. »Hey, vor einer Woche war ich doch schon mal hier. Da wollten Sie in den Urlaub ...«

»Ja, richtig!«, erinnerte ich mich wieder.

»Und? War es schön ... Professor ... ähm ... Hoffmann?«, fragte er neugierig. Gleichzeitig merkte er an meiner Miene, dass mir die Frage zu persönlich war. »Es tut mir leid, dass ich so neugierig bin. Ich bin doch ein Idiot!«

»Kein Problem, sind Sie nicht«, beschloss ich, dem Mann die Peinlichkeit zu ersparen. Meinen Titel ließ ich absichtlich zwischen uns stehen, nachdem ich jetzt bezweifelte, ob es richtig gewesen war, mich auch von dieser Astrid aus der Chirurgie duzen zu lassen. Manchmal war Distanz gar nicht so verkehrt. »Es war eine wunderschöne Zeit. Danke der Nachfrage. Wo soll ich unterschreiben?«

Der Paketlieferant hielt mir seinen PDA und einen Stift hin. Dabei war er recht ungeschickt, sodass er mich aus Versehen berührte. Zumindest dachte ich damals, es wäre ein Zufall gewesen. Ruckartig zog ich daraufhin meine Hand zurück, was er registrierte. Ich bekam ein ungutes Gefühl. Und das, obwohl eigentlich gar nichts passiert war!

»Oje, tut mir nochmal leid.« Dass es ihm peinlich war, konnte man aus seiner Stimme heraushören. Er schien etwas unbeholfen, aber auf seine Art süß.

»Warum?«, bagatellisierte ich höflich. »Ist doch gar nichts passiert.«

»Sie wissen gar nicht, wie dankbar ich bin, wenn ich die Pakete bei Nachbarn hinterlegen kann«, wechselte er das Thema. »Wenn ich sie wieder in die Zentrale zurückbringe, war meine Tour umsonst. Es wird einfach nicht bezahlt, und am nächsten Tag muss ich nicht hundert Prozent, sondern hundertfünfzig schaffen. Die Nachlieferung wird schlecht bezahlt.«

»Das tut mir leid.« Ich bedauerte ihn wirklich, wenn ich die Arbeit mit meinem gemütlichen Bürojob verglich. Zweifelsohne wurde ich deutlich besser bezahlt, meine Tätigkeit war wetterunabhängig und deutlich weniger gefährlich. »Stecken Sie den Nachbarn aber bitte einen Zettel in den Briefkasten, dass sie die Pakete selbst abholen können?«, bat ich. »*Annehmen* ist eine Sache, schwere Pakete für sie rübertragen eine andere.«

»Aber klar doch«, erwiderte er erleichtert. »Mache ich natürlich. Vielen Dank. Nicht wundern, Ihr Paket lag bei mir ein paar Tage im Laster, als Sie in Urlaub waren. Ich wusste, dass Sie erst am Montag zurückkommen und ich es Ihnen persönlich aushändigen kann.«

Okay, überlegte ich verwirrt. *Warum merkt sich dieser Mann, wann ich Urlaub mache?* Es war wirklich seltsam.

»Aber ...«, rief ich dem Paketlieferanten zu, als er bereits auf dem Weg zum Briefkasten meines Nachbarn war. »Wenn Sie nächstes Mal fremde Pakete haben, möchte ich es nicht mehr annehmen. Dafür fahre ich zu oft weg.«

Kapitel 6

Der schrille Ton des Weckers weckte das Biest in mir. Erst recht, wenn ich nach dem einen oder anderen Gläschen Wein leicht verkatert aufwachte. Nach dem gestrigen Telefonat mit meinem Sohn hatte mir die Einsamkeit stark zugesetzt. Mir fehlten Stimmen um mich, die nun der Fernseher anzubieten hatte. Der Wein ließ mich vergessen, dass sie nicht real waren. Erstaunlich war, dass ich nicht auf der Couch im Wohnzimmer erwachte.

Nun, als der Wecker mir den gestrigen Tag nochmal ins Gedächtnis rief, fand ich mich selbst jämmerlich. Und noch während ich meine Schritte gen Badezimmer richtete, um die Beweise in Form zerlaufener Wimpertusche von meinem Gesicht zu beseitigen, fragte ich mich, wie es mit mir weitergehen sollte. Warum konnte ich nicht von der Karriere lassen und mich Ben und dem Haushalt widmen? Warum konnte ich für ihn nicht einfach nur eine gute Mutter sein? Vermutlich deshalb, weil ich mehr von mir in meinem Leben erwartete. Wahrscheinlich war ich sowieso eine grottenschlechte Mutter, also tat ich immer das, worin ich wirklich gut war. Leistung war nie eine unüberwindbare Herausforderung für mich. Geliebt zu werden, ohne eine außergewöhnliche Leistung zu erbringen, das war etwas, das mich mit Angst erfüllte.

Eine Mutter zu sein. Davor lief ich weg, weil mir diese Rolle fremd war. Zumal mir meine Mutter kein geeignetes Beispiel gegeben hatte. Also versteckte ich mich hinter meiner Professur-Maske, weil es mir leichter fiel. Und weil ich der Welt nichts erklären musste. Leistung war in unserer Gesellschaft immer schon ein lohnenswertes Gut. Damit konnte man über andere Fehler hinwegsehen. Ich malte mir aus, dass es für Ben einfacher war, sich meine Flucht vor Bindungen damit zu erklären, dass seine Mutter eine gefragte Fachkraft war. Anstatt die simple Wahrheit anzuerkennen. Ich war einfach kein Familienmensch.

»Einsamkeit ist eine mehr als verdiente Strafe für mich!«, sagte ich zu meinem Spiegelbild im Bad. Dabei versuchte ich mich selbst streng anzuschauen, als könnte ich damit etwas an mir ändern. Das war natürlich Blödsinn. Stattdessen veränderte sich meine Mimik so ungünstig, dass meine Falten sichtbar wurden.

Ich werde alt, dachte ich mit Entsetzen. Altern war ein Prozess, den ich bei anderen gern akzeptierte. Nur niemals bei mir selbst. Es hörte sich trivial an, doch für mich war es das nicht. Mit meinen einundvierzig Jahren war ich noch nicht bereit, das Handtuch zu werfen. Zumal Ben mittlerweile in der Pubertät war. Die Zeit war schon abgezählt, bis ich Mutter eines erwachsenen Sohnes sein würde. Bloß dazu war ich noch nicht bereit. Noch lange nicht.

Energisch, als würde ich gegen die Zeit ankämpfen, verteilte ich einen großen Klecks Kosmetikmilch auf einem Watte-Pad und rubbelte meine Haut, um die Schminke vom Vortag restlos zu entfernen. Es gelang nur mäßig, weil die Mascara bereits eingetrocknet war. *Verdammt.* Schminkreste, unregelmäßige Schlafenszeiten, Stress und ungesunde Ernährung waren bestimmt die Ursachen für eine dicke Falte, die nun mitten auf meiner Stirn prangte. *Das werde ich heute durch besonders viel Make-Up überdecken,* schwor ich mir. Dann duschte ich mich rasch ab. Als ich mich anschließend in einen schwarzen Rock zwängte, der deutlich zu feierlich für einen Büroalltag aussah, wurde mir klar, dass dies eindeutig ein jämmerlicher Versuch war, von der Falte auf der Stirn abzulenken. Enttäuscht über die harte Realität brach ich auf ins Büro auf.

»Chef, ein Geschenk ist für dich angekommen«, hörte ich Hanna sagen, als ich am Labor vorbeiging. Mir fiel ein, dass ich die Mädels nicht begrüßt hatte. Also kehrte ich wieder um und trat ins Labor. Hannas gesamte Aufmerksamkeit galt den Gewebeschnitten, die sie unterm Mikroskop betrachtete. Eine der MTLAs, die ihr assistierte, wusch kleine Wannen ab, die wir zum Färben von Geweben benutzten. Eine weitere beschäftigte sich mit der Dokumentation der Befunde, während die ältere meiner Damen an der Zentrifuge beschäftigt war. Wir waren voll besetzt und jederzeit bereit, auch schwierige Aufgaben zu meistern. Das gefiel mir gut.

»Mädels«, sagte ich etwas lauter. Auch wenn die Maschinen sehr leise arbeiteten, war die Summe der Geräusche nicht nur störend, sondern auch auf Dauer belastend. Ganz anders, als wenn ich nach Feierabend allein im Labor war, um nachzuuntersuchen. Dann schaltete ich nur die Geräte ein, die ich wirklich benötigte. Und das auch noch möglichst nacheinander. »Heute gebe ich das Mittagsessen aus. Klingt das gut?«

»Sehr sogar.« Die MTLA, die an der Zentrifuge stand, unterbrach kurz ihre Arbeit. »Haben wir etwas zu feiern, Chef?«, fragte sie neugierig. Im Labor durfte mich nur Hanna, meine rechte Hand, duzen. Sonst niemand. Auch ich habe keine von ihnen geduzt, um die Grenzen zwischen uns bereits im Vorfeld abzustecken. *Chef* war die von meiner Seite aus einzig zugelassene lockere Anrede, um die Distanz zu wahren.

»Nein«, erwiderte ich belustigt. »Oder besser: doch! Wir feiern mein Spitzenteam, ohne das ich nicht überleben könnte …«

»Wow. Wohin?«, fragte Hanna und wandte mir ihren Blick zu. Sie war nach Markus die mit Abstand zuverlässigste Person, mit der ich je gearbeitet hatte. Ich mochte sie wirklich sehr.

»Wie wäre es mit dem Italiener? Gestern wollte ich zwar hin, wurde aber in der Chirurgie aufgehalten. Da es dann nur ein Brötchen vom Bäcker gab, habe ich heute noch mehr Heißhunger darauf. Oder wollt ihr woanders hin?«

»Italiener klingt doch super!«, sagte eine der MTLAs von hinten. Da es keine Gegenstimme gab, betrachtete ich es als beschlossene Sache.

»Prima, ich hole euch gegen Mittag ab«, sagte ich und ging in mein Büro, nicht ohne vorher an der Küche anzuhalten und mir einen Becher frisch gebrühten Kaffee mitzunehmen.

Das liebevoll verpackte Geschenk sah ich erst, als ich an meinem Schreibtisch Platz nahm. Es war ein rechteckiges Paket, in rotes Papier eingewickelt. Am goldenen Band neben der Schleife hing ein Schildchen, auf das geschrieben war:

»Liebe Julia, meine Retterin in der Not. Danke für Deine Zeit, und wage es ja nicht, ein gemeinsames Essen auszuschlagen. Oder diese wirklich winzige Aufmerksamkeit. Hättest Du vielleicht Zeit, am Freitag in der Mittagspause? Deine Astrid Schneider aus der Chirurgie«

Den Zettel las ich anschließend mehrfach. So etwas kannte ich nicht. Sich für ein offenes Ohr gleich mit einem Geschenk zu bedanken? Das fühlte sich irgendwie blöd an, obwohl ich wusste, dass ich das Geschenk annehmen musste, wenn ich Astrids Gefühle nicht verletzen wollte.

Neugier packte mich dennoch, was sich in diesem Päckchen befand. Also beschloss ich, sofort hineinzusehen. Vorsichtig wickelte ich das Papier auseinander und sah ein schwarzes Lederetui, in dem sich ein hochwertiger Kugelschreiber und ein Füller von *Diplomat* befanden. Auf der Kappe des Füllers war mein Name eingraviert - samt all meiner Titel ... Zugegeben, das verblüffte mich. Diese Frau hatte ich doch nur ein einziges Mal gesehen. Ich fragte mich zugleich, wie Astrid das Geschenk schon am nächsten Tag hatte besorgen können.

Ein einfaches Essen in der Mittagszeit?, überlegte ich mit einem gewissen Widerstand. *Na gut, das wird mich schon nicht umbringen. Höchstens muss ich mir etwas über enttäuschte Gefühle und Frauenfreundschaften anhören, was soll's.* Fest stand, dass mich Astrid vor eine blöde Situation gestellt hatte, ob ich ihre Zuwendung annahm oder sie ablehnte. Beides fühlte sich unangenehm an.

Kapitel 7

Die letzten Tage verliefen rasend schnell. Von einem Termin zum anderen gehetzt, nahm ich kaum noch die Umgebung wahr. Als ich heute Morgen auch noch feststellen musste, dass mein Lieblingsrock, den ich schon lange nicht mehr getragen hatte, viel zu weit geworden war, beschloss ich, mehr Entspannung in mein Leben einzubauen. Zumal in etwa zwei Wochen ein wichtiges Symposium in Chicago anstand.

Ärgerlicherweise war ich bei der Nahrungsaufnahme eher ein langsamer Genießer, wie es meine Eltern nannten, während ich mich selbst als Hungerhaken bezeichnete. Im Normalfall konnte ich mein Gewicht konstant halten, doch bei vermehrtem Stress verlor ich automatisch meine Kilos. Was vielen Frauen in meinem Alter wie ein Segen erschien, war für mich dagegen ein großes Problem. Weniger Gewicht bedeutete für mich gleichzeitig mehr Falten und - als wäre das nicht katastrophal genug - weniger Oberweite. Meine weibliche Attraktivität schien stressbedingt zu schwinden. Was nicht gerade zu meiner guten Laune beitrug. Und obwohl ich gerade im Büro meine Gedanken bewusst auf die Arbeit lenkte, konnte ich mich von meiner verfluchten Eitelkeit nicht losreißen. Also ließ ich den Blick über meinen Schreibtisch voller Akten schweifen.

Eine davon beinhaltete einen DNA-Vergleich. Diese nahm ich in die Hand. Der Proband war 2004 geboren. Meine Nackenhaare stellten sich auf. *Ein Todesdatum.* 15.04.2009, ein Mord also. Das Kind war demnach als Dezemberkind nicht mal fünf geworden ... Sofort dachte ich an Ben ... *Was hätte ich getan, wenn man meinem Kind ...?* Allein der Gedanke bewirkte, dass mir der Kaffee hochkam. *Arme Eltern, die den Verlust eines Kindes auf diese Weise erleiden müssen ...*

Der DNA-Vergleich erwies sich laut Hannas Untersuchung als positiv. Da eine weitere Probe Mischblut enthielt, wusste ich, dass ich vermutlich den genetischen Fingerabdruck seines Mörders in den Händen hielt. Sie waren zwar ähnlich, aber verschieden genug, um immerhin eines der Elternteile auszuschließen. *Was für ein*

Glück!, dachte ich, und der Gedanke traf mich wie der Schlag: Bei Verbrechen, besonders an Kindern, waren fast immer Familienangehörige involviert. Also Tante, Cousin, Onkel ...

Wir werden ihn schon finden, versprach ich dem Kind in Gedanken. *Die Welt war so grausam!* Vielleicht weil mich dieser Vorfall so aufgewühlt hatte, vielleicht aber auch ohne einen tiefergehenden Grund starrte ich meinen neuen Füller bedeutungsvoll an, als könnte meine Unterschrift zu einer Festnahme beitragen. *Diese Akte werde ich noch vor der Mittagspause selbst vorbeibringen*, beschloss ich.

Prof. Dr. med. Julia Hoffmann, las ich meinen eigenen Namen zum gefühlt hundertsten Mal vom Deckel des Füllers ab. Dann fiel mir ein, dass ich mich noch gar nicht für das tolle Geschenk bedankt hatte. *Das habe ich vollkommen vergessen!* Wenn ich nachher mit der Akte zur Staatsanwaltschaft ginge, könnte ich nachfragen, ob die Einladung zum Mittagessen mit Astrid Schneider noch stünde. Auch sie hatte ich vollkommen vergessen. Außerdem wäre ich dann den lästigen Gedanken los, etwas unerledigt stehengelassen zu haben. Dieser Einfall lenkte mich von der eigentlichen Realität meines Jobs ab: Von einer Welt, in der Kinder umgebracht wurden und ich mich gegen mein verkorkstes Mutterherz zwingen sollte, sie *nur* als Probanden zu betrachten. Ein ruhiges Mittagsessen war nicht verkehrt. Und dennoch hielt ich es für meine Pflicht, die Befunde heute noch abzugeben, um bei der Aufklärung eines Mordes behilflich sein zu können. Und zwar sofort, nachdem ich einige anstehende Telefonate erledigt hatte.

Wie sich herausstellte, war Astrid nicht böse, dass ich mich gar nicht gemeldet hatte. Oder besser, dass ich sie vergessen hatte. Im Gegenteil - sie freute sich so sehr, dass mir nichts anderes übrigblieb, als ihr meine Pause für ein Mittagsessen im nahgelegenen Asia-Restaurant anzubieten. Astrid willigte zufrieden ein.

Das Restaurant war genauso kitschig gehalten wie alle anderen seiner Art. Dennoch war ich erstaunt, wie gemütlich ich mich fühlte.

» ... und nun bin ich sie los«, erklärte mir Astrid, während uns der Kellner, garantiert asiatischer Herkunft, endlich eine heiße Vorsuppe brachte. Damit ertappte ich mich, ihr nicht im Mindesten zugehört zu haben. Ganz offensichtlich nahm mich die Geschichte des fast fünfjährigen Mordopfers noch immer mit. Nicht mal die persönliche Übermittlung der Unterlagen ans Morddezernat erfüllte mich mit Zufriedenheit, weil der zuständige Ermittler krankgeschrieben war. Hätte ich es per Post versandt, würden die Ermittlungen ebenfalls erst am Montag beginnen. Meine Eile war einfach für die sprichwörtliche Katz.

»Entschuldige«, sagte ich liebevoll. »Ich habe es akustisch nicht verstanden. Wen bist du los?« Dabei tunkte ich einen großen, blau-weißen, mit chinesischen Ornamenten verzierten Keramiklöffel in die heiße Suppe.

»Ähm ...« Astrid schien entgeistert. »Sabine, meine ehemals beste Freundin. Weißt du nicht mehr? Durch sie haben wir uns doch kennengelernt.« Astrid nahm einen vollen Löffel Suppe in den Mund, ohne ihn durch pusten abgekühlt zu haben. Dabei verzog sie keine Miene. Beeindruckend, wie ich fand. »Sie hat mich doch vor unseren Patienten beschimpft, weißt du noch? Mir war es so peinlich. Aber sie ist verrückt! Vollkommen durchgeknallt!«

»Ach, ja. Jetzt erinnere ich mich«, sagte ich. Plötzlich sah ich Tränen in ihren Augen aufsteigen. Vermutlich wegen der viel zu heißen Suppe. Doch ich entschied mich, die Tränen als Gemütsverfassung zu interpretieren und tätschelte tröstend ihren Arm. »Wenn man solche Freunde hat, braucht man wohl keine Feinde ...«

»Und wie du recht hast!«, erwiderte Astrid. »Sie war aber echt nicht in Ordnung. Ich meine ... so im Kopf.«

»Ja«, stimmte ich ihr nachdenklich zu. »Psychisch labile Menschen gibt es! Jede Menge sogar. Und manchmal ist es nur ein dummer Zufall, einem solchen zu begegnen ...« Astrid nahm meine Bemerkung zum Anlass, das Thema zu wechseln.

»Darf ich dich was fragen?«

»Warum nicht?«, lächelte ich und löffelte meine Suppe - in Erwartung eines längeren Monologs. Trotz Schärfe schmeckte sie wirklich gut.

»Wie viele ...« Astrid schaute mir so tief in die Augen, als wäre es ein Staatsgeheimnis. »Wie viele Kinder möchtest du eines Tages haben?«, fragte sie und brachte mich damit aus der Fassung. Diese Frage war die letzte, die ich von ihr erwartet hätte.

»Ähm ... Ich bin doch schon viel zu alt für Kinder. Ich bin schon einundvierzig und gehe mehr auf die Wechseljahre als auf eine erneute Schwangerschaft zu. Aus meiner ersten Ehe habe ich bereits einen Sohn, Ben. Er ist dreizehn. Somit dürfte meine Familienplanung abgeschlossen sein.«

»Du bist einundvierzig?« Astrids Augen weiteten sich. »Ich hätte dich auf maximal dreißig geschätzt. Ich selbst bin achtunddreißig.«

Wenn sie mich bezüglich der Schätzung meines Alters anlog, dann tat sie es sehr geschickt. In meinem Beruf bekam man äußerst selten mit dreißig schon die Professur. Aber vielleicht war es ihr tatsächlich ernst?

Astrid spürte, wie mir dieses Kompliment schmeichelte. Ich rutschte daraufhin automatisch so auf dem Sitz vor, dass das grelle Sonnenlicht des Frühlings keine Chance erhielt, meine Falten zu unterstreichen. Diese Frau tat mir gut. Auf mich machte sie den Eindruck, jung und dynamisch zu sein, was der Schlag von Menschen war, den ich gern um mich hatte. Auch wenn wir beruflich praktisch in zwei Universen lebten, fühlte ich eine gewisse Vertrautheit zwischen uns. Vermutlich deshalb, weil ich sie in einer Situation erleben musste, bei der sie auf meine Hilfe angewiesen war. Ohne lange zu überlegen, erzählte ich ihr ein wenig aus meinem Leben ... Vorwiegend, warum es mich nach Berlin verschlagen hatte, während mein Sohn in Wiesbaden bei seinem Vater blieb. Ob meine plötzliche Ehrlichkeit etwas mit dem Befund des kleinen Jungen zu tun hatte?

»Also bist du fast Single, könnte man sagen?«, fragte Astrid nach einer Weile.

In diesem Moment erkannte ich, wie recht sie mit ihrer Feststellung hatte. In gewisser Weise war ich tatsächlich ein Single. Zur Bestätigung nickte ich. Irgendwie machte mich diese Erkenntnis aber auch traurig. Es klang nicht nach *Party* wie noch zur Studienzeit, sondern nach viel Platz im Herbst auf einer leeren Bank im Park.

»Magst du Kinder?«, fragte ich vorsichtig. Manche Frauen reagierten auf diese Frage sensibel.

»Und wie!« Astrid strahlte plötzlich. »Ich wünsche mir nichts sehnlicher, als eines Tages ein kleines Mädchen zu bekommen. Eine kleine Prinzessin, die ich von vorn bis hinten nach Herzenslust verwöhnen kann ... Eines Tages werde ich noch Mutter!« Sie sprach so entschlossen, dass es mich überraschte. Kinder waren keine Samen, die man in einem Geschäft kaufen, sie säen und irgendwann ernten konnte. Es gehörte einiges dazu, sich mit Ende dreißig so etwas vorzustellen. Nicht mal mit einem neuen Partner glücklich zu werden, lag in meiner Vorstellungskraft. Noch ein Kind dazu? Ausgeschlossen. Meine biologische Uhr hatte ich so leise gestellt, dass selbst, wenn sie noch ticken sollte, ich sie nicht mehr wahrnahm.

Der Kellner brachte den Hauptgang und schaffte damit wieder etwas Leichtigkeit in unser Gespräch.

»Da du ja Single bist, hättest du heute Lust, zu einer Party mitzukommen?«, fragte Astrid plötzlich. »Es ist nichts Besonderes. Eine Ü-30-Party. Aber es wird garantiert lustig!«

»Heute?« Auf eine Party hatte ich nun wirklich keine Lust, doch eine gescheite Ausrede wollte mir partout nicht einfallen. Astrid witterte sofort ihre Chance.

»Ach komm schon!«, sagte sie fast flehend. »Ich habe sonst nur verheiratete Paare als Freunde. Keiner will oder kann mit mir auf Partys gehen. Es wird wirklich lustig. Oder gibt es doch einen Kerl?« Sie zwinkerte mir verschwörerisch zu. »Ich meine, so eine attraktive, kluge Frau muss doch jemanden haben! Einen Kumpel oder Chef. Halt so ein Halbsingle oder so ...« Ihr Angebot abzulehnen, hatte keinen Sinn. Sie würde meine Absage auf ihre eigene Art interpretieren. Das passte mir wiederum nicht. Und so ging ich der Spinne ins Netz, ohne auch nur mit der Wimper zu zucken.

»Nein, ich habe niemanden«, erklärte ich und fühlte mich dämlich dabei. »Außer dem Postboten, der ganz offensichtlich auf mich steht ...«, rutschte es mir heraus. *Aber wieso erzähle ich ihr das? Will ich vor Astrid wie ein verzweifelter Single aussehen? Wenn ja, dann bin ich auf dem besten Weg dahin. Erbärmlich.*

»Du machst doch Witze!«, stellte Astrid fest.

»Ja«, räumte ich zögernd ein. »Das heißt ... Da ist tatsächlich so ein Kerlchen ... Der bringt ständig Pakete für die Nachbarn. Und ohne etwas Smalltalk geht er nicht weg. Aber der Typ ist harmlos, glaub's mir!« *Warum erzähle ich Astrid das überhaupt? Was ist mit mir los?,* ging es mir durch den Kopf. *Ich kenne sie nicht mal.*

»So, so ...« Astrid blinzelte schelmisch. »Wie auch immer ... Kann ich dich um neun abholen?« Offensichtlich hielt sie unser Date für beschlossene Sache.

Für einen Augenblick dachte ich daran, dass ich mir eigentlich geschworen hatte, mehr Entspannung in mein Leben zu bringen. Dann daran, dass ich Ben dieses Wochenende nicht sehen würde, daher willigte ich ein. Was sollte schon passieren?

Als ich Astrid meine Adresse diktierte, pfiff sie durch die Zähne.

»Zehlendorf, ganz im Grünen. Die nobelste Wohngegend in ganz Berlin. Eine meiner Freundinnen auf dem Gymnasium kam daher. Ich war oft bei ihr zu Besuch. Manchmal habe ich dort übernachtet. Hübsch, hübsch ...«

»Ich kann mich nicht beschweren«, lachte ich auf und sah auf meine Uhr. Es war schon recht spät. Genau genommen waren es aufsummiert versäumte Mittagspausen der vergangenen Woche.

»Astrid, wenn ich heute zu der Party mitkommen soll, dann muss ich jetzt los. Ich habe heute noch viel zu tun«, erklärte ich und sah, wie sie in ihre Tasche griff. Ich wollte sie davon abhalten: »Nee, nee, lass mal stecken. Ich übernehme die Rechnung!«

»Nein«, widersprach Astrid. »So geht es nicht!«

»Oh doch «, schmunzelte ich. »Bei dem wunderschönen Füller wurde ich doch auch nicht gefragt. Wie hast du ihn so schnell bekommen? Samt Gravur meines Namens?«

»Gefällt er dir wirklich?« Astrid schien aufgewühlt zu sein. Dennoch ließ sie die Rechnung nicht von mir begleichen.

»Ich liebe ihn!«, sagte ich wahrheitsgemäß, denn ich mochte das schöne Gefühl, mit einem Füller über Papier zu gleiten. Mit einem Füller konnte man meines Erachtens nach niemals unsauber schreiben. Das Schriftbild wirkte immer klar und edel.

»Dann bleibt es mein Geheimnis, woher ich ihn so schnell hatte!«, erwiderte sie und stand auf. »Ich freue mich schon auf heute Abend!«

Kapitel 8

Einen Tag später
Samstag, 24.04.2009

Bärbel Hartmann stand bereits am Eingang vom Theater am Kurfürstendamm, einem sehr modernen Gebäude, das im Tageslicht durch die verglaste Fensterfront kaum auffiel. Aber am Abend strahlte das Bauwerk in wärmenden Weißtönen, die sich in der ausgeklügelten Architektur des Gebäudes spiegelten. Sie verführten die Passanten, sich der Magie dieses Platzes hinzugeben. Einige Plakate für das Stück 'Forget Sex In The City' pflasterten den vorderen Eigangbereich und informierten grob, worum es sich in dem angebotenen Theaterstück handeln sollte.

Doch das Ambiente des Theaters kümmerte mich im Moment nicht. Ich versuchte mich an den Menschenmassen vorbei zu drängen, um meine Freundin zu finden.

»Hi«, sagte ich gehetzt. Ich gab Bärbel einen Begrüßungskuss auf die Wange, während ich sie an mich drückte. »Bin ich viel zu spät?«

»Ach was!« Bärbel winkte ab. »Wir haben ja zum Glück schon die Karten. Wollen wir rein?«

»Klar«, entgegnete ich und folgte ihr. Bärbel war das absolute Gegenteil von mir. Es fiel mir nicht schwer, ihrem kastanienbraunen Lockenkopf zu folgen, der meinen eigenen deutlich überragte. Seit ich Bärbel Hartmann kannte, war sie immer etwas fülliger, was sie auf Männer sehr attraktiv wirken ließ. Sie hatte die Aura einer durchaus charismatischen Person, die Dinge gern anpackte, wenn es notwendig war. Gleichzeitig strahlte sie innere Ruhe aus. Genau das machte einen wichtigen Teil ihrer Persönlichkeit aus.

»Was möchtest du trinken?«, fragte sie mich, nachdem wir unsere Mäntel abgelegt hatten.

»Wasser«, kam es von mir wie aus der Pistole geschossen.

»Du veralberst mich gerade, oder?« Bärbel sah mich prüfend an. »Nicht wenigstens einen Prosecco?«

»Ich war gestern auf einer Party«, klärte ich sie auf. »Du weißt, ich trinke nie. Doch Astrid und ich waren danach wirklich bis obenhin voll. Sie hat sogar ihr Auto stehenlassen. Heute Morgen hatte ich einen gepflegten Kater mit Kopfschmerzen. Allein der Gedanke an Alkohol ruft bei mir einen Würgereflex hervor ...«

»Moment.« Bärbel schien das alles zu viel an Informationen zu sein. »Welche Party? Und zum Kuckuck, welche Astrid?«

Richtig. Über Astrid habe ich bisher mit niemanden gesprochen. Es war alles viel zu frisch. Bevor ich Bärbel in groben Zügen beschrieben hatte, wie ich meine gestrige Partybegleitung kennengelernt hatte, bekamen wir das bestellte Wasser und zwei Glas Prosecco aufs Haus - eine Werbeaktion zum Theaterstück.

Den einen trank meine Freundin auf ex mit den Worten: »Das sind unerwartete Neuigkeiten! Prost!« Als sie damit fertig war, setzte sie fort: »Und diese Astrid hat dich von Zuhause abgeholt und auf eine Party mitgenommen? Eine fremde Person, der du nur ein einziges Mal im Leben begegnet bist? Bist du nicht ein wenig naiv geworden, Juli? Muss ich mir Sorgen um dich machen?«

»Ach was!« Ich tat die Worte meiner Freundin leichtfertig ab. »Ihr Kinderärzte denkt, ihr hättet es immerzu nur mit Kindern zu tun! Doch Erwachsene haben das Wissen, Recht von Unrecht und Gefahr von Quatsch zu unterscheiden. Glaub es mir!« Ich grinste trotz der leichten Kopfschmerzen, die ich immer noch verspürte.

»Schon gut, schon gut«, entgegnete Bärbel sichtlich keinesfalls beruhigt und leerte das zweite Prosecco-Glas genauso schnell wie das erste. »Meinetwegen. Nur beschwer dich nicht, wenn etwas Schlimmes passiert!« Ihre mütterliche Rolle wollte sie noch nicht aufgeben. »Und? Wie war nun die Party?«

»Gar nicht schlecht«, antwortete ich nachdenklich. »Nur diesen blöden Smalltalk habe ich nicht drauf. Also war ich großzügiger zu mir, was alkoholische Getränke betraf. Mit dem Ergebnis, dass mein Schädel heute zerspringt.«

»Und?« Bärbel zwinkerte mir verführerisch zu. »Wenigstens einen hübschen Kerl geangelt?«

»Ach Quatsch!« Ich grinste. »Du weißt doch: Mit vierzig sind die besten Kerle besetzt. Der Rest – einfach nicht der Rede wert.«

»Wo du recht hast ...« Es läutete, um die Menschenmassen auf die ihnen zugewiesenen Sitzplätze zu bewegen. Wir folgten dem Strom zum Theatersaal. Unsere Reihe fanden wir auf Anhieb.

»Warum schaue ich mir eigentlich ein Stück an, das mir das zeigt, was bei mir gerade nicht läuft?«, flüsterte ich meiner Freundin leise ins Ohr, die daraufhin auflachte.

»Glaub mir«, ihre Stimme klang etwas tiefer als gewohnt, »mir geht es nicht anders. Zumindest zeitweise. Einfach zu viel Stress mit Arbeit, Kind und Kegel.«

Es läutete erneut.

»Sag mal«, wandte ich mich wieder wispernd an Bärbel. »Könntest du dir vorstellen, noch ein Kind zu bekommen?«

»Bist du von Sinnen?« Sie schaute entsetzt. »Sind meine beiden nicht genug erfüllte Pflicht für das Vaterland? Nochmal das Ganze mit der Erziehung von vorn? Windeln, Fläschchen und das ganze Blabla? Nee, ich genieße meine neugewonnene Freiheit. Wieso?«

»Ach, nur so ...«, erwiderte ich und erntete prompt eine Aufforderung von der genervten Sitznachbarin, still zu sein. Dass ich die Augen verdrehte, bekam sie nicht mit, weil sich die gesamte Aufmerksamkeit aller Zuschauer auf die hell beleuchtete Bühne richtete.

Um uns wurde es dunkel.

Kapitel 9

Freitag, 08.05.2009
Etwa zwei Wochen später.

Die Aufregung der kommenden Tage war immer mehr spürbar. Am Montag würde ich bereits in einem Flieger nach Chicago sitzen, um einen Gastvortrag zum Thema der *alternativen Heilung von chronisch entzündlichen Dermatosen* - einem meiner derzeitigen Forschungsprojekte - zu halten. Und ich hoffte inständig, dass mein Englisch gut genug war, vor einem großen Fachpublikum zu Pathologen aus aller Welt zu sprechen, ohne mir dabei große Patzer zu leisten. Auch wenn ich die Sprache mehr als sehr gut beherrschte und mit Tagungen im Ausland eine gewisse Routine hatte -, vor den Fachsymposien packte mich immer Versagensangst.

»Papiere, den eigentlichen Vortrag, Geld ...«, zählte Astrid alles auf, was ihr einfiel, das ich vergessen haben könnte. Damit machte sie mich bereits jetzt wahnsinnig. Doch ich hatte den Eindruck, dass es gut war, ihre Hilfe zu haben. Es war wahrhaftig nett, dass sie gleich nach Feierabend zu mir gekommen war. Irgendwie fühlte es sich nicht mehr einsam, sondern sowas wie *zweisam* an. Es war ein tolles Gefühl.

»Bereits in der Tasche«, bestätigte ich geistesabwesend. Dieses Mal war das Gefühl, dass ich etwas Zuhause vergessen könnte, stärker als sonst. Astrid war wie ein Segen. *Lieber zweifach an alles denken als gar nicht.* Und sie funktionierte großartig. Pünktlich zur Mittagspause holte sie mich neuerdings im Büro zum Essen ab, dann mutierte sie zu meiner Personalassistentin, was meine Termine betraf, und sorgte dafür, dass ein weiteres Wochenende ohne mein Kind abwechslungsreich wurde. Und weil mich Markus nach Chicago begleiten sollte, erklärte Astrid sich bereit, in meinem Haus auf Ben aufzupassen.

Die Idee, vom Unterricht befreit zu werden, um allein in Berlin zu wohnen, gefiel meinem Sohn natürlich uneingeschränkt. Zumal wir über den wahren Grund dieser Reise vor der Schuldirektion geflunkert hatten, als wir die Unterrichtsbefreiung beantragten. Wenn eine Familie zu einem kranken Familienmitglied fuhr, war die

Bereitschaft seitens der Schulleitung größer, die Reise zu genehmigen. Mit einer Befreiung für Tagungen sah das schon anders aus. Vermutlich, weil der unsympathische Schulleiter deren Bedeutung als weniger wichtig als die eigentliche Schulpflicht ansah. Dabei waren unsere Tagungen stets ein Spagat zwischen unterschiedlich wichtigen Veranstaltungen. Den *sehr wichtigen*, wie die kommende in Chicago, zu der wir zusammen erscheinen wollten. Und den unwichtigen – die ich meistens wahrnahm, während Markus in dieser Zeit für unseren Sohn sorgte.

Diesmal schluckte Ben sogar, dass sich ein Babysitter - eine Freundin seiner Mutter - für diesen Zweck Urlaub nahm. Gewöhnlich fragten wir im Bekanntenkreis in Wiesbaden nach einer Betreuungsmöglichkeit. Und es fand sich immer jemand. Dass diesmal Astrid von allein vorgeschlagen hatte, auf unseren Sohn aufzupassen, machte es im Grunde unnötig, andere Wege zu suchen. Also sagten wir ihr dankend zu und lebten mit der kleinen Lüge in der Schule. Für Ben waren nur zwei Sachen entscheidend: Hauptsache kein Unterricht und elternfreies Haus.

Die beiden erwartete ich morgen, doch es war mir wichtig, noch heute in Ruhe zusammenzupacken.

Wenn man auf dem Boden meinen geöffneten Koffer liegen sah, hatte man das Gefühl, es wäre keine viertägige, sondern eine sechs Wochen lange Reise. Mein Problem war, dass ich mich für kein vernünftiges Outfit entscheiden konnte. Also nahm ich für jeden Tag mindestens zwei Varianten mit. Den verhältnismäßig kleinen, freien Platz im Koffer stopfte ich mit Unterlagen für den Vortrag, Visitenkarten und jeder Menge handgeschriebenem Zeug voll. Für gewöhnlich war es nur unnötiger Mumpitz, was ich erst erfuhr, wenn ich alles wieder für die Rückreise nach Hause zusammenpackte.

»Kommst du wirklich klar so allein mit Ben?«, fragte ich zum gefühlt zwanzigsten Mal. Astrid nickte und verdrehte die Augen. Dabei schmunzelte sie. Ihr Schweigen sollte beruhigend wirken, während ich wie ein aufgeschrecktes Huhn hin- und herlief. Aber das tat es nicht.

»Die Telefonnummern sind alle auf dem Kühlschrank angepinnt«, instruierte ich sie. »Wenn Ben zum Arzt muss, ruf einfach Bärbel an. Sie weiß Bescheid. Und sie ist Kinderärztin ... Abends dürfte ihr Mann Zuhause sein, um sich um die Kinder zu kümmern, also kann sie dann zur Not zu uns kommen. Meine Handynummer hast du?«

Astrid lachte. »Sag mal, du fährst nicht mal für eine Woche weg. Ich werde doch mit einem kleinen Kerl klarkommen! Habe schon Gras und nackte Weiber organisiert - das ist doch das Wichtigste in seinem Alter!«, zwinkerte sie mir zu.

Für einen winzigen Augenblick überlegte ich, ob Astrid tatsächlich irgendetwas davon ernst meinte, doch dann sah ich, wie amüsiert sie über mein entsetztes Gesicht war. »Entschuldige«, versuchte ich lockerer zu klingen. »Ich bin wahnsinnig aufgeregt.«

»Und spießig. Und mamahaft! Das ist mir auch schon aufgefallen.« Astrid stand auf und ging in die Küche, während ich auf dem Boden kniete, um zum vielleicht hundertsten Mal zu sehen, ob ich die Strumpfhose eingepackt hatte.

Als sie zurückkam, hielt sie in den Händen eine geöffnete Flasche Wein und zwei Gläser. »Hey», hörte ich sie sagen. »Ich habe einen wahnsinnig leckeren Rotwein mitgebracht. Genau das Richtige, um runterzuschalten. Juli, es gibt kaum einen Menschen, der etwas besser unter Kontrolle hat als du! Ich schlage vor, dass wir ein Gläschen trinken und dann ...«

»... und dann?«, fragte ich neugierig.

»Und dann gehen wir mal ins Kino. Du hast genug für heute gemacht. Was du jetzt brauchst, sind: eine gute Freundin, eine Flasche exquisiten Wein und einen coolen Liebesfilm. Weiberabend, was sagst du?«

»Klingt himmlisch«, erwiderte ich und fand die Idee wirklich gut, mich mit etwas abzulenken. Ich musste diese innere Unruhe irgendwie loswerden. Zudem mochte ich Flugreisen nicht. »Würde es dir etwas ausmachen, dass ich kurz nach oben gehe und dusche? Ich bin vollkommen durch.«

»Nee, mach ruhig.« Astrid kniete sich auf den Boden und begann, meine Sachen ganz behutsam zu ordnen. »Für ein Gläschen Wein werden wir garantiert noch Zeit haben, bevor wir ins Kino gehen.«

Diese unscheinbare Frau hatte etwas an sich! In wenigen Tagen hatte sie es geschafft, einen festen Platz in meinem Herzen einzunehmen, der nur für ganz besondere Menschen reserviert war. Nur noch mit Bärbel verband mich so viel wie mit dieser Frau, deren Name mir noch vor einem halben Monat gänzlich unbekannt war. Aus irgendeinem Grund hielt sie mich fortwährend für schutzbedürftig. Und ich nahm ihre Fürsorge gern an. Vielleicht deshalb, weil sie mich, wenn man vom Äußerlichen und von ihrem Alter absah, an meine Mutter erinnerte, die mir fehlte? Zumindest in den Augenblicken, in denen sie mir eine wirklich gute Mutter gewesen war.

»Du bist ein wirklich großer Schatz«, sagte ich ganz ernst und umarmte sie herzlich, wie eine große Schwester, die ich nie hatte. Es überkam mich zum ersten Mal, seit wir uns kennengelernt hatten. Astrid verweilte kurz in der Umarmung, bevor sie mich aufforderte, mich zu beeilen.

Als ich dann einige Minuten später geschminkt und frisch geduscht die Treppe hinunterkam, konnte ich noch das Zuschlagen der Eingangstür hören.

»War jemand an der Tür?«, fragte ich neugierig.

Astrids zerstreuter Blick verriet nichts.

»Ach was«, winkte sie ab. »Nur wieder dieser Paketbote. Der nervt! Den habe ich jetzt aber für immer weggeschickt. Es wird Zeit, dass er lernt, dass du keine Lagerhalle für die Nachbarschaft bist ...«

»Schon okay«, erwiderte ich belustigt. »Ich dachte, ich hätte mich bereits klar ausgedrückt. Zumindest hat er mich bisher damit verschont. Vielleicht sucht er nur Gesellschaft? Aber du hast vollkommen recht.«

»Keine Sorge« zwinkerte Astrid mir zu, »um den werde ich mich kümmern, sollte er es erneut wagen.« Und noch ehe ich mich dazu äußern konnte, fuhr sie fort: »Das mit dem Wein können wir auch verschieben, wenn du ...«

»Wir schaffen es zeitlich ins Kino, keine Bange«, versicherte ich ihr. Wir öffneten die Flasche und ließen uns das erste Glas schmecken.

Kapitel 10

Helle Sonnenstrahlen erreichten das Innere meines exklusiven Hotelzimmers in Chicago und weckten mich behutsam aus dem Schlaf. Die Eindrücke, die Chicago mal wieder zu bieten hatte, waren überwältigend. Zwar bekam ich von der Stadt nur wenig mit, doch was den Austausch mit Fachkollegen betraf, war ich wahrlich begeistert.

Einige Vorträge würden meine Veröffentlichung in Siebenmeilenstiefeln vorantreiben, wenn ich mich mit den entsprechenden Wissenschaftlern zusammentat. Dessen war ich mir sicher. Aber viel wichtiger war der Motivationsschub, den ich durch einen Austausch mit Fachleuten aus aller Welt bekam.

Mein gestriger Vortrag vor einem vollen Kongresssaal war überwältigend gut, musste ich zugeben. Zum Glück war ich nicht die erste Rednerin. Die Besucherzahl schätzte ich auf etwa dreihundert ein, wobei die Anzahl der Frauen verschwindend gering war. Als ich dann nach der Mittagspause am Rednerpult Platz nahm, hielten mich zumindest die Männer noch immer für ein ahnungsloses Frauchen, das seinen erfolgreichen Mann begleitete. Als ich samt meiner erworbenen akademischen Titel vorgestellt wurde, wurde es still. Aber vielleicht bildete ich mir das ja auch nur ein.

Zunächst fühlte ich mich recht unwohl, was sich an dem zwanghaften Zupfen an meinem Kostüm bemerkbar machte. Doch sobald ich meinen Mund aufgemacht hatte, wurde ich in meinem Thema so vereinnahmt, dass ich die Welt um mich vergaß. Die Zeit verging wie im Flug.

Ein leises Klopfen an der Tür meines Hotelzimmers unterbrach plötzlich meine Gedanken. »Yes, please?«, fragte ich und ging in Richtung Tür.

»Ich bin's, Markus«, nahm ich die vertraute Stimme meines Ex-Ehemannes wahr. Also öffnete ich ihm die Tür.

»Morgen«, begrüßte ich ihn mit einem Kuss auf die Wange. Eine Gewohnheit aus den Zeiten, als wir noch verheiratet waren. »Komm rein.«

Markus folgte mir in mein recht großes, modern möbliertes Hotelzimmer. Es störte mich nicht, dass er meine Unordnung sah. Oder mich in einem dieser aufreizenden Nachhemdchen erblickte, die ich immer so gern trug. Genauer gesagt, ich freute mich sogar, ihn auf diese Weise vielleicht zu verführen. Seit wir nicht mehr verheiratet waren, hatte es einen gewissen Reiz für mich, meinen Ex-Mann ins Bett zu bekommen. Markus war für mich wie ein vertrauter Bruder, aber mit dem gewissen Etwas. Und er war schon seit seiner Ankunft in Berlin sehr zurückweisend, was ich mir mit der Aufregung über die Chicago-Reise zu erklären versuchte.

Wie er unsere Beziehung sah, traute ich mich nicht zu fragen. Es würde die derzeitige Situation zerstören, würde ich ihn zu irgendwelchen Bekenntnissen nötigen. »Aufgewärmte« Gefühle würden die Situation zwischen uns wieder zu dem Zeitpunkt torpedieren, an dem wir entschieden hatten, uns zu trennen. Daher war Freundschaft mit Sex die einzige Lösung, die mich vollständig erfüllte. Zumindest bis zu diesem Moment glaubte ich meine Theorie.

»Womit verdiene ich mir deinen Besuch?«, fragte ich keck.

»Ich wollte nur sehen«, erwiderte Markus, »ob du auch so einen wunderschönen Sonnenaufgang aus deinem Fenster genießen kannst wie ich.«

»Markus«, lachte ich. »Wir haben Nachbarzimmer mit einem Panoramafenster. Wenn ich aus dem Zimmer spucke, siehst du es doch sofort. Ach komm! Unter Garantie war es nicht der Sonnenaufgang, den du dir bei mir angucken wolltest. Rück mit der Sprache raus! Hast du Angst, dass ich mich verspäte? Oder ist es etwas anderes?«, fragte ich zwinkernd.

»Okay.« Markus wirkte stiller als sonst. Es war also etwas Wichtiges. »Nun«, begann er zögernd, »ich wollte nicht, dass du es zuerst von Ben erfährst, denn ... « Für einen kurzen Augenblick hielt er inne, als wollte er es mir nicht sagen. Doch ich begriff sofort. Auch wenn ich hoffte, dass ich im Unrecht war. »Es gibt da jemand Neuen in meinem Leben. Es wird, glaube ich, ernst zwischen uns beiden. Sie ist wirklich bezaubernd, du wirst sie mögen ...«

Garantiert nicht! »Hey«, versuchte ich mein Gesicht zu wahren. Diesen Moment hatte ich irgendwie schon immer erwartet, doch als es passierte, traf es mich dennoch unvorbereitet. »Das freut mich so für dich.« Mein diese Aussage begleitendes Lächeln war falsch.

Markus nahm meine Hände in seine und schaute mir tief in die Augen. Zum ersten Mal seit Jahren erschien er mir so verdammt attraktiv, wie damals, als wir uns kennengelernt hatten. Nicht wie der große Bruder, sondern wie der Student, in den ich mich verliebt hatte. Vielleicht deshalb, weil ich ihn an eine andere Frau verloren hatte? Warum war es bloß so, dass man Dinge erst zu schätzen wusste, wenn man sie verloren hatte? Warum nicht eine Sekunde vorher? Hätte man den Verlust dann nicht verhindern können?

Mein Blick wanderte zögernd zum Boden. Die wahren Gefühle und aufsteigenden Tränen wollte ich vor ihm verbergen. Doch er löste seine Hand, um mein Kinn zu heben, sodass es mir unmöglich war, seinem Blick zu entkommen. »Juli, es wird zwischen uns beiden gar nichts ändern. Gar nichts, hörst du? Auf eine gewisse Art habe ich nie aufgehört, dich zu lieben. Egal, wer noch kommen mag - wir sind eine Familie. Das wollte ich dich wissen lassen ...«

»Vielen Dank«, erwiderte ich und schluckte mit Mühe meine Emotionen herunter. »Wir haben uns einst entschieden, getrennte Wege zu gehen. Dann sollte es für uns kein Problem darstellen ... Alles gut!«

»Hey ...« Markus versuchte noch etwas zu sagen, doch es gab von meiner Seite aus nichts mehr hinzuzufügen.

»Es ist wirklich alles gut«, wiederholte ich flüsternd, um ihm nicht zu zeigen, wie stark meine Stimme brach. »Alles okay. Lass uns den Tag mit einem Frühstück beginnen, okay? Wir treffen uns am besten gleich unten ...«

Markus schaute mich noch für einen kurzen Moment prüfend an, als wollte er sich versichern, dass wirklich alles in Ordnung sei. Dann ließ er meine Hand los und ging in Richtung Tür, ohne sich nochmal umzudrehen. Für dieses bisschen Verständnis war ich dankbar, denn die Tränen der aufkommenden Trauer konnte ich langsam nicht mehr zurückhalten.

Ich muss allein sein! Wir sind erwachsen. Und getrennt, erklärte ich mir die Situation. Doch es klang nicht überzeugend genug, um ernsthaft daran zu glauben.

»Ich erwarte dich in dreißig Minuten unten. Sonst hole ich dich persönlich ab, Juli«, sagte er und schloss die Tür, ohne meine Antwort abzuwarten. Das war seine Art, mir zu verdeutlichen, dass er mich nicht allein lassen würde.

Nur glaubte ich nicht mehr daran.

Kapitel 11

Der letzte Tag in Chicago verlief unerwartet entspannt. Wenn man mir gestern rein äußerlich eine gewisse Traurigkeit anmerken konnte, war heute nichts mehr davon zu spüren. Innerlich versuchte ich zu akzeptieren, dass Markus eine Frau gefunden hatte, die ihn glücklicher machen würde, als ich es je gekonnt hätte.

Falls Markus ahnte, welche Gedanken mich beschäftigten, ließ er es sich nicht anmerken. Stattdessen erzählte er mir beim gemeinsamen Frühstück im Hotel irgendeine Geschichte, die so lustig sein musste, dass er ständig darüber lachte. Auf den Inhalt konnte ich mich kaum konzentrieren. Damit es ihm aber nicht auffiel, lachte ich ab und zu, wenn es mir angebracht erschien. Manchmal wiederholte ich den letzten Satz, ohne ihn zu begreifen. Wie ein Roboter im Standby-Modus.

Mein Kopf war erschreckend leer. Oft kamen die Erinnerungen, wie es war, als wir uns damals lieben gelernt hatten. Manchmal fragte ich mich, seit wann er eigentlich Orangensaft zum Frühstück trank. Oder für mich plötzlich auf Kaffee verzichtete ... Markus kam mir so vertraut und zugleich fremd vor.

»... zum Essen ein«, hörte ich ihn plötzlich sagen. Vermutlich erwartete er irgendeine Reaktion von mir. *Was hat er eben noch gesagt?*

»Tut mir leid«, entschuldigte ich mich. »Ich habe dich akustisch nicht verstanden. Was ist mit dem Essen?«

»Ob ich meine beste Freundin zum Essen einladen kann, war die Frage«, lachte er. »Das Catering-Essen in der schlechten Luft der Kongresshallen habe ich langsam satt. Und von Chicago haben wir auch kaum etwas gesehen.«

»Okay«, willigte ich ein. Es war mir egal, wo oder was ich aß. Unter Stress aß ich ohnehin kaum etwas. Und die drei Tage waren recht anstrengend gewesen. Der Menschheit zu entkommen und eine Touristin von vielen zu sein, klang vielversprechend. Auch mit Markus an meiner Seite.

»Fantastisch«, klatschte er wie ein Kind in die Hände.

Das Frühstück setzten wir fort, wie wir es angefangen hatten. Markus redete ununterbrochen. Ich schwieg gedankenverloren. Zwischendurch lachte ich auf, wenn mir die Situation passend erschien. Aber insgeheim freute ich mich zum ersten Mal auf mein Zuhause, nachdem beide Jungs wieder abgereist waren. Ich brauchte Zeit für mich und schwor mir, die Zeit für Ben auf die Sommerferien zu verschieben. Mein Sohn war jetzt die einzige Person auf der Welt, der ich etwas schuldig war - eine gemeinsame Mutter-Kind-Zeit.

Mein Handy vibrierte. *Ob es unhöflich ist, Markus ein winziges Desinteresse zu zeigen, indem ich auf mein Display schaute?* Darum machte ich mir plötzlich keine Sorgen mehr. *Warum auch? Es ist mein Leben!*

Eine Kurznachricht von Astrid.

»Guten Morgen, Engelchen, ich hoffe, du hast gut geschlafen. Ben ist so ein tolles Kind! Wirklich Wahnsinn! Bei uns läuft's wie am Schnürchen. Passt auf euch auf. Ich warte schon sehnsüchtig auf euch und HDGDL, deine Astrid«

In Berlin war es gerade drei Uhr nachmittags. Ich fragte mich, was die beiden jetzt taten. Als wir gestern vorm Schlafengehen miteinander sprachen, schien Ben Astrid zu vergöttern, was bedeutete, dass er alle Narrenfreiheit bekommen hatte. So begeistert hatte ich meinen Sohn selten erlebt. Wenn ich schon mein Leben im Moment nicht auf die Reihe bekam, dann hatte ich wenigstens meinem Kind ein paar schöne Tage geschenkt. Auch gut! Ich antwortete Astrid nur knapp.

Mir fiel auf, dass Markus schwieg. *Missfiel ihm etwa, dass ich Kurznachrichten verschickte? Oder dass ich seinen Redefluss unterbrochen hatte? Oder dass ich mich nicht ausschließlich für ihn interessierte?* Was es auch immer war - er schaute mich traurig an. Wir hätten jetzt vielleicht über uns, über Ben oder unsere Zukunft sprechen müssen, doch es hätte vermutlich im Streit geendet. Seit unserer Scheidung blieben noch kleine, unausgesprochene Wunden, die wir unter diesen Teppich aus ewiger Freundschaft gekehrt hatten. Da nun die Freundschaft infrage gestellt wurde und uns keine sechshundert Autobahnstunden voneinander trennten, bestand die Gefahr, dass wir etwas ansprechen könnten, was wir im Nachhinein bereuen würden. Oder vielleicht würde nur ich nicht mehr damit leben können? Schließlich war vielleicht nur ich diejenige, die mit der Situation nicht zurechtkam.

Mit solch schwierigen Themen werden wir wohl warten müssen. Nicht hier, schon gar nicht heute!, entschied ich im Wissen, dass es meinem Ex-Mann auffallen würde, wenn ich mich in einem Gespräch zurückhielt. Für die berühmten »Warum-Fragen« brachte ich im Augenblick weder Lust noch Kraft auf. Doch ganz offensichtlich wollte auch er keine Grundsatzdiskussionen führen. Davon gab es in unserer Vergangenheit genug.

»Es war Astrid«, informierte ich beschwichtigend. Dabei zwang ich mir sogar ein Lächeln ab. »Sie wollte sich kurz melden, dass alles okay sei. Nichts Besonderes.«

»Das ist gut.« Markus gab sich sichtlich Mühe, unbeschwert zu wirken. »Wollen wir? In einer halben Stunde müssen wir los.«

Spätestens in diesem Augenblick wurde uns beiden klar, dass der Zauber von Chicago endgültig verflogen war. Denn egal, wie das gemeinsame Essen verlaufen würde - am Ende würden wir glücklich sein, uns wieder ins Hotelzimmer zurückzuziehen. Diesmal allein.

Kapitel 12

Allmählich ließ der Fliederduft nach, der sich seit dem Frühlingsanfang hartnäckig in meiner Straße hielt. Mittlerweile war die Natur in Form eines bunten Potpourris aus Schmetterlingen vollständig zum Leben erwacht. Die wunderschönen Geschöpfe wurden von dem bisher einzigen Strauch, wenn man von der Thuja-Hecke absah, in meinem kleinen Reihenhäuschen-Garten angelockt. Sommerflieder war offensichtlich ein Magnet für diese anmutigen Feen der Lüfte, daher beschloss ich, jemanden zu engagieren, der sich mit Pflanzen besser als ich auskannte und mir noch weitere Sträucher einsetzen würde. Auch wenn die Grünfläche, die zu meinem Grundstück gehörte, nicht größer als ein üppiges Wohnzimmer war - Terrasse nicht mitgerechnet. Als Gärtnerin war ich eine noch größere Niete als gute Mutter. Außerdem fehlten mir die Zeit und der grüne Daumen, mich mit den Tücken der Pflanzenwelt auseinanderzusetzen. Aber Schmetterlinge mochte ich sehr.

Mittlerweile war meine Reise nach Chicago fast vergessen, inklusive eines diesmal recht lästigen Jetlags durch langandauernde Migräne begleitet. Während Markus nicht gezögert hatte, schnellstens aus Berlin zu verschwinden, schien Ben traurig über die Fahrt nach Hause zu sein. Dennoch wollte er als fast erwachsener Dreizehnjähriger nicht zugeben, wie gern er noch bei mir geblieben wäre. Also murmelte er hin und wieder etwas für die Erwachsenenwelt wenig Plausibles, was mir keinen Zweifel ließ, dass er noch gern bei mir geblieben wäre. Ich hätte nichts dagegen, wäre nicht die Schule gewesen.

Nach der ersten Schweigewoche zwischen Markus und mir lief es endlich wieder besser. Spontan entschied ich, Ben für einen ausgedehnten Sommerurlaub mitzunehmen. Mir schwebten drei Wochen auf Gran Canaria vor. Da die Ferien in Hessen nur wenige Tage zu Berlin versetzt waren, entschloss ich mich, gleich nach der

Zeugnisausgabe zu verreisen, in der Hoffnung, so kurzfristig noch gute Angebote zu ergattern.

Langsam freundete ich mich mit dem Gedanken an, frei für etwas Neues zu sein. Das verdankte ich irgendwie der neuen Frau an Markus' Seite. Ich fragte mich insgeheim, ob Markus nicht immer nur eine 'Notlösung' für mich gewesen war ... Wenn es mit einer neuen Beziehung nicht klappen sollte, bildete ich mir ein, immer zu ihm zurückkehren zu können. Aber das war ganz offensichtlich eine falsche Sicherheit. Nun, da ich im Kopf wieder frei war, eröffneten sich neue Möglichkeiten. Man konnte behaupten, dass ich auf eine eigenartige Weise plötzlich glücklich war.

Vielleicht aber verdankte ich meine innere Zufriedenheit Astrid, die wie ein Schatten über mich wachte? Diese Fürsorge hatte etwas Mütterliches an sich. Sie achtete darauf, wie ich mich ernährte, ob ich auch sonst gut versorgt war - oder mich einsam fühlte. Wenn es mir schlecht ging, war sie für mich da. *Zu wissen, dass es einen Menschen gibt, dem ich so wichtig bin, macht mich stark*, dachte ich damals. Dieser Gedanke motivierte mich. Ich merkte dabei nicht, dass das Gegenteil der Fall war. Astrid spann mich nach und nach in eine Art Kokon aus vorgegaukelter Realität ein, ohne dass ich es wahrnahm.

An jenen Samstag im Juni 2009 erinnerte ich mich noch ganz genau. Es war ein Tag, an dem mir Astrid zum ersten Mal ihr wahres Gesicht zeigte.

Der Morgen fing wundervoll an. Den Tag davor verbrachten wir - wie mittlerweile jedes Wochenende - gemeinsam. Im Kino. Das war eine großartige Belohnung nach den arbeitsintensiven Tagen seit dem Symposium. Vielleicht waren die endgültige Trennung von Markus oder der fachbezogene Austausch dafür verantwortlich, dass ich mir die Nächte mit Recherchen und neuen Forschungsideen vertrieb. Woraus ich immer die Motivation bekam. Hauptsache war, dass meine nächste Publikation voranschritt.

Während ich die meiste Zeit entweder im Institut oder im Arbeitszimmer daheim verbrachte, nahm ich kaum wahr, wie erschreckend selten ich in Kontakt mit anderen Menschen trat. Selbst meine Nachbarn sah ich kaum. Zudem schien Astrids Versprechen, die Sache mit dem Paketboten zu regeln, bestens funktioniert zu haben. Den Mann sah ich tatsächlich seit der Chicago-Reise nicht mehr. Ich vermisste ihn nicht, denn für Plaudereien an der Tür wurde mir die Zeit zu kostbar.

Ich wachte recht ausgeruht auf - geweckt vom vertrauten Klappern der Töpfe in der Küche. Das war ein Zeichen, dass auch Astrid bereits auf den Beinen war und für uns ein Frühstück vorbereitete. Die dichten, dunklen Vorhänge in meinem Schlafzimmer zog ich auseinander, um das Sonnenlicht hinein zu lassen. Von draußen drang Vogelgezwitscher durch das geöffnete Fenster, was mir den Tag bereits jetzt versüßte. Ich ließ mir Zeit, mich ausgiebig zu strecken. Noch bevor ich die Freitreppe zum Wohnbereich erreichte, stieg mir der wunderbare Duft von frischem Rührei in die Nase. *Ein zünftiges Frühstück ist jetzt genau das Richtige für mich,* dachte ich.

»Guten Morgen«, sagte ich, in der Küche angekommen.

Astrid war im Gegensatz zu mir bereits angezogen. In Jeans und T-Shirt. Mir fiel auf, wie sich ihr Stil in letzter Zeit gewandelt hatte. Hin und wieder trug sie sogar ein Kostüm, wenn sie zur Arbeit ging, was ihr einen ungewohnt seriösen Charakter verlieh. Rein äußerlich unterschieden wir uns mittlerweile erstaunlich wenig. Auch wenn ich sonst nicht oberflächlich war, passte sie so einfach besser zu mir und meinem Leben. Doch ich bewegte mich beruflich in einer Gesellschaft, die mich danach beurteilte, ob ich seriös erschien, was leider auch meinen unmittelbaren Umkreis einschloss. Astrids frühere, zweifelhaft jugendliche Aufmachung, sei es nur als Begleitung beim Mittagsessen, gehörte nicht dazu. Ihre plötzliche Wandlung schrieb ich damals automatisch der Ausschau nach einem besser situierten Mann zu.

In ihrer Freizeit trug Astrid neuerdings meist legere, hochwertige Kleidung, genau wie ich. Also keine billigen Röckchen mehr, sondern meistens namenhafte T-Shirts aus feiner Baumwolle und Markenjeans. Statt der billigen Plateauschuhe mit dicker Sohle mittlerweile weiße Sneakers.

»Morgen, Schatz.« Astrid kam auf mich zu, umarmte mich und küsste mich direkt auf den Mund. Das war eine Geste, an die ich mich bis heute nicht gewöhnen konnte. Denn ich verspürte nicht das Bedürfnis nach so viel körperlicher Nähe zu ihr. Und das, obwohl ich sie wirklich sehr mochte. Genauso verhielt es sich mit ihren 'HDGDGDLs oder Herzchen in den Kurznachrichten. Mittlerweile ertappte ich mich in Gedanken, nicht sicher zu sein, ob Astrid tatsächlich einen Mann oder eine Frau als Lebensbegleitung suchte. Beiden Geschlechtern begegnete sie mit einer Haltung, die ich für meine Begriffe als sexuelles Interesse deutete. Doch gleichzeitig war ich mir unsicher, ob ich ihr damit nicht unrecht tat. Zumindest mir gegenüber wurde sie bisher nicht eindeutiger. Hätte sie es getan, hätte es unsere Freundschaft unwiederbringlich verändert.

»Das riecht wunderbar«, bemerkte ich mit einem Blick auf die Pfanne, in der Rührei brutzelte. »Mit Zwiebeln in goldbraun — genauso, wie ich es mag! Ich decke mal den Tisch.« Im gleichen Augenblick bemerkte ich, dass dies gar nicht mehr nötig war.

»Brauchst du nicht«, warf sie ein. »Habe ich schon, als du noch geschlafen hast. Was wollen wir heute Abend machen? Wir Hübschen?«

»Oh verdammt ...« Ich erschrak. »Habe ich dir das gar nicht erzählt? Ich wollte mich nachher mit Bärbel treffen ... Sie hat Karten für eine Theatervorstellung.« Die Telefonate und Treffen mit meiner Studienfreundin waren seit dem letzten Theaterbesuch zur Seltenheit geworden. Deshalb wurden sie mir umso wichtiger. Sie versuchte oft den Spagat zwischen Familie, Berufsleben und mir zu schaffen, wobei ich ihr keinen Druck machte. Egal, wie stark sie mir fehlte. In dieser Konstellation schlug sie nun immer vor, wann wir etwas miteinander unternehmen konnten, und ich passte mich ihr an. Nur spontane Wochenendverabredungen waren schwierig, weil diese Zeit meist Astrid vorbehalten war.

»Für mich auch?«, fragte Astrid. »Oder nur für euch beide?«

Mist! Ich fühlte mich sofort elend, als ich zur Bestätigung nickte. Mittlerweile war Astrid zu einem festen Bestandteil meines Lebens geworden. Das Gefühl, sie nicht mit eingeladen zu haben, war unschön. Andererseits wollte ich Bärbel mal wieder allein sehen.

»Ach, schon gut«, fuhr sie fort. Es sollte gleichgültig klingen. Doch das tat es nicht. »Ich kann auch mal was allein machen. Leo vermisst mich bestimmt auch schon ...«

Leo war Astrids sechs Jahre alter Kater. Und er war auch der Grund, weshalb ich Astrids Wohnung kaum zu sehen bekam. Gegen Leo war ich nämlich hochallergisch. Es fiel uns vor etwa einer Woche auf, als ich sie zum ersten Mal Zuhause besucht hatte. Nicht mal fünf Minuten, nachdem ich ihre Wohnung betreten hatte, juckten meine Augen. Dann begannen sie zu tränen. Mir blieb nichts anderes übrig, als sie ununterbrochen zu reiben, bis sie rot wurden. Gleichzeitig bekam ich Schnupfen, der erst an der frischen Luft und nach der sofortigen Einnahme eines Antihistaminikums aus der nah gelegenen Apotheke besser wurde. Das war bisher meine erste und vermutlich meine letzte Begegnung mit Leo.

»Genau. Der arme Kater«, sagte ich, Verständnis vorgaukelnd. Sicherlich wollte Astrid lieber, dass ich sie ins Theater mitnahm. Oder dass ich sie wenigstens bat, auf mich in meinem Haus zu warten. Aber dieser Abend gehörte Bärbel und mir. Dafür wollte ich mich vor niemandem rechtfertigen müssen.

Astrid schwieg, während sie hastig den Pfanneninhalt auf meinem Teller verteilte. Auch wenn sie nicht gesagt hatte, dass ihr meine Verabredung absolut nicht passte, hing das Gefühl von Verrat in der Luft. Diese plötzlich entstandene, heftige Eifersuchtsszene irritierte mich, obwohl ich mich bemühte, es gelassen zu nehmen. Meine Entscheidung über den heutigen Abend stand erst recht nicht mehr infrage.

Nun schwieg ich ebenfalls.

»Hey«, sagte ich nach einer Weile tröstend, als ich der Stille überdrüssig wurde. »Ben hat gebeten, dich zu grüßen.« Gewiss telefonierte ich gestern mit meinem Sohn. Das stimmte schon. Nur Astrid zu grüßen, wäre ihm nicht im Traum eingefallen. Er mochte sie zwar gern seit seinem Besuch in Berlin. Aber drei Wochen, die seitdem vergangen waren, bedeuteten im Leben eines Dreizehnjährigen so viel wie ein halbes Leben. Zwischendurch war so viel passiert, dass er sich garantiert nicht an die 'coole' Freundin seiner Mutter erinnert hätte. Unabhängig davon, wie viele Attraktionen sie ihm in Berlin geboten hatte. Folglich benutzte ich meinen Sohn, um meine Freundin zu besänftigen.

Der Hauch eines Lächelns huschte über Astrids Gesicht und verschwand so schnell, wie er erschienen war. »Danke, grüß ihn von mir zurück«, erwiderte sie mit einem Schulterzucken. »Du«, setzte sie fort. »Sei mir nicht böse, doch nach dem Frühstück werde ich verschwinden. Der Kater wartet schon.«

Es war das erste Mal, dass sie Leos Bedürfnisse erwähnte, nachdem sie die Nacht bei mir verbracht hatte. Und auch das erste Mal, dass ihre Stimme so befremdlich klang.

Doch auf dieses Spiel ließ ich mich nicht ein. Schließlich war es ihr Problem, wenn sie sauer sein wollte.

Kapitel 13

Den Theaterbesuch ließen wir in einem gemütlichen Café in der Bleibtreustraße neben dem berühmten 'Ali Baba' ausklingen. Das auf Anhieb gemütliche Lokal war eine Empfehlung von Hanna, meiner leitenden MTLA, die im Zentrum von Berlin groß geworden war. Obwohl die Bleibtreustraße so nah zum Kurfürstendamm, der bekanntesten Shopping-Meile von Berlin, lag, verirrten sich in diese Querstraße kaum Touristen. Eher eine Unmenge von Studenten, die sich für ein ausgedehntes Päuschen bei Bier oder Fassbrause trafen.

Diese Tatsache und die Aussicht auf den versprochenen »leckersten Salat der Hauptstadt zu einem annehmbaren Preis« machten das Café zu einem wahren Geheimtipp unter Berlinern. Später, ohne dass man den genauen Zeitpunkt hätte benennen können, verlagerte sich der Schwerpunkt der Stadt in Richtung der östlicheren Bezirke wie Mitte, die ein gemütlicheres Flair der pulsierend-schlaflosen Stadt boten.

»Auf 'Ladies Night'«, sagte Bärbel mit einer Anspielung auf das Stück, das wir soeben noch gesehen hatten. Sie hob ein halbvolles Glas mit Weißwein hoch. Wir saßen draußen, um das milde Wetter in vollen Zügen auszunutzen.

»Auf 'Ladies Night'. Möge sie nie enden«, erwiderte ich feierlich. Der Sekt, den wir im Theater bekommen hatten, war mir ganz offensichtlich zu Kopf gestiegen. Die vom Tag noch warme Luft des romantischen Frühsommerabends trug sein Übriges dazu bei.

»Es war gar nicht schlecht«, knüpfte Bärbel an die Vorstellung an. »Erfrischend fand ich 'Die Wilden Stiere' mit ihren so gar nicht perfekten Körpern, oder? Dennoch haben sie die Hüllen fallen lassen ... Wir Frauen könnten uns eine Scheibe davon abschneiden. Schade, dass es deren letzte Vorstellung war.«

Ich schmunzelte und ahnte, worauf sie hinauswollte. Meinen Drang zur Perfektion, was Körperkult betraf, erwiderte sie keinesfalls. »Hey, wie soll ich einen Mann kennenlernen, wenn nicht mit einem schlanken Body? Dafür muss ich lediglich aufpassen, was ich esse. Außerdem, so perfekt ist mein Körper noch lange nicht.

Immerhin wohnte einst ein kleines Baby darin.« Mir war schon klar, dass Bärbel es wirklich lieb meinte. Meine Freundin machte sich Sorgen um mich.

»Du bist schlank, Schatz«, sagte sie mit einem sorgenerfüllten Blick, nicht ohne zuerst ihren eigenen Bauch zu streifen. Darin war kein Neid enthalten. Bärbel sah einfach die Unterschiede. Auf die sachliche Art. »Du bist einfach perfekt! Und das ist eben dein Problem. Kein Kerl traut sich an eine Professorin mit einem perfekt geformten Körper ran. Du schüchterst Männer ein. Mein Tipp wäre, sei mal halb so perfekt, wie du sonst bist.«

»Aber Markus ...«, begann ich.

»Markus hast du kennengelernt«, übernahm sie das Wort, »als du noch eine unsichere, blutjunge Studentin warst. Heute bist du eine gutaussehende, reife Frau mit einem fantastischen Job. Das macht den meisten Kerlen Angst ...« Bärbel dachte nach und lächelte plötzlich. »Hey, was weiß ich schon! Du wirst garantiert einen Kerl finden, der es zu schätzen weiß.«

»Schauen wir mal«, quittierte ich und fühlte mich mit einem Mal unwohl. Verrückterweise hatte ich wieder das seltsame Gefühl, beobachtet zu werden, weshalb ich mich unauffällig umsah. Dieses Gefühl begleitete mich bereits seit ein paar Tagen, doch ich maß dem bisher wenig Bedeutung bei. Nun fragte ich mich aber, ob es stimmte.

Bärbel entging meine Kopfbewegung nicht. »Alles okay?«

»Hmm ... Manchmal habe ich das Gefühl«, erklärte ich, »beobachtet zu werden. Kennst du das? Wenn ich mich dann aber umsehe, sehe ich nichts Auffälliges. Bescheuert, oder?«

»Wie bitte?« Bärbel war verdutzt. »Warum hast du mir nichts davon erzählt?«

»Ich hielt es für Quatsch. Für einen Auswuchs meiner Fantasie.«

»Seit wann hast du das Gefühl?« Bärbel gefiel nicht, was sie hörte.

»Seit ich aus Chicago zurück bin, schätze ich ...«, entgegnete ich nachdenklich. Den genauen Zeitpunkt konnte ich zwar nicht benennen, aber dass es irgendwann danach passiert war.

Bärbel senkte kurz den Blick, als wollte sie erwägen, wie sie etwas unmissverständlich formulieren konnte. Dann schaute sie mir direkt in die Augen. »Hast du es gut verkraftet, dass Markus eine neue Flamme hat?«

Was hat das mit meinem Verfolgungswahn zu tun?, huschte es mir durch den Kopf. Nachdem ich einen kräftigen Schluck aus meinem Weinglas genommen hatte, sagte ich: »Natürlich gut. Wir sind doch schon längst getrennt.« Es klang, als wollte ich mich in erster Linie selbst überzeugen. Dann begriff ich, warum sie mir die Frage genau jetzt gestellt hatte. Es enttäuschte mich zugleich, dass sie mich offensichtlich so schlecht kannte. »Ich drehe doch nicht durch, nur weil mein Ex-Mann eine neue Freundin hat!« Diese Erklärung fiel einen Tick zu laut aus. Die Menschen an unserem Nachbarstisch drehten sich neugierig um.

»Beruhige dich doch!« Bärbel schien es unangenehm zu sein. Vielleicht lag sie mit ihrer Vermutung aber näher an der Wahrheit, als es uns beiden angenehm war? Bekanntlich bellten nur getroffene Hunde.

»Entschuldige«, lenkte ich wieder ein. »Vielleicht ist da tatsächlich etwas dran. Ich dachte, ich hätte es schon überwunden. Dank Astrid komme ich nicht so oft dazu, an Markus zu denken. Aber wer weiß? Es ist mir auch klar, dass ich ihm nicht böse sein dürfte, doch dass er es mir ausgerechnet in Chicago erzählt hat, tut immer noch weh«, gestand ich.

»Das wird noch dauern, bis es verheilt ist. Und es ist egal, wo er es dir erzählt hätte. Die Tatsache bleibt.« Bärbel streichelte mir tröstend über den Arm. »Irgendwann ist aber der Schmerz vorbei.« Wir schwiegen nachdenklich. Ihre Berührung hatte etwas Seelenverwandtes in sich, das mich beruhigte. Bei Bärbel fühlte ich mich einfach wohl.

»Sag mal«, etwas schien meine Freundin zu beschäftigen, »was läuft da zwischen dir und dieser Astrid? Ihr kennt euch kaum, schon schläft sie öfter bei dir. Sie geht ans Telefon, wenn ich anrufe. Und spontane Verabredungen sind zumindest am Wochenende nicht mehr drin. Mir gegenüber ist sie auch noch so komisch drauf.«

»Astrid?«, wiederholte ich nachdenklich. »Vielleicht ging sie ran, als ich unter der Dusche war …«, beruhigte ich mehr meine innere Stimme, die es ebenfalls befremdlich fand. Dass sie bei mir ans Telefon ging, war für mich wirklich neu. Doch andererseits hatten wir nie darüber gesprochen, dass sie es nicht tun sollte. Vielleicht war es ein Missverständnis, das daraus resultierte, dass ich ihr gewisse Freiheiten eingeräumt hatte. Astrid hatte immerhin Ersatzschlüssel für mein Haus. »Sie hat mir in letzter Zeit sehr viel geholfen, was die endgültige Trennung von Markus betrifft«, sagte ich entschuldigend, als wäre das etwas, wofür ich mich schämen musste.

»Hey«, Bärbel schaute perplex, »was ist eigentlich los? Warum weiß ich nicht, dass dich die Trennung von Markus so sehr bedrückt?«

»Schatz«, ich legte meine Hände auf die meiner Freundin, um meine liebevoll gedachte Intention zu unterstreichen, »ich weiß es zu schätzen, dass du für mich da sein möchtest. Aber du hast eine Familie und einen Job, der dich voll vereinnahmt. Du brauchst nicht auch noch meinen emotionalen Mülleimer zu spielen. Astrid ist, wie ich, Single, und hat sonst niemanden, um den sie sich kümmern kann. Sie hört sich meine Geschichten an - ich im Gegenzug ihre. Und das ist gut so. Mit dir möchte ich gern diese unbeschwerte Zeit haben, die wir uns beide verdienen. Kein Stress, keine Vorträge über Ex-Ehemänner, kein Jammern. Wenn mich aber ernsthaft der Schuh drückt, erfährst du es als Erste. Versprochen!«

Bärbel schaute mich so durchdringend an, als wollte sie an meinen Augen ablesen, wie ernst es gemeint war. Es war mir sehr ernst. »Okay«, gab sie nach einer Weile nach. »Wie du meinst. Aber wenn dich irgendwann etwas belastet, kommst du auf mich zu?

Egal wann und wo. Meine Tür steht für dich immer offen, das weißt du hoffentlich.«

»Selbstverständlich!«, nickte ich. Die Freundschaft zu Bärbel war mir sehr wichtig.

»Nochmal zu einem sehr wichtigen Thema«, griff Bärbel auf. »Du denkst, dass dich jemand beobachtet? Ein Nachbar? Ein Verehrer?«

»Vielleicht spinne ich total, doch genau das glaube ich«, erwiderte ich überzeugt. »Es passiert ganz oft, wenn ich unterwegs bin. Oder Zuhause auf der Couch. Ein paar Mal gab es diese Anrufe, bei denen ich mir nichts dachte, außer dass sich der Anrufer vertan hätte. Die passieren aber immer wieder, sodass ich an Zufälle nicht mehr glauben möchte. Aus welchem Grund soll mich aber einer verfolgen? Und wer?«

»Seltsam.« Bärbel schüttelte ungläubig mit dem Kopf. »Hast du einen Verehrer?«

»Nicht, dass ich wüsste«, verneinte ich und war dankbar, dass zumindest meine Freundin nicht so tat, als wenn ich den Verstand verlieren würde. »Ich war zwar in letzter Zeit auf Partys und habe dort einige Männer kennengelernt. Aber etwas Ernsthaftes ist daraus nicht geworden. Nicht mal ein One-Night-Stand. Und mit den Nachbarn habe ich kaum zu tun. Die meisten sind ohnehin sehr alt oder zeigen kein Interesse, den Kontakt zu intensivieren«.

»Was sagt deine Astrid dazu? Hat sie schon solche Anrufe entgegengenommen?«

»Du bist vorerst die erste Person«, bekräftigte ich, »mit der ich über tote Telefonleitungen gesprochen habe. Genau genommen ist mir der mögliche Zusammenhang erst gerade klar geworden. Falls Astrid einen solchen Anruf entgegengenommen hat, so hat sie nie darüber gesprochen. Aber vielleicht hält sie es für nicht wichtig genug?«

»Hmm ...« Bärbel wusste keine Antwort. Plötzlich vibrierte ihr Handy. Sie schaute kurz aufs Display. »Thomas«, erklärte sie knapp.

»Geh ran, das wird wichtig sein!«, sagte ich mit Nachdruck. Bärbels Mann hätte unseren Abend nicht unterbrochen, wenn es nicht überlebensnotwendig gewesen wäre. Etwas besorgt beobachtete ich, wie sie den Hörer ans Ohr legte, wobei sie sich das andere zuhielt. Ganz offenbar waren die Geräusche der Straße, die uns nicht mehr sonderlich auffielen, sehr störend beim Telefonieren. Das machte sich in einem sehr angespannten Gesichtsausdruck meiner Freundin bemerkbar. Nach einigen 'Ja' und 'Hmm' sagte sie plötzlich: »Das ist viel zu hoch, du musst es senken. Ibuprofen findest du ...« Dann folgte eine Reihe von Anweisungen, und mir wurde klar, dass eines oder gar beide Mädchen krank waren. Somit kündigte sich ein unerwartetes Ende unseres Abends an. Denn egal, wie Bärbel das sah - sie musste nach Hause zu ihrer Familie.

»Wer ist denn krank?«, fragte ich, als sie aufgelegt hatte.

»Mimi«, sagte sie besorgt. »Das Fieber steigt ziemlich schnell. Thomas hat Angst, dass sie wieder einen Fieberkrampf bekommt.«

»Das tut mir leid. Fahr nach Hause!« Meine Stimme duldete keinen Widerstand. Aber auf diesen war ich vorbereitet.

»Nein, Thomas kommt schon klar«, sagte Bärbel und zwang sich zu einem gekünstelten Lächeln. Es war mir klar, dass sie zu Mimi wollte.

»Keine Widerrede! Ich bezahle! Du gehst sofort nach Hause!« Kopfschüttelnd bekräftigte ich meinen Entschluss, den Abend sofort abzubrechen. So schade ich es auch fand.

Verunsichert erhob sich Bärbel zum Gehen. Doch dann entschied sie endgültig, dass es besser wäre, nach Hause zu gehen.

»Wir telefonieren?«, fragte sie, während ich mich ebenfalls erhob, um sie zum Abschied zu drücken. Bei Bärbel fühlte sich diese Geste so anders als bei Astrid an. Sie war für mich wie eine Schwester. Körperlicher Kontakt mit Astrid war für mich hingegen befremdlich.

»Ja, nun geh endlich!«, befahl ich ihr. »Gute Besserung für die Kleine!«

»Wird schon«, sagte Bärbel traurig zum Abschied, bevor sie in den Menschenmassen verschwand. Die Dunkelheit hatte sich mittlerweile unbemerkt angeschlichen, weshalb ich sie fast sofort aus meinen Augen verlor. Einige Zeit später sah ich die Kellnerin, der ich meine Bereitschaft zum Zahlen signalisierte. Und das, ohne in den Genuss zu kommen, den von Hanna gelobten Salat zu probieren. Doch allein im Café zu sitzen war nicht meine Art.

Zeitgleich fiel mir ein, dass ich mein Handy vor dem Theaterstück ausgemacht hatte. Ins Handy zu schauen war die beste Art, wie ich mich unauffällig ablenken konnte, bis die Kellnerin wiederkam. Also schaltete ich das Handy wieder an und ...

Zwanzig Anrufe, zehn Kurznachrichten, stand in Form entsprechender Symbolik auf dem Display. *Irgendetwas Schlimmes muss passiert sein!* Diese böse Vorahnung traf mich plötzlich wie ein Blitz.

Kapitel 14

Wie Bärbel zuvor deckte auch ich mit einer Hand mein freies Ohr ab, um mit dem anderen Ohr den Anweisungen des elektronischen Anrufbeantworters zu folgen. Die weibliche Stimme begleitete mich durch Menüpunkte, die mich nicht annähernd interessierten. Ich hatte furchtbare Angst, dass Ben, Markus oder gar meinem Vater etwas Schlimmes passiert war und ich es nun erfahren würde.

War 'sieben' nun für 'Löschen' oder 'Wiederholen', überlegte ich nervös, während mir die erste Nachricht abgespielt wurde. Es war gar nichts darauf! Statt zu löschen, drückte ich aus Versehen auf Wiederholung, was mich zusätzlich ärgerte. Der nächsten Nachricht konnte ich nur entnehmen, dass jemand fürchterlich weinte. *Ganz offensichtlich eine Frau*, ging es mir durch den Kopf, als sie kurz leise jammerte. *Wer ist das, zum Geier?*, fragte ich mich, während der Anrufbeantworter zur nächsten Aufzeichnung sprang. Die Stimme klang jetzt beherrschter, wenn auch immer noch schluchzend.

Ist das die neue Frau von Markus, die mir sagen wollte, dass etwas Schlimmes passiert ist?, überlegte ich und spürte, dass sich meine Nackenhaare bereits beim Gedanken daran aufrichteten. Die Kellnerin, die mittlerweile an meinem Tisch erschienen war, sah genervt aus. Meine Versuche, zu telefonieren, missfielen ihr, weil sie ihr Geduld abverlangten. Unter normalen Umständen hätte ich eingesehen, dass sie sehr unter Zeitdruck stand. Immerhin war ich in dem überfüllten Lokal nicht die einzige Person, die bedient werden wollte. Deshalb schickte ich sie mit einer Handbewegung weg. Wie lange es dauerte, die Anruferin zu verstehen, wusste ich nicht. Aber ich musste sofort herausfinden, was passiert war.

Erst bei der vierten Aufzeichnung erkannte ich Astrids Stimme, was mich etwas beruhigte. *Meiner Familie geht es gut! Das ist die Hauptsache!* Dennoch. So aufgelöst hatte ich sie noch nicht erlebt. Die einzigen Worte, die sie verständlich formuliert hatte, waren: »Leo« und »tot«. *War dem armen Kater etwas passiert?* Um das herauszufinden, wartete ich nicht die weiteren Nachrichten ab, sondern wählte Astrids Festnetznummer und wartete das Signal ab.

Aber niemand ging an den Hörer. *Seltsam*, ging es mir durch den Kopf, und ich wählte ihre Handynummer.

»Hallo?«, hörte ich sie schluchzen.

»Astrid?«, fragte ich unsicher. Gewöhnlich erkannte sie meine Nummer. Sie musste in einer schrecklichen Verfassung sein, dass sie mich diesmal nicht persönlich angesprochen hatte.

»Ja«, sagte sie und bekam zugleich einen Heulkrampf.

»Hey, Liebes«, versuchte ich sie zu trösten. »Was ist los? Wo bist du?«

»Bei dir. Zuhause«, stotterte sie. »Oh mein Gott! Er ist tot ... Der arme Kater ... Ich habe ihn so geliebt.« Astrids Stimme bebte.

»Was genau ist passiert?«, fragte ich vorsichtig, um sie nicht noch mehr aufzuwühlen.

Astrids Stimme wurde beherrschter, als sie fortfuhr. Es klang sonderbar einstudiert. Mechanisch. *Ein Hinweis darauf, dass sie unter Schock steht,* dachte ich. »Ich muss das Fenster einen Spalt offengelassen haben. Er wollte raus und hat sich darin verfangen. Das ist nicht selten bei Katzen. Mein armer Leo ... Dann wollte er sich befreien und rutschte immer tiefer hinein ... Und ... erstickte, der Arme ... Und ich war nicht da, um ihn zu befreien.«

Sie tat mir unendlich leid. Ich wusste, wie sehr sie den Kater liebte. So ein Ende wünschte man keinem Tier - am wenigsten dem eigenen.

»Schatz«, bat ich, so sanft ich nur konnte. »Bleib in meiner Wohnung, bis ich gleich da bin, okay? Wo hast du Leo hingebracht?«

»Ich habe ihn ...« Astrids Stimme war jetzt beherrschter. Sie schniefte. »... beim Tierarzt zurückgelassen. Sie haben versprochen, ihn zu ... entsorgen.«

Die Art, wie sie es gesagt hatte, fand ich merkwürdig. Doch Astrid befand sich gerade in einer absoluten Ausnahmesituation. Ich hatte nicht das Recht, ihre Worte auf die Goldwaage zu legen.

»Okay, dann warte auf mich. Ich brauche etwas Zeit, weil ich noch am Kudamm bin. Aber ich werde mir ein Taxi nehmen ...«

»Danke«, erwiderte Astrid. »Ich werde dir das nie vergessen. Du bist der tollste Mensch, dem ich je begegnet bin ... Ich liebe dich so.«

»Bin gleich da ...«, wiederholte ich und legte auf. Die Kellnerin brauchte etwas Zeit, bis sie leicht genervt wieder erschien. Das bedeutete, langsam den Tisch im vollbesetzten Café freizugeben.

»Fünfzehnneunzig«, sagte sie emotionslos.

Mit den Worten »Stimmt so« gab ich ihr einen Zwanzig-Euro-Schein und erhob mich zum Gehen. Die Kellnerin murmelte etwas vor sich hin, was ich als ein »Danke« verstehen wollte. Nicht mal den Anflug eines Lächelns schenkte sie mir für das doch sehr gut gemeinte Trinkgeld. Das kannte ich aus Wiesbaden nicht. *In meiner Geburtsstadt sind die Leute in der Regel deutlich weniger mürrisch. Oder kommt das mir nur so vor?*

Am Kurfürstendamm war die Wahrscheinlichkeit am höchsten, ein Taxi zu erwischen, daher richtete ich meine Schritte dorthin.

Als ich etwa dreißig Minuten später meine Haustür öffnete, fand ich Astrid zusammengekauert auf der Couch vor. Der Tod des Katers nahm sie sichtlich mit. Sie tat mir so leid, dass ich sofort zu ihr ging. Sie schluchzte leise, als ich sie in den Arm nahm.

»Das tut mir so leid, Liebes«, wisperte ich. »Ich habe auch schon Tiere verloren, daher verstehe ich deinen Schmerz.«

»Der arme, arme Kater.« Astrids Stimme brach zusammen.

»Ist schon gut, Kleines. Ist schon gut.«

»Und ich bin schuld, weil ich nicht bei ihm war. Und weil ich die Tür einen Spalt offengelassen habe.«

»Die Tür?«, fragte ich verwundert. »Nicht das Fenster?«

Astrid schaute für einen Augenblick irritiert. »Ich meinte natürlich das Fenster. Das Ganze nimmt mich so mit, dass ich

Unsinn rede. Nur ... Weil ich schuld bin.« Heulkrampf. Astrid schüttelte sich.

»Schon gut, schon gut.« ihr Schmerz über den Verlust ihres kleinen Freundes nahm auch mich mit. Es wunderte mich nicht, dass sie sich gedankenverloren versprochen hatte. Trauer war etwas, womit jeder auf seine eigene Weise umging. Es gab nichts, was man einem dabei übelnehmen konnte. »Du bist niemals schuld. Keiner ist schuld! Es war ein furchtbarer Unfall.«

»Darf ich heute bei dir übernachten?«, fragte sie leise, als hätte sie Angst, ich könnte sie in einer solchen Situation wegschicken. Ich drückte sie immer noch an mich.

»Aber natürlich«, erwiderte ich. »Solange du möchtest. Soll ich uns einen Tee machen?«

»Oh ja, du bist für mich wie eine Schwester, die ich nie hatte!« Astrid ließ nicht zu, dass ich mich von der Umarmung löste.

Nach einer Weile war sie aber soweit beherrscht, dass ich das Gefühl hatte, sie für einen kurzen Augenblick im Raum alleinlassen zu können. Mit der Sanftheit einer mitfühlenden Mutter schob ich Astrids zusammengekauerten Körper auf die Couch zurück und stand auf. Daraufhin wickelte sie sich wie eine Schnecke in eine Embryonalstellung zusammen, was für mich bedeutete, dass sie mit ihrer Trauer für einen Augenblick allein sein wollte. Daraufhin ging ich hinaus.

Als ich meine stark beleuchtete Küche betrat, überfiel mich wieder das Gefühl, von draußen beobachtet zu werden. Es erschien mir zugleich so abwegig, dass ich ostentativ den Kopf schüttelte. Als wollte ich jemanden davon überzeugen.

Dann sah ich es. Einen Punkt.

Eigentlich nichts Besonderes. Ein roter Punkt, der auf den Kühlschrank zeigte. Hätte ein Laserpointer sein können. *Oder ein Spielzeug ... oder ... ein Scharfschütze.* Plötzlich schlug mein Herz wie wild. Mühsam versuchte ich mit meinem Blick vom Kühlschrank der Quelle meiner Angst zu folgen, ohne direkt hineinzublicken. *Wenn das tatsächlich ein Laserstrahl ist, bedeutet der blöde Scherz, dass mein*

Auge verletzt werden könnte. Und wenn es ein Sniper war? Dass jemand direkt auf meinen Kopf zielen könnte. Bei der Vorstellung erschauderte ich.

Doch im Wirrwarr dieser angsteinflößenden Gedanken gelang es mir immerhin herauszufinden, dass die Quelle direkt in meinem Garten zu sein schien. Das Licht in meiner Küche war zu grell, um mehr als die eigene Spiegelung an der Scheibe zu erkennen. Während sich ein Witzbold draußen überall verstecken konnte. Es wunderte mich, wie gut sichtbar der rote Punkt war. Plötzlich war er wieder verschwunden, als hätte ich es nur geträumt. Ich wusste nicht, was mir mehr Angst eingejagt hatte: den roten Punkt gesehen zu haben oder dass er plötzlich verschwunden war?

Sicherlich wäre es sinnvoller gewesen, sich in einer solchen Situation ruhig zu verhalten. Doch mich übermannte die Panik, nicht zu wissen, was mich erwartete. Wie von Sinnen rannte ich zur Küchenwand und knipste das Licht aus - in der Erwartung, jemanden im Garten zu sehen.

Doch der Garten war menschenleer.

»Ist alles okay?«, hörte ich Astrid zögerlich aus dem Wohnzimmer rufen.

»Alles bestens«, behauptete ich entsetzt über meine paranoiden Ängste. *Das war bestimmt ein Kinderstreich!*, versuchte ich mich zu beruhigen. Dennoch beschloss ich, die blickdichten Vorhänge zusammenzuziehen. Vorsichtshalber. Dabei fiel mir beim beiläufigen Blick nach draußen etwas Seltsames in der Ecke des sonst überschaubaren Gartens auf. Meine Neugier siegte über die aufkommende Unruhe.

»Ich gehe kurz in den Garten. Bin gleich da!«, rief ich viel zu laut. Vielleicht mehr zu mir selbst als zu Astrid. Ob sie daraufhin geantwortet hatte, entging meiner Aufmerksamkeit völlig. *Was lag dort auf der Erde?*

Ganz vorsichtig, wie im Zeitlupentempo, näherte ich mich der Terrassentür, öffnete sie und sah mich verstohlen um. Es war eine wunderschöne Nacht mit einer Fülle an Sternen, die den Himmel erhellten.

Nahezu romantisch. Und gruselig menschenleer.

Mit einem tiefen Seufzer nahm ich all meinen Mut zusammen, um in die Ecke des Gartens zu gehen. Ich bückte mich und hob einen Gegenstand auf. Es war eine schwarze Wintermütze.

Dicht daneben lagen mehrere Zigarettenstummel. Das erstaunliche war, dass von meinen Bekannten niemand Zigaretten rauchte. Und dass jemand zu dieser Jahreszeit schon eine Mütze trug, war noch ungewöhnlicher. Waren es wirklich ein paar Jugendliche? Oder steckte mehr dahinter?

Mein erster Impuls war, sofort die Polizei anzurufen. Doch was sollte ich ihnen erzählen? Dass mir Zigarettenreste und eine Mütze, die ich im Garten fand, Angst einjagten? Nicht, ohne mich vollkommen zu blamieren! Die Polizei würde garantiert einen Kinderstreich vermuten - schließlich war auch ich nicht abgeneigt, ähnlich zu denken. Oder sie würden Jugendliche vermuten, die sich qualmend gegen den Willen ihrer Eltern in meinem Garten aufhielten. Es war nahliegender als alles andere, das in meiner Fantasie möglich war.

Gegen Jugendliche würden sie nicht ermitteln, dessen war ich mir sicher. Wozu all die Mühe? Aber ich hatte eine Idee. Deshalb lief ich zunächst ins Haus. In einer der Schubladen fand ich eingerollte Gefrierbeutel, riss einen davon ab und eilte wieder in den Garten zurück. Dort angekommen, kehrte ich das Innere des Gefrierbeutels um, um möglichst keine eigene DNA zu hinterlassen. Die Mütze und die Zigarettenreste sackte ich damit ein - wie mit einem Handschuh. Die Gefrierbeutel hatten einen Zipp-Verschluss. Nach einem Kontrollblick in den Garten, der nichts Spannendes ergab, ging ich wieder beruhigter ins Haus. Doch erst in der Küche, nachdem die Vorhänge wieder ordentlich zugezogen waren, atmete ich endgültig auf und überlegte, ob es mehr Berufskrankheit oder Neugier war, Beweisstücke am Ort des Verbrechens aufzuheben.

»Was machst du?«, fragte Astrid, die plötzlich am Eingang zur Küche stand. Ihr Gesicht war durch die vom Weinen zerlaufene Mascara völlig verschmiert. Aber es war beruhigend, sie aufrecht stehend zu sehen. Erst jetzt fiel mir auf, wie stark sie in letzter Zeit abgenommen hatte. Doch ich fand es pietätlos, ihr heute ein Kompliment zu machen.

»Nichts«, antwortete ich leichtfertig. »Ich wollte vorhin den Tee machen, als ...«, fing ich an. Eigentlich wollte ich Astrid nicht mit meinen paranoiden Ängsten konfrontieren. Erst recht nicht jetzt, solange Leos Tod allgegenwärtig war. Aber ich würde ihr über kurz oder lang einige Fragen stellen müssen. Also fuhr ich ohne nachzudenken fort: »Ich habe seit einigen Tagen den Eindruck, beobachtet zu werden. Gerade eben war es so. Und als ich im Garten nachgesehen habe, lag diese Mütze auf dem Boden. Und Zigarettenreste.«

»Seltsam«, bestätigte Astrid, was mich nicht verwunderte. Sie neigte dazu, mich oder meine Meinung niemals infrage zu stellen. Als befürchtete sie, unsere Freundschaft könnte durch eine andere Sicht auf die Dinge Schaden nehmen. Das war sonst sehr komfortabel. Aber genau jetzt brauchte ich etwas anderes. Und zwar jemanden, der mir meine Ängste nahm. Selbst wenn er dazu meine Gedanken ins Lächerliche ziehen sollte. Und Astrid brauchte jemanden, der sie tröstete. Weder sie noch ich schienen uns passend zu der Situation zu verhalten. »Und was hast du in der Hand?«, fragte sie plötzlich.

»Ach!« Ich winkte ab. »Es ist die Mütze, die ich am Boden fand. Und Zigarettenstummeln. Vielleicht werde ich die DNA im Labor bestimmen lassen, wenn die Mädels dort Luft haben. Kann man gut als einen Praktikantenjob nutzen. Mal sehen, was herauskommt. Wahrscheinlich nicht mal ein Treffer, weil es einem Jugendlichen gehört, der nicht registriert ist.«

»Und warum rufst du nicht einfach die Polizei an?«

»Weil ...« Ich schmunzelte. »Was soll ich denn sagen? Hilfe, ich fühle mich verfolgt? Dann stecken sie mich noch in die Klapse. Oder: Hilfe, in meinem Garten lag eine Mütze? Dann lachen sie mich doch aus. Ich habe keine Feinde, die mir Böses wollen. Oder Ex-Ehemänner, die mich verfolgen. Nur eine Mütze, die auch einem Kind gehören könnte und zufällig in meinem Garten lag. Mehr nicht.«

»Stimmt«, erwiderte Astrid nachdenklich. »Es hört sich tatsächlich komisch an.« Langsam nervte mich diese unermüdliche Zustimmung ihrerseits.

»Es ist wahrscheinlich auch nichts«, sagte ich, unentschieden, ob ich das tatsächlich so meinte. »Aber die Mütze plus die seltsamen Anrufe in letzter Zeit …«

»Was für Anrufe?«, wunderte sich Astrid erneut.

»Auch wieder gar nichts. Jemand ruft an, dann legt er sofort auf, sobald er oder sie meine Stimme hört. Ich dachte, jemand hätte sich verwählt. Vielleicht gehört es zu dem Streich mit der Mütze dazu? Verrückt.«

»Hey …« Astrid schien eine Idee zu haben. »Ich kenne jemanden, der wiederum jemanden kennt … Du weißt schon. Auf jeden Fall könnte ich mich bemühen, in der polizeilichen Datenbank nach deiner DNA zu suchen. Natürlich nur, falls ich sie in entsprechender Form aus deinem Labor bekomme. Dieser Jemand, den ich fragen könnte, schuldet mir einen Gefallen.«

»Ist das wirklich wahr?«, fragte ich überrascht. An diese Daten könnte ich zwar auch irgendwie kommen, doch es erforderte ganz schön viel Raffinesse, Nachforschungen auf eigene Faust anzustellen. *Es ist bereits kritisch, dass ich mein Labor mit der DNA-Suche privat beauftrage. Diesen Bogen sollte ich tatsächlich nicht zu sehr überspannen, wenn es auch anders geht,* dachte ich.

»War nur ein Vorschlag«, erwiderte Astrid, »es ist nicht der Rede wert. Zur Not kann ich mich auch an den Freund meines Vaters wenden. Armin Haas ist ein pensionierter Kripobeamter. Er wird uns weiterhelfen, ohne dass man nachvollziehen kann, aus welchem Labor die DNA-Analyse stammt. Gefälligkeiten unter Kollegen, wenn du verstehst.«

»Oh Mann«, ich legte meine Hand auf die Stirn, »und was, wenn es Hirngespinste sind? Vielleicht drehe ich gerade total durch? Ist das überhaupt nötig?«

»Vielleicht nicht. Aber hey! Ist das schlimm? Denn was ist, wenn du wirklich recht mit deinen Befürchtungen hast?«, fragte Astrid trocken. »Du wohnst allein. Wenn dir einer nachstellt und dich am Ende vergewaltigt oder schlimmer? Stalker zum Beispiel können ihre Opfer zum Schluss sogar umbringen. Wenn dir so etwas passiert, kriegt das nicht mal dein Nachbar mit.«

Diese Vorstellung gefiel mir gar nicht. »Okay«, stimmte ich zu. »Ich lasse mein Labor die DNA bestimmen, und du schaust, was sich über die Identität der Person herausfinden lässt?«

»Yep. Genauso machen wir es!« Astrid lächelte.

Ihre Anteilnahme gab mir so viel Mut, dass ich mich erst jetzt wieder an den verstorbenen Kater erinnerte. »Es tut mir leid, dass ich dich damit jetzt belaste. Sicherlich hast du gerade andere Probleme. Und ich nerve dich mit meinen eingebildeten Ängsten.«

»Ach papperlapapp!«, winkte sie ab. »Der Kater war doch *nur* ein Tier. Du bist aber ein Mensch. Ein wichtiger für mich. Und bist in Gefahr, während Leo geborgen von der Regenbogenbrücke auf uns herunterschaut! Da habe ich doch Glück, dass ich längst eine kleine Wohnung in deiner Nähe gefunden habe.«

Ob mich diese Nachricht oder dieser plötzliche Stimmungsumschwung mehr überraschte, vermochte ich nicht zu sagen. Vielleicht fand ich beides gleich seltsam. »Du hast dir eine Wohnung gesucht? Wann? Und warum? Seit wann wolltest du überhaupt umziehen?«

»Ach ...«, winkte sie ab, »... nicht der Rede wert. »Wie sich gerade herausstellt, war es eine Fügung des Schicksals!« Astrid wich meinen Fragen aus. »Und jetzt, wo der Kater nicht da ist ...«, ihre Augen bekamen einen traurigen Glanz, »... wird es mich trösten, dich um mich zu haben.«

»Und wann ziehst du um? Wohin überhaupt?« Ich begriff immer noch nicht. Der heutige Tag glich langsam dem Besuch in einer Irrenanstalt.

»In die Distelstraße 15. In zwei Wochen. Habe mich sofort in die Wohnung verliebt. Selbst die Nummer ist wie deine - nur gespiegelt. Das muss doch etwas bedeuten!«

Tatsächlich. Ich wohnte zwar eine ganze Ecke weiter – aber mit der Hausnummer einundfünfzig. *Wie verrückt*, dachte ich verwundert, dass es Menschen gab, die mit derartiger Genauigkeit auf solche Kleinigkeiten achteten.

»Das klingt doch toll«, sagte ich, unsicher, ob ich es tatsächlich so toll fand. Doch eigentlich musste ich doch froh darüber sein, Astrid in meiner Nähe zu wissen. Zumindest schaden konnte es nicht, wenn sie öfters zu Besuch vorbeikam. »Ich helfe natürlich gern beim Umzug.«

»Nix da!« Astrid ließ nicht mit sich reden. »Ich habe schon eine Spedition teuer bezahlt. Eigentlich sollte es eine Überraschung werden.«

»Das ist dir auch wirklich gelungen«, bestätigte ich, diesmal ohne eine Spur von Zweifel. »Was für ein aufregender Abend! Daraus könnten wir eine ganze Woche machen, oder?«

Für einen winzigen Augenblick schwiegen wir.

»Kann ich dir ein Geheimnis anvertrauen?«, fragte Astrid wispernd.

Neugierig musterte ich sie. »Immer.«

»Eigentlich ...«, fuhr sie fort, »war in der neuen Wohnung der Kater nicht erlaubt. Ich trug mich mit dem Gedanken, ihn wegzugeben. Und nun ist er tot, als hätte er den Augenblick selbst gewählt. Es ist daher meine Schuld, verstehst du?« Sie schluchzte wieder herzergreifend. »Er hat garantiert gespürt, dass ich ihn nicht mehr wollte. Und dann ...«

Nun verstand ich besser, weshalb Leos Tod für sie besonders tragisch war. Astrid hatte Schuldgefühle, dass sie die Entscheidung über den Umzug gefällt hatte, als das Tierchen noch lebte. Und das Schicksal bereitete ihr ein fatales Finale.

»Hey«, ich drückte sie an mich, »eine gute Lösung für einen Freund zu suchen, wenn man ihn nicht behalten kann, ist etwas Liebevolles. Und der Kater wusste, wie lieb du ihn hast! Der tragische Unfall hat damit gar nichts zu tun! Es ist gar nicht so selten, dass Katzen auf diese Weise sterben. Kippfenster sind wirklich eine schlimme Katzenfalle. Das weiß ich, weil ich auch mal als Kind Katzen hatte«, tröstete ich sie.

»Es gibt nichts«, sagte Astrid, deren Tränen weiter flossen, »... was wiedergutmachen könnte, dass Leo nicht mehr da ist. Außer, dass du mich auch mal besuchen kannst. Ich werde meine Couch und die Sessel weggeben. Sie waren eh schon alt. Somit bekommst du bei mir keine Allergie mehr. Das wird toll.« Sie klatschte in die Hände.

»Wann hast du beschlossen, dein Mobiliar wegzugeben?«, fragte ich verdutzt. Immer, wenn ich dachte, der heutige Tag hätte nichts mehr zu bieten, wurde ich erneut in Erstaunen versetzt. Es klang zu durchdacht.

»Als ich dich vorhin nicht erreichen konnte, weil du mit Bärbel unterwegs warst«, entgegnete sie traurig. »Lass uns nicht mehr darüber reden und endlich Tee trinken. Es ist zwar recht spät, doch ich brauche etwas Warmes im Magen.« Astrid schniefte.

Daraufhin setzte ich den Wasserkocher auf. »Melisse? Die hilft bei der ganzen Aufregung«, schlug ich vor.

»Au ja!« Astrid freute sich aufrichtig. »Zum Glück können wir ausschlafen. Seit zwei Stunden ist schon wieder Sonntag.«

Werde ich nach dem heutigen Tag wirklich ein Auge zumachen können?, fragte ich mich zweifelnd.

Kapitel 15

Mittwoch, 24.06.2009
Etwa zweieinhalb Wochen später

Mit kleinen Schritten näherten wir uns den Sommerferien, die ich mit Ben in Gran Canaria verbringen wollte. Darauf freute ich mich diesmal ganz besonders. Drei Wochen in einem Fünf-Sterne-Hotel, ganz allein mit meinem Sohn - waren Aussichten, die mich in eine freudige Aufregung versetzten. Sommer, Sonne, Strand, Meer und sonst keine Verpflichtungen. Und ich würde meinen Sohn mal von einer Seite kennenlernen, die mir noch etwas fremd war. Wie jeder Teenie hatte auch Ben seine Geheimnisse. Vielleicht würde er mir im Urlaub einige davon anvertrauen? Auf jeden Fall würde es ein toller Mutter-Sohn-Urlaub werden, dessen war ich mir sicher!

Ein wenig interessierte es mich natürlich auch, ob er tatsächlich so gut mit der Freundin von Markus auskam, wie mein Ex-Ehemann es mir am Telefon verkaufen wollte. Mittlerweile wusste ich ihren Namen. Dennoch war sie für mich nicht Fenja Wendt, sondern lediglich die Freundin von Markus. Wenn ich ihren Namen erwähnte, würde sie mir vertrauter werden. Aber genau das wollte ich nicht! Nicht mehr. Tief im Inneren spürte ich dann stärker das Gefühl, kein richtiger Teil der Familie zu sein. Ohne mich lief es bei den Jungs Zuhause alles bestens. Selbst das Essen war, anders als bei mir, punktgenau auf dem Tisch. Ein kleiner Stich in meinem Herzen! Doch irgendwann würde auch ich Fenja Wendt kennenlernen und akzeptieren müssen. Irgendwann. Vielleicht sogar schon nach den Ferien.

Der Wecker hatte heute gewonnen. Ich schaltete ihn aus. Ein letztes Mal streckte ich mich, bevor ich mich zur Seite rollte, um aufzustehen. *Blöde Morgengedanken!* Wie vermutet, schien die Sonne bereits, also ließ ich sie auch in mein Schlafzimmer, indem ich die Vorhänge auseinanderzog. Unten konnte ich bereits das morgendliche Klappern in der Küche vernehmen. Ein Beweis dafür, dass Astrid bereits auf den Beinen war.

Und so wunderbar es auch war, gleich nach dem Aufstehen verwöhnt zu werden, sehnte ich mich wieder nach Einsamkeit.

Astrid wohnte schon seit zweieinhalb Wochen bei mir. Was die Kontakthäufigkeit betraf, mutierten wir mittlerweile zu siamesischen Zwillingen. Wohin ich auch ging, sie war immer dabei. Manchmal hatte das Vorteile. Denn seit dem Vorfall im Garten bekam ich öfter paranoide Wahnvorstellungen, verfolgt zu werden. Astrid zerstreute meine Ängste allein durch ihre Anwesenheit.

Doch langsam stieg in mir das beklemmende Gefühl auf, nichts ohne sie unternehmen zu dürfen. Ganz abgesehen davon, dass meine wenigen sozialen Kontakte, die ich noch hatte, mit ihr nichts anfangen konnten. Sobald ich nur ihren Namen erwähnte, konnte ich sicher gehen, dass Bärbel eine Ausrede erfinden würde, sich nicht mit uns beiden treffen zu müssen.

So richtig verübeln konnte ich das meiner Freundin nicht. Astrid war weder besonders interessant oder ideenreich, noch zog sie die Aufmerksamkeit der Menschen auf sich. Genau genommen wurde sie in meiner Gesellschaft zu meinem Schatten - sie aß, was ich aß; trank, was ich trank; fand gut, was auch ich gut fand, und hielt in der Regel den Mund, sofern sie keiner ansprach. Das machte sie für einige langweilig. Nur Bärbel reagierte noch stärker. Meine Freundin konnte meine neue Mitbewohnerin auf Zeit einfach nicht ausstehen.

Sechs Uhr zeigte der Wecker. Heute wollte ich darauf verzichten, mit Astrid, wie neuerdings immer, gemeinsam zur Arbeit zu fahren. Daher hatte ich im Vorfeld vorgewarnt, dass ich heute etwas später als sie anfangen würde. Die eine freie Stunde, nachdem Astrid das Haus verlassen hatte, wollte ich dazu nutzen, mal wirklich gar nichts zu tun.

Im Badezimmer herrschte seit ihrem Einzug eine eiserne Ordnung. Selbst, wenn ich die Zahnpastatube am Tag davor vergessen hätte zuzudrehen, konnte ich sicher sein, sie am nächsten Tag geschlossen und auf dem Waschbeckenrand stehend vorzufinden. So auch heute.

Nach einer erfrischenden Morgendusche schminkte ich mich im Badezimmer und zog mich in Sekundenbruchteilen dessen an, was ich sonst an Zeit dafür benötigte. Meine Einsamkeit im Haus wollte ich, so gut es ging, für alles, nur nicht die Morgentoilette nutzen. Doch Astrid komplett allein frühstücken zu lassen, brachte ich nicht über mein nach Ruhe ausgehungertes Herz. Sie schien wie immer meine Schritte bereits auf der Treppe vernommen zu haben. Das irritierte mich.

»Ich habe eine Überraschung für dich. Komm rein«, rief sie und versteckte sich wie ein kleines Kind hinter dem dunklen Vorhang in der Küche. Auch wenn mir ihr Verhalten nicht altersangemessen erschien, musste ich grinsen. Der Tisch war erwartungsgemäß penibel vorbereitet. Darauf lagen frische Brötchen vom Bäcker, Käse, Marmelade, Kaffee und in Sektgläsern - Orangensaft. In der Mitte des Tisches lag eine wunderschöne rote Rose in ein weiteres Sektglas eingesteckt. Offensichtlich hatte Astrid meine Vasen nicht gefunden, wobei ich nicht sicher war, ob ich eine passende Vase besaß. Und wenn, dann wo?

»Meine Güte! Das sieht köstlich aus!«, rief ich überrascht. Bis auf die Rose war nichts Neues dabei. Astrid bereitete jeden Tag ein ähnliches Frühstück vor. Als wollte sie sich bei mir dafür bedanken, dass ich ihr nach dem Verlust des Katers beistand. Ob regelmäßig oder nicht, gewohnt oder nicht - die Mühe war es wert, ihre Taten mal wieder gelobt zu haben. »Du hast so ein tolles Frühstück gezaubert. Wahnsinn. Und in der ganzen Küche riecht es nach Bäcker. Selbst an eine Rose hast du gedacht.«

»Habe ich nicht«, hörte ich Astrids gedämpfte Stimme hinterm Vorhang. Langsam wurde es albern. »Die hat einer vor die Eingangstür gelegt. Ich habe sie nur reingeholt, mehr nicht. Bist du nun bereit für die Überraschung?«, fragte sie ungeduldig.

»Klar!«, entgegnete ich lächelnd. Astrid verhielt sich so kindisch, dass ich es irgendwie wieder niedlich fand.

»Tada!«, rief sie und schob den Vorhang zur Seite. Ohne etwas dagegen machen zu können, erstarrte ich. Auch wenn ich es versuchte: Kein Wort kam über meine Lippen.

»Gefällt es dir nicht?«, fragte Astrid traurig.

»Do... Doch«, stotterte ich unverständlich. »Deine Haare sind so hell.«

»Ja«, ein Lächeln erhellte Astrids Gesicht, »genauso hell wie deine. Es war nicht einfach, das so hinzukriegen. Ich habe eine starke Aufhellungscreme benutzen müssen, dass es genauso wie bei dir aussieht.«

Genau genommen tat es das nicht. Ihre Haare hatten durch die Färbung einen leichten Gelbstich bekommen. Offenbar hatte sie wie ich auch nur wenig Erfahrung damit. *Soll ich es ihr sagen und ihr das Glücksgefühl nehmen? Oder abwarten, dass sie es in der Arbeit erfährt?* Als sie ihren Kopf schüttelte, um mir ihre neue Farbe genauer zu zeigen, sah ich auch noch den dunklen Ansatz ihres Haars. Astrid tat mir in diesem Augenblick sehr leid. So konnte ich sie nicht zur Arbeit gehen lassen. Aber ich wollte ihr auch nicht sagen, wie furchtbar sie aussah, denn ich wusste, dass es ihr das Herz brechen würde.

»Was hältst du davon«, fragte ich daher vorsichtig, »wenn wir uns dazu noch einen neuen Haarschnitt verpassen lassen? Da ich schon in der Arbeit gesagt habe, dass ich später komme, könnte ich bei meiner Friseurin anrufen. Sie fängt heute um acht an.«

»Hmm ...« Astrid fand die Idee gar nicht schlecht. »Warum nicht? Ich könnte mir heute freinehmen. Und schauen, wie es mit der neuen Wohnung vorangeht, könnte ich auch ...«

»Klingt super.« Ich lächelte sie an. »Schau mal, ich habe solche kleinen Strähnchen im Haar. Die sind nicht ganz natürlich. Möchtest du sie auch haben? Dann muss ich sie am Telefon vorwarnen, weil es doch etwas länger dauert.«

»Okay«, erwiderte sie glücklich. »Dann mit Strähnchen. In der Zeit melde ich mich in der Arbeit ab.« Sie ging zum Telefonieren in den Flur. Als ich die Nummer meiner persönlichen Friseurin wählte, wusste ich bereits, dass ich sie vor einer großen Herausforderung warnen musste. Das tat ich im Schlafzimmer, damit Astrid es nicht mitbekommen konnte. Immerhin ließ ich sie in dem Glauben, dass sie *nur* Strähnchen bekäme. Nicht ein

Rettungspaket, das nötig war, das Desaster auf ihrem Kopf zu beseitigen.

Kurze Zeit später erschienen wir in dem Friseursalon auf der gegenüberliegenden Seite. Gleich nachdem die Bestandsaufnahme von Astrids Haaren durch die Eigentümerin des Salons beendet war, instruierte sie mit gedämpfter Stimme ihre Mitarbeiterin, was zu tun sei. Ich war beruhigt, wie sensibel sie mit Astrid umging. Sie versprach, die Haarfarbe etwas anzugleichen, um einen Strähnchencharakter zu erzeugen. Sandy, die Saloneigentümerin, war mir schon beim ersten Besuch nach dem Umzug in mein Reihenhäuschen sympathisch. Damals wusste ich nicht, dass genau dieser jungen, dynamischen Frau der gesamte Salon gehörte. Da die Kundenpflege wie auch die Preise eher zum High-Class-Segment gehörten, konnte ich bei Sandy jederzeit auf Sondertermine hoffen. Während sich die Eigentümerin um meinen Haarschnitt kümmerte, wurde Astrid von einer Kollegin übernommen.

»Soll es wieder wie immer sein, oder kann ich dich endlich zu etwas Kürzerem überreden?«, fragte sie strahlend.

Als ich über diese Frage nachdachte, kam mir plötzlich Astrid in den Sinn. Nun hatte sie schon blondierte Haare bekommen. Und ihre Länge glich meiner.

»Ich lasse mich sehr gern überraschen«, sagte ich mutig.

»Mir schwebt etwas deutlich Kürzeres vor«, fuhr Sandy nachdenklich fort. »Komm, setz dich hin. Ich bring dir einen Kaffee und ein Bild, wie ich es meine. Das wird aber sehr radikal zu der jetzigen Länge.«

»Wir machen es!«, entschied ich, in der Hoffnung, nicht zu mutig gewesen zu sein. »Du wirst schon das Richtige tun!«

»Na gut, wie du meinst.« Sandy lachte. »Dann ab zum Haarewaschen. Deine Freundin darf sich noch gedulden, denn zuerst werde ich persönlich die Färbung der Strähnchen übernehmen, sobald du fertig bist. Es wird etwas knifflig, doch ich kriege das hin! Dann schneidet meine Kollegin, weil ich schon in fünfzig Minuten eine andere Kundin habe.«

Meine Friseurin verwies mich zu dem am weitesten entfernten Sitz, an dem man Haare waschen konnte. Ihre Kollegin bat Astrid, Platz im Wartebereich zu nehmen, und schaltete anschließend das Radio an. Als Sandy festgestellt hatte, dass wir endgültig außer Reichweite meiner Freundin waren, sagte sie leise: »Au Backe. Was hat deine Freundin mit den Haaren gemacht? Das wird absolut nicht leicht. Ich werde versuchen, was zu retten ist, aber versprechen kann ich nicht viel. Wir müssen alles komplett überfärben. Ist aber nicht gut für das Haar, wieder zu blondieren.«

»Frag mich nicht«, erwiderte ich mit Entsetzen in der Stimme. »So kann sie aber nicht unter die Leute. Vor allem hinten sieht es furchtbar aus! Aber das kann sie zum Glück gar nicht sehen.«

»Ist gut«, beruhigte mich Sandy. »Ich werde zaubern. Das Schneiden übernimmt dann Christin. Sie kann das sehr gut. Ist das okay?«

»Mehr als das«, antwortete ich wahrheitsgemäß. »Astrid«, dabei passte ich auf, den Namen meiner Freundin ganz leise zu nennen, »ist gerade mitten im Umzug. Ihr Kater ist vor kurzem gestorben. Ich denke, es ist ihre Art, alles zu verarbeiten. Vielleicht eine Krise oder so.«

»Okay, ich mache was daraus«, wisperte Sandy - und dann lauter: »Fertig! Willst du wirklich nicht wissen, was ich mir für dich überlegt habe?«

»Nein«, erwiderte ich wahrheitsgemäß. »Das wird schon okay sein. Es muss pflegeleicht sein. Und kürzer.«

»Genauso habe ich es mir auch gedacht.«

»Dann lasse ich mich überraschen, Sandy«, sagte ich. Zumindest für den Moment war ich guter Dinge, dass ich es nicht bereuen würde. Im nächsten Augenblick flitzten schon Sandys flinke Hände durch meine Haare, und ich sah ein Büschel nach dem anderen wegfliegen. Fast bereute ich es wieder, ihr die Oberhand gegeben zu haben. *Was, wenn es blöd aussieht?*, ging es mir durch den Kopf.

Völlig unbegründet, wie sich etwa eine halbe Stunde später herausstellte. Die Haarlänge des Bobs reichte gut hinter die Ohren.

Es war zwar eine Revolution für mich - von schulterlang bis zu fast kurz, brachte aber meine hohen Wangenknochen zur Geltung. Auch wenn ich mich erst an mein Spiegelbild gewöhnen musste, so gefiel ich mir sehr.

»Fantastisch!«, lobte ich Sandy. »Wirklich toll!«

»Wow«, hörte ich Astrid sagen. Sie konnte mich, dank der überall angebrachten Spiegel, auch von vorn sehen. »Diese Frisur ist wie für dich gemacht! Ich würde staunen, wenn ich morgen nicht noch mehr Rosen vor dem Haus finde.« Ob um Sandy zu gefallen oder weil ihr die Arbeit ihrer Chefin tatsächlich gefiel, nahm sich Christin die Zeit, mich lautstark zu bewundern.

»Ich bin überzeugt, dass meine Freundin mindestens genauso zufrieden sein wird!« Mit dieser Feststellung glaubte ich, Astrid etwas aufgebaut zu haben. Da ich mich wunderbar fühlte, tat sie mir umso mehr leid. Insgeheim hoffte ich, dass sich diese Christin dadurch mehr Mühe geben würde, indem ich unsere Zusammengehörigkeit erwähnte. Doch welche Wirkung diese Worte noch haben würden, hätte ich nicht im Traum gedacht. Denn dann hätte ich sie niemals ausgesprochen.

Astrid wartete in der Ecke des Salons auf ihre Behandlung. Wie toll sie meinen Haarschnitt tatsächlich fand, konnte ich bereits anhand ihrer geweiteten, strahlenden Augen erkennen.

»Astrid«, sagte ich daraufhin belustigt. »Ich fahre ins Büro und komme heute etwas später nach Hause, okay?«

»Schade, ich hätte gern den Tag mit dir verbracht.« Astrids Stimme klang bedrückt.

»Es tut mir leid, Schatz.« Ich hob meine Schulter unwillkürlich hoch. »Nächstes Mal. Habe heute noch viel zu tun.« Es sollte aufrichtig klingen. Doch in Wahrheit war es eine Lüge. Heute wollte ich einfach nur allein zur Arbeit fahren. Ohne sie. Mittlerweile waren wir ständig zusammen, wenn wir nicht gerade arbeiteten. Das begann mich zu nerven. Und nun, nach dem Vorfall mit den blondierten Haaren, gestand ich es mir endlich ein.

Kapitel 16

Der Schreibtisch ist diesmal leerer als sonst, stellte ich fest, nachdem ich mein Büro betreten hatte. In der Hand natürlich meine tägliche Dosis Koffein in Form eines Kaffees in meinem Lieblingsbecher. Es versprach ein ruhiger Arbeitstag zu werden. Während ich es mir in meinem Chefsessel bequem machte, zog ich die Straßenschuhe aus und legte meine Füße auf der Fußstütze ab. Dann fuhr ich den Rechner hoch. Astrid zu helfen, fühlte sich unerwartet gut an. Plötzlich öffnete sich die Tür zu meinem Büro und Hanna trat hinein.

»Du hast mich um etwas gebeten«, sagte sie ohne Umschweife und schloss die Tür hinter sich ab. »Es ist fertig.«

»Ehrlich? So schnell?« Ich konnte es kaum glauben. »Zeig bitte her!«

Hanna übergab mir eine Reihe von DNA-Sequenzen in ausgedruckter Form. »Alle Proben, die du mir gegeben hast, haben das gleiche DNA-Profil. Also ist es ein und dieselbe Person. Schau hier.« Sie zeigte mit dem Finger auf die fast identischen Kolumnen aus dünnen Querbalken auf einer mitgebrachten Folie. »Hautschüppchen, Haare ... Alles ist identisch.«

»Großartig!« Nun war ich unerwartet aufgeregt. Hanna hatte es geschafft, die DNA des Menschen zu entziffern, der in meinem Garten die schwarze Wintermütze und die Zigarettenstummel verloren hatte. Und es war vielleicht jene Person, die mich vor mehr als zwei Wochen mitten in der Nacht zu Tode erschreckt hatte. Falls es kein Halbwüchsiger war, der sich einen blöden Scherz erlaubt hatte, war das großartig. »Könntest du es mir zum Abgleich mit der Datenbank vorbereiten?«

»Längst gemacht, Chef«, sagte Hanna und streckte mir einen weiteren Zettel entgegen. »Diese Untersuchung hat nie stattgefunden.« Sie blinzelte mir verschwörerisch zu.

»Alles okay«, beruhigte ich sie. »Es ist nicht illegal. Würde ich nie von dir verlangen, das weißt du hoffentlich!«

Hanna lächelte. »Na klar.« Man sah ihr an, wie erleichtert sie war, ihre Bedenken geäußert zu haben.

»Mich beobachtet nachts jemand in meinem Garten«, fühlte ich mich verpflichtet zu erklären. »Irgendwann fand ich eine seltsame Mütze auf dem Boden. Damit kann ich aber nicht offiziell zur Polizei gehen, weil sie mich vermutlich auslachen würden. Das ist nicht mal ein Indiz für ein Verbrechen. Und wenn, dann für welches? Stalking? Die Mütze könnte auch von einem Kind stammen. Oder von einem Nachbarn, der seine Sachen auf meinem Grundstück verloren hat. Also dachte ich, ich lasse es bei uns aufschlüsseln und dann mal sehen. Um ehrlich zu sein, hätte ich nie gedacht, dass irgendetwas dabei rumkommt. Dennoch bleibt das bitte unter uns.«

»Na sicher doch! Ist das wirklich ein Stalker?« Hanna schaute mich entgeistert an. »Wie schauerlich!«

»Ach, was weiß ich«, winkte ich ab. »Wahrscheinlich übertreibe ich maßlos. Danke, Liebes. Du hast was gut bei mir.« Dass zusätzlich jeden Tag eine Rose vor meiner Tür lag, verschwieg ich, um nicht noch mehr Angst aufkommen zu lassen. Es reichte, wenn ich es beklemmend fand.

»Nichts zu danken, Chef.« Hanna wusste offensichtlich nicht, was sie darauf erwidern konnte. So persönlich waren wir selten. Also zuckte sie nur mit der Schulter. »Kann ich noch etwas für dich tun?«

»Lass mir nur die Ergebnisse hier, bitte. Ansonsten hast du mir bereits unglaublich viel geholfen. Vielen Dank.« Ich sah ihr zu, wie sie die Unterlagen auf meinen Schreibtisch legte.

»Doch nicht dafür!« Mit diesen Worten verließ Hanna lächelnd mein Büro.

Etwas aufgeregt suchte ich zitternd die mir so vertraute Handynummer. Und das, obwohl ich Astrid in der Kurzwiederholung gespeichert hatte. Während des Wahlvorgangs öffnete ich mein privates Mailing-Programm und startete zugleich in einem weiteren Fenster eine Suchanfrage zu unserem Urlaub.

Die Stichworte konnte ich dann später eingeben, während ich mit meiner Freundin sprach.

»Hi«, sagte ich aufgeregt. Astrid ging erst nach dem vierten Klingeln ran.

»Hi, mein Schatz«, erwiderte sie fast ohne Pause. Sie schien die Nummer meines Büros am Display erkannt zu haben. Und sie schien gut gelaunt zu sein, wie ich ihrer Stimme entnahm.

Also war der Besuch bei der Friseurin doch goldrichtig, dachte ich zufrieden.

»Was gibt's?« Astrid schien es ungewöhnlich zu finden, dass ich genau jetzt anrief. Normalerweise tat ich das tatsächlich nicht.

»Du wirst nicht glauben, was ich gerade in meinen Händen halte.« Ich schwieg kurz, um dann gleich die Auflösung zu verraten. »Die DNA von der Mütze!«

»Aha«, stellte Astrid so gleichgültig fest, als wäre das die uninteressanteste Nachricht des Tages. Dieses Wechselbad der Gefühle erlebte ich in letzter Zeit sehr oft. Entweder Jubeln und pure Begeisterung oder latente Wut, wenn ich - ihrer Meinung nach - etwas falsch gemacht hatte. Und das ohne Übergänge zwischen den unterschiedlichen Gemütszuständen.

»Ist was?«, fragte ich daher behutsam.

»Du hast gar nicht gefragt, wie es beim Friseur war«, platzte es aus ihr heraus. Ich war mir sicher, sie bereute im gleichen Augenblick, sich beschwert zu haben, weil sie somit zeigte, wie meine kleine Unaufmerksamkeit sie verletzte.

Das darf doch nicht wahr sein, dachte ich. *Wie ein kleines Kind ...*

»Du hast recht«, entschied ich mich zu der altbewährten Technik, mit verletzten Kleinkindern umzugehen. Besonders in Bens Trotzphase gehörte es zu meiner Überlebensstrategie, ihn ab und zu denken zu lassen, dass er gegen mich 'gewonnen' hatte. »Ich hatte es fast vergessen. Wie sieht deine neue Frisur aus? Waren die Mädels lieb zu dir?«

»Oh, sie waren fantastisch!« Astrids Verstimmung war wie gewohnt so schnell verschwunden, wie sie aufgekommen war. »Es sieht traumhaft aus! Du wirst sehen!« Ihre Begeisterung steckte an. »Kannst du mir die Ergebnisse der DNA-Analyse per Email schicken? Ich würde sie gleich an den Freund meines Vaters, den pensionierten Kripobeamten, weiterleiten. Dann haben wir den Kerl.«

Es klang gut. Je schneller ich den Namen hätte, desto schneller würde ich wissen, was an der Geschichte überhaupt dran war. War es der Kerl, der mir die Rosen vor die Tür legte? Oder hatte es nichts damit zu tun? Natürlich nur, wenn er erkennungsdienstlich irgendwann erfasst worden war. Wenn nicht, war Hannas Arbeit und die von Astrids Bekanntem umsonst. Ein Versuch war es in jedem Fall wert.

»Oh, das ist lieb von dir, Astrid«, quittierte ich so liebevoll wie ich nur konnte. Es gab keine bessere Art, sie zu besänftigen, als ihr die Anerkennung zu geben, nach der sie immer gierte.

»Für meine beste Freundin werde ich immer alles tun!« Sie sprach das so überzeugend aus, dass es weniger wie ein gut gemeintes Kompliment als mehr wie eine Drohung klang. Aber vielleicht verdrehte ich ihre Worte in meinem Kopf nur, weil mir ihre Anwesenheit Zuhause lästig wurde. Ständig von jemandem so Kompliziertem wie Astrid umgeben zu sein, begann mich zu zermürben. Uns fehlte die Leichtigkeit in der Freundschaft.

Unter dem Vorwand, noch viel zu tun zu haben, legte ich auf. Danach scannte ich das DNA-Profil ein und verschickte es an Astrid, in der Hoffnung, sie würde es sofort weitersenden. Und ich täuschte mich nicht. Kaum fünf Minuten später kam die Bestätigung, dass sie es weitergeleitet hatte.

Der Arbeitstag kann beginnen, stellte ich zufrieden fest und schloss vorerst alle Computerfenster mit privaten Suchanfragen. Die Lust, nach passenden Angeboten für den Urlaub zu suchen, war verflogen. Ich verschob es auf den Abend. Als das Telefon wieder klingelte und sich Doktor Engelhardt meldete, war ich gedanklich wieder komplett mit meinen Aktenbergen beschäftigt.

»Guten Tag, Professor Hoffmann«, begrüßte er mich freundlich. »Könnte ich Sie unterbrechen?«

»Aber selbstverständlich. Wie kann ich Ihnen helfen?«, fragte ich etwas zerstreut, während meine Augen die von uns bereits bearbeiteten Daten der Patienten überflogen. *Habe ich etwa eine Eiluntersuchung für die JVA übersehen?*, überlegte ich. Zumindest, was die bearbeiteten Proben der letzten Tage betraf, gab es keine Eilaufträge. *Was will er dann?*

»Ähm«, der Gefängnisarzt wusste offensichtlich nicht, wie er es geschickt ansprechen sollte, »können Sie sich an unser Gespräch vor etwa zwei Monaten erinnern? Ich bat Sie, mir ein paar Ergebnisse zu einer unserer Patientinnen zuzusenden. Nun ... « Er atmete schwer aus. »Ich habe diese immer noch nicht vorliegen.«

»Aber selbstverständlich kann ich das«, entgegnete ich leicht empört, als hätte er mir etwas unterstellt. »Noch am gleichen Tag habe ich die Befunde zur Chirurgie gebracht, wo man mir versicherte, dass sie zusammen abgeschickt würden.«

»Seltsam«, stellte der Gefängnisarzt fest. »Ich habe heute bemerkt, dass die Akte der Patientin noch offen ist. Die chirurgischen Befunde sind allerdings angekommen. Nur die pathologischen nicht ...« Im Hintergrund hörte ich Papierrascheln, daher hielt ich die Luft an, in der Hoffnung, es handele sich um ein Missverständnis. *Wie kann das sein?*

»Nein«, betonte er nochmal. »Ich finde nichts. Es kann natürlich sein, dass es jemand falsch einsortiert hat. In letzter Zeit war ich wenig in der Krankenstation der JVA. Ein längst fälliger Meniskusriss, den ich nun doch noch operieren ließ. Aber Sie wissen, wie das ist, wenn man nicht vor Ort ist. Alles bleibt liegen. Und wenn wenigstens ein Teil eigener Arbeit von einer Vertretung bearbeitet wird, dann dürfen Sie den Detektiv spielen, wo sich Ergebnisse finden lassen.«

»Es tut mir wahnsinnig leid«, sagte ich gefasst. Der Fehler musste bei ihm passiert sein, doch es schadete nicht, Mitgefühl zu zeigen.

»Ach, halb so schlimm. Mit Krücken geht es immer.« Doktor Engelhardt ließ mich nicht zweifeln, dass er mein Mitgefühl auf sein Leiden bezog. »Unkraut vergeht nicht. Könnten Sie mir dennoch die Befunde zukommen lassen, damit ich die Unterlagen wegschicken kann? Die Patientin wird verlegt, daher bräuchte ich es demnächst.«

»Selbstverständlich«, versicherte ich ihm. »Könnten Sie mir die Nummer zum Abgleich mit unserer Datei angeben? Ich will sicher sein, dass diesmal nichts schiefläuft.«

Die Nummer notierte ich sehr sorgfältig, darunter setzte ich das heutige Datum samt Uhrzeit. Sobald ich die Befunde gefunden hatte, wollte ich den Zettel an die zweifach kopierten Befunde anheften und die Kopie vorsichtshalber in meiner Schublade ablegen, falls es der Arzt wieder verbummeln sollte.

»Wenn Sie es schneller haben wollen, könnte ich die Akte per Email versenden«, bot ich an. »Wir wollen sichergehen, dass Sie diese schnellstens bekommen.«

»Nicht notwendig«, entgegnete Doktor Engelhardt. »Ich habe noch eine gute Woche Zeit. Bis dahin schaffe ich es garantiert.«

Während er sprach, klemmte ich den Hörer mit meinem Kopf an die Schulter, um nebenbei freihändig die Vorgangsnummer angeben zu können. Ich verfluchte mich gleichzeitig dafür, dass ich vergessen hatte, die Freisprecheinrichtung zu benutzen.

»Ich sehe die Patientenakte gerade«, griff ich auf. »Ohne Befund, wie Sie vermutet haben. Die Unterlagen werden Sie selbstverständlich so schnell wie möglich bekommen. Es tut mir sehr leid, wie es gelaufen ist«, betonte ich ein wenig erleichtert. Nichts wäre schlimmer, als wenn die Patientin aufgrund des Fehlers meines Instituts Probleme bekäme. Zum Glück war das hier nicht der Fall.

»Keine Ursache. Es ist ja nichts passiert. Ich ärgere mich darüber, dass ich das Fehlen der Unterlagen erst jetzt bemerkt habe. In der Post kann immer etwas verlorengehen. Da wäre es schön, wenn man etwas mehr Geld in die Software investieren würde, die uns sofort warnt, wenn Befunde fehlen. Aber hey, wenn man nicht mal das Geld hat, in die nötigste Apparatur zu investieren.«

»Ach«, erinnerte ich mich. »Das Röntgengerät? Immer noch defekt?«

»Ich sage dazu nichts mehr. Lohnt sich nicht. Das wird wohl nie was werden«, erwiderte er resigniert. »Vielen Dank für Ihre Hilfe.«

»Keine Ursache«, warf ich ein, bevor ich mich verabschiedete.

Verdammt, wie ist das möglich?, überlegte ich. Diese Frage begleitete mich mindestens eine weitere Stunde lang. Dann gab ich nach und wählte meine eigene Festnetznummer.

»Ja?« Astrid schien es nicht für nötig zu halten, sich so zu melden, dass der Anrufer sofort sicher sein konnte, bei mir angerufen zu haben. Diese übertriebene Selbstsicherheit ärgerte mich, zumal mein Telefon die gesendete Nummer unterdrückt hatte.

»Ich bin es«, sagte ich und hörte, wie sie sich beinahe verschluckt hätte. Als wäre sie bei etwas erwischt worden. Das steigerte meine Gereiztheit noch zusätzlich. »Alles okay?«

»Alles prima«, erwiderte sie angestrengt, während sie einen Hustenanfall abzuwehren versuchte. »Hab gerade was getrunken.«

»Das tut mir leid, wenn ich dich erschreckt habe«, klang es nicht so gespielt weich, wie ich es tatsächlich beabsichtigt hatte. Dann kam ich gleich zur Sache. »Sag mal, kannst du dich an unser erstes Treffen erinnern? In deiner Arbeit? Das allererste Mal?«

»Na klar«, nun klang Astrids Stimme gereizt, »als mich Sabine vor meinen Kolleginnen und - viel schlimmer - vor den Patienten blamiert hat? Diese blöde Kuh! Bis heute läuft sie mir hinterher, wenn auch deutlich seltener als früher. Und so einen Zirkus wie damals wird sie nie wieder machen! Sonst rufe ich die Polizei!«

»Ja, genau.« Ich ignorierte ihr Schimpfen. Ihre Freundin Sabine kannte ich bisher nur aus Astrids Erzählungen, und das war gut so. Diese Frau schien sie früher regelrecht verfolgt zu haben. Eigentlich dachte ich, dass sich die Aufregung um Sabine langsam gelegt hatte, weil Astrid sie kaum mehr erwähnte. Doch wie sie sich ereiferte, verriet mir, dass ich falsch lag. Aber im Moment war das nicht mein Problem. »Kannst du dich an den Tag ganz genau erinnern?«, wiederholte ich. »Ich kam zu euch, weil ich meine Befunde zusammen mit euren wegschicken wollte. Das habe ich dir damals in die Hand gegeben. Weißt du noch?«

»Klar.« Astrid schien nicht zu wissen, worauf ich hinauswollte. »Ich habe alles in einen Umschlag gepackt und weggeschickt. Das ist aber schon lange her ...«

Gar nicht so lange, bemerkte ich erschrocken. *Kenne ich Astrid wirklich erst seit zwei Monaten?* Es kam mir so viel länger vor. *Zwei Monate? Kennen wir uns wirklich erst so kurz?* Mittlerweile wohnte sie provisorisch bei mir, kannte meinen Sohn, verbrachte jede freie Minute mit mir. *Und was weiß ich eigentlich über sie? Ich weiß, wo sie wohnt und dass sie ein Einzelkind war. Mehr aber nicht*, stellte ich mit Verwunderung fest.

»Heute hat Doktor Engelhardt bei mir angerufen«, erklärte ich, »und sich beschwert, dass die Untersuchungsergebnisse der Patientin von damals nicht da wären. Das heißt - eure Befunde schon. Nur meine nicht!« Den letzten Satz ließ ich wie einen Vorwurf stehen.

»Phhh«, schnaubte Astrid gespielt übertrieben. »Haben sie sich SCHON WIEDER beschwert, dass etwas fehlt? Das kommt alle naselang vor. Wenn du mich fragst, haben die dort eine ziemliche Unordnung. Wenn du mir nicht glaubst, frag doch bei uns nach, wie oft wir die Unterlagen nochmal nachreichen müssen.«

»Wirklich?«, fragte ich beruhigter. »Bei uns gab es noch nie Beschwerden.«

»Wie oft bekommt ihr denn Aufträge von der JVA? Bei uns ist in letzter Zeit einmal in der Woche jemand von drüben in der Praxis. Und da wird nicht wenig gemacht. Knochenbrüche, Prellungen und ähnliches scheinen im Frauenknast an der Tagesordnung zu sein. Vermutlich öfter als die Sorge der dortigen Ärzte um Tumore, die auf dem Tisch der Pathologie landen würden.«

»Da hast du recht«, bestätigte ich. Die JVA gehörte tatsächlich nicht zu unseren häufigsten Kunden.

»Da wir gerade telefonieren«, Astrids Stimme klang nervös, »was hältst du davon, wenn ich dich heute von der Arbeit abhole? Ich langweile mich gerade.«

»Oh ja, das wäre schön!« Nur jemand, der mich wirklich kannte, hätte die Lüge raushören können. Die Wahrheit war: Auch wenn Astrid irgendwie mittlerweile zu meinem Leben gehörte, fühlte ich mich in ihrer Anwesenheit wie in einem goldenen Käfig, der zunehmend schrumpfte.

»Mach dich auf eine tolle Überraschung gefasst!«, schloss sie geheimnisvoll.

Kapitel 17

Diesmal verbrachte ich meine verspätete Mittagspause ganz allein in einem sündhaft teuren Coffee-Shop in der Nähe. Der Grund war, dass er sich genau bei der Post befand. Diesmal wollte ich meinen Job nicht nur zeitnah, sondern auch noch persönlich erledigen. Wenn die Befunde immer noch nicht ankommen würden, dann wüsste ich nun endgültig, dass es nicht an uns lag. Noch bevor ich mir einen Kaffee genehmigte, gab ich den Brief in der Poststelle ab. Rein nach dem Motto: erst die Arbeit, dann das Vergnügen.

Ein sehr jung aussehendes Mädchen hinter dem Tresen des Coffee-Shops begrüßte mich freundlich und fragte höflich, wie sie mir helfen könnte. Auf ihrem T-Shirt konnte ich vom Namensschild den Namen Sophie ablesen. Während sie mit mir sprach, stellte sie ein großes Tablett vor sich hin. *Sie scheint eine Studentin oder Ähnliches zu sein,* schätzte ich. Meine Bestellung war recht unkompliziert, es war mehr ein kleiner Appetit zwischendurch als ein Hungergefühl. Dennoch wollte ich das Tablett nehmen. Allein deshalb, um darauf nachher das dreckige Geschirr zurückzubringen.

Neben einem riesigen Kaffee mit einer appetitlich cremigen Milchhaube stellte Sophie auf einem weißen Teller einen mit getrockneten Tomaten und Mozzarella gefüllten Bagel auf das Tablett. Allein der Geruch löste Lust aus, sofort hineinzubeißen. Mein Magen knurrte plötzlich.

Nachdem ich bezahlt hatte, nahm ich Platz an einer langen Bank am Fenster. Wenn ich irgendwo allein sitzen musste, war genau das mein liebster Platz. Ich liebte es, die Welt zu beobachten, ohne selbst gesehen zu werden. In Berlin waren die Menschen so unterschiedlich. Die meisten ganz hektisch, dass man das Gefühl bekam, Berliner wären ein Volk der chronisch Zuspätkommenden. Selbst Mütter schienen ihre Kinderwagen im Eiltempo von einem Termin zum nächsten zu schieben. Es war auch nicht ungewöhnlich, nachmittags Jugendliche in der Menschenmenge zu treffen. Schließlich war die Schule gerade beendet. In diesem

Augenblick fiel mir ein, wie sehr mir mein Sohn fehlte. Beeilte Ben sich genauso, nach Hause zu seinem Vater und dessen neuen Lebensgefährtin zu kommen? Oder ließ er sich die Zeit, mit seinen Kumpels über irgendwelche Themen zu sprechen, die sie gerade beschäftigten?

Während meine Gedanken von meinem Sohn zu heiteren Themen wie dem geplanten Urlaub glitten, registrierte ich, dass ein Mann auf der gegenüberliegenden Seite etwas fotografierte. Dass in Berlin Touristen die merkwürdigsten Sachen ablichteten, war mehr als normal. Das registrierte ich nicht mal. Doch irgendetwas war seltsam. Der Mann schien mit seiner Kamera in meine Richtung zu zielen. Und er setzte nicht ein oder zwei Mal an und drehte sich nach einem anderen Objekt um. Nein, er war offensichtlich nur an einem einzigen Motiv interessiert - so lange, wie er verweilte und immer wieder ansetzte.

Vielleicht war es vollkommen verrückt, doch ich bekam ein mulmiges Gefühl, das sich von Minute zu Minute steigerte. Als meine Selbstberuhigungsversuche endgültig scheiterten, steckte ich den Rest des Bagels und eine Serviette in eine Papiertüte. Dann trank ich den letzten Schluck Kaffee und stellte die benutzte Tasse auf dem Tablett ab. Hastig sammelte ich meine Sachen zusammen, nahm das Tablett und stellte es auf einem Geschirrwagen ab. Doch als ich die Tür vom Coffee-Shop aufgerissen hatte, war der Mann bereits verschwunden. Als hätte es ihn nie gegeben. Und ich fragte mich, ob ich mal wieder dabei war, durchzudrehen.

Der Blick auf die Uhr verriet mir, dass mehr als meine halbe Mittagspause bereits vorbei war. Daher machte ich mich sofort auf den Weg ins Büro. Das Gefühl der Unbehaglichkeit wollte mich nicht verlassen. Auch wenn es mittlerweile mehr in den Hintergrund gerückt war. Für einen kurzen Augenblick überlegte ich, die Treppe nach oben zu nehmen, als ich zwei Frauen vor dem Fahrstuhl sah. Ich fuhr ungern in Begleitung. Dennoch fiel mir diesmal die Entscheidung nicht schwer, und ich nahm den bequemeren Weg nach oben.

Dabei empfand ich das Gefühl in einem Fahrstuhl schon immer etwas beklemmend. Man fuhr mit fremden Menschen in einer etwa vier Quadratmeter großen Stahlbüchse. Bei einem Psychopathen-Anteil von etwa ein bis zwei Prozent der Bevölkerung standen die Chancen ganz gut, mit einem davon im Fahrstuhl zu stehen. Nicht beruhigender war die Tatsache, dass unsere Klientel - bestehend aus Chirurgen, Beamten oder Juristen - zu den Top-Ten der Berufe mit den meisten Psychopathen gehörte. Für jemand anderen wären solche Gedanken vielleicht ein Hinweis auf Paranoia. Wer, wie ich, die forensische Pathologie sein zweites Zuhause nennen durfte, sah die Welt einfach mit anderen Augen.

Als ich schließlich mein Büro betrat, fiel die Anspannung endlich von mir ab. Sogar auf die übliche Tasse Kaffee am Nachmittag verzichtete ich, um endlich wieder hinter meinem Bildschirm abtauchen zu können. Zumindest so lange, bis sich meine Nervosität gelegt hatte. Meine Gedanken wanderten so intensiv um den Vorfall vor dem Coffee-Shop, dass ich nach einer Weile den Sinn der gelesenen Seiten erst nach der dritten Durchsicht begriff.

So hat das keinen Sinn. Ich brauche einen klaren Kopf, dachte ich. *Zur Not werde ich heute etwas länger arbeiten.* Im Büro fühlte ich mich uneingeschränkt sicher. Damit ich den Vorfall wieder verdrängen konnte, entschloss ich mich, spontan die Reise zu buchen.

Und tatsächlich. Nach und nach tauchte ich vollständig in die Welt aus Stränden, Entspannung, Hotels, Halbpensionen, Sonne und besten Tipps für Gran Canaria ein. Ich entschied mich für ein Hotel in der Nähe der Wanderdünen von Maspalomas. Damit es für Ben nicht zu langweilig war, buchte ich noch einen ganztägigen Jeep-Ausflug dazu. Während ich alle Daten bestätigte, klopfte jemand an der Tür.

»Herein«, sagte ich abwesend. *Habe ich nicht zu voreilig gehandelt?,* überlegte ich zur gleichen Zeit. Die Buchung ging wirklich schnell. Zu schnell? *Hätte ich nicht zuerst doch noch mit meinem Sohn sprechen sollen, bevor ich den Buchungsvorgang abgeschlossen habe?,* überlegte ich. Es war nicht mehr zu ändern.

Die Tür öffnete sich sehr langsam. Doch auf den Anblick, der daraufhin folgte, war ich keinesfalls vorbereitet.

»Ich wollte dich doch abholen«, lächelte Astrid so verstohlen, als hätte sie mein entsetzter Blick schrecklich irritiert.

Ich war sprachlos.

»Gefällt es dir nicht?« Astrid war nun richtig verunsichert.

Der Tag schien wie ein nicht endender Albtraum zu sein. Eindeutig zu viel für mich.

»Das ist doch ...« Ich überlegte, wie ich es freundlich ausdrücken sollte, ohne einen hysterischen Anfall zu bekommen. »Sind das nicht meine Sachen, die du da anhast?«

»Witzig, nicht? Jemand im Gang hat mich von hinten mit deinem Namen gerufen. Wir sehen jetzt aus wie Zwillinge!«

Diesen Vergleich wagte ich nicht auszusprechen, doch genauso war es. Wir sahen zumindest von hinten fast wie Zwillinge aus. Die Jeans, die sie trug, ähnelte meinem Stil. Und sie hatte meine Bluse an, die mir etwas zu groß geworden war. Astrid passte sie tadellos. Sie schien tatsächlich viel abgenommen zu haben, was mir jetzt wieder auffiel.

Doch all das war noch nichts. Astrids neue Frisur glich meiner zu hundert Prozent. Es war einfach eine perfekte Kopie dessen, was Sandy mit meinem Kopf veranstaltet hatte. Unwillkürlich fuhr ich mir mit der Hand durchs Haar.

»Wer hat ... Wer hat dich denn so geschnitten?«, fragte ich Astrid. Das Gefühl, mich stark kneifen zu wollen, war nicht zu leugnen.

»Nachdem du gegangen warst, bat ich meine Friseurin, dass sie es so wie die Chefin bei dir machen soll«, entgegnete sie beleidigt, weil ich mich nicht mit ihr freute. »Das hat sie geschafft. Selbst die Chefin staunte, wie toll es geworden ist.«

In diesem Moment schaltete sich mein sonst so ausgeglichenes Denkvermögen ab. Ohne dass ich dagegen etwas tun konnte, sammelte sich mein gesamter Frust wie ein Tornado zu einer Emotion zusammen.

»Raus hier!« So wütend wie in diesem Augenblick war ich noch nie. Ich sprach vermeintlich ruhig, doch die Worte waren voller tiefempfundenen Hasses. »Raus aus dem Büro! Raus aus meinem Leben! Ich will dich nie wiedersehen! Hast du das verstanden?« Alles entlud sich in einem einzigen Augenblick. Meine Angst, meinen Sohn zu verlieren, die gleiche Angst, seinen Vater Markus bereits an eine Frau verloren zu haben, mein Frust, der Welt nicht zu genügen, und das Gefühl, verfolgt zu werden.

Astrid schaute mich verletzt an, wie damals, als wir uns in der Chirurgie kennengelernt hatten. Doch diesmal empfand ich kein Mitleid für sie. Zum ersten Mal konnte ich den Auftritt ihrer Freundin verstehen, den ich damals für völlig aus der Luft gegriffen hielt. War es möglich, dass sie ihre Freundin damals genauso wie jetzt mich kopiert hatte? Dass also sie und nicht die Freundin die 'Böse' war?

Die einzige Regung, die sie im Augenblick zustande brachte, war, mich bohrend anzustarren. Als wäre sie ein Roboter, der Befehle erwartete. Keine sonstige Regung. Keine Tränen, kein Lachen.

Nichts. Wie eine Porzellanpuppe.

»Pass auf«, sagte ich in warnendem Ton. »Ich werde dir jetzt etwa fünf Stunden Zeit geben, aus meinem Leben zu verschwinden. Du fährst zu meinem Haus, sammelst alle deine Sachen zusammen. Alles, was noch bleibt, werde ich in die Mülltonne werfen. Dann wirst du den Schlüssel in den Briefkasten stecken. Haben wir uns verstanden?«, fragte ich mit Nachdruck.

Astrid ließ den Blick zu Boden schweifen, drehte sich um und verließ mein Büro, ohne ein Wort zu sagen. Gleich danach ließ ich mich kraftlos in meinen Chefsessel sinken. Das war eindeutig zu viel für mich.

Kapitel 18

Etwa zwanzig Minuten später saß ich immer noch reglos vor meinem PC und versuchte, den Bildern des Bildschirmschoners zu folgen.

Habe ich überreagiert? Habe ich Astrid Unrecht getan? Ist es wirklich so schlimm, wenn sie mich nachahmt? Oder eher ein Kompliment und ich zu überempfindlich? Diese und ähnliche Fragen ließen mich nicht los. Ich fühlte mich ausgelaugt. Als würde ich am Rand eines tiefen, alten Brunnens sitzen. Ein dunkles Loch, aus dem es kein Entkommen gab.

Vielleicht habe ich einen Menschen verletzt, der für mich da war, als ich ihn brauchte? Die einzige Freundin, die ich noch neben Bärbel habe ...

Ich verspürte ein starkes Verlangen, mit meiner langjährigen Freundin zu sprechen, also wählte ich die Telefonnummer der Praxis. Doch niemand hob ab, also wählte ich ihre Handynummer. Diesmal hatte ich mehr Glück.

»Hallo?«, fragte sie gehetzt.

»Hi«, war alles, was mir gerade einfiel. Wo sollte ich bloß anfangen?

»Juli? Bist du es?«

»Ja«, antwortete ich, und just in diesem Moment brach ich in Tränen aus. Ich konnte sie nicht stoppen. Egal, wie lächerlich ich mir gerade vorkam. Sie liefen einfach weiter.

»Wo bist du? In der Arbeit?«, fragte sie besorgt. So hatte sie mich noch nie erlebt, und es schien ihr Angst zu machen.

»Ja«, brachte ich zustande. Mehr nicht.

»Du bleibst dort. Ich hole dich ab, verstanden?« Bärbels Stimme duldete keinen Widerstand. Das war auch nicht nötig.

»Du bleibst da«, hörte ich noch kurz, bevor sie auflegte. Ein Besetzzeichen aus dem Hörer, den ich noch immer nicht aufgelegt hatte, und das Summen des Computers waren die einzigen Geräusche im Büro. Dass niemand in mein Büro kam, bedeutete nur, dass meine MTLAs das Labor bereits zum verdienten Feierabend verlassen hatten und dass die Putzfrau heute ihren freien Tag hatte.

Als ich etwa eine Stunde später den Fahrstuhl hörte, war ich mir sicher, dass es Bärbel war. Ich hatte recht.

»Hi, Süße.« Sie musterte mich mit großen Augen, als wollte sie an meiner Körperhaltung ablesen, was sich zugetragen hatte. Doch keine Chance. Also gab sie es auf, kam um den Schreibtisch herum und umarmte mich.

Auch wenn ich bereits wieder ein wenig gefasst war, konnte ich die Tränen nicht unterdrücken. Es fühlte sich tröstend an - wie die Umarmung einer Mutter. Gleichzeitig fühlte ich mich dankbar, dass sie bei mir war. Unendlich dankbar.

»Mittwochs habe ich immer einen freien Nachmittag«, sagte sie erklärend, als wollte sie meinen Fragen zuvorkommen. »Bis Thomas nach Hause kommt, um sich um die Mädels zu kümmern, habe ich beide bei der Nachbarin untergebracht. Was ist los?«

Nun fühlte ich mich noch elender, weil ich auch noch meiner Freundin so viel Kummer bereitet hatte. War das notwendig? Nachdem ich mich beruhigt hatte, war ich mir ganz sicher, überreagiert zu haben. Also beschrieb ich Bärbel schonungslos, was am heutigen Tag schiefgelaufen war.

»Na endlich«, waren Bärbels erste Worte, nachdem sie sich alles angehört hatte. Mehr nicht.

»Wie meinst du das?«, fragte ich irritiert.

»Na endlich bist du die Irre los!« Sie lachte auf. »Sie ist seltsam! Aber das ist nur ein Teil unserer Probleme.« Es klang so schön, 'unsere Probleme' aus ihrem Mund zu hören. Plötzlich fühlte ich mich nicht mehr allein. »Das mit dem Gefühl, beobachtet zu werden, ist allerdings beunruhigend. Sollten wir damit nicht zur Polizei gehen? Was meinst du? Das klingt unheimlich.«

»Was soll ich denen sagen?«, fragte ich verzweifelt. »Dass mich ein Mann beobachtet hat? Dass ich Kippen im Garten gefunden habe? Oder dass jemand Bilder vom Coffee-Shop gemacht hat, in dem ich saß? Wenn sie mich überhaupt ernst nehmen, dann nur, um mich in die Klapse zu stecken!«

»Verdammt, aus deinem Mund klingt es, als könntest du recht haben.« Bärbel war konsterniert.

»In einem solchen Fall wird erst gehandelt, wenn etwas Konkretes passiert«, erklärte ich ihr. »Ich wüsste nicht einmal, gegen wen ich vorgehen soll. Gegen einen Kerl, der etwas fotografiert hat? Was, wenn es nur ein harmloser Tourist war? Oder gegen einen Kerl, der mir Rosen vor die Tür legt?«

»Rosen?« Bärbel schaute mich verdutzt an.

»Ja«, nickte ich. »Irgendjemand legt Rosen an meiner Haustür ab. Oder zumindest behauptet Astrid es. Sie hat die letzte Zeit bei mir gewohnt. Und sie ist eine absolute Frühaufsteherin. Nichts, womit ich dienen könnte.«

»Seltsam«, bestätigte Bärbel. »Ist sie in deinem Haus immer allein?«

»Ja. Aber jetzt will ich sie nicht mehr sehen!«

»Doch, das wirst du!«, entschied Bärbel für mich. »Wir wollen nicht, dass sie das Haus beim Ausräumen noch verwüstet. Na los! Wasch dir das Gesicht ab, und wir fahren zu dir nach Hause.«

Noch bevor wir das Büro verließen, setzte sie sich an meinen PC, und ich hörte, wie sie die Tastatur betätigte.

»Wonach suchst du?«, fragte ich neugierig.

»Nach einem Schlüsseldienst, der noch abends Schlösser wechselt«, erklärte sie. »Ich denke zwar schon, dass Astrid dir ihren Schlüssel vom Haus zurückgibt, doch das bedeutet nicht, dass es keine Kopie davon gibt. Du kennst sie nicht!«

Ein Kopfnicken konnte ich mir nicht verkneifen. »Ach, Bärbel. Du guckst zu viel Tatort. Astrid mag etwas schräg sein, doch nicht krank im Kopf. Nein, glaube ich nicht. Aber hey, warum nicht das Schloss wechseln?«, erwiderte ich beschwichtigend. Dass sie meine

Freundin Astrid nicht mochte, war für mich keine neue Erkenntnis. Aber dass sie sie für kriminell hielt, erstaunte mich doch.

Eine weitere Stunde später fuhren wir mit Bärbels Familienwagen in meine Einfahrt. Das Haus schien komplett dunkel zu sein. Wir stellten den Wagen am Straßenrand ab, damit der Schlüsseldienst in der Einfahrt parken konnte.

Während meine Freundin schwungvoll den Wagen verließ, verspürte ich beim Hinausgehen einen Widerstand. Einerseits plagten mich Schuldgefühle, Astrid eventuell doch Unrecht getan zu haben. Andererseits fühlte ich Unmut ihr gegenüber. Über allen meinen Gefühlen stand die Frage, ob ich Bärbel aus einer Laune heraus gegen Astrid aufgestachelt hatte. Im Wissen, dass es ein fruchtbarer Boden war. Ich fühlte mich dabei nicht wohl, daher fiel mir jeder Schritt nach Hause sehr schwer.

»Den Schlüssel, bitte«, sagte Bärbel mit fester Stimme, als ich kurze Zeit nach ihr vor der Tür angekommen war. Mit einem Griff, dennoch zögerlich, holte ich die Schlüssel aus der Tasche und übergab sie ihr.

Zunächst öffnete Bärbel den Briefkasten, aus dem ein Schlüsselbund auf den Boden fiel.

Also habe ich recht, ging es mir durch den Kopf. *Astrid mag durchgeknallt sein, doch nicht kriminell. Wer kann die Leute besser als ich beurteilen? Schließlich arbeite ich in der Pathologie. Kriminologie ist doch ein wenn auch kleiner Teil meines Berufes.* Mit einem Mal fühlte ich mich wohler, weil die Chancen gut standen, das Haus leer vorzufinden. Und auf einmal fand ich mich selbst lächerlich. Als hätte ich maßlos übertrieben, nur um endlich allein in meinem Haus zu sein. *Hätte ich es ihr nicht auf andere Weise beibringen können?* Ich bückte mich, um den Schlüssel vom Boden aufzuheben, und zwang mich zu einem Schmunzeln. Bärbel wirkte ebenfalls erleichtert.

»Hallo!«, rief ich vorsichtshalber, nachdem die Tür offenstand. »Astrid, bist du da?«

Keine Antwort. Ich atmete schwerfällig aus.

»Bärbel, du könntest doch ...«, fing ich an.

»Kommt nicht infrage!«, unterbrach sie mich sofort. »Wenn überhaupt, dann gehe ich erst weg, wenn das Schloss gewechselt worden ist. Keine Sekunde früher!«

Für einen kurzen Augenblick schaute ich in ihr liebevolles Gesicht, das von den kastanienbraunen Locken umrahmt war. Bärbels sanfte Gesichtszüge wirkten stilvoll. Ich konnte mich dem Drang nicht entziehen, sie zu umarmen.

Dann wisperte ich ihr ins Ohr: »Danke. Was hätte ich ohne dich getan?« Es war ohne Zweifel der intimste Moment, den wir in unserer Freundschaft miteinander teilten. Und es fühlte sich gut an.

Bärbel sagte nichts, dennoch fühlte ich, wie gerührt sie war. Als ein Wagen in der Einfahrt parkte, löste sie sich aus der Umarmung und wischte mir die Augen mit dem Ärmel ab.

»Ich werde auf dich aufpassen, dass dir nichts passiert«, versprach sie. Als Antwort streichelte ich voller Dankbarkeit ihren Arm. Es bedurfte keiner Worte, dennoch fühlten wir eine tiefe Verbundenheit.

»Guten Abend. Ein Schloss soll gewechselt werden?«, hörte ich den Fahrer des Wagens sagen.

Kapitel 19

Am nächsten Tag

Das Klingeln des Weckers riss mich aus dem Schlaf. Auch wenn ich sicher war, die Nacht durchgeschlafen zu haben, fühlte es sich nicht so an. Vielmehr hatte ich den Eindruck, als wäre ich nicht mal in den Tiefschlaf eingetaucht.

Nach ein paar Dehnübungen, die meine Motivation für den Tag erhöhen sollten, stand ich endlich auf. Während ich duschte, ließ ich frische Luft in mein Schlafzimmer. Allein im Haus verließ mich der Mut, bei offenem Fenster zu schlafen.

Diesmal entschied ich mich, legerer im Büro zu erscheinen. Das Einzige, worauf ich wirklich Lust hatte, war, bequem angezogen auf der Couch zu sitzen und ein spannendes Buch zu lesen. Und vor mir selbst so zu tun, als würde ich der Handlung folgen können.

Als ich meine Schritte zur Küche richtete, erwartete mich nicht der fertige Frühstückstisch. Im Spülbecken lagen zwei dreckige Tassen mit Teebeuteln drin. Diese Unordnung war zu Zeiten, als Astrid bei mir wohnte, undenkbar. Aber mich erfreuten diese Beweise des gestrigen Besuchs von Bärbel, die ich erst gegen Mitternacht förmlich rausgeworfen hatte. Sonst hätte sie bei mir übernachtet, was ich wahrlich unnötig fand. Ich brauchte Zeit zum Nachdenken. Allein. Auch das Wohnzimmer schien unaufgeräumter als sonst. Und dennoch fühlte ich mich so leicht, als könnte ich fliegen. Endlich hatte ich mein Reich für mich zurückerobert. Mich beschlich die unwiderstehliche Lust, die Kissen von der Couch durcheinander zu bringen, um mich nachher versichern zu können, dass sie nicht aufgeräumt wurden. Und obwohl es wirklich albern war, tat ich es.

Um meine Freiheit vollständig auskosten zu können, beschloss ich, zu meiner Routine zurückzukommen. Schneller Kaffee, Frühstück unterwegs, Zeitung in der U-Bahn ... Als wäre Astrid nie passiert. Ich wollte sofort Abstand zu ihr aufbauen. Voller Energie öffnete ich die Eingangstür. Die Rose fiel mir nicht sofort auf.

Vielleicht, weil meine Gedanken bei Astrid waren? Sie war wunderschön. Die große, gelb-orange Blüte duftete so intensiv, dass es nicht mal notwendig war, direkt an ihr zu riechen. Es war mit Sicherheit eine Teerose, vermutlich 'Lady Hillingdon', wenn man die Farbe betrachtete. Auch wenn ich in Gartendingen nicht besonders bewandert war, so erinnerte ich mich an meine Großmutter. Ihre Leidenschaft waren duftende Rosen, insbesondere Teerosen. Dafür hatte sie in ihrem Garten einen speziellen Platz reserviert, zu dem sie mich immer mitnahm, um mir die Tücken dieser, für meine Begriffe launischen Pflanzen, beizubringen. Am Ende konnte ich die Rosen zwar nicht pflegen, da mir alles wichtiger als der gepflegte Garten war, aber ich konnte viele Sorten voneinander unterscheiden. Wäre ich damals mit meinem heutigen Verstand bedacht gewesen, hätte ich von meiner geliebten Großmutter mehr gelernt. Sie kannte sich mit der Welt der Pflanzen aus wie kein anderer Mensch.

An der Rose, die ich vor meiner Tür fand, hing ein Zettel. Nichts Besonderes. Ein weißer Zettel mit klaren Rändern, gelocht, kaum größer als einer dieser üblichen Post-It- Zettel, die ich im Büro hatte.

Du fehlst mir, las ich und sah mich um, ob ich den Menschen fand, der es geschrieben hatte. Doch ich sah nichts Auffälliges, also vermutete ich diesmal, dass die Rose dort von Astrid abgelegt worden war. Irgendwie hatte ich sie schon immer in Verdacht, dass die Rosen von ihr kamen. Warum hatte sie sie immer gefunden und nie ich? Vielleicht nutzte sie es als Vorwand, meine Aufmerksamkeit zu bekommen? Das hätte zumindest alle Vorfälle in der Vergangenheit plausibel erklären können. Diesmal beschloss ich, mich nicht mehr von ihr manipulieren zu lassen. Dann steckte ich die Rose samt Zettel in die Mülltonne in meiner Einfahrt.

Ich werde garantiert nie wieder weich!, schwor ich mir in Gedanken.

Während ich einige Minuten später auf den Bus wartete, machte ich im Kopf einen Schlussstrich unter mein bisheriges Leben. Besonders was die letzte Zeit betraf. Ich konnte nicht leugnen, dass Astrid meinem Leben eine neue Richtung gegeben hatte. Ohne sie würde mein Leben zweifelsohne weniger aufregend werden. Keine Partys, keine Wochenenden zu zweit im Kino, weniger Ausflüge, keine Seele, bei der ich mich ausweinen konnte, wenn ich Bärbel nicht zur Last fallen wollte. Meine Einsamkeit hatte mich wieder in ihren Fängen. Dennoch fühlte sich diese Entscheidung richtig und längst überfällig an. Mein Leben steuerte auf eine ruhige Zeit zu, in der ich mich auf mich selbst fokussieren würde. Und vor allem auf den schönen Urlaub mit meinem Sohn auf Gran Canaria.

Bald.

Sehr bald.

Kapitel 20

Eingetaucht in ein Buch, dass ich am Flughafen südlich der Inselhauptstadt Las Palmas auf Gran Canaria gekauft hatte, ließ ich den Startvorgang des Fliegers über mich ergehen. Wir hatten einen Direktflug nach Tegel, von wo ich ein Taxi nach Hause nehmen wollte. Morgen Nachmittag würde ich meinen Sohn in einen Zug nach Wiesbaden setzen. Die Vorstellung, mich wieder von meinem Kind zu trennen, schmerzte sehr.

Heimlich linste ich zum Nebensitz, auf dem sich Ben in seine Jacke eingekuschelt hatte. Wenn er jetzt nicht schlief, dann wirkte er zumindest sehr überzeugend.

Ich konnte mich gegen den Film in meinem Kopf nicht wehren, der bei diesem Anblick ablief. Von seiner Geburt zu jedem Schritt in seiner Entwicklung schien mein Gehirn mindestens ein Bild gespeichert zu haben und ließ sie gerade wie eine Diashow hintereinander durchlaufen. Dankbar, dass er meine Emotionen nicht sehen konnte, wischte ich hastig die Tränen der Rührung ab. Ich fragte mich, wann seine zarten Baby-Füßchen zu Nummer dreiundvierzig mutiert waren? Wann aus seinem damals übertriebenen Babyspeck der muskulöse Waschbrettbauch geworden war? Zweifelsohne wurde aus meinem kleinen Baby ein mehr und mehr erwachsener Mann. Diese Erkenntnis trieb mir ungewollt wieder Tränen in die Augen. Ich war stolz auf ihn und ein wenig darauf, wie gut Markus die Erziehung auch ohne mich hingekriegt hatte.

»Mama, weinst du?«, fragte Ben leise, bemüht darum, dass uns keiner hörte. In seinem Alter waren weinende Mütter einfach nur peinlich. Besonders in der Öffentlichkeit. Zu alldem schien sich mein Sohn tatsächlich Sorgen um mich zu machen.

»Ach was!«, winkte ich leise ab. »Das ist nur die trockene Luft im Flugzeug. Schlaf ruhig weiter.«

»Schwachsinn«, stellte er fest. »Hey, wir können nochmal hierher, wenn du so traurig bist. Es hat mir auch sehr gut gefallen. Na?«, tröstete er mich. Das waren die kostbarsten Augenblicke im Leben meines pubertierenden Sohnes, die mir einen Einblick gewährten, wie wunderbar mitfühlend er als Ehemann eines Tages werden würde. Wie gern wäre ich ihm mit meiner Hand - wie früher - durch die gegelten Haare gefahren. Aber vermutlich wäre das wieder mal uncool gewesen. Also ließ ich es sein und freute mich, dass er alles so interpretierte, wie es für ihn verständlicher war.

Unserer gemeinsamen Zeit trauere ich nach, mein Schatz, erklärte ich Ben in Gedanken, was er noch nicht verstehen würde. Zumindest nicht, bis er eines Tages selbst Vater sein würde. »Hat dir der Urlaub wirklich gut gefallen?«, fragte ich ausweichend.

»Na klar! Es war echt fett!«, entgegnete er voller Begeisterung. In seiner Teenager-Sprache stellte dies die höchste Form der Zufriedenheit dar. Denn für gewöhnlich antwortete er auf solche Fragen nur mit einem bestätigenden »Jo« oder einem Grunzen, wenn etwas nicht seiner Vorstellung entsprach.

Dann gähnte er nochmal und schloss die Augen. Kein Wunder. Der Urlaub hatte uns beiden Einiges abverlangt. Die meiste Zeit verbrachten wir entweder sonnend auf dem gold-braunen Sand der Dünen von Maspalomas oder während einer der zahlreichen Ausflüge. Ob die Besichtigung des Hafenmarktes in Puerto de Mogán, ein Tagesausflug quer durch die Insel oder eine Bootsfahrt - Ben schien alles zu gefallen. Auch ich hatte mich vom Alltag im Büro sehr gut erholen können. Fast hätte ich meinen Job vergessen.

Etwas belastete mich dennoch. Ich dachte nicht ständig daran. Nur manchmal. Sehr selten. Oder es erschien in meinen Träumen.

Auch wenn Astrid an jenem Tag, an dem ich sie hinauswarf, vollständig aus meinem Leben verschwunden war, verlief mein Leben noch nicht wirklich perfekt. Etwa eine Woche nach unserem Streit fand ich die letzte Teerose vor meiner Tür. Dann hörte auch das auf. Und dennoch! Das Gefühl, beobachtet zu werden, wurde stärker in Berlin und hörte erst auf Gran Canaria plötzlich auf. *Wenn ich tatsächlich paranoid oder übersensibel bin, warum hörte dieses Gefühl dann im Urlaub auf?* Diese Frage ließ mich nicht los.

Ich sah, wie sich die Brust meines Sohnes regelmäßig auf und ab bewegte, was bedeutete, dass er bereits wieder schlief.

Nicht ganz fünfeinhalb Stunden später landete das Flugzeug schließlich in Tegel. Wie auf Bestellung öffnete Ben die Augen und fragte leicht benommen wie früher, als er noch ein Kind war: »Sind wir schon da?«

Um diese jugendliche Leichtigkeit bewunderte ich ihn, weil ich im Gegensatz zu ihm kein Auge zugemacht hatte. Als wir um elf den Flughafen in einem Taxi verließen, verspürte ich eine starke Müdigkeit, die mich durch das gleichmäßige Schaukeln des Wagens in einen Kurzschlaf zwang. Bevor der Taxifahrer den Motor jedoch ausgeschaltet hatte, wachte ich auf. Wir waren am Ziel. Vor unserem Haus.

»Verdammt, ich muss eingenickt sein«, stellte ich verärgert fest und schaute nach hinten zu meinem Sohn. Auch er schlief.

»Kein Problem«, entgegnete der Taxifahrer amüsiert und ließ mich bezahlen. Nur die Aussicht auf das bequemere Bett war motivierend genug, meinen Sohn zum Aussteigen zu bewegen. Doch als wir die Tür des Hauses endlich erreicht hatten, war es mit meiner Müdigkeit schlagartig vorbei.

Sie war lediglich angelehnt.

Das Schloss war aufgebrochen.

Im Inneren des Hauses war es stockdunkel.

»Bleib sofort stehen!«, schrie ich meinem Sohn zu. Panik ergriff mich. Zur gleichen Zeit wuchs in mir Wut, dass jemand es gewagt hatte, meine Privatsphäre auf diese Weise zu verletzen. Ohne darüber nachzudenken, ob ich vielleicht einen Einbrecher auf frischer Tat erwischen würde, stülpte ich filmreif den Ärmel meines Sweatshirts über meine Hände, um eigene Handabdrücke zu vermeiden, falls es sich tatsächlich um eine Straftat handeln sollte.

Während ich die Tür leicht anschob, bat ich Ben wispernd, den Taxifahrer nicht fahren zu lassen.

»Warten Sie bitte!«, rief mein Sohn in Richtung des Taxis.

»Bärbel?«, rief ich währenddessen ins Hausinnere. Die Hoffnung keimte in mir auf, dass es dafür vielleicht eine plausible Erklärung geben würde. Vielleicht hatte sie den Schlüssel verloren und war nur so hineingekommen? Ich wollte lieber glauben, dass ich zu viele Krimis geguckt hatte, als die Tatsachen zu sehen. Bei mir wurde eingebrochen. Nur warum?

Niemand antwortete.

Gruselig.

»Hallo?«, wiederholte ich, ohne das Licht einzuschalten. Aus welchen Gründen auch immer.

Wieder keine Antwort.

In diesem Augenblick huschte mir endlich der Gedanke durch den Kopf, dass der Verbrecher vielleicht noch im Haus sein konnte. Das würde bedeuten, dass wir uns möglicherweise in Gefahr befanden, zumal ich denjenigen gerade alarmiert hatte. Sofort machte ich kehrt. Ungeachtet dessen, dass die Reisetaschen noch vor der Tür standen, nahm ich die Hand meines Sohnes und rannte mit ihm auf den verschreckt blickenden Taxifahrer zu.

»Rufen Sie bitte die 110«, schrie ich aufgeregt. »Es ist ein Einbruch!«

Der Taxifahrer wählte die Nummer und übergab mir geistesabwesend den Hörer.

»Polizeinotruf«, hörte ich eine angenehme weibliche Stimme.

»Bei mir wurde eingebrochen. Wir kommen gerade aus dem Urlaub«, entgegnete ich schrill. Jeder Versuch, mich zu beherrschen, scheiterte angesichts der Tatsache, dass meine Haustür, die ich aufgeregt von weitem anstarrte, jetzt sperrangelweit offenstand. Ich hörte das rhythmische Klicken der Tastatur im Hörer.

»Wo ist es passiert? Wo ... «

In gebrochenen Sätzen gab ich meine Adresse durch. Als mich die Telefonistin nach der Tatzeit und verletzten Personen gefragt hatte, ging mir durch den Kopf, dass Bärbel sicherlich gestern im Haus gewesen war, um nachzuschauen. Vielleicht sogar heute? Was war, wenn sie womöglich tot in meinem Haus lag?

»Gibt es Verletzte?«, wiederholte die weibliche Stimme, als hätte sie meine Gedanken gehört.

»Ich weiß es nicht.« Meine Stimme wurde hysterisch. »Wir sind doch gerade aus dem Urlaub gekommen.« Meine Panik steigerte sich ins Unermessliche. »Meine Freundin sollte sich um mein Haus kümmern. Ob ihr etwas passiert ist, kann ich nicht sagen. Ich bin nicht im Haus gewesen. Oh mein Gott, was, wenn sie tot drin liegt?« Ich schluchzte, während mich mein Sohn umarmte.

»In Ordnung«, entgegnete die weibliche Stimme beschwichtigend. »Die Nummer, die bei mir angezeigt wird ... Ist das Ihre Nummer?«

Ich verneinte. »Sie gehört dem Taxifahrer, der uns nach Hause gefahren hat. Er steht neben mir.«

»Bewegen Sie sich dort bitte nicht weg. Die Polizei wurde alarmiert. Gleich ist jemand bei Ihnen vor Ort.« Als ich daraufhin aufgelegt hatte, bat ich den Taxifahrer, mit uns auf die Polizei zu warten. Er brummte unzufrieden, dass ihm keiner die Zeit bezahlen würde. Dennoch blieb er stehen.

Mit zitternden Händen griff ich nach meiner Handtasche, die so geschultert war, dass es mehr Mühe machte, sie abzulegen als sie ständig am Körper zu behalten. Heute weiß ich nicht mehr, wie lange ich gebraucht hatte, Bärbels Nummer zu wählen. Damals kam es mir wie eine Ewigkeit vor.

»Hallo?« Ihre Stimme klang verschlafen.

»Ich bin's«, entgegnete ich und fühlte mich unendlich dankbar, die Stimme meiner Freundin zu hören. »Geht es dir gut?«

»Klar.« Sie verstand offenbar nicht, worauf ich hinauswollte. »Ihr seid erst jetzt gelandet?«

»Wir sind schon Zuhause«, informierte ich sie. »Bei mir wurde eingebrochen!«, platzte es aus mir heraus.

»Was ist passiert?«, fragte Bärbel ungläubig.

»Eingebrochen. Heute.«

»Du machst Witze!« Meine Freundin konnte nicht fassen, was sie soeben zu hören bekam. »Ich bat heute Thomas, vorbeizufahren, bevor er sich mit den Jungs auf ein Bier trifft. Er rief sogar von dir aus an, dass alles in Ordnung wäre.«

»Wann war das?«, fragte ich panisch.

»Gegen sieben«, entgegnete sie. »Dann ist er zu seinem Treffen gefahren ... Denke ich.«

»Warum 'denke ich'?« Ich ahnte, was die Antwort auf diese Frage sein würde. Mir war übel.

»Wir haben seitdem nicht mehr telefoniert«, bestätigte sie meine schlimmsten Befürchtungen. »Wenn er weggeht, nimmt er nie sein Handy mit.« Dann schien sie endlich meine Sorge verstanden zu haben. »Oh mein Gott, du warst noch nicht drin?«

Ich fühlte mich wie gelähmt – unfähig, eine Antwort zu geben.

»Ich bin gleich bei dir«, sagte sie und legte auf, während ein schwarzer Kombi neben meinem Haus zum Stehen kam.

»Frau Hoffmann?«, fragte einer der Männer. Als ich bestätigte, stiegen sie aus. »Kriminalhauptkommissar Wagner«, sagte er und reichte mir die Hand. »Zufällig waren wir zum Einsatz in der Nähe.«

Kurz darauf erschienen ein weiterer Polizei- und ein Rettungseinsatzwagen. Die Männer sprangen aus den Fahrzeugen und stellten sich mit erhobenen Waffen hinter unterschiedliche Hindernisse um das Haus herum. Einer von ihnen lief um die Reihenhäuser herum. Als alle ihre Position besetzt hatten, nickte einer der Polizisten, und einige Beamte gingen hinein, während sich draußen die ersten neugierigen Nachbarn vor dem Haus versammelten.

»Gehen Sie weiter! Hier gibt es nichts zu sehen«, befahl einer der Streifenpolizisten, der weitläufig den Eingangsbereich zu meinem Haus abgeschottet hatte.

»Alles in Ordnung«, hörte ich jemanden aus dem Haus rufen. Kurz danach erschien einer der Männer in der Tür, unterhielt sich kurz mit dem Streifenpolizisten, worauf er und sein Partner im Streifenwagen verschwanden.

Weitere fünf Minuten später sah ich, wie die Einsatzwagen zum Rückzug starteten, während einer der Zivilpolizisten auf mich zukam.

»Es scheint tatsächlich ein Einbruch gewesen zu sein«, erklärte er mit ruhiger Stimme. »Wir kommen von der Kripo und würden Ihnen gern ein paar Fragen stellen.«

»Also ist niemand tot?«, fragte ich und kam mir wahnsinnig bescheuert dabei vor.

»Sollte jemand tot sein?« Die Stimme des Kripo-Beamten war fern aller Ironie.

»Nein, natürlich nicht«, klärte ich auf. »Wir kommen gerade aus dem Urlaub. Als wir nicht da waren, passte meine Freundin auf die Wohnung auf. Gegen sieben soll ihr Mann heute im Haus gewesen sein. Da meine Freundin danach keinen Kontakt mehr zu ihm hatte, hätte es sein können, dass er den Einbrecher überrascht hat. Und dass dieser Typ Thomas etwas angetan hätte.«

»Ich kann Sie beruhigen«, entgegnete der Kriminalhauptkommissar. »Die Wohnung sieht *nur* nach einem Einbruch aus. Ist das Ihr Sohn?« Er zeigte in Bens Richtung. Mein Sohn stand neben mir wie versteinert. Ob er Angst hatte, konnte ich an seinem Blick nicht erkennen. Er schaute ehrfürchtig in Richtung des Eingangs, wo einer der Männer in Zivil schwarzes Pulver auf der Tür verteilte, um Fingerabdrücke zu finden.

»Ja«, erwiderte ich.

»Einer der Kollegen kümmert sich um Ihren Jungen«, informierte er mich. »Währenddessen folgen Sie mir bitte ins Haus!«

Ich leistete keinen Widerstand.

Im Inneren sah es wirklich schlimm aus. Sämtliche Schubladen waren ausgeräumt und der Inhalt auf dem Boden verstreut.

»Könnten Sie bitte einen Blick auf Ihre Sachen werfen? Fällt Ihnen spontan ein, ob etwas fehlt? Uns geht es in erster Linie um Wertsachen.«

Mein Blick streifte über meine zahlreichen Schuhe im Flur, die nun zerstreut waren. *Habe ich tatsächlich so viele Schuhe?*, fragte ich mich, und die Frage erschien mir zugleich absurd. Ob ein paar fehlten, konnte ich beim besten Willen nicht sagen. Auf dem Weg ins Wohnzimmer bemerkte ich, dass hin und wieder einige der Gegenstände mit schwarzem Pulver überzogen waren. Die Kripo war bereits im Hausinneren auf der Suche nach verwertbaren Fingerabdrücken. Ich ließ meinen Blick schweifen.

»Ein Bild fehlt«, stellte ich fest.

»Was für ein Bild?«, fragte mich der Beamte.

»Eins, auf dem ich drauf war«, erwiderte ich. »Auf einem Pferd, nichts Besonderes.«

»Okay«, nickte er. »Was noch?«

»Hm«, überlegte ich. »Eine Decke von der Couch, insofern sie nicht unter dem Inhalt der Schubladen liegt. Und mein Laptop. Der lag auf dem Tisch, bevor wir verreist sind.«

»Wie alt war Ihr Laptop?«, fragte Wagner.

»Uralt«, erwiderte ich. »Viel wert wird er nicht gewesen sein ...«

»Folgen Sie mir bitte nach oben«, klang weniger nach einer Bitte als nach einem Befehl.

Mein Herz zog sich zusammen, als ich sah, wie verwüstet das Schlafzimmer aussah. Meine Unterwäsche lag zerstreut auf dem Boden. Nicht mal beim Umzug hatte es jemals so unordentlich bei mir ausgesehen. *Irgendjemand hat in meiner Wäsche herumgewühlt. Er hat meine Slips in die Hand genommen, meine Bilder gesehen. Die Bilder auch berührt,* meldete sich meine innere Stimme. Es widerte mich an.

»Ich weiß, dass es Ihnen schwerfällt. Aber es ist notwendig, um den oder die Täter zu schnappen. Im Moment haben wir mit einer großen Einbruchswelle zu kämpfen. Wenn wir Ihren Fall mit einem weiteren in Verbindung bringen könnten, würde es uns weiterhelfen. Fehlt hier etwas Wertvolles?«

Ich verneinte mit einem Kopfschütteln. »Ich glaube nicht.« In dem Augenblick fiel mein Blick auf meine Ketten, die auf einem kleinen Haken neben meinem Nachttisch hingen. Es waren viele, deshalb konnte ich nicht genau sagen, ob noch eine fehlte. Was ich aber sagen konnte, war, dass sie keinen großen materiellen Wert hatten. Außer das Medaillon meiner Mutter. Es war aus Silber und recht alt. Doch sein materieller Wert war kleiner als das, was es mir persönlich bedeutete. Meine Brust schnürte sich zusammen. Das war das Einzige, was mir von meiner Mutter als Erinnerung übriggeblieben war.

»Es fehlt nur ein kleines Herzmedaillon an einer silbernen Kette«, stellte ich zutiefst betroffen fest. »Dafür kriegt der Einbrecher vermutlich deutlich weniger Geld als für alle meine anderen Ketten. Weil mir die Kette so wertvoll ist, lasse ich sie immer Zuhause. Und nun muss ich erfahren, dass genau das ein Fehler war?«

»Nicht nur die Ketten wurden nicht angerührt«, erklärte mir der Kripo-Beamte mit ruhiger Stimme. »Er ließ den Fernseher stehen. Unten lag sogar ein Zwanziger, den der Einbrecher nicht angerührt hat. Dafür aber eine Decke? Das ist seltsam. Deshalb brauchen wir Ihre Hilfe. Ich habe noch nie gehört, dass ein Täter eine Decke gestohlen, aber den Fernseher stehengelassen hätte. Wozu? Um die Beute zu verstecken? Aber die Beute scheint bisher nicht groß genug gewesen zu sein. Ein alter Laptop? Während Schmuck unberührt bleibt? Das ist kein klassischer Diebstahl, wie wir ihn kennen.«

»Warum?«, wunderte ich mich. »Warum hat er die Schubladen ausgeleert, wenn so gut wie gar nichts fehlt?«

»Genau diese Frage stelle ich mir auch«, bestätigte mich der Ermittler. »Normalerweise durchsuchen die Täter die Schubladen auf der Suche nach Diebesgut. Hier sieht es mehr nach Vandalismus als nach Einbruch aus. Beschreiben Sie mir bitte die Kette, die fehlt.«

»Eigentlich war sie nichts Besonderes.« Tränen schossen mir in die Augen. »Nichts Besonderes für einen Fremden. Es war das Einzige, was mir von meiner Mutter geblieben ist. Eine silberne, feine Kette mit einem Medaillon als Anhänger, das man öffnen konnte. Innen war ein kleines vergilbtes Bild mit dem Gesicht meiner Mutter zu sehen. Sie trug es immer bei sich, soweit ich mich erinnern kann. Es war ein Geschenk meiner Großmutter zum 18. Geburtstag. Als sie starb, bekam ich das Medaillon, damit ich mich immer an sie erinnern kann. Nun ist es weg.« Es zerriss mich innerlich.

»Es wäre ganz gut«, sagte er leise, »wenn Sie ein Bild davon bei der morgendlichen Vernehmung anfertigen lassen könnten. Falls es jemand zum Pfandleiher bringen sollte. Das Gleiche gilt für das Bild mit dem Pferd, welches fehlt. Und möglicherweise für den Laptop. Wer wusste Bescheid, was Ihnen diese Dinge bedeuteten, die entwendet wurden? Sie scheinen nur einen persönlichen Wert zu haben.«

»Klar«, bestätigte ich. »Mein Ex-Ehemann, ein paar Freunde, praktisch jeder, der mich kannte. Das Medaillon war für mich so wertvoll, dass es direkt über meinem Bett hing. Jeder, der mein Schlafzimmer betrat, konnte es sofort sehen. Und natürlich, dass es etwas Besonderes war. Meine Freunde kennen sogar seine Vorgeschichte.«

»Okay«, erwiderte der Ermittler. »Vergessen Sie bitte nicht, diese Details bei der Vernehmung zu erwähnen. Das Medaillon könnte uns helfen, den Täter zu ermitteln. Wollen wir uns noch die restlichen Räume anschauen? Die Küche habe ich mir mit Absicht zum Schluss aufgespart.«

Selbst den Dachboden hatten wir durchgesehen. Aber erst im Badezimmer fiel mir etwas auf. »Der Wäschekorb ist leer«, stellte ich fest. »Meine gesamte Schmutzwäsche fehlt.« Bereits der Gedanke daran bereitete mir Ekel. »Und meine Bürste ist ebenfalls weg. Und die Schminke, die ich ersatzweise Zuhause hatte. Alles weg!«

»Was ist mit den Ringen?« Der Ermittler zeigte zu der Stelle, wo immer ein paar Schmucksachen lagen, die ich zwischendurch auch mal gerne trug.

»Soweit ich sehen kann, sind alle da«, stellte ich fest. »Wer klaut eine alte Bürste? Oder dreckige Unterwäsche? Was ist das für ein Perverser?«

»Kommen Sie bitte mit in die Küche«, bat mich der Kriminalhauptkommissar. »Was fällt Ihnen hier auf?« Mein Blick wanderte zwischen der Uhr, die kurz nach eins zeigte, dem kaputten Geschirr, das auf dem Küchenboden lag, bis zu einer Vase, in der ein Rosenbund steckte. Schon vom weitem ahnte ich, welche Sorte es war: 'Lady Hillingdon', Teerosen.

»Oh mein Gott, das ist der Stalker!«, rief ich entsetzt.

»Wären Sie bereit, mich jetzt noch zur Dienststelle zu begleiten, während sich die Kollegen um die Spurensicherung kümmern? Ich möchte die gesamte Geschichte hören.«

»Jetzt nicht, bitte. Erst wenn ich meinen Sohn zum Zug zu seinem Vater nach Wiesbaden begleitet habe. Er hat schon genug mitgemacht. Außerdem brauchen wir beide etwas Schlaf. Ich bin gerade vollkommen fertig. Und Ben wird Ihnen in diesem Fall keine große Hilfe sein, fürchte ich.«

Im gleichen Augenblick hörte ich Bärbel vor dem Haus streiten. »Lassen Sie mich durch! Meine Freundin ist noch drin!« Trotz vehementen Widerstandes der Beamten, die mittlerweile den Haus-Eingang vollständig blockierten, ließ sie nicht locker.

»Das ist meine Freundin«, erklärte ich Wagner. »Sie wird nicht gehen. Und sie kennt meine Wohnung sehr gut. Vielleicht kann sie uns noch unterstützen. Immerhin hat sie während meiner Abwesenheit auf das Haus aufgepasst. Vielleicht ist ihr etwas aufgefallen?«, versuchte ich den Kriminalhauptkommissar zu ködern. Insgeheim hatte ich nur das Gefühl, ich bräuchte meine Freundin. Als Rückenstärkung. Es gelang mir.

»Durchlassen!« Wagener nickte einem Polizisten zu, der sofort dem Befehl seines Vorgesetzten folgte.

Bärbel eilte hinein und drückte mich an sich, so fest sie konnte. »Was ist hier passiert?«

»Eingebrochen...«, stellte ich trocken fest, als würde es mich nicht betreffen.

»Seid Ihr okay? Wo ist Ben?«, erkundigte sich meine Freundin voller Panik.

»Ben Hoffmann befindet sich in Obhut eines Beamten vor dem Haus«, mischte sich Wagner ungebeten in unser Gespräch ein. »Ich hätte ein paar Fragen an Sie. Noch besser, Sie kommen zusammen auf die Dienststelle. Vorab dennoch: Wann waren Sie das letzte Mal im Haus?«

»Mein Mann war heute gegen sieben Uhr hier«, erwiderte Bärbel. »Er kümmert sich vorwiegend darum, wenn Juli verreist. Wir haben vorhin sogar kurz telefoniert. Es schien alles in bester Ordnung zu sein.«

»Dann würde ich auch gerne mit Ihrem Mann sprechen, wenn sich das einrichten lässt.« Die Stimme des Kriminalhauptkommissars klang nicht wie eine Bitte.

»Ich auch«, entfuhr es Bärbel. In ihren Augen spiegelte sich Angst wider. »Denn seitdem haben wir nicht mehr miteinander gesprochen.«

Kapitel 21

Etwa anderthalb Stunden später saßen wir beide in Bärbels hell eingerichteter Küche - an einem von Butterfingerabdrücken übersäten Tisch. Vor uns ein dampfender Jasmintee. Mitten im Raum lag noch Bens halbgeöffneter Koffer, aus dem ich zuvor seinen dreckigen Pyjama rausgefischt hatte, ohne den Rest ordentlich wieder hineinzustopfen.

Abzuwarten und Tee zu trinken war das Einzige, was uns momentan übrigblieb. Während Bärbel zusehends panischer wurde, überlegte sie verzweifelt, mit welchen Freunden sich Thomas treffen wollte. Und wie sie deren Handynummern erfahren könnte, um nach dem Verbleib ihres Mannes zu fragen.

»Und ausgerechnet jetzt habe ich seine gottverfluchte PIN vergessen!« Sie donnerte so heftig mit der Faust auf die Arbeitsfläche, dass das Geschirr klirrte. Das stimmte nur bedingt. Soweit ich wusste, konnte sich Bärbel kaum Nummern merken. Das wäre aber die Voraussetzung für das Vergessen. Aber ich berichtigte sie nicht. »Warum nimmt er nie das Handy mit? Ich würde doch NIEMALS einfach so bei ihm anrufen, wenn es nicht absolut lebensnotwendig wäre! Wozu gibt es denn Handys, wenn nicht für einen solchen Fall?«

Für eine Weile herrschte bedrückende Stille zwischen uns. Ich wusste einfach nicht, was ich ihr daraufhin sagen könnte. Nur das monotone Summen des Kühlschranks war zu hören. Für das Leid dieser wunderbaren Familie fühlte ich mich verantwortlich.

Ich bin schuld. Dieser Gedanke brannte sich in meinen Kopf wie glühendes Eisen in Wachs. Unerträglich. »Danke«, unterbrach ich die Stille. »Du hast für mich deine Kinder allein Zuhause gelassen. Und uns dein Haus zum Übernachten angeboten. All das mitten in der Nacht. Und nun ist dein Mann nicht da! Alles meinetwegen!« Traurigkeit stieg mit so viel Wucht in mir auf, dass ich drohte, darunter zu ersticken. Bärbels Blick wirkte leer. Als würde sie durch mich hindurchschauen, ohne mich wahrzunehmen.

Im Gegensatz zu uns schlief mein Sohn bereits auf einer Couch im Arbeitszimmer. Dadurch konnte ich meiner Gemütslage endlich freien Lauf lassen. Mit einem Schlag war die Erholung vergangen. Ich fühlte mich, als hätte die Reise nach Gran Canaria nie stattgefunden. Bärbel war weiß Gott nicht die einzige Person im Raum, die sich nichts sehnlicher wünschte, als dass ihr Mann gesund nach Hause käme.

»Juli«, entgegnete Bärbel. Ich konnte sehen, wie ihr Tränen in die Augen stiegen. »Hättest du für eine Minute gezögert, mir zu helfen, wenn ich an deiner Stelle wäre?«

»Nicht eine Sekunde.«, bestätigte ich, ohne zu zögern. Sie hatte recht.

»Siehst du?«, griff sie meine Antwort auf. »Na also!«

Wieder Stille.

»Bärbel«, ich zögerte. »Er wird nach Hause kommen.« *Wie kann ich mir sicher sein?* Egal wie stark meine Furcht gerade war - ihre war deutlich stärker. Und ich konnte sie nicht mildern.

»Natürlich«, stellte sie kraftlos fest. »Er ist ja mit Jens unterwegs. Nur den erreiche ich nicht.«

Wie lange wir beide uns danach anschwiegen, vermochte ich nicht zu sagen. Irgendwann starrten wir auf den Tee, als würden wir in dem gelb-grünlich gefärbten Wasser die Antwort auf das finden, was vorgefallen war. Und wir versuchten, eine Minute nach der anderen zu verdrängen.

Ein seltsames Geräusch weckte mich aus dem Dämmerzustand. Wie das Öffnen einer Tür. Offensichtlich war ich mit dem Kopf zwischen meinen eingeknickten Händen eingeschlafen. Bärbel schlief ebenfalls mit dem Kopf an der Wand. Der Schlaf, den wir uns nicht gönnen wollten, hatte uns doch noch eingeholt.

Mit einem Mal erwachten vor meinem geistigen Auge die schrecklichen Bilder meines verwüsteten Hauses zum Leben, und ich erschrak bei dem Gedanken, dass mir der Täter womöglich gefolgt war. Aber ehe ich mich bewegen konnte, war die Person bereits in der Küche erschienen.

»Was ist das hier?«, fragte Thomas, teils erstaunt, mich zu sehen, teils amüsiert. Dass er ein wenig alkoholisiert war, konnte man heraushören. »Eine kleine Pyjama-Party? Darf ich mitmachen?« Er kicherte wie ein Schuljunge. »Oh, ihr habt ja gar keine Pyjamas an!« Mein Blick fiel auf die Uhr. Mittlerweile war es drei Uhr nachts. Es war schon lange her, dass ich mich so erleichtert fühlte, von jemandem mitten in der Nacht geweckt zu werden.

Die Stimme ihres Mannes riss auch Bärbel aus dem Schlaf. Ich registrierte mit etwas Wehmut, wie liebevoll sich Thomas seiner Ehefrau näherte. Derart vertraute Nähe zwischen zwei Menschen fehlte mir schon lange. Wie im Kaleidoskop änderte sich die Mimik in Bärbels Gesicht, als sie endlich begriff, dass unsere Befürchtungen vollkommen unbegründet gewesen waren. Von anfänglich geistig abwesend über glücklich oder dankbar zu verärgert. Dann zu erleichtert.

»Du hast uns so viel Angst eingejagt!«, beschwerte sie sich klagend und stieß ihn gespielt mit der Hand von sich weg, um ihn gleich danach mit aller Kraft an sich zu ziehen. »Warum nimmst du auch nie dein Handy mit?«

»Hä?« Thomas verstand nichts. Nun war er derjenige, der perplex erschien. Ganz offensichtlich hatte er überhaupt keine Ahnung, was in seiner Abwesenheit passiert war. »Das ist doch nicht das erste Mal, dass ich mit den Jungs auf ein Bier gehe«, versuchte er sich zu rechtfertigen.

Bärbel klärte ihn detailliert darüber auf, was sich ereignet hatte. Bei dem hastigen Monolog meiner Freundin hörte ich ausnahmsweise nur zu, ohne selbst ein Wort zu sagen. Auch als sie mit Entsetzen vom Einbruch in meinem Haus erzählte. Und natürlich davon, was genau gestohlen worden war.

»Verdammt«, fluchte er. Wenn ich ihn gerade noch leicht angetrunken wahrgenommen hatte, so war diese Wirkung wieder verflogen. »Was machen wir jetzt?«

Dafür, dass Thomas die Situation als *unser Problem* ansah, war ich dankbar. Es fühlte sich gut an, die beiden an meiner Seite zu haben.

Dennoch durfte ich sie mit meinen Schwierigkeiten nicht belasten. Sie hatten auch ohne mein Zutun genug um die Ohren. Das Wissen, notfalls auf sie zählen zu können, musste reichen.

»Wir machen nichts«, entgegnete ich entschieden. »Ihr werdet euch darum kümmern, dass es euren Mädels gutgeht. Leider kann ich es nicht abwenden, dass wir morgen ...«, ich schaute auf die Uhr an meinem Handgelenk, »... pardon, heute ... eine Aussage auf dem Revier werden machen müssen. Das tut mir leid. Aber danach geht für uns das Leben weiter. Nachdem ich also Ben in den Zug gesetzt habe, werde ich zur Polizeidienststelle gehen«, nahm ich mir vor. »Und Zuhause werde ich dafür sorgen, dass es wieder sicher und aufgeräumt ist. Von sowas lasse ich mich nicht abschrecken! Garantiert nicht!« Die Müdigkeit überkam mich wieder. »Wir sollten uns hinlegen. Sehr viel Zeit bleibt uns nicht, bis uns der neue Tag wieder in den Fängen hat.«

»Was ist mit der Eingangstür zu deinem Haus? Ist sie wieder abgeschlossen?«, fragte Thomas geistesgegenwärtig.

»Ja, provisorisch«, klärte ich ihn auf. »Ich werde mich nachher drum kümmern.«

Kapitel 22

Montag, 17.08.2009

Nachdem ich Markus telefonisch darüber informiert hatte, warum ich Ben, anders als verabredet, in den frühestmöglichen Zug nach Wiesbaden gesetzt hatte, nahm ich mir vor, gleich zu mir nach Hause zu fahren. Zwar bat mir mein Ex-Ehemann am Telefon großzügig seine Hilfe an, doch auch diese Unterstützung schlug ich freundlich ab. Das musste ich allein schaffen! Den Anblick des zerwühlten Hauses wollte ich meinem Sohn unbedingt ersparen. Abgesehen von dem Einbruch war es emotional schwer genug für uns beide. Der Urlaub hatte uns wieder sehr nah zueinander gebracht. Ich konnte an meinem eigenen Kind Seiten entdecken, die mir bisher verborgen waren. Eigenschaften, an denen ich noch gern festhalten würde, bevor er erwachsen wird ... Und nun sollte ich mein Kind wieder gehenlassen.

Die Realität holte noch zu einer weiteren Ohrfeige aus. Schon der Gedanke daran, dass jemand in meine Privatsphäre eingedrungen war, fühlte sich unannehmbar an. Mit Mühe konnte ich die Bestürzung darüber bewahren, bis Ben im Zug in der Ferne verschwand. Mein Kind sollte keine Ängste um mich haben, während uns sechshundert Kilometer voneinander trennten. Er sollte Zuversicht bewahren, dass ich über den Dingen stand. Dass ich stark war.

Ich rief von Bärbels Anschluss aus einen Tischler an, der die Schäden an der Tür reparieren sollte. Als ich die Dringlichkeit meiner Lage geschildert hatte, erklärte er sich bereit, noch gegen Mittag vorbeizukommen. Sollte das Türschloss beschädigt worden sein, versprach er mir, sich umgehend darum zu kümmern. Mein zweiter Anruf galt der besten Sicherheitsfirma, die laut Suchmaschine ganz in der Nähe meines Hauses ihren Sitz hatte.

Denn eines stand für mich fest: Spätestens Ende der Woche würde mein Haus einem Sicherheitstrakt ähneln. Inklusive einer Alarmanlage, Videoüberwachung und Verstärkung an Türen und Fenstern! *Ein weiterer Einbruch wird mir nicht passieren! Schon gar nicht, wenn ich allein im Haus bin*, schwor ich mir.

Die Erinnerung an das, was mich erwarten würde, war keinesfalls so schlimm wie der eigentliche Anblick, nachdem ich die Tür geöffnet hatte. Während mir für gewöhnlich Einsamkeit und eine gewisse Ordnung entgegenkamen, so war es diesmal vollkommen anders. Plötzlich spürte ich die Anwesenheit des Täters. Vor meinem inneren Auge sah ich jede seiner Bewegungen. Vor allem, wie er meine Sachen durchwühlte. Just in diesem Moment vernahm ich sogar seinen Geruch. Aber vielleicht bildete ich mir das auch nur ein?

Auf eine bestimmte Weise kam mir der Einbrecher sogar näher als Markus, als wir noch zusammenlebten. Dieser Mensch hatte meine benutzte Wäsche durchwühlt, angefasst und wer weiß, was noch damit gemacht? Vielleicht hat er sogar vor Erregung darauf ejakuliert? Er war nicht daran interessiert, Kostbarkeiten zu entwenden. Das wäre schlimm genug. Dieser Täter hatte in meiner Wohnung herumgewühlt, weil er mich finden wollte. Allein diese Vorstellung erfüllte mich mit Ekel, sodass ich dagegen ankämpfen musste, das halbe Brötchen vom Frühstück bei Bärbel im Magen zu behalten.

Ich schloss die Eingangstür hinter mir zweifach ab, bevor ich endgültig die Fassung verlor.

»Wer bist du, du Arschloch?«, schrie ich, als würde mir jede ausgesprochene Frage eine gewünschte Antwort liefern. Meine vier Wände, die ich vor dem Einzug eigenhändig renoviert hatte, schwiegen unbeeindruckt. Ich fühlte mich machtlos. Also sank ich auf meine Knie, um mich meinen Emotionen hinzugeben. *ES IST EINFACH NICHT FAIR!*

»WAS WILLST DU VON MIR? WAS HABE ICH DIR GETAN?«

Wie lange ich so gekniet hatte, vermochte ich nicht zu sagen. Eine Kurznachricht meines Sohnes hatte mich plötzlich erreicht. Eigentlich erwartete ich eine übliche, sachliche Information, wo er sich gerade befand, mehr nicht. Doch diesmal war es anders. *'Du bist die Beste.'*, las ich. Die Tatsache, dass diese Worte genau jetzt und von jemandem kamen, der hundertprozentig an mich glaubte, weckte in mir unerwartete Energie.

Nach einem tiefen Seufzer ging ich in die Küche. Ich nahm ein Küchentuch, schnaubte zunächst in die Mitte und dann tupfte ich mit den noch trockenen Ecken die Tränen von den Augen. Tief durchatmend holte ich Mülltüten aus der Schublade. Ich beschloss, alles Persönliche, das der Kerl angefasst hatte, ohne nachzudenken wegzuwerfen. Allein die Vorstellung, ein Höschen anzuziehen, das dieser Einbrecher bereits in seiner Hand gehabt hatte, war widerlich. Alles, was ich an Anziehsachen in der Reisetasche hatte, würde zunächst reichen. Den Rest würde ich ergänzen.

Als plötzlich meine Türklingel läutete, zuckte ich zusammen. Ich war bereits so konzentriert am Aufräumen, dass der schrille Ton mich hochfahren ließ. Dann kam die unbegründete Angst. Und das, obwohl ich mir eigentlich bewusst war, dass ein Einbrecher nicht klingeln würde. *Ich bin hier mutterseelenallein; wenn ich schreien würde, würde mich niemand hören,* dachte ich. Meine Panik erreichte ihren Höhepunkt, als ich die Tür geöffnet und ein unbekanntes Gesicht entdeckt hatte.

»Ja?«, entfuhr es mir unsicherer, als ich es wollte.

»Miroslav Skorka«, stellte sich der Unbekannte mit einem slawischen Akzent vor. Vor mir stand ein durchschnittlich gebauter und ebenso durchschnittlich attraktiver Mann im mittleren Alter. Einer von diesen Männern, an die man sich als Zeuge kaum erinnern würde. Perfekte Voraussetzung für einen idealen Verbrecher. Nur der Akzent war charakteristisch. Das musste aber einem Zeugen erst auffallen.

Der Mann hat unglaublich große, kernige Hände im Vergleich zu seinem eher schmächtigen Körper, ging es mir durch den Kopf, als er mir eine zur Begrüßung reichte. Sofort hatte ich ein Szenario im Kopf, wie er mich damit würgen würde, und ich erschauderte.

Meine ausbleibende Begrüßung bewog den Mann dazu, mir seine Anwesenheit zu erklären. »Ich bin der Tischler und wollte mir Ihre Tür angucken.« Miroslav Skorka lächelte verstohlen.

»Ach ja!« Meine Verspannung löste sich sofort in Luft auf. »Tut mir sehr leid, wenn ich etwas wortkarg bin. Es ist viel passiert in letzter Zeit.«

»Pffff«, pfiff er durch die Zähne, als er endlich ins Hausinnere hineinsehen konnte. »Das sieht ja übelst aus!«

Es kostete mich ein wenig Überwindung, ihn nicht zu korrigieren, dass ein Adjektiv wie »übel« keine Steigerungsform hatte. *Grrr ... Dieses Wort!* Dennoch ließ ich es stehen. Er war eben kein Muttersprachler, obwohl sein Deutsch bis auf seinen leichten Akzent und ein paar seltsame und nur für Berlin charakteristische Floskeln tadellos war. Schließlich war ich auf seine Hilfe angewiesen.

»Ja, sehr unerfreulich, was uns passiert ist«, bestätigte ich ihm. »Gerade bin ich mit meinem Sohn aus dem Urlaub gekommen.«

Miroslav Skorka nickte. »Genau auf diese Gelegenheiten warten solche Idioten nur! Sie hatten heute Glück, dass ein Termin weggefallen ist. Sonst hätten Sie länger warten müssen. In den Sommermonaten sind wir immer ausgebucht«, lächelte er, »nun zeigen Sie das gute Stück.«

Ich machte einige Schritte zurück und ließ den Mann hinein. Zunächst betrachtete er die Tür millimetergenau und ächzte zwischendurch hin und wieder, ohne mich aufzuklären.

»Also«, sagte er nach einer Weile. »Die Tür lässt sich provisorisch reparieren. Doch wenn Sie mich fragen, dann würde ich Ihnen empfehlen, ein besseres Fabrikat einzusetzen. Eines, bei dem sich ein Einbrecher die Zähne ausbeißen muss, bevor er das aufkriegt. Schauen Sie mal.« Miroslav Skorka zeigte mir bei der Gelegenheit, wie der Schließmechanismus meiner Tür funktionierte. »Diese Tür ist, verzeihen Sie mir, Schrott. Jeder Vollidiot kriegt sie auf. Haben Sie eine Versicherung, die Ihnen den Schaden ersetzen kann? Da lohnt es sich, über ein besseres System nachzudenken, finde ich.«

»Ich habe schon eine Sicherheitsfirma angefragt«, erwiderte ich, »die sich darum kümmern soll. Ein Mitarbeiter kommt nachher, um sich alles anzuschauen.«

»Das ist super!« Miroslav lächelte wieder. Es schien ihm nichts auszumachen, dass ich nicht sofort auf seinen Vorschlag eingegangen bin. *Punkt für dich*, dachte ich lächelnd und versuchte mich mit dem Gedanken anzufreunden, die Tür tatsächlich auszuwechseln. Er fuhr fort: »Meine Frau lebt in Polen am Rande eines Dorfes. Sie fühlte sich unwohl, daher haben wir das Haus mit Kameras gesichert. Jetzt kann sie wenigstens nachts die Augen schließen, sofern es das Baby zulässt. Aber anders ging es nicht. Zu abgelegen. Und ich bin kaum daheim.«

»Kann ich gut verstehen«, nickte ich.

»Es gibt kranke Leute auf dieser Welt«, stellte er fest. »Lassen Sie sich einen guten Schließmechanismus einbauen. Glauben Sie mir, alles ist besser als das, was Sie da haben. Meinetwegen von einem anderen Tischler, aber lassen Sie sich die Preise für ... «, da folgte ein Name, den er mich bat aufzuschreiben, » ... geben. Oder fragen Sie ihre Sicherheitsfirma danach. Wenn es eine gute ist, wird sie Ihnen auch eine stabilere Tür empfehlen. Wenn ich hiermit fertig bin, wird sie wieder einwandfrei auf- und zugehen, und Sie bekommen ein neues Schloss. Doch das ist auch alles. Sie sollten sich sicher im eigenen Haus fühlen.«

»Dann machen Sie mir bitte eine neue Tür!«, unterbrach ich ihn. Er hatte mich überzeugt.

»Ich will Sie zu nichts überreden«, sagte er sichtlich überrascht. »Diese Türen sind nicht billig, man sollte vielleicht eine Nacht darüber schlafen ...«

»Sie haben mich zu nichts überredet, was mir nicht auch schon durch den Kopf gegangen wäre«, lächelte ich. Es war auch das erste Mal, dass ich seit dem Verlassen des Fliegers eine gewisse Leichtigkeit verspürte. Mein Leben ging einen winzigen Schritt weiter. »Darüber brauche ich nicht nachzudenken. Bitte montieren Sie mir eine neue, sichere Tür!«

»So schnell geht das leider nicht.« Miroslav Skorka zuckte mit der Schulter. »Zunächst muss ich das Aufmaß nehmen und dann eine geeignete Tür bestellen. Könnte ein paar Tage dauern.«

»Was auch immer notwendig ist!«, bekräftigte ich. Der Mann schien es ehrlich zu meinen. Und er war momentan die einzige Person, der ich nicht vormachen musste, dass ich mich in meinem eigenen Haus sicher fühlte.

»Darf ich Ihnen noch einen kleinen Ratschlag geben?«, fragte er überaus höflich, während er meine Tür aushob, um sie zu richten.

»Gern.«

»Etwa fünf Minuten vom Alex entfernt befindet sich ein Laden, der sowas wie Paintball- oder Airsoftausrüstung vertreibt. Montag ist Ruhetag. Sie bieten auch so etwas Abgefahrenes wie Armbrüste an.« Seine Augen glänzten. Offensichtlich war er ein Waffenfan. »Das weiß ich, weil ich mich damit in meiner Freizeit beschäftige. Was sie aber auch noch im Angebot haben, sind Gas- und Schreckschusswaffen. Vielleicht legen Sie sich so etwas zu, damit Sie die kommende Woche besser schlafen? Ein paar Kundinnen waren mir sehr dankbar für den Tipp. Kann man auch in einer Handtasche gut unterbringen. Wenn man es nicht braucht - umso besser. Nur so als wohlgemeinter Tipp. Meiner Frau habe ich auch eine dieser Mace-Pfefferpistolen gekauft ...«

»Ist das nicht illegal?« wunderte ich mich.

»Elektroschocker sind tatsächlich illegal.« Miroslav Skorka lächelte verschwörerisch, während er zum Wagen zurückging, um einige wichtige Utensilien zu holen. »Pfefferpistole dagegen ist erlaubt, solange sie in Notwehr oder zur Tierabschreckung benutzt wird. Aber ich sag's mal so: Lieber hundert Mal haben und nicht benötigen, als ein einziges Mal benötigen und nicht haben.«

Noch während Miroslav Skorka die Tür richtete, fuhr ein weiterer Wagen vor.

Sicherheitsdienst.

Auf die Minute genau.

Beinah hätte er den Wagen des am Rande parkenden Paketlieferdienstes touchiert.

Kapitel 23

Die untergehende Sonne hatte soeben den Kampf gegen die dichte, dunkle Wolkenmasse verloren. Langsam wurde es spürbar, dass die Tage kürzer und die Nächte länger wurden.

Mein Blick streifte durch den düster wirkenden Verhörraum des 46. Abschnitts und blieb erneut an dem mir gegenübersitzenden Beamten hängen. Ich verspürte plötzlich starke Müdigkeit. Diese Tatsache wunderte mich aber nicht. Nach einem ereignisreichen Tag langweilte ich den Beamten seit mehr als einer Stunde mit meiner Geschichte. Zumindest so interpretierte ich sein Auftreten mir gegenüber.

Der Raum, in dem ich mich befand, war zweifarbig gestrichen. Und man konnte ahnen, dass die oberste der Farben einst hell gewesen sein musste - im Kontrast zu dem Mint direkt darunter. Mittlerweile flossen diese Farben im Schatten des Deckenstrahlers harmonierend ineinander über. Um die Reizarmut noch mehr zu unterstreichen, fehlte in dem recht kahlen Raum ein Fenster. Nur der Venezianische Spiegel, hinter dem ich einen Beamten vermutete, bot eine visuelle Herausforderung.

»Wie lange fühlen Sie sich denn schon verfolgt?«, fragte der verhörende Beamte mit monotoner Stimme. Sein Name war so schwer auszusprechen, dass ich ihn gleich nach der Vorstellung wieder vergessen hatte. Er war recht kompakt gebaut, doch nicht zu füllig, und etwas über vierzig. Rein äußerlich ließ sich vermuten, dass er türkische oder arabische Wurzeln hatte. Nachdem ich die gestohlenen Gegenstände, besonders das Medaillon meiner Mutter, akribisch beschrieben hatte und von den gestohlenen Sachen eine Skizze anfertigen ließ, dachte ich, bereits alle Fragen beantwortet zu haben. Die Sache mit dem Verfolgen war ein wunder Punkt für mich, weil es vielleicht etwas mit dem Einbruch zu tun hatte.

»Seit etwa zwei Monaten, wobei es mir nur in Berlin passiert ist. Vor meinem Urlaub auf Gran Canaria fand meine Freundin, die damals oft bei mir übernachtete, eine Rose vor meiner Haustür. Und eines Tages fand ich eine Mütze und Zigarettenkippen in meinem Garten.« Dass ich sie in meinem Labor hatte analysieren lassen, verschwieg ich lieber. Zumal ich, nachdem ich die Ergebnisse der DNA-Analyse an Astrid weitergegeben hatte, alles fein säuberlich in eine Tüte gepackt und noch vor dem Urlaub aus dem Büro nach Hause mitgenommen hatte. Denn unter Umständen hätte man mir vorwerfen können, ich hätte Beweise manipuliert. Also erwähnte ich nicht, dass ein Teil davon gefehlt hatte. Ich musste es darauf ankommen lassen, was sie aus Astrid herausbekommen würden, und notfalls dann mit der Wahrheit rausrücken.

Meine Geschichte mit den Rosen vor der Tür schien den Polizisten kaum zu beeindrucken. »Und diese Zigarettenstummel wurden ebenfalls aus Ihrer Wohnung gestohlen?«, fragte der Beamte mit einem ungläubigen Unterton in der Stimme. Es war mir klar. Er hielt mich für hysterisch. Denn wer klaut schon Abfall?

»Ja, wurden sie. Das fiel mir erst auf, als ich heute die Wohnung aufgeräumt habe.« Langsam gewöhnte ich mich daran, dass man mich in dieser Hinsicht nicht ernst nahm. Wie denn auch? Ein Rosenkavalier passte nicht in das Bild eines brutalen Verbrechers.

»In Zehlendorf gab es in letzter Zeit mehrere Diebstähle«, erklärte er mir mit ruhiger Stimme. »Es ist zwar unüblich, dass ein Einbrecher nichts Kostbares mitnimmt, doch Sie sagten auch, dass Sie kein Bargeld im Haus gelassen hatten, korrekt?«

»Ja«, entgegnete ich resigniert. »Nur ein Paar ... ähm ... Anziehsachen wurden entwendet. Kein teurer Schmuck oder der Fernseher. Obwohl diese Sachen auch keinen hohen Wert haben, dass es sich lohnen würde, sie zu stehlen. Doch welchen Sinn hat es dann, meine persönlichen Sachen mitzunehmen? Jede einzelne meiner Ketten war wertvoller als das silberne Medaillon, das aber gestohlen wurde. Das ergibt doch keinen Sinn!«

»Ich halte es für wahrscheinlich, dass der Einbrecher von irgendjemandem überrascht wurde. Wahrscheinlich hat er Ihre Wäsche nach Bargeld durchsucht. Als er das Gefühl hatte, ertappt zu werden, floh er. Vielleicht hat er seine mickrige Beute in die fehlende Wäsche eingepackt. In meinem Job habe ich einiges gesehen, was Sie als kurios beschreiben würden. Wir bleiben jedenfalls dran. Und Fingerabdrücke haben wir bereits entnommen. Wenn Sie mir die Adresse Ihrer Freundin, dieser Astrid, verraten könnten, wäre es gar nicht schlecht. Ich würde gern ein paar Fragen über die Rosen stellen wollen. Sicherheitshalber.«

»Wir haben keinen Kontakt mehr. Eigentlich wollte ich sogar vergessen, dass es sie gibt«, stellte ich mit Überzeugung fest, »Doch sie wohnt in der Distelstraße 15. Der Name ist Astrid Schneider.«

»So«, beendete der Beamte die Vernehmung, als er die Angaben fertig notiert hatte. Man sah auch ihm die steigende Müdigkeit an. Wahrscheinlich stand er kurz vorm Feierabend. Oder die Gestaltung der Verhörräume schlug auch ihm aufs Gemüt. »Wenn Sie nichts mehr auf dem Herzen haben, können wir für heute abschließen. Sollte Ihnen noch etwas einfallen, dann melden Sie sich jederzeit.« Wortlos übergab er mir seine schlicht gehaltene Visitenkarte. »Ach, vorsichtshalber schicken wir in der Woche ab und an einen Streifenwagen vorbei, falls Ihr Rosenkavalier wieder vorbeikommen sollte.«

Ohne mich umzudrehen oder gar einen Blick auf das kleine Stück Papier zu werfen, das ich achtlos in meine Handtasche hineinfallen ließ, verließ ich den Raum. Noch an der Tür hörte ich sein »Auf Wiedersehen«, das ich leise erwiderte. Dann passierte ich eilig den langen und trostlos wirkenden Korridor des Polizeiabschnitts. Ich brauchte frische Luft. Und Leben.

Auf einer Bank vor dem Gebäude wartete schon Bärbel auf mich.

»Ich soll dich lieb von Thomas grüßen«, rief sie fast entschuldigend, als sie mich kommen sah. »Einer von uns musste nach Hause zu den Kindern.«

»Oh, das ist lieb, dass du auf mich gewartet hast«, erwiderte ich dankbar. »Ich habe ein schlechtes Gewissen.«

»Gar kein Problem«, winkte Bärbel ab. »Und? Wie war's?«

»Naja«, sagte ich zögerlich. »Viel konnte ich denen nicht erzählen. Das mit dem Verfolgen schien mir der Polizist nicht zu glauben. Vielleicht hält er mich für ein Sensibelchen? Irgendwie habe ich den Eindruck, dass sie eine bestimmte Erwartung zu der Einbruchserie haben. Meine Verfolgungsangst scheint aus diesem Raster zu fallen.« Ich zuckte ratlos mit der Schulter. »Sag mal, du kanntest doch das Medaillon meiner Mutter, oder?«

»Was für eine Frage. Aber natürlich!« Bärbel schaute mich geistesabwesend an. Als hätte ich sie gefragt, ob es morgen einen neuen Tag gäbe. »Gab es überhaupt jemanden, der es nicht kannte? Du hast es doch gerne getragen. Besonders, wenn wir Prüfungen an der Uni hatten, erinnerst du dich? Es sollte dir Glück bringen. Und offensichtlich hat es gut geholfen, Frau Professorin!«

»Stimmt, du hast recht«, pflichtete ich ihr bei. »Zur Studienzeit habe ich es oft getragen. Danach hing es im Schlafzimmer.« Plötzlich überkam mich Traurigkeit. »Bis es nun gestohlen wurde.«

»Das tut mir so leid, Kleines.« Bärbel drückte mich an sich. Sie zog einen Themawechsel vor, um mich von den sicheren Erinnerungen an meine Mutter abzulenken. »Hat man auch deine Fingerabdrücke abgenommen?«

»Ja«, nickte ich und löste mich aus ihrer tröstenden Umarmung. »Sie wollen diese offensichtlich von denen des Täters unterscheiden können. Somit müssten sie auch irgendwann bei Astrid auftauchen.«

»Ich hoffte«, Bärbel schaute mich mit einem durchdringend ernsten Blick an, während sie sich zum Gehen erhob, »... ihren Namen nie, nie wieder zu hören. Sie war wohl so etwas wie ein Kardinalfehler, oder?«

»Vermutlich ja«, schmunzelte ich beschwichtigend. »Einer von denen, die du niemals gemacht hättest.«

Bärbel verdrehte die Augen. »Du machst mich kirre ... Du schläfst bestimmt heute bei uns? Und du kannst natürlich so lange bleiben, bis du dich Zuhause wieder sicher fühlst.«

»Ich fühle mich sicher Zuhause«, entgegnete ich so gespielt überzeugt, dass ich beinahe selbst daran geglaubt hätte. »Erst recht mit dem neuen Schloss. Und morgen kaufe ich mir so eine Pfefferspraydose, wie mir der Tischler geraten hat. Spätestens in drei Tagen werde ich mit dem besten Kameraüberwachungssystem der Stadt ausgestattet sein. Was soll ich mich da noch fürchten? Einbrecher kommen nicht nochmal, nachdem sie gesehen haben, dass es bei mir nichts zu holen gibt. Außerdem«, fügte ich das letzte Argument hinzu - während wir das Eingangstor des langweilig wirkenden Polizeigebäudes verließen, »niemand bricht hier ein, wenn die Gegend vermehrt kontrolliert wird. Der Typ wird nicht so doof sein.«

»Du bist leider kein kleines Kind«, stellte Bärbel fest, »dem man mit ein paar schlauen Sätzen Unsinn aus dem Kopf treiben könnte. Bist du wirklich sicher?«

Doch, ich bin sicher, dass ich um nichts in der Welt allein sein will. Und dass ich die Nacht nicht ohne ein Messer unter meinem Kopfkissen verbringen werde. Aber ich wusste, dass Bärbel genug um die Ohren hatte, als dass ich mich ihr noch aufzwingen durfte. Sie hatte eine Familie. Egal wie freundlich sie sein wollte, war ich ihr eine Last. »Natürlich bin ich mir sicher! « Ich verdrehte die Augen, als wären die Sorgen meiner Freundin vollkommen aus der Luft gegriffen.

»Na gut. Wenn du meinst!« Bärbel gab seufzend auf. »Aber wenigstens fahre ich dich nach Hause. Keine Widerrede!«, kam sie meinem Protest zuvor. Diesmal fügte ich mich dankbar.

Wieder Zuhause angekommen, überlegte ich, ob es tatsächlich so eine gute Idee war, allein Zuhause zu übernachten. Anfangs gab ich mich beherrscht, als Bärbel mit mir die Wohnung inspizierte. Ich machte sogar ein paar Witze. Doch als die Tür hinter ihr zufiel und sie in ihr Auto stieg, ergriff mich Panik. Anstatt ihr wie gewöhnlich winkend in der Einfahrt zuzuschauen, bis sie aus meinem Blickfeld verschwand, blieb ich im Haus und verriegelte sofort die Tür. Insgeheim wünschte ich mir doch, dass Bärbel diese Veränderung meines Verhaltens bemerkte.

Aufzuräumen gab es in der Tat noch viel. Durch den Besuch des Tischlers und danach der Sicherheitsfirma schaffte ich es lediglich, die vollen Mülltüten zu entsorgen, die ich zuvor mit meiner Wäsche und den ausgeräumten Dessous gefüllt hatte. Das Chaos, das noch zu beherrschen war, lenkte mich keinesfalls davon ab, den Zustand der Türen und Fenster mehrfach zu kontrollieren. Sie sollten alle geschlossen bleiben. Nicht mal die Oberlichter ließ ich offen. Mein Plan für die Nacht war, mir ein oder mehrere scharfe Messer aus der Küche zu holen und so lange zu arbeiten, dass ich vor Müdigkeit am Schreibtisch einschlief. Es gelang mir erst gegen vier Uhr morgens, als die ersten Vögel zu zwitschern begannen.

Wenn ich etwas aufmerksamer aus dem Fenster geschaut hätte, hätte ich vielleicht einen Schatten auf der verlassenen Straße gesehen, der mir bekannt vorgekommen wäre. Womöglich hätte ich endlich das gesehen, was meinen Augen bisher verschlossen blieb.

Kapitel 24

Montag, 10.09.2009
Zweieinhalb Wochen später

Die langsam erlöschende Kraft des in diesem Jahr sehr üppigen Sommers ließ sich nicht leugnen. Der September war auch in einer von Hochhäusern dominierten Stadt wie Berlin in jedem Beet am Straßenrand oder in jedem der zahlreichen Balkonkästen zu sehen. Zugleich war es der Monat, den ich nach Mai am schönsten fand.

Nach mittlerweile mehr als zwei Wochen seit dem Einbruch in mein Haus fand ich langsam zum gewohnten Tagesrhythmus zurück. Meine Hoffnung, den geheimen Rosenkavalier dank der an der Hausfassade angebrachten Kameras zu entlarven, löste sich auf. Ich bekam schlicht und ergreifend keine Rosen mehr. Vermutlich war mein Sicherheitssystem auch meinem heimlichen Verehrer aufgefallen, woraufhin er mich in Ruhe ließ. Mit den Ermittlungen zum Einbruch kam die Polizei auch nicht voran.

Und obwohl ich in mir in der Öffentlichkeit alle Mühe gab, wieder selbstbewusst zu wirken, fühlte ich mich nachts immer noch von Panik überrollt. Trotz des Pfeffersprays und der scharfen Messer, die zu meinen Begleitern im Haus wurden, litt ich unter Schlaflosigkeit. Meine rar gewordenen Besuche in Theater oder Kino fielen irgendwann auch Bärbel auf. Doch alle Versuche, mir zu helfen, bagatellisierte ich oder lehnte gleich kategorisch ab.

Meine Freundin war nicht die einzige Person, die sich Sorgen um mein Wohlergehen machte. Abend für Abend bombardierte mich mein Vater in Abwechslung mit meinem Ex-Ehemann oder unserem gemeinsamen Sohn mit den blödesten Themen, die nur eines verstecken sollten: ihre Angst um mich.

So liebevoll es mir erschien und tatsächlich etwas Trost spendete, fing mich diese plötzliche Aufmerksamkeit meines Umfeldes an zu ermüden. Jede Abweichung meiner Pläne musste ich melden, wenn ich niemanden ernsthaft beunruhigen wollte. Statt 'aufzustehen und die Krone zu richten', musste ich mich Tag für Tag den Folgen des Einbruchs stellen. Das schürte natürlich noch mehr Ängste in jenen

Nächten, an denen die Geräusche draußen ungewohnt erschienen. Wenn ich mich dennoch zwang, einzuschlafen, dann nur, wenn alle meine Verteidigungsutensilien in greifbarer Nähe lagen.

Doch mein angespanntes Verhalten beschränkte sich nicht nur auf mein Zuhause. Denn sobald ich das Haus verließ, versuchte ich unterschiedliche Wege zu nehmen. Falls mich jemand verfolgte, wollte ich es ihm nicht so leicht machen. Obwohl die Rosen von der Schwelle meines Hauses verschwanden, blieb das Gefühl, beobachtet zu werden. Das verstärkte sich in letzter Zeit sogar. An manchen Tagen hatte ich das Gefühl, Astrid von weitem zu erkennen. Es war verrückt. Dann fragte ich mich, ob ich langsam paranoid wurde. Denn seit unserem Streit hatten wir absolut keinen Kontakt mehr gehabt. Und obwohl sie noch immer in der Chirurgie arbeitete, kreuzten sich unsere Wege nicht mal im Gebäude. Als wäre sie plötzlich wie vom Erdboden verschluckt. Und es war mir recht, wie es war. Ich hatte genug damit zu tun, eine Welt zu akzeptieren, in der sich jemand das Recht nahm, mich zu beobachten.

Das Telefon auf meinem Schreibtisch klingelte schon mindestens zum fünften Mal, als es endlich zu mir durchdrang. »Pathologisches Institut, Professor Hoffmann am Apparat«, meldete ich mich ganz förmlich, ohne einen Blick auf das blinkende Display zu werfen. Der Anrufer hatte mich aus meinen Gedanken herausgerissen.

»Hallo, Professor Hoffmann. Sie klingen, als hätte ich Sie gerade geweckt! Tut man so etwas in der Arbeit?« Bärbel lachte schallend, als hätte sie einen wahnsinnig guten Witz gemacht.

»Ich habe nicht geschlafen, sondern bin meinen erotischen Fantasien nachgegangen, Schatzi«, beschloss ich die ironische Bemerkung meiner Freundin abzutun. »Du weißt, ein heißer Latino, der sich auf meinem Schreibtisch räkelt. Nun ist es dein Kopfkino«, grinste ich schelmisch.

»Pfui, heißer Sex bei der Arbeit? Geht das bei der Pathologie überhaupt? Na gut, ihr habt vielerlei seltsame Instrumente, die ich in meiner Praxis nicht habe. So gesehen wäre ein heißer Latino schon fast zu harmlos.« Sie prustete vor Lachen. Ganz offensichtlich hatte sie deutlich bessere Laune als ich. Aus Angst, dass sie fragen würde, wie es mir geht, lachte ich mit. Gute Laune war nie verkehrt! Gute Laune bedeutete fast automatisch, dass es mir gutging - ohne jegliche Beteuerungen.

»Hey«, sie stotterte bei dem Versuch, sich wieder einzukriegen, »ich habe eine Idee, wie man alle deine Probleme lösen kann und du dir obendrauf etwas Geld verdienen kannst. Mit fast nichts.«

»Tatsache?«, stellte ich mehr fest, als dass ich fragte. »Alle meine Probleme? Bist du Gott?«

»Fast«, ich bildete mir ein, sie im gleichen Moment am Hörer lächeln zu sehen, »du brauchst einen Mann Zuhause! Einen, der bei dir schläft, verstehst du?«, stellte sie fest.

»Tatsächlich?«, wiederholte ich mit dem gleichen zweifelnden Unterton. »Kann man so einen Mann neuerdings mieten? Dann soll er auch noch gut aussehen. Und reich sein. Und mich vergöttern. Und ...«

»Nein«, sie überging kommentarlos meinen Sarkasmus, »aber ich habe einen Kerl für dich. Er heißt Philippe und ist ganz nett. Der Freund einer Freundin, du weißt schon. Und er sucht eine Bleibe in Berlin. Da du ja ein viel zu großes Haus hast, dachte ich, du könntest ihm ein Zimmer untervermieten. Was sagst du?«

»Dass du übergeschnappt bist!«, entgegnete ich. »Ich soll ein Zimmer an einen fremden Mann in meinem Haus vermieten? Was ist, wenn er ein Psychopath ist? Oder wenn Markus vorbeikommen möchte? Oder Ben? Boah, das ist fast eine Beziehung! Nur ohne Sex. Keine gute Idee.«

»Ich wusste, dass du die Idee toll finden würdest!«, zwitscherte meine Freundin unbeirrt in den Hörer, als hätte sie mir soeben gar nicht zugehört. »Er ist wirklich ein ganz Netter. Und wahrlich kein Psychopath. Und er ist ein sehr Ruhiger! Du wirst ihn kaum bemerken. Aber du wirst endlich die Nächte durchschlafen können. Wie übrigens auch ich, als deine Stimme der Vernunft. Und was Markus betrifft ...«, sie ließ mich nicht zu Wort kommen, »wenn er überhaupt nach Berlin kommt, dann nur mit seiner neuen Flamme.

Er würde dir unter Garantie nicht zumuten, seine Tussi im knappen Höschen am Frühstückstisch zu sehen. Falls aber Ben zu Besuch kommen sollte, dann ist er mit Philippe bestens beschützt. Und Mädel! Du hast noch zwei Zimmer im Obergeschoß. Eines davon kannst du doch wohl vermieten. Das andere gehört sowieso Ben. Wo ist das Problem?«

»Wo das Problem ist?«, fragte ich erstaunt, dass sie es nicht begriff. »Du willst, dass ich mit einem wildfremden Mann unter einem Dach lebe! Das ist das Problem! Ich kenne den nicht mal. Was sage ich? Ich habe den noch nicht mal gesehen. Aber ich soll mit ihm zusammenziehen? Bist du verrückt?«

»Noch ... Noch hast du ihn nicht gesehen«, verbesserte mich Bärbel. »Daher habe ich ihn am Samstag zu dir eingeladen. Keine Sorge, wir sind dann auch dabei, sollte er ein Psycho sein. Ihr redet ein wenig, und du entscheidest, okay? Wenn nicht, dann kommt er mit, und ich werde nie, nie wieder so einen Vorschlag machen. ABER du gibst Philippe eine Chance, okay? Bitte, bitte, bitte!«

»Oh mein Gott, sie ist mehr als übergeschnappt!«, sagte ich mit einem gespielt verärgerten Ton in der Stimme. Plötzlich klopfte jemand energisch an der Tür zu meinem Büro.

»Moment, bitte!«, rief ich, nachdem ich den Hörer verdeckt hatte, um meiner Freundin nicht ins Ohr zu schreien.

»Du, ich kann jetzt nicht. Ich muss arbeiten«, wisperte ich wieder in den Hörer. »Du bist vollkommen übergeschnappt! Aber ja, gut. Ich werde mir diesen Typen anschauen. Und ihm natürlich sagen, dass die Idee so bescheuert ist, dass sich sowas nur meine Freundin einfallen lassen konnte. Und dann werde ich ihn hochkant rauswerfen. Aber ja, ich werde das Elend über mich ergehen lassen. Sonst gibst du bestimmt keine Ruhe!«

»Ich wusste es!«, rief sie so glücklich, als hätte ich ihr gerade ein tolles Geschenk gemacht. »Du wirst es nicht bereuen!«, fügte sie noch hastig hinzu, bevor ich auflegte.

»Herein«, rief ich.

Kapitel 25

Der Samstag begann regnerisch. Als wollte das Wetter meine derzeitige Gemütsverfassung widerspiegeln, was mich zusätzlich darin bestärkte, dass ich auf dem besten Weg war, einen großen Fehler zu begehen.

Meine innere Unruhe fing von dem Moment an, als mir Bärbel die Idee eines Untermieters vorgestellt hatte und steigerte sich kontinuierlich bis zum Wochenende. Und jeder meiner Versuche, das Treffen doch noch zu annullieren, endete damit, dass mich Bärbel an mein Versprechen erinnerte. Um dann anschließend festzustellen, was für ein riesiger Angsthase ich sei.

Als Bärbel vor fünfzehn Minuten angerufen hatte, dass sie auf dem Weg zu mir seien, überlegte ich, mein Haus schnellstmöglich zu verlassen. Doch das wäre feige! Also bekämpfte ich meine Ruhelosigkeit, indem ich eine Schale mit Süßigkeiten gefüllt zum fünfzigsten Mal in die Küche räumte, um sie erneut wieder auf den Tisch im Wohnzimmer zu stellen. Es half mir, in Bewegung zu bleiben. Denn das Sitzen war für mich neben dem Warten die schlimmste Folter.

Der Mann sollte sich nicht zu willkommen fühlen, denn ich wollte keinen Mann mehr in mein Leben lassen. Schon gar nicht einen, mit dem ich nicht mal intim war. Da ich mich endlich doch für Süßigkeiten im Wohnzimmer entschieden hatte, beschloss ich nun, einen Kaffee aufzusetzen. Immerhin sollte es am Ende keine Vermieter-Mieter-Verbindung werden. Eher ein netter Samstagbesuch von Freunden mit einem kleinen Haken. Die Süßigkeiten waren für mich eine Art Entschädigung für die verlorene Lebenszeit.

Als es an der Tür klingelte, verspürte ich einen Schwächeanfall in der Kniegegend, der sich verstärkte, je näher ich der Tür kam. Gleichzeitig rügte ich mich in Gedanken, wie albern das war. Ganz so, als hätte ich ein Date! Die eigentliche Wahrheit war, dass es mir seit der Trennung von Markus leichter fiel, mit Männern geschäftlich als privat zu interagieren. Beinah berührte ich die Klinke und registrierte, wie meine Hand zitterte. *Fuck.*

»Ein Paket für Sie!«, schrie jemand durch die Tür. In diesem Moment entlud sich meine Nervosität in einem unbeabsichtigten Seufzer. Es war nur der Paketlieferant, der nun am seitlich angebrachten Monitor meiner Überwachungskamera erschien. *Entwarnung.*

»Moment«, erwiderte ich in die Haussprechanlage und öffnete.

»Hallo.« Der Mann lächelte mich verschmitzt an. Mir kam das Gesicht bekannt vor. *Haben wir früher nicht hin und wieder zwei Sätze miteinander gewechselt?* Angesichts der Tatsache, dass Bärbel in Kürze mit ihrem Besucher eintreffen sollte, war ich überhaupt nicht zu einem Smalltalk aufgelegt. Daher nahm ich das Päckchen wortlos in die Hand.

Ein flüchtiger Blick auf den Absender ließ mich augenblicklich erröten. Nicht nur der Name des Absenders, sondern auch die geschnörkelte Schrift und der labberige Inhalt ließen keinen Zweifel daran aufkommen, dass es sich hierbei um die neu bestellte Unterwäsche handelte. Oder vielleicht bildete ich mir ein, dass der Paketbote den Inhalt erahnte. Die Bestellung neuer Anziehsachen war meine Art, den Einbruch endgültig ad acta zu legen.

»Vielen Dank.« Es klang mehr abgehackt als freundlich. »Das war's?« Zwar fiel mir auf, dass die Verpackung leicht beschädigt war, doch ich sagte nichts.

»Mehr habe ich nicht«, erwiderte der Mann beinah traurig. Er konnte nichts für meine Anspannung. Ehe ich etwas sanftmütiger reagieren konnte, erschien Bärbels Wagen in meiner Einfahrt. Meine Nervosität kehrte wieder zurück, während der Paketlieferant den Auslieferungsschein ausfüllte.

»Sie bekommen Besuch«, stellte der Mann fest, während er mir sein Pad zum Unterschreiben gab.

»Vielleicht mehr«, erwiderte ich geistesabwesend und erschrak bei dem Gedanken, dass mir langsam die Idee des Untervermietens zu gefallen begann.

Meine Aufregung legte sich keinesfalls, nachdem Philippe Pienaar aus dem Wagen gestiegen war. Im Gegenteil. Vor mir stand ein sehr attraktiver, griffiger Mann mittlerer Größe. Laut Bärbel war er etwa elf Jahre jünger als ich. Seine kräftigen, dunklen Haare harmonierten perfekt mit seinem dunklen Teint, der ihn so wirken ließ, als wäre er gerade von einem Segelurlaub zurückgekehrt. Es war selten, dass es mir schwerfiel, Worte der Begrüßung zu finden.

»Hi, ich bin Philippe«, sagte er lässig mit einem typisch australischen Slang. »Ich freue mich sehr, dich kennenzulernen. Bärbel hat mir schon viel von dir erzählt. Doch ich stelle fest, dass sie kräftig untertrieben hat.« Mir ging durch den Kopf, dass er diese Floskel vielleicht einstudiert hatte, um mich zu beeindrucken.

Egal.

Es klang zu gut.

In diesem Moment wusste ich, dass er bei mir einziehen würde. Ohne jeden Zweifel.

Kapitel 26

Ein Wochenende nach unserem Treffen zog Philippe tatsächlich bei mir ein. Unser zunächst sehr reservierter Umgang miteinander lockerte sich erstaunlich schnell. Wie Bärbel mich informiert hatte, war Philippe auf sehr dringender Suche nach einer Bleibe in Berlin. Der gebürtige Australier besaß eine kleine Informatikfirma in seinem Geburtsland und jede Menge Kontakte in der ganzen Welt. Um die Kunden vor Ort zu betreuen, war er zu einem Leben als beruflicher Vagabund gezwungen. Berlin war für ihn deshalb so interessant, weil es ihm ermöglichte, sich im Herzen von Europa niederzulassen. Und die Stadt war unkompliziert genug, jeder Zeit nach Hause zu fliegen. Zu seiner Familie und Noch-Ehefrau.

»Das Leben im Hotelzimmer ist immer noch nichts für mich«, erklärte er mir an jenem Abend, als er seine Anziehsachen im Schrank des Zimmers verstaute, das ich ihm zur Verfügung gestellt hatte. Später saßen wir am Tisch im Wohnzimmer und tranken ein Glas Wein. Auf dem Tisch lag der von uns beiden unterzeichnete Mietvertrag. »Auch das ewige Von-Freund-zu Freund-Weiterziehen ist nichts für mich. Ich brauche etwas Festes.«

»Wie kommt deine Frau mit deinem Lebensstil zurecht?«, interessierte mich. Die Information, dass der Mann in festen Händen war, missfiel mir. Ich mochte seine charmante, ruhige Art sehr. Mit seinem Einzug kehrte bei mir das Gefühl von Sicherheit nach Hause zurück. Zu wissen, dass jemand im Nebenzimmer war, ließ mich endlich die Nächte durchschlafen. Zum ersten Mal seit Wochen fühlte ich mich fit und das, obwohl der Einbrecher trotz der Bemühungen der Polizei noch nicht gefasst worden war.

»Sehr gut sogar«, entgegnete er ungewohnt gleichgültig. »Unsere Beziehung ist nicht mehr so wie früher. Rachel war die Schwester meines besten Kumpels aus Kindheitstagen. Als Kinder kletterten wir auf Bäume, während unsere Eltern darunter gemeinsame Treffen veranstalteten. Später wurde daraus die erste Liebe und eine große Hochzeit. Wir wollten eine große Familie haben. Es lief auch beruflich ausgezeichnet. Mit Hilfe unserer Eltern gelang es mir, Informatik abzuschließen und ein kleines Unternehmen zu gründen. Rachel beendete ihre Ausbildung zur Krankenschwester und begann zu arbeiten. Doch damit endete auch unser Märchen. Die Erwartungen waren nicht so, wie die Realität es für uns vorgesehen hatte. Der Wunsch nach einer Familie erfüllte sich nicht. Also waren wir irgendwann frustriert. Bis Rachel doch schwanger wurde. Aber erst, als das Baby auf der Welt war, gestand sie, dass es nicht meine Tochter sei. Das hat mich damals wirklich sehr getroffen.« Philippe nahm einen großen Schluck Wein, als wollte er damit die Enttäuschung herunterspülen.

Ich schwieg. Scheinbar waren wir beide Opfer großer Ehe-Versprechen.

»Als Olivia«, setzte er seine Erzählung fort »die Welt erblickte, war ich überglücklich. Sie war so wunderschön. Aber nichts an ihr ähnelte mir. Nicht im Geringsten. Irgendwann gestand mir Rachel ihre Affäre mit dem Arbeitskollegen, und unser Leben wurde zur Qual. Heute ist Olivia vier Jahre alt und kennt mich kaum. Ich bin auch sehr selten Zuhause. Der wahre Vater kümmert sich um sie, während sie mich lediglich als Philippe kennt. Das ist sehr hart. Ich wünschte, sie wäre mein Kind.«

Philippe tat mir sehr leid. Ich versuchte mich gedanklich in die Zeit zu versetzen, als mein Sohn etwa vier Jahre alt war. Damals überlegten wir tatsächlich, ob wir unsere Familie nicht um noch ein Baby vergrößern sollten. Es war zu der Zeit, als wir glücklich zusammen waren. Vielleicht aber nur naiv. Es hieß irgendwann: 'Jetzt oder nie'. Und es blieb bei Benni. Es sei denn, Markus' neue Freundin wäre bereit, ihm ein weiteres Kind zu schenken. Der Gedanke gefiel mir gar nicht. Es bedeutete, dass ich ihn endgültig als Freund verlieren würde.

»Ich wäre gern Olivias Vater, doch für mich gibt und gab es nie Platz in ihrem Leben, fürchte ich. Meine Frau erinnert mich hin und wieder daran, dass sie nicht meine Gene trägt«, unterbrach Philippe meine Gedanken. Noch nie hatte ich mich so ausgelaugt gefühlt wie genau in diesem Moment. Uns trennten deutlich mehr als diese elf

Lebensjahre an Erfahrung. Es waren auch die Wünsche nach einer Familie, die mir gegönnt waren und ihm verwehrt blieben. Ich nippte an meinem Weinglas, als wäre darin etwas Heilsames gegen Liebeskummer enthalten, und überlegte, wie ich meinen neuen Mitbewohner trösten konnte. An jenem Abend gingen wir noch allein ins Bett, während uns die Gedanken aneinander wachhielten.

Der nachfolgende Samstag fing gar nicht gut an. Als ich an die Badezimmertür klopfte und Philippe nicht antwortete, ging ich hinein. Es war tatsächlich leer, daher machte ich mich fertig. Ich hoffte, ihn wenigstens im Wohnzimmer beim Frühstück anzutreffen. An dem Tag hatte ich das unbeschreibliche Bedürfnis danach, nicht allein zu sein.

Unten angekommen stellte ich leider fest, dass er das Haus verlassen hatte. Vermutlich war er bei der Arbeit. Wir lebten zwar erst seit einer Woche zusammen, doch eines war klar: Unsere Lebensstile unterschieden sich gravierend voneinander. Während man mich nach Feierabend oder an den Wochenenden fast immer Zuhause antreffen konnte, schien Philippe das Haus in dieser Zeit lediglich zum Übernachten zu nutzen. Und auch das nicht immer. Wo er die restliche Zeit verbrachte, wagte ich nicht zu fragen. Aber es war auch nicht mein Problem, solange er pünktlich seine Miete zahlte. Oder doch?

Enttäuscht wählte ich Markus' Nummer, in der Hoffnung, meinen Sohn zu erreichen. Doch niemand meldete sich. Dann erinnerte ich mich, dass Markus' Freundin die Jungs heute in einen Vergnügungspark eingeladen hatte. Wahrscheinlich hatten sie bei ihr übernachtet, um pünktlich loszufahren. Seltsam, wie mir plötzlich fehlte, was mich noch einige Zeit zuvor auf die Palme brachte: die besorgten Telefonate meiner Liebsten. Als nächstes wählte ich die letzte Bastion - die Nummer meines Vaters.

»Hallo, Papa.«

»Hallo, Juli«, entgegnete mein Vater fröhlich. Er sprach mich so an, als ob ich immer noch sechs Jahre alt wäre. Für ihn schien die Zeit stehengeblieben zu sein. Zugleich fühlte es sich vertraut an. Und obwohl ich mir bewusst war, dass er mich im Alltag bald mehr als umgekehrt brauchen würde, schwang in diesem Kürzel etwas von der guten, alten Eltern-Kind-Zeit mit. »Warum rufst du so früh an? Geht es dir nicht gut, mein Kind?«, fragte er besorgt. Den folgenden Satz sprach ich dann stumm mit: »Isst du auch genug?«

Soweit ich mich erinnern konnte, war dies immer seine erste Sorge. Als ob ich nicht genug essen würde. »Ja, Papa. Bei mir ist alles bestens. Wie geht es dir?«

An dieser Stelle folgte eine genaue Beschreibung der kulinarischen Highlights der letzten Woche. Essen ist der Sex im Alter, erinnerte ich mich an Markus' Worte und musste schmunzeln, während ich der Aufzählung meines Vaters folgte. Für einen kurzen Augenblick überlegte ich, ob ich ihm jetzt schon erzählen sollte, dass ich einen Untermieter hatte, doch dann entschied ich mich dagegen. Es war nichts für ein Telefongespräch.

»... heute kegeln«, hörte ich meinen Vater plötzlich sagen. Mit Entsetzen stellte ich fest, dass ich doch noch gedanklich abgedriftet sein musste.

»Stimmt, heute gehst du ja kegeln!«, erinnerte ich mich. »Dann wünsche ich dir viel Erfolg. Mach die Jungs fertig.«

»Pass auf dich auf.« Mit diesem Satz beendete er immer unsere Gespräche. Er stand stellvertretend für das »Ich liebe dich« meiner verstorbenen Mutter.

»Mache ich. Du auch«, erwiderte ich und legte auf. Nun fühlte ich mich noch seltsamer. Nicht mal mein Vater schien Zeit für mich übrig zu haben. Enttäuscht machte ich mich ans Frühstück, wobei mir auffiel, dass der Kühlschrank leer war. Nach der Absprache mit Philippe war ich diese Woche für die Einkäufe verantwortlich. Somit hatte ich eine Aufgabe, die meine Zeit zwar nicht sinnvoller, doch deutlich ereignisreicher als am PC gestalten würde.

Der Gesundheit wegen beschloss ich, mit meinem alten Klapperrad zu einer Einkaufspassage zu fahren, als mir plötzlich bei einem flüchtigen Blick durch das kleine Fenster im Flur meine überfüllte Mülltonne auffiel, deren Deckel nur halb geschlossen war. Scheinbar hatte Philippe es heute so eilig gehabt, dass er seine

Aufgabe total vergessen hatte. Wir hatten eine einfache Arbeitsteilung. In den Wochen, in denen ich für den gefüllten Kühlschrank und ein sauberes Badezimmer zu sorgen hatte, war er für den Müll und die Ordnung in der Küche verantwortlich. Dann wechselten wir. Für einen kurzen Augenblick überlegte ich, ob es sinnvoll war, die Tonne aus erzieherischen Gründen unaufgeräumt stehenzulassen, doch ich entschied mich dagegen. Wir waren ja erwachsen. *Wer weiß, wann er wiederkommt,* überlegte ich. Eine mögliche Rattenplage wollte ich uns ersparen.

Also zog ich mir eine Jacke über, nahm einen Rucksack mit, in den ich mein Portemonnaie, mein Handy und eine Einkaufstüte warf. Den Schlüssel behielt ich noch in der Hand, in der ich bereits einen eingeschnürten Restmüllbeutel hielt. Mit einem prüfenden Blick ins Hausinnere betätigte ich die Alarmanlage und ließ die Eingangstür zufallen.

Wie jeden Tag ignorierte ich das aufsteigende Gefühl, beobachtet zu werden. Das Mustern der Umgebung, nachdem ich das Haus verlassen hatte, war mir dennoch in Fleisch und Blut übergegangen. Der Impuls, sich nicht umzudrehen, bedeutete mehr Arbeit an mir, als dem Drang zu folgen. Und obwohl ich feststellen musste, dass mit Ausnahme weniger parkender, mir unbekannter Autos nichts Ungewöhnliches auf der Straße zu sehen war, fühlte ich mich seltsam. Dass ich zu jeder Zeit einen Verfolger erwartete, erschien aus objektiver Sicht selbst mir lächerlich. Und dennoch konnte ich mich von dieser Vorstellung nicht lösen. Erst Jahre später wurde mir klar, dass mein Bauchgefühl vollkommen richtig gewesen war. Ich hätte darauf vertrauen müssen.

Stattdessen beschleunigte ich nur den Schritt. Je näher ich an meinen Müllcontainer kam, desto mehr schlug mir der aus der Ausbildungszeit gewohnte Geruch der Verwesung entgegen. In meinem Kopf liefen Bilder der vergangenen Mahlzeiten durch, in der Hoffnung, darin den Verursacher zu finden. *Vielleicht hat das weggeworfene Fleisch Ratten angelockt, die es dann nicht mehr lebendig aus der Mülltonne geschafft haben?,* dachte ich mit einem gewissen Ekel, während ich den vollen Müllbeutel vor einem der Behälter ablegte.

Als ich den Deckel des Müllcontainers ganz vorsichtig angehoben hatte, sah ich etwas Pelziges darin liegen. Es war definitiv keine Ratte. Das Tier war wirklich übel zugerichtet. Von der Größe her tippte ich auf eine zusammengerollte Katze. Mit einer alten Zahnbürste, die ich in meinem Müllbeutel fand, bewegte ich den Kadaver leicht zur Seite. Unter dem Tier befand sich eine Blutlache. Augenblicklich bekam ich ein beklemmendes Würgegefühl. *Vielleicht hat jemand nachts das Tier überfahren und dann in meine Mülltonne geworfen?*, überlegte ich. Irgendetwas in mir wehrte sich gegen den Anblick, doch ich musste schauen, ob die Katze wirklich tot war - und sie vielleicht aus meinem Müll entfernen. *Vielleicht hat sie einen Chip und man kann einen Besitzer ermitteln? Irgendjemand könnte das Tierchen vermissen.*

Dabei war es nicht das Blut, weswegen ich Unbehagen verspürte. Es war für mich kein großer Unterschied, pathologische Gewebeproben zu schneiden oder am Tatort eine Leiche zu sehen. Es gehörte einfach zu meinem Job. Wie einem Patienten oder einer Leiche Blutproben zu entnehmen. Mein Problem war, dass ich schon seit meiner Kindheit nicht ertragen konnte, Kinder oder Tiere leiden zu sehen. Zu wissen, dass diese arme Kreatur vielleicht durch meinen Müll erstickt oder durch meine oder Philippes Unaufmerksamkeit in diese Lage geraten war, fühlte sich entsetzlich an. Auch wenn nicht wir sie in diese Lage gebracht hatten.

Die ausgediente Zahnbürste war jedoch zu kurz. Um das Tier nicht mit der bloßen Hand anfassen zu müssen, falls es doch nur schwer verletzt war, sah ich mich nach einem kleinen Stock um. Zum ersten Mal war ich dankbar, dass der Nachbar einen Apfelbaum zu nah an die Grundstücksgrenze gesetzt hatte. Normalerweise warf er viel Laub ab, was in Mehrarbeit für mich mündete und mich nervte. Die Äpfel waren viel zu sauer, als dass es sich lohnen würde, sie aufzuheben, daher ließ ich sie meist liegen. Nach einer Weile wurden sie matschig und dann rutschig. Und eine wunderbare Essensquelle für verschiedene Insekten. Doch diesmal freute ich mich, dass das Apfelbaumholz brüchig genug war, abgebrochene Zweige in meinem Garten zu verlieren. Den stabilsten suchte ich mir aus und kehrte zu den Mülltonnen zurück.

Doch nachdem ich das Kätzchen angehoben hatte, das sich eindeutig in der Totenstarre befand, wurde mir wirklich übel. Es war eindeutig kein angefahrenes Tier. Und es war nicht in der Tonne erstickt. Das arme Tierchen lag mit durchgeschnittener Kehle auf zwei oder mehr weiteren, die ähnlich zugerichtet zu sein schienen. All das direkt in meinem Müllcontainer. *Wer macht denn sowas?*, fragte ich mich vollkommen fassungslos. Irgendjemand brachte Tiere in der Umgebung um und warf sie in meinen Hausmüll. *Aber warum?*

Obwohl ich so viele Leichen gesehen hatte, war es mit den Kätzchen anders. Plötzlich verspürte ich Säure im Magen aufsteigen. Ich versuchte krampfhaft, mich nicht auf die Kadaver zu übergeben. *Mit durchgeschnittenen Kehlen sind die armen Kreaturen wohl nicht in meine Tonne geklettert. Jemand muss sie hier absichtlich abgelegt haben!*, ging es mir durch den Kopf. Diese Erkenntnis entsetzte mich so fürchterlich, dass ich ins Haus zurücklief, um nach der Visitenkarte des Polizisten zu suchen, der mich nach dem Einbruch verhört hatte. Dabei ließ ich alles liegen - bis auf den Rucksack mit meinen persönlichen Sachen. *Es könnte doch irgendwie mit dem Einbruch zusammenhängen! Vielleicht hasst mich jemand?*, dachte ich, während ich, im Haus angekommen, immer verzweifelter die Handtasche nach dem Stück Papier durchkämmten.

Plötzlich fand ich die Visitenkarte und wählte sofort die Nummer des Beamten. Doch an seiner Stelle meldete sich eine weibliche Stimme, die mir erklärte, dass er im Urlaub sei.

»Dann helfen Sie mir bitte«, wimmerte ich in den Hörer und beschrieb ihr in kurzen Worten die Situation.

»Beruhigen Sie sich bitte«, bat sie mich geduldig. »Ich würde es mir gern anschauen. Sind Sie vor Ort? Ist jemand bei Ihnen?«

»Nein, Philippe ...«, sagte ich hastig und verbesserte mich sofort, »mein Mitbewohner ist noch nicht da. Vielleicht kommt er aber gleich. Hoffe ich zumindest.«

»In Ordnung. Meine Kollegin fährt zu Ihnen. Lassen Sie bitte alles so, wie es ist.«

Kaum eine halbe Stunde später bog ein Polizeiwagen in meine Einfahrt. Die Zeit nutzte ich, um mir die Aufzeichnungen meiner Überwachungskamera anzusehen. Mittlerweile hatte ich mich wieder einigermaßen beruhigt. Eine junge, aber nicht besonders attraktive Frau stieg aus dem Wagen.

»Polizeikommissarin Claudia Werner«, stellte sie sich vor. »Guten Tag. Wir haben miteinander telefoniert.«

»Guten Tag, Julia Hoffmann«, erwiderte ich. »Genau. Soll ich ihnen die ... Stelle zeigen?« Das Wort 'Tierkadaver' ging mir nicht über die Lippen. Es waren keine Wesen, welche im Sektionssaal auf dem Tisch lagen, sondern in meiner Mülltonne, und ich fühlte mich gewissermaßen für sie verantwortlich.

»Gern«, entgegnete sie emotionslos. »Erzählen Sie nochmal etwas über den Einbruch«, bat sie mich. Also erzählte ich ihr alles, woran ich mich erinnern konnte, während sie die Katzen begutachtete. Dabei hielt ich mich in einem großen Abstand von der Fundstelle, um mir den erneuten Anblick der Tiere zu ersparen.

»In der Tat können sich die armen Tiere mit dieser Verletzung nicht hinaufgeschleppt haben«, bestätigte sie nach einer Weile meine Vermutung. »Zumal der Boden um die Tonne herum recht blutspurenfrei erscheint. Man hat die Kadaver ganz offensichtlich nur abgelegt. Ist Ihnen in letzter Zeit etwas aufgefallen?«

»Nichts«, stellte ich fest. Dass ich mich verfolgt fühlte, verschwieg ich. Menschen, bei denen eingebrochen wurde, waren nun mal traumatisiert. Und bei dem, was bei mir gestohlen worden war, war es nicht ungewöhnlich, persönliche Motive dahinter zu vermuten. »Seit dem Überfall ist nichts Außergewöhnliches passiert. Die Kameras scheinen sich auszuzahlen. Oder vielleicht die Tatsache, dass ich einen neuen Mitbewohner habe?«

»Interessant.« Die Kommissarin nickte, während sie ihren Blick in der Umgebung schweifen ließ. »Kameras?«

»Während ich auf Sie gewartet habe«, nahm ich die Frage vorweg, »... habe ich die letzten Aufzeichnungen im Schnelldurchlauf durchgesehen. Die Kameras sind zwar auf das Grundstück gerichtet, erfassen aber leider nicht meine Mülltonnen im Eingangsbereich.«

»Sie sind ja auch ein wenig versteckt. Wer weiß, wie lang die Kadaver dort liegen«, fasste die Kommissarin die Fakten zusammen. »Dennoch würde ich mir gern die Aufzeichnungen selbst anschauen, wenn Sie gestatten. Der Täter muss sich auf Ihrem Grundstück bewegt haben. Ich lasse auch die Tierkadaver abholen. Soll sich der Gerichtsmediziner kurz anschauen. Möglicherweise sind sie gechipt, und wir könnten die Besitzer ermitteln. Dann haben sie das Recht zu erfahren, was mit den Tieren passiert ist. Und falls das mit dem Einbruch zusammenhängen soll, was ich nicht glaube, haben wir es in den Akten vermerkt.«

»Gern. Ich bin froh, wenn die Tiere von meinem Grundstück verschwinden«, atmete ich erleichtert auf. »Könnte das ein Fall von Stalking sein? Dass der Kerl nun sauer auf mich ist oder so?«

»Bei laufenden Ermittlungen schließe ich gar nichts aus. Nicht mal, wenn das wichtigste Ausschlusskriterium lediglich eine geringe Wahrscheinlichkeit ist«, erklärte die Kommissarin. »Arbeitserfahrung.«

»Bei dieser Gelegenheit wollte ich fragen, ob Sie bei den Ermittlungen zum Einbruch weitergekommen sind?« Ich stellte die Frage, doch erwartete kein Wunder.

»Tut mir leid, aber zu laufenden Ermittlungen kann ich keine Fragen beantworten«, wandt sie sich heraus. Es war also ein klares 'Nein'. »Wollten Sie gerade einkaufen gehen, bevor Sie die Tierkadaver fanden?«, fragte sie nachdenklich, während sie in Richtung der auf dem Boden liegenden Einkaufstasche sah, die offenbar vor der Tür aus meinem Rucksack gefallen sein musste.

Ich nickte wortlos.

»Dann machen Sie das doch jetzt! Gleich bekomme ich Verstärkung. Wir werden uns Ihren Müllcontainer vornehmen, uns etwas in der Gegend umschauen, und die Nachbarn befragen, ob ihnen etwas Ungewöhnliches aufgefallen ist«, klärte mich die

Kommissarin auf. »Wenn Sie wieder nach Hause kommen, sind wir bestimmt schon verschwunden. Das wäre sicherlich in Ihrem Sinne. Ich bräuchte nur vorher Ihre Kameraaufnahmen. Versprechen kann ich nichts. Denn selbst im Falle von Stalking mit dieser starken, nennen wir es: *Ausprägung,* sind unsere Möglichkeiten begrenzt.«

»Um ehrlich zu sein, bin ich schon froh, wenn man mich anhört und nicht sofort für völlig durchgeknallt hält«, erwiderte ich ehrlich.

Die Kommissarin lächelte. »Garantiert nicht. Stalking ist für uns tatsächlich ein Problem, weil dieser Tatbestand juristisch so schwammig ist. Meistens können wir erst etwas tun, wenn es zu spät ist. Also hoffe ich einfach, dass dies da«, sie zeigte in Richtung der Tierkadaver, » ... sich rein zufällig in Ihrem Müllcontainer befindet. Und sich nie wiederholen wird.«

Kapitel 27

Es war bereits später Nachmittag, als ich den Schlüssel in meiner Eingangstür hörte. Ich saß reglos vor einem Glas Wein und überlegte gerade, ob ich Bärbel anrufen sollte, um ihr zu erzählen, was passiert war. Irgendetwas in mir sagte, ich sollte sie damit nicht belasten.

»Hi, Juli«, rief Philippe aus dem Flur. Er schien gute Laune zu haben.

Als ich nicht wie gewohnt unbekümmert antwortete, spähte er neugierig ins Wohnzimmer. »Alles cool bei dir?«

»Nicht ganz«, erwiderte ich und beschrieb ihm, was vorgefallen war.

»Verdammt!«, fluchte er. »Ich sollte es doch machen! Dann hätte ich es gesehen, nicht du. Stattdessen saß ich bei einem Kunden!« Man sah ihm an, dass es ihn ehrlich betrübte. Von weitem konnte ich eine rote Stelle an seinem Kragen erkennen. Vermutlich war es wieder Lippenstift, was erklärte, warum er sich besondere Vorwürfe wegen der nicht erfüllten Aufgabe zu machen schien. Philippe schienen die Frauen zu Füßen zu liegen.

»Alles gut«, beruhigte ich ihn, doch meine Stimme klang gebrochen. Ganz offensichtlich erweckte ich in ihm den Beschützerinstinkt. Schnellen Schrittes eilte er in Richtung der Couch und setzte sich so nah an mich, dass mir der aromatisch-holzige Duft seines Lieblingsparfüms in die Nase stieg. Wenn ich ihn schon trotz des zweistelligen Altersunterschieds zwischen uns für sehr anziehend hielt, ohne es mir gestehen zu wollen, so raubte mir diese Nähe den Atem.

Ich wünschte mir jetzt nichts mehr, als in seinen Armen zu versinken. Mich geschützt zu fühlen. Zur gleichen Zeit war mir klar, wie bescheuert dieser Gedanke eigentlich war. Dieser Mann war mein noch verheirateter Mitbewohner. Mehr nicht. Vermutlich hatte er unzähligen Affären mit attraktiven, jungen Frauen. Ja, ganz sicher konnte er sich die Frauen auswählen wie ich meine unzähligen Anziehsachen. In Abhängigkeit seiner Lust und Laune.

Warum sollte er sich also für mich interessieren? Zudem wünschte er sich sehnlichst ein Kind, während ich mich in Richtung meiner Wechseljahre bewegte. Selbst wenn ich gewollt hätte, wäre es für mich zu spät, ihm auf natürlichem Weg diesen Wunsch zu erfüllen.

Es wird nicht funktionieren! Also Schluss mit den Gedanken!, sprach ich zu mir selbst, während mich Philippe unerwartet an sich drückte. Meine Nase vernahm nichts mehr als seinen Duft, der auf meinen Körper elektrisierend wirkte. Gleichzeitig spürte ich seinen warmen Atem auf meinem Nacken, während er flüsterte, dass alles wieder gut sei. Auch wenn ich ahnte, dass wir zur gleichen Zeit unterschiedliche Motive für diesen Intimitätsausbruch hatten, wollte ich, dass es ewig hält. Hatte ich bei Markus jemals ähnlich empfunden, es nur verdrängt?

»Ab sofort bringe nur ich den Müll weg! Hast du verstanden? Das darf nie wieder passieren!«, wisperte er mir ins Ohr. Seine sanfte, beruhigende Stimme in Verbindung mit der körperlichen Nähe elektrisierte mich wie kleine Stromschläge, die sich von der Ferse bis zum Kopf durchzogen.

Es hatte mich erwischt!

Das sollte Philippe niemals erfahren. *Ich muss mich endlich halbwegs normal verhalten*, ermahnte ich mich, während mein Körper mir nicht mehr gehorchte. Meine Finger strichen sanft über jede Erhebung auf seinem Rücken, als wollten sie ihn mein Begehren spüren lassen.

Zu meiner Überraschung wanderte sein weicher Mund nur zögerlich an meiner Wange entlang, bis er meine Lippen erreichte. Ich erwiderte seinen Kuss.

Kapitel 28

Kaum zwei Wochen nach unserem ersten Kuss musste ich mich dem Unvermeidlichen stellen. Eine ganze Woche ohne Philippe, den ich am Mittwoch zum Flughafen begleitet hatte. Die letzte Zeit verbrachte ich entweder Zuhause in seinen Armen oder wie jetzt im Büro – unfähig, mich auf die Arbeit zu konzentrieren.

Der Gedanke daran, dass er nach Australien fliegen musste, um ein paar Sachen in der Firma und mit seiner Noch-Ehefrau zu klären, erfüllte uns beide mit Traurigkeit. Seit wir so unerwartet zueinander gefunden hatten, wollten wir uns nicht mehr aus den Augen lassen. Dennoch musste ich schweren Herzens akzeptieren, dass Philippe mit einem Fuß noch in Australien lebte ...

Er hatte dort noch eine ... *Familie*, dachte ich, traurig darüber, dass es für uns dafür zu spät war. Mit meinen einundvierzig Jahren war es zu spät für ein Baby. Oder vielleicht fühlte ich mich mit der Idee nur schrecklich unverantwortlich? In meiner Ehe mit Markus gab es eindeutig passendere Zeitpunkte. Dennoch hatten wir kein zweites Kind mehr bekommen. Es schien so, als könnte mein Ex-Ehemann dank der jungen Lebensgefährtin, Fenja, doch noch zum zweiten Mal Vater werden können, während mir die Zeit davonlief. Aber selbst wenn Markus' neue Flamme kein Kind haben wollte - durch meinen Sohn Ben bekam sie eins.

Mein Blick fiel auf den Haufen von Dokumenten, die sich unermüdlich auf meinem Schreibtisch stapelten. Die Arbeit war in meinem Leben zur Konstanten geworden. Nun fragte ich mich, ob meine Karriere ausreichen würde, mich für den Rest meines Lebens glücklich zu machen. Oder brauchte ich mehr?

Der Blick auf die Uhr an meinem Handgelenk genügte, um festzustellen, dass es schon spät geworden war. Es war das erste Mal, dass ich meine Arbeit übers Wochenende unerledigt lassen würde. Doch heute war es mir egal. Stattdessen nahm ich den Hörer und wählte Bärbels Nummer.

»Du kennst dich doch damit aus«, begann ich ohne Umschweife. »Wie werde ich nochmal schwanger?«

Schweigen auf der anderen Seite.

»Bärbel?«

»Ja, ich bin dran«, antwortete sie nach einer Weile. »Du möchtest nochmal schwanger werden? Mit Philippe?«

»Vielleicht«, erwiderte ich unsicher. »Schau mal, ich habe alles erreicht, was man erreichen kann. Und den Mann gefunden, mit dem ich mir vorstellen kann, den Rest meines Lebens zu verbringen. Ich wollte schon immer ein kleines Mädchen haben«, versuchte ich uns beide von der spontanen Idee zu überzeugen. »Obendrauf möchte ich Philippe das Kind schenken, das ihm bisher verwehrt war. Ganz sicher wird es meine einzige Chance sein, nochmal Mutter zu werden. Du, ich habe wirklich Lust darauf!«

»Das wird eine Risikoschwangerschaft von Anfang an. Wenn dein Kind volljährig wird, wirst du über sechzig sein. Deinen Job wirst du unter Umständen verlieren«, zählte Bärbel trocken auf, was ich zu verdrängen versuchte. »Ich frage dich nochmal: Möchtest du das wirklich tun? Oder ist die Entscheidung nur deshalb gefallen, weil es in Australien eine kleine Olivia gibt?«

Sie traf meine Bedenken genau auf den Punkt. Was wollte ich eigentlich? Nun schwieg ich für eine Weile. Bärbel hielt die Stille aus.

»Ich möchte nochmal Mutter werden«, sagte ich diesmal wirklich überzeugt. Vielleicht gab es diese Idee schon, als Philippe mir über seine Noch-Ehefrau erzählt hatte. Vielleicht war sie spontan entstanden. Eines war sicher: Ich würde ab jetzt keinen Millimeter davon abweichen, egal, was es mich kosten sollte.

»Vor einem Monat warst du noch Single, Schatz.« Bärbel versuchte mich nochmal zur Vernunft zu bringen. »Du kennst Philippe noch nicht wirklich. Ihr seid ganz frisch ineinander verliebt. Und die letzte Zeit war so turbulent. Nicht umsonst ist

Philippe bei dir eingezogen. Bist du dir wirklich sicher? Willst du es dir nicht nochmal überlegen?«

»Mir läuft die Zeit davon, Bärbel«, erklärte ich ruhig. »Mit jedem Jahr wird es unwahrscheinlicher, dass es klappt, zumal es zwischen Philippe und Rachel in all der Zeit ihrer Ehe nicht geklappt hat.«

»Du weißt doch«, Bärbel versuchte es erneut, »... dass die Wahrscheinlichkeit, in einem Menstruationszyklus bei gesunden, jungen Paaren bei etwa 15-25% liegt? Du wirst dich unter Umständen einer Hormonbehandlung unterziehen müssen. Oder ist in eurem Fall nur eine In-vitro-Fertilisation möglich? Oder vielleicht gar nichts. Es ist ein langer, mühsamer Weg.«

»Darum brauche ich dich, Bärbel«, kam ich direkt zur Sache. »Ich brauche eine grandiose Ärztin, die bereit ist, sich in die Medikation einzulesen und sie mit mir gemeinsam abstimmt. Ich will keine Fehler machen.«

»Ähm«, meine Freundin schien von meiner Idee immer noch nicht begeistert zu sein, »warum geht ihr dann nicht zu so einem Pränatal-Zentrum? Sie kennen sich dort sicher besser aus, Schatz. Bis wir uns durch die neuesten Forschungsergebnisse gearbeitet haben ...«

»Ich will nicht«, dieses Geheimnis musste ich vor meiner Freundin lüften, »... dass Philippe es erfährt, weil ich ihm keine verfrühte Hoffnung machen möchte. Er soll es für einen Zufall halten. Es sei denn, wir schaffen es nicht ohne die Hilfe eines professionellen Instituts.«

»Du bist verrückt«, schimpfte Bärbel. »Einfach durchgeknallt! Hormonelle Therapien haben Nebenwirkungen. Du weißt das sehr gut!« Aber sie kannte meine Entschlossenheit. »Aber okay. Ich helfe dir, soweit ich kann«, fügte sie resigniert hinzu.

Teil II: SCHULD

Kapitel 29

>*»Jeder Fehler*
erscheint unglaublich dumm,
wenn andere ihn begehen«.
[Georg Christoph Lichtenberg]

Zwei Jahre später. Der warme Sommer war überall zu spüren. Aus dem angekippten Fenster in meinem Schlafzimmer drang lauwarme Luft, die wie das sanfte Streicheln mit einer Feder über meinen Körper hinunterglitt. Dieses wohlige Gefühl genießend atmete ich tief ein und ließ die frische Luft in meiner Lunge verweilen. Dann atmete ich wieder aus. Jeder Atemzug entspannte mich.

Wie automatisch griff ich zur linken Seite meines Bettes, um Philippes Gesicht zu streicheln. Doch zugleich erinnerte ich mich, dass er heute nicht neben mir lag. Also kuschelte ich mich in seine Kissen, in der Hoffnung, wenigstens seinen Geruch wahrnehmen zu können. Je mehr der Duft seines Parfüms von seiner Bettseite verschwand, umso schmerzlicher vermisste ich ihn.

»Hallo, Tammy«, streichelte ich zart meinen mittlerweile dick gewordenen Bauch, während ich zu dem kleinen Wesen darin sprach. »Was hältst du davon, wenn wir langsam aufstehen und etwas Leckeres zum Essen machen? Mama hat mächtig Hunger.«

Als wäre das genau das richtige Stichwort, erhob sich Muffin von ihrem Hundekissen. Bisher hatte sie mein Aufwachen lediglich mit erhobenem Kopf verfolgt. Muffin wurde zu unserem Hund, als die Bemühungen um die Schwangerschaft scheinbar aussichtslos waren. Denn egal, was ich tat, ich wurde einfach nicht schwanger. Und das trotz der Tatsache, Philippe in meine Pläne eingeweiht und damit Sex zu unmöglichsten Zeiten gehabt zu haben - meinem

Menstruationszyklus folgend. Als er dann etwa einen Monat nach Weinachten mit einem Golden Retriever-Welpen Zuhause erschien, wussten wir noch nicht, dass Tammy bereits unterwegs war. Mittlerweile war uns die kleine Welpendame so ans Herz gewachsen, dass wir uns entschlossen hatten, sie zu behalten.

»Okay, du bist zuerst dran«, sagte ich zu dem wie auf Zuruf wimmernden Hund. Ohne zu duschen, schlüpfte ich in meinen Jogging-Anzug, um eine kleine Gassi-Runde zu machen, bevor ich den Tag mit einem Frühstück starten würde.

Der Hund lief mehr oder minder brav an der Leine, doch diese Unart störte mich nicht sonderlich, solange ich ihn mehrere Stunden allein Zuhause lassen konnte. Jede Lektion brauchte eben seine Zeit. Und die ersten Wochen verbrachten wir damit, dem Tier das Alleinbleiben anzugewöhnen.

Tammy war im Grunde ein echtes Wunder. Seit meiner Unterhaltung mit Bärbel lernte ich jede erdenkliche Nebenwirkung von Hormontherapien kennen. Neben Schwindelgefühlen traten bei mir Hitzewallungen und Sehstörungen auf. Fast zwei Jahre lang pendelte ich zwischen meinem Büro, Zuhause und unterschiedlichen Apotheken, um mich nicht einer Diskussion über Medikamentenmissbrauch stellen zu müssen. Zu Silvester, als mir bewusst wurde, dass ich im gleichen Jahr meinen dreiundvierzigsten Geburtstag feiern würde, gab ich allmählich jede meiner Bemühungen auf. Im Januar fanden wir in einer Zeitung einen Artikel über verwaiste Golden Retriver-Welpen. Zwei Wochen später zog einer davon bei uns ein. Nach so vielen missglückten Versuchen, ein Kind zu bekommen, wollten wir etwas Gemeinsames.

Dass uns ein Bindeglied zueinander fehlte, das unsere Beziehung verfestigen würde, war eine Seite der Medaille, warum Muffin zu uns gefunden hatte. Die andere war die Tatsache, dass Philippe seit dem Vorfall mit den Katzenkadavern vor zwei Jahren unentwegt Angst um mich hatte. Zumal ihn die Arbeit immer noch sehr beanspruchte. Und Muffin nahm uns in der ersten Zeit so viel in Anspruch, dass ich die Welt um mich vergaß. Ein paar Wochen später geschah dann das Unfassbare: Der Blick auf den Kalender verriet, dass ich längst überfällig war.

»Wir werden ein Baby bekommen«, sagte ich nüchtern eines Tages zu Philippe, nachdem mir die Ärztin die Schwangerschaft bescheinigt hatte. Ich selbst konnte unser Glück noch kaum fassen. Anders Philippe. Er schrie vor Freude. Die Bedenken über die Risikoschwangerschaft ignorierte er gänzlich. Und Tammy - oder wie wir das Ungeborene liebevoll nannten: die Erdnuss - entwickelte sich prächtig.

Was meine Arbeitsbereitschaft betraf, änderte meine neue Familiensituation nicht viel an meinem Eifer. Lediglich an meiner Bereitschaft, Überstunden abzuleisten. Also strengte ich mich sehr an, mein Pensum möglichst in der Arbeitszeit zu erfüllen, ohne dabei Philippe oder Muffin zu vernachlässigen. Wobei die Hündin für die einsamen Stunden einen persönlichen Gassi-Sitter aus der Nachbarschaft bekam. Meine Welt konnte nicht besser werden. Neue Liebe, Familie und Karriere ... Was wollte man mehr?

Die zweite Schwangerschaft machte mich zudem jünger und vitaler. Anders als bei Ben konnte ich sie richtig genießen. Ich wusste, es war definitiv meine letzte, und ihre Bedeutung stand vor dem beruflichen Drang - anders als früher. Ich fühlte mich gefestigt und dennoch voller Energie an, während mein Babybauch immer dicker wurde. Je näher der Geburtstermin rückte, fiel es mir sogar immer schwieriger, mich auf die Arbeit zu konzentrieren.

Die ausgezeichnete Auftragslage in der Pathologie ging mit einer sich steigernden Anzahl an Überstunden einher, was in der fortgeschrittenen Schwangerschaft Stress bedeuten konnte. Daher verordnete mir die Frauenärztin bei meiner Routinevisite am Mittwoch Ruhe, und ich fügte mich. Nächste Woche würde ich ohnehin den Mutterschutz antreten, also hatte sie nur das Unvermeidliche beschleunigt. Blöderweise fiel die letzte gemeinsame Zeit zu zweit mit Philippes Scheidungstermin zusammen. Also war ich Zuhause allein, während er die letzten Vorkehrungen in Australien traf, seine Ehe und sein Unternehmen aufzulösen.

Während Muffin vor meinen Beinen immer hin und her rannte, als könnte sie sich nicht für eine Richtung entscheiden, fühlte ich tiefe Dankbarkeit für dieses kleine Wesen. Sie hatte ausgerechnet mich, nicht Philippe, zu ihrem Alpha-Tier auserkoren. Oder zumindest sah es so aus. Natürlich freute sie sich, wenn Herrchen nach Hause kam. Wenn allerdings ich das Haus verließ, setzte sie sich an die Eingangstür und wartete geduldig, bis ich die Tür wieder aufschloss. Manchmal fragte ich mich, wie es nach Tammys Geburt sein würde.

»Stopp!«, rief ich plötzlich und zog ruckartig an der Leine. Muffin erschrak augenblicklich, dann schaute sie mich verständnislos an. »Das ist eine Straße. Du kannst nicht einfach so losrennen«, ermahnte ich meine Hündin. Gleichzeitig ging mir durch den Kopf, dass es Blödsinn war, mit Muffin wie mit einem Menschen zu sprechen.

Egal. Dann soll mich jemand für bescheuert halten. Es war an diesem Morgen die einzige Möglichkeit für mich, eine menschliche Stimme zu hören. Wieder zog ich leicht an der Leine, was für die Hündin bedeutete, dass wir weitergehen konnten. Wir näherten uns unserer Einfahrt.

»Frauchen lässt dich gleich allein«, erklärte ich, während ich nach dem Schlüssel suchte. »Ich muss für Tammy ein erstes Bettchen bestellen. Lange wird sie in der kleinen Babywiege nicht bleiben können. Und du bleibst brav Zuhause?«

Muffin wedelte freundlich mit dem Schwanz.

»Leider kann ich dich nicht mitnehmen. Im Laden wird es zu voll sein und im Auto viel zu heiß«, erklärte ich ihr.

Die Hündin leckte meine Hand. Wahrscheinlich freute sie sich darüber, angesprochen worden zu sein, als dass sie ein Wort von dem Gesagten verstanden hatte. Liebevoll tätschelte ich ihren wuscheligen Kopf, schloss die Eingangstür auf und deaktivierte die Alarmanlage.

Kapitel 30

Die morgendlichen Sonnenstrahlen erreichten bereits vor ihrer Aufwachzeit das penibel aufgeräumte Wohnzimmer in der nahe gelegenen Distelstraße. Die Mieterin des kleinen, modern eingerichteten Domizils hatte heute keine Eile. Im Gegenteil. Heute wollte Astrid Schneider sich etwas zurückholen, worauf sie so lange gewartet hatte. Auf dieses Treffen arbeitete sie seit Jahren hin. Diesmal würde sie es nicht vermasseln.

Zum ersten Mal heute schlich sie sich in das neu eingerichtete Babyzimmer. Sie hatte sich viel Mühe gegeben, es dem Baby traumhaft schön zu machen. Zumal sie nicht sicher war, was es werden würde. Natürlich hätte sie sich am meisten über ein kleines Mädchen gefreut, doch sie würde zur Not auch mit einem Jungen klarkommen. So, wie der Bauch aussah, würde es nicht mehr lange dauern, bis das Baby auf der Welt war.

Die gelbe Farbe der Wände erschien besonders schön, wenn die Sonnenstrahlen sie erreichten. Das Zimmer erstrahlte dann in den wärmsten Tönen, was Astrids nach Liebe ausgehungertes Herz zusätzlich befeuerte. Sie glaubte kaum, dass es jemanden gab, der sich mehr als sie selbst auf das Baby freute. Nicht mal seine leibliche Mutter.

Dabei war ihre Liebe zum Baby nicht von Anfang an vorhanden. Eigentlich wollte sie vor zwei Jahren Julia Hoffmann nur zeigen, dass sie jemanden wie ihre treu ergebene Freundin Astrid brauchen würde, als sie die Katzenkadaver in ihre Mülltonne warf. Astrids malte sich Wochen zuvor in bunten Farben aus, wie ihre Freundin sie angsterfüllt vor dem Stalker anrief, um sich bei ihr auszuweinen. Und wie Astrid ihr die schützende Schulter anbieten würde. Doch als Julias Beziehung zu ihrem Mieter, Philippe Pienaar, immer enger wurde, sah Astrid ein, dass sie es diesmal vermasselt hatte. Sie musste es irgendwie anders anstellen. Diesmal ohne Fehler.

So beschattete sie in ihrer freien Zeit ihre Freundin, um den richtigen Augenblick zu erwischen, Julia wieder für sich zu gewinnen. Manchmal pirschte sie sich hinter den parkenden Autos an und beobachtete, wie die beiden lachend Hand in Hand nach

Hause schlenderten. In solchen Momenten fühlte sie unbändige Wut oder vielmehr Enttäuschung in sich aufsteigen. In diesen Momenten hasste sie Julia. Und erst recht Philippe, den Grund dafür, dass ihr Leben gerade so mies verlief.

Schließlich war er schuld! Er hatte ihr alles genommen.

Es gab nichts, was Astrid nicht für ihre Freundin getan hätte. Selbst ihrem Kater Leo hatte sie nur für Julia das Genick gebrochen, nachdem sie erfahren hatte, dass ihre Freundin eine Katzenallergie hatte. War das nicht selbstlos von Astrid? Dabei war Leo ein netter Kater. Man konnte sogar sagen, dass Astrid ihn irgendwie mochte. War sein Ableben nicht der beste Beweis für eine wunderbare Freundschaft?

»Und was ist der Dank dafür?«, fragte Astrid flüsternd, als wäre sie nicht allein in ihrer Wohnung. »Julia hat mich wie Dreck unter den Fingernägeln weggeworfen! Aber eines ist klar: Julia tat es nicht deshalb, weil sie ein böser Mensch ist. Nein, sie ließ die Freundschaft sausen, weil ihr jeder eine so tolle Freundin neidete. Und mich deshalb schlechtredete. Diese Bärbel ist wahrlich die schlimmste von allen! Bärbel will Julia nur für sich allein, daher verbreitet sie solange Lügen, bis Julia daran glaubt! So eine blöde Kuh!« Schon damals schwor sich Astrid, als sie die Katzenkadaver in Julias Müll abgelegt hatte: Wenn es nur eine winzige Gelegenheit gab, ihre Freundin für sich zu gewinnen, würde sie ihr endlich zeigen, wieviel Gutes noch in ihr steckte.

Und alles würde perfekt sein!

Selbst Philippe konnte sie irgendwann loswerden. Wenn man seine Profile im *Social Media* verfolgte, war klar, dass er sehr viel Interesse an hübschen Frauen hatte. Über kurz oder lang würde Astrid ihn dazu bringen können, sich mit einer fremden Frau hinter Julias Rücken zu treffen. Sei es nur als Kundin. Ein paar kompromittierende Bilder, und sie hätte Julia ganz für sich.

Aber nach Silvester kam es noch schlimmer.

Natürlich musste sie sich den widerlichen Köter kaufen, schimpfte Astrid in Gedanken. Damit wurde es schwieriger, Julia zu überwachen, ohne dass der Hund gleich Alarm schlug. Vorbei war die Zeit, dass sich Astrid unbemerkt in Julias Garten anpirschen konnte, um sie zu beobachten. Oder vielmehr an ihrem Leben teilzunehmen, was ihr aus ihrer Sicht rechtmäßig zustand. Oder sich an manch einem Abend in sicherer Entfernung so zu setzen, dass sie nicht verpassen konnte, wenn ihre Freundin hinausging. *Wenn sie wüsste, was ich für sie tue, würde sie verstehen, dass ich ihre einzige wahre Freundin bin,* dachte sie in solchen Momenten. Astrid fühlte sich unverstanden. Und der Köter verschlimmerte alles noch. Wenn sie sich nur auf Sichtweite dem Haus näherte, bellte er sofort los. Dann blieb ihr nicht viel mehr übrig, als von weitem Notizen zum Verhalten ihrer Freundin zu machen.

Aber: Einen Vorteil schien der Hund doch zu haben. Julias Alltag nahm Struktur an, weil regelmäßige Gassi-Runden von nun an auf dem Plan standen. Damit konnte Astrid ihrer Freundin näher als zuvor sein. Sie konnte sehen, wie sie sich kleidete, wann sie lachte oder wann sie sich ärgerte. Auf manchen Spaziergängen an kühleren Tagen zog Astrid ihre Kapuze hoch, um unbemerkt zu bleiben. Dann konnte sie Julia sogar so nah sein, dass sie ihr Parfüm wahrnahm. Besonders, wenn diese in Gedanken versunken zu sein schien. Das war fast wie früher, als sie noch zusammen waren.

Was für eine Überraschung für Astrid, als Julias makellose Figur über den Sommer plötzlich unerwartete Rundungen bekam. Zunächst dachte Astrid, ihrer Freundin ginge es in der Beziehung viel zu gut. Sie kannte das schon aus dem Bekanntenkreis. Paare nahmen, aus welchem Grund auch immer, in einer glücklichen Beziehung gemeinsam zu. Astrid war dies noch nie passiert. Aber niemand wollte eine lange Beziehung mit ihr, dass sie die Chance gehabt hätte, zuzunehmen. Erst nach und nach verstand Astrid den wahren Grund, warum der Bauch ihrer bisher extrem eitlen Freundin größer wurde. Irgendwann lag es auf der Hand.

Julia erwartete ein Baby.

Nach Philippe und dem Köter noch ein Wesen, das sie weiter voneinander entfernen würde. Gegen ein Baby hatte sie ganz klar keine Chancen! Sie hasste es und wünschte sich, dass es verschwand.

Aber es passierte leider nicht! Im Gegenteil. Der Bauch wuchs mit Astrids Leidensdruck, endlich etwas tun zu müssen. *Mit ihren dreiundvierzig Jahren ist Julia doch viel zu alt für ein Baby! Selbst ich mit meinen vierzig wäre schon zu alt. Was sollen die Leute denken?*, überlegte sie verärgert zum erneuten Mal. Diese Gedanken beherrschten ihren Alltag, seit sie von der Schwangerschaft erfahren hatte. Und all die Hoffnungen, dass noch etwas schiefgehen könnte, schienen wie Seifenblasen in der Luft zu zerplatzen.

Bis sie aus Versehen an einem Freitagnachmittag eine Reportage über zwei lesbische Mütter sah, die sich liebevoll um eine gemeinsame Tochter kümmerten. Und urplötzlich war der Gedanke da, dass sie für das Baby vielleicht auch eine zweite Mutter werden könnte. Philippe würde sie schon loswerden.

Nicht dass Astrid an einer Beziehung mit Julia in erotischer Hinsicht interessiert wäre. Diese Erfahrung war ihr fremd. Aber bisher landete sie nur mit den miesesten Männern im Bett. Meist verheiratet und kaum an etwas mehr als einer Nacht mit ihr interessiert. Selbst wenn sich daraus eine Beziehung entwickeln konnte, hielt sie nicht mehr als ein halbes Jahr und glich eher einem wiederholten One-Night-Stand. Astrid bevorzugte tatsächlich verheiratete Männer. Nicht nur, dass sie weniger wählerisch waren, was die Wahl der Affäre betraf. Schließlich sollte es nur ein prickelndes Abenteuer bleiben, nichts für die Ewigkeit. Mit der Zeit lernte Astrid sogar ihre Erwartungen etwas zurückzuschrauben. Die Männer dazu zu bringen, heiß auf sie zu sein, brachte ihr mehr Freude als der Sex an sich. Denn sie hatte die Erfahrung gemacht, dass Fremdgänger deshalb zu solchen wurden, weil zu Hause im Bett etwas nicht stimmte. Und dass es nicht stimmte, war nicht allein die Schuld der Ehefrauen. Wenn sie sich mal die Zeit nahm, zuzuhören, stellte sich oft das gleiche heraus: Die Männer, die in ihrem Bett landeten, wussten nicht, wie man Frauen auf eine Art behandelte, dass ihre Lust auf Sex mit der Zeit nicht einschlief. Das reine Rein-und-Raus-Spiel behielt seinen Charme nur für kurze Dauer. Meistens nur solange, wie das erste Begehren anhielt -

nichts, was auch noch beim vierten Mal genauso toll wie beim ersten war. Nur, die Kerle lernten nicht dazu. Anstatt sich mehr Mühe zu machen, der Frau das Gefühl zu geben, begehrt zu sein, behielten sie lieber ihr Rein-und-Raus-Spiel bei. Kein Wunder, dass die Ehefrauen irgendwann frustriert und der Sex weniger wurden. Doch statt an der eigenen egoistischen Sichtweise zu arbeiten, widmeten sich die Kerle lieber anderen Frauen, die zumindest für einen kurzen Moment ihre Bedürfnisse erfüllten. Denn auch für längere Affären war das Rein-und-Raus irgendwann zu langweilig.

Verheiratete Männer hatten für Astrid noch einen sehr entscheidenden Vorteil. Wenn sie verlassen wurde, hatte sie sofort eine Erklärung parat, warum nichts aus der Beziehung geworden war, die ihrer Überzeugung nach absolut nichts mit ihrer eigenen Persönlichkeit zu tun hatte. Nicht Astrid war das Problem, warum es nicht funktionierte. Schuld waren die Kerle, die ihre Gattinnen nicht verlassen wollten! Mit Julia verband sie dagegen ein unsichtbares Band, das sie deutlich spürte. Astrid wusste, dass jeder Versuch, diese zarte Freundschaft zu etwas Erotischem zu verwandeln, sie unwiderruflich zerstören würde. Das konnte sie nie zulassen.

Doch dann sah sie die Reportage und bekam eine Vision, wie es funktionieren könnte, dass sie das Baby gemeinsam mit Juli aufzog. Vor dem inneren Auge sah sie, wie sie es gemeinsam wickelten oder badeten. Nun begann Astrids Leben einen tieferen Sinn zu haben. Das einzige war, Julia davon zu überzeugen, dass sie ihre beste Freundin wieder in ihr Leben hineinließ.

Es dauerte lange, einen Plan zu schmieden, doch Astrid kannte die größte Schwäche der Professorin. Es war ihr Mitgefühl, das sie in die Arme von Astrid zurücktreiben würde. Nur dazu brauchte es eine günstige Gelegenheit.

Und natürlich eine schöne Bleibe für das Baby. Daher beschloss sie als allererstes, ein traumhaftes Kinderzimmer in ihrem Haus zu errichten. Danach sollte der zweite, wichtige Schritt folgen, wenn die Zeit gekommen war. Und heute würde sie die Chance bekommen. Das spürte sie.

Astrid ging ins Wohnzimmer und nahm ein kleines, aber hartes Kissen in die Hand, das sie unter ihrem T-Shirt mit mehreren Mullbinden so befestigte, dass es eine kompakte, runde Form ergab. Dann ließ sie das T-Shirt herunterfallen und schaute zufrieden über das Ergebnis in den Spiegel. Ihr Oberteil wirkte ganz und gar nicht feminin. Aber das war gut so! Für eine werdende Mami sogar traumhaft. Ohne zu lügen konnte sie endlich die Welt täuschen, wie es ihr beliebte. Die Aufschrift: *»Ich bin schwanger. Die Hormone sind schuld!«* und der rundliche Bauch machten die Täuschung so perfekt, dass selbst ihre Kolleginnen in der Arbeit ihr die werdende Mutterschaft abnehmen würden.

Plötzlich unterbrach ein Ton für eine angekommene Textmessage ihre Gedanken. »Es läuft.« Das bedeutete, dass Armin Haas, der Freund ihres Vaters und pensionierter Kripobeamte, endlich den Peilsender an Julias Wagen angebracht hatte. Es konnte also losgehen!

Es war nicht sonderlich schwer, dem alten, vom Alltag gelangweilten Mann eine erlogene Geschichte aufzutischen. Als sie ihn etwa vor einer Woche besuchte, hatte Astrid unter Tränen erklärt:

»Ich will doch nur diejenige Person orten, deren Profil ich dir vor zwei Jahren zugeschickt hatte und die einen Treffer in der DNA-Datenbank ergab. Ich habe mich zwar schon an die Polizei gewandt, doch sie wollten nichts unternehmen. Sie sagten, dass Stalking nur verfolgt werden kann, wenn eine ernstzunehmende Beeinträchtigung nachgewiesen werden kann. Aber ich habe nicht mal die Arbeitsstelle gewechselt. Dennoch verfolgt mich der Kerl im Auto seiner Freundin ununterbrochen. Ich habe Angst um mein Baby. Du musst uns helfen, Armin! Vielleicht können wir es einfach so nachweisen?« Dann aber dachte sie an alle möglichen Komplikationen, während sie sich zwang, noch mehr Tränen herauszupressen. »Aber erzähl es nicht meinem Vater. Er macht sich Sorgen um mich. Die bedrohliche Situation, in welcher seine schwangere Tochter steckt, würde ihn garantiert umbringen.« Ein kleiner Aufschlag der traurigen Augen brachte Armin schließlich dazu, den Peilsender bereitzustellen und anzubringen. Und wichtiger noch: seinen Mund zu halten.

Irgendwie ist es erstaunlich, wie sehr die Menschen jemandem vertrauen, wenn sie meinen, die Person zu kennen, schmunzelte Astrid und strich sich über das am Bauch befestigte Kissen. Eine so gut einstudierte Bewegung, die ihre Lüge perfekt unterstrich. Für die Öffentlichkeit war sie kein langweiliger Single mehr. Sie war etwas Besonders. Denn Schwangere genossen stets viel positive Aufmerksamkeit. Das wollte sie solange auskosten, wie es nur ging. Und mit einem Baby im Bauch ließ sich fast jeder beeindrucken! Manipulation von Menschen war für Astrid längst kein Spiel mehr. Nach und nach wurde es zu ihrem Lebensinhalt.

Nun hatte Astrid nur begrenzte Zeit für den wichtigsten aller Schritte ihres Plans. Gespannt setzte sie sich an Julias alten Laptop, der mit einem Empfänger verbunden war, und wartete, bis sich der Wagen endlich in Bewegung setzte.

Doch als es soweit war, ahnte sie bereits, wohin Julia fuhr. Das war viel zu einfach! Astrid hätte nicht mal die Hilfe eines Peilsenders gebraucht. Sie fuhr dieselbe Route, die sie seit ein paar Wochen immer samstags fuhr. Die Adresse hatte Astrid auf einer Quittung in Julias Mülltonne gefunden. Sie hätte sich sparen können, Armin erneut einzuweihen. *Aber was soll's! Wer weiß, wozu ich den Sender noch brauche,* zuckte Astrid mit der Schulter. Ohne zu zögern, nahm sie ihren Autoschlüssel und setzte sich in Bewegung.

Kapitel 31

Als ich die Eingangstür des Baby-Fachgeschäfts passierte, war es bereits Mittag. Da ich die letzten Samstage immer in genau diesem Laden verbrachte, wusste ich, worauf ich mich heute einlassen würde: Lange Gänge, überfüllt mit Angeboten an allerlei Nützlichem und gefühlt Hunderten von Frauen mit Babybäuchen in allen Stadien der Schwangerschaft. Aber es war mir egal, denn ich hatte Spaß daran, Babysachen zu entdecken, die mir aus der Zeit mit Ben vollständig unbekannt waren. Seit fünfzehn Jahren schien sich die Welt rund um das Baby komplett neu erfunden zu haben.

Dass der Laden über eine gut funktionierende Klimaanlage verfügte, war ein weiterer, wichtiger Grund, die freie Zeit hier zu verbringen. Da meine Beine zu Wasserablagerungen neigten, verschrieb mir die Gynäkologin zwar halterlose, aber wirklich wahnsinnig enge Strümpfe, die die Wahl der sommerlichen Garderobe auf ein kaum annehmbares Maß einschränkten. Denn trotz ihrer recht modernen, durch die Spitze fast verruchte Form, war ihre Aufgabe nach dem Blick auf meinen runden Bauch klar - es war nur ein medizinisches Hilfsmittel. Ganz abgesehen davon, dass ich mittlerweile etwa eine Stunde für das Anziehen brauchte, wenn mir Philippe nicht helfen konnte.

Nun war es mir schlicht und ergreifend einfach nur heiß. Ich fühlte, wie sich die Bündchen der Strümpfe am Oberschenkel zu einer kleinen Rolle zusammenrollten, die mir ganz leicht die Blutzufuhr abschnitt. Das war der schlimmste Nachteil dieser Dinger. Sie mit einem runden Bauch zurückzurollen, war ein Akt an sich. Der andere Nachteil war, dass sie in Verbindung mit meinem Schwangerschaftsrock, der mir bis zu den Knien reichte, an heißen Sommertagen eine Strafe waren. Die Klimaanlage war für mich so etwas wie eine grüne Oase für einen Durstigen in der Wüste. Einfach himmlisch. In diesem Laden würde ich garantiert einige Stunden verbringen, bevor ich den Weg zurück nach Hause einschlug, um mit Muffin eine längere, abendliche Gassi-Runde einzulegen.

Noch bevor ich mich auf die Suche nach einem Babybettchen begab, versank ich in der Abteilung mit Babyklamotten. Sie war gigantisch, und ich hatte jetzt schon die Vorahnung, dass sich unsere bereits vorhandene Kollektion um weitere Stücke ergänzen würde. In der Hoffnung, dass ich Tammy all die gekauften Sachen irgendwann auch anziehen würde. Also versank ich in den prallgefühlten Gängen und vergaß nach und nach, wie sehr ich mich nach Philippe sehnte. In meinem Kopf erschienen von nun an die Bilder von Tammy, während ich mir vorzustellen versuchte, wie sie in den Anziehsachen aussehen würde.

Zwei der schönsten Kleidchen, die ich mir ausgesucht hatte, gab es nur noch in den kleinsten Größen. Zu schade! Wenn Tammy ein normal großes Baby sein sollte, dann würde sie es nur maximal bis zu einem Monat tragen können. *Aber andererseits brauche ich ein tolles Kleidchen, womit ich sie aus dem Krankenhaus mitnehmen kann,* sagte ich mir. Um mich für das schönere entscheiden zu können, hängte ich beide nebeneinander auf eins der Regale, sodass ich sie betrachten konnte, und entfernte mich gedankenverloren ein paar Schritte. Bis ich plötzlich hinter mir einen Widerstand verspürte. Ich erschrak.

»Au«, rief empört eine weibliche Stimme hinter mir. »Können Sie nicht aufpassen, verdammt noch mal?«

Die Stimme kam mir bekannt vor. Aber mein Gedächtnis funktionierte langsamer als mein Drang, mich umzudrehen.

»Es tut mir leid«, stammelte ich kaum verständlich, als ich das passende Gesicht zur Stimme sah. »Astrid? Astrid Schneider?«, fragte ich, obwohl es obsolet war. Natürlich war es Astrid! Sie hatte sich kaum verändert.

»Julia Hoffmann?« Astrids Gesicht erhellte sich. Sie schien im Gesicht deutlich abgenommen zu haben. Mit ihrem Babybauch und so schmal ähnelte sie mir immer noch. Nur die Haarfarbe war nicht mehr wie bei mir. Sie war wieder dunkelhaarig. Beim Anblick ihres Bäuchleins tippte ich auf etwa den fünften oder sechsten Monat.

»Ist die Welt nicht klein?«, stellte ich fest und sah, wie Astrid immer noch strahlte. Im gleichen Augenblick erinnerte ich mich zwar an unsere letzte Begegnung, doch mein Kopf begrub die schlechte Erinnerung sofort. Es war doch schon so lange her. Und wir waren beide schwanger. Man sollte irgendwann die Vergangenheit ruhen lassen.

»Die Schwangerschaft tut dir gut«, stellte ich fest.

»Dir aber auch.« Astrid lachte auf.

»Danke dir.« Das Kompliment erfreute mich. Was meine Figur betraf, zählte ich bereits die Tage, bis ich wieder meine alte Form annehmen würde. Es würde mich sehr viel Arbeit kosten, doch ich wusste, dass ich mit etwas Disziplin in recht kurzer Zeit eine der schicken Mütter sein würde, die den Kinderwagen vor sich herschoben. Die Unförmigkeit nervte, je näher ich am Entbindungstermin stand. »Wie lange ist es her? Zwei Jahre?«

»... und etwa zwei Monate«, verbesserte mich Astrid und lachte wieder auf. »Und nun stehen wir beide hier und bekommen Babys. Wenn das nicht Schicksal ist.«

»Es ist unglaublich«, gab ich zu. »Wie weit bist du?«

»Vierter Monat ... Und bei dir?«

»Oh, das wird eine Murmel, wenn im vierten Monat schon so viel zu sehen ist. Bei mir war in der sechzehnten Schwangerschaftswoche noch lange nichts zu sehen. Da hast du noch etwas vor dir. Mein Termin ist am 6. Oktober.« Mittlerweile wuchs meine Ungeduld. Ich war längst bereit für Tammys Niederkunft.

»Hoffen wir ...« Astrids Gesichtszüge verfinsterten sich. »Meinem Baby geht es nicht besonders gut, aber lass uns über etwas anderes reden.«

»Ähm, okay«, erwiderte ich verständnisvoll. Es musste furchtbar sein, zu wissen, dass es dem eigenen Baby nicht gut ging. Ein entsetzlicher Gedanke. »Hättest du Lust auf einen frisch gepressten O-Saft? Im hinteren Teil des Ladens gibt es eine Möglichkeit, sich hinzusetzen. Meine Beine bringen mich jetzt schon um. Dabei habe ich nicht mal nach dem Babybett schauen können - dem eigentlichen Grund, warum ich heute hier bin.«

»Ist nicht wahr! Unser Kinderzimmer ist bereits vollständig eingerichtet. Alles in zartem Gelb, weil wir zunächst nicht wussten, was es wird. Deins wird wohl ...«, Astrid bemerkte die Kleidchen, »... ein Mädchen?«

»Ja, Tammy ... ähm Tamara, meine ich ...«, lächelte ich verstohlen. »Und bei dir?«

»Nimm das rechte Kleidchen. Es ist wunderschön.« Astrids Augen leuchteten. »Ich habe den Eindruck, dass ich auch ein kleines Mädchen bekomme. Wie du. Aber es dauert noch. Das Baby will sich nicht zeigen.«

»Warte ab!«, griff ich unbefangen auf. »So langsam wird es Zeit, dass der Arzt das Geschlecht feststellen kann. Habe nur Geduld.«

»Ein Schritt nach dem anderen«, erwiderte daraufhin Astrid. »Darf ich dich trotz der Vergangenheit umarmen? Wir haben uns so lange nicht mehr gesehen, dass ich jetzt große Lust dazu hätte.«

»Klar doch«, gestattete ich. Dass sie Probleme in der Schwangerschaft hatte, ging an mir nicht ohne weiteres vorbei. Es tat mir unendlich leid, egal, was zwischen uns vorgefallen sein mochte. Ich stellte mir vor, dass ich als Risikoschwangere an ihrer Stelle hätte sein können. Und das erfüllte mich mit Angst um Tammy. Meine Umarmung fiel dadurch etwas stärker als beabsichtigt aus.

»Hey, hey«, flüsterte Astrid scherzend. »Die Schwangere ist wehrlos.«

Selbst in dieser Situation schien sie Haltung zu bewahren. Ich ließ sie los. Nachdem ich das Kleidchen, das sie für schöner hielt, in meinen Einkaufswagen gepackt hatte, machten wir uns auf die Suche nach einer Sitzgelegenheit.

Kapitel 32

Es war bereits später Abend, als Astrid Schneider in die Distelstraße einbog. Sie fühlte sich großartig. Ihr Plan schien besser zu laufen, als sie sich das in den kühnsten Träumen erhofft hatte. Sie würde Julias Herz wieder erobern! Mit einem Baby! Nur durfte sie nicht zu voreilig sein!

Langsam, langsam, ermahnte sie sich gedanklich. Dennoch war ihre Stimmung so positiv geladen, dass sie vor Freude am liebsten Luftsprünge gemacht hätte.

Aber nicht nur wegen der Tatsache, dass ihr Plan aufgegangen war. Nein, sie würden gemeinsam ein Mädchen aufziehen! EIN MÄDCHEN! Und sie würde Tausende Kleidchen kaufen können. Und das Baby mit Spielsachen in rosa überhäufen.

»Tammy«, wisperte Astrid. Sie genoss es, den Namen auszusprechen. »T A M M Y ...« *Es klingt so lieblich.* »Tammy, Tammy, Tammy, Tammy, Tammy ...« Mit jedem Wort baute sie noch mehr Gefühl für das Ungeborene auf.

Ihr Ungeborenes. Und Julias natürlich auch.

Astrids Handy klingelte, noch bevor sie den Hausflur erreichte. Sie hoffte, dass es Julia war, deren Stimme sie jetzt schon vermisste. Als sie auf das Display schaute, war sie sofort enttäuscht. Dennoch hob sie ab.

»Hallo, Armin.«

»Hallo, meine Kleine. Wie geht es dir?... Ähm, euch?« Armin schien Traurigkeit in ihrer Stimme vernommen zu haben. Die Eigenschaften eines Kripobeamten hatte er selbst in der Pension nicht abgelegt.

»Gut ... gut.«, entgegnete Astrid gefasst. Auf ein langes Gespräch mit dem Freund ihres Vaters hatte sie wenig Lust. Wenn sie sich dabei zu traurig gab, würde sie seine väterlichen Beschützerinstinkte wecken. Für nichts in der Welt wollte sie jetzt, dass Armins Interesse an Julias Wagen wuchs. Er sollte es vergessen! Der alte

Mann hatte ausgedient, und nun musste sie ihn unauffällig loswerden.

»Funktioniert das mit dem Peilsender?«, fragte er gespannt.

»Ja, es hat funktioniert«, bestätigte Astrid. »Ich bin den beiden nachgefahren und habe den Mann zur Rede gestellt.«

»Du hast was?« Armin Haas klang entsetzt. »Bist du wahnsinnig? Schwanger? Einen Stalker und seine Freundin stellen? Bist du etwa lebensmüde, mein Kind?« Nun war er richtig sauer. »Ich Idiot hätte es wissen müssen! Warum mache ich so etwas mit? Und lasse dich in die Gefahr hineinstapfen? Bin ich denn irre?«

»Alles okay«, beruhigte Astrid den Alten. *Er darf sich nicht zu sehr hineinsteigern, sonst wird er mir nicht abnehmen, dass diese Geschichte vorbei ist.* »Ich weiß, dass es unüberlegt war«, gab sie zu. »Doch es war gut, dass ich mit der Freundin sprach. Sie hat mir erklärt, dass Andreas sehr, sehr krank sei und sich demnächst in ärztliche Obhut begeben würde. Dafür würde sie ab jetzt Sorge tragen. So hatte sie es mir versprochen. Scheinbar bin ich eines von vielen Opfern, denen er nachstellte. Aber er ist harmlos.«

»Harmlos?« Armin Haas schien die Welt nicht zu verstehen. »Woher weiß man das? Wer kann das versichern? Und du trägst ein Baby aus, meine Kleine. Am besten erzähle ich es deinem Vater. Offensichtlich hast du keine Ahnung, mit wem du es zu tun hast.«

»Nein, tu das nicht«, bat sie. »Mein Vater würde sich wieder unnötig Sorgen machen. Wozu? Wie ich dir sage ... Die Freundin kümmert sich schon um den Mann. Sie weiß Bescheid. Was können wir mehr erwarten, wenn die Polizei schon nichts tut?«

»Aber wer soll dir besser helfen als dein Vater, Astrid?« Nun konnte man die Verzweiflung aus Armins Stimme heraushören.

»Keine Angst, Onkel. Ich bin schon ein großes Mädchen.« Astrid benutzte mit Absicht das Wort 'Onkel'. Armin Haas sollte sich beruhigt fühlen, wenn er auflegte. Er sollte das Gefühl haben, genug getan zu haben, um zu schweigen. Und in Astrid die Frau zu sehen, die sich verteidigen konnte. *Für nichts in der Welt darf er unüberlegte Schritte einleiten.*

»Ich könnte aber ...«, begann Armin, was Astrid sofort plump unterbrach.

»Brauchst du nicht!« Es fiel ein wenig schräger und lauter aus, als sie es beabsichtigt hatte. Aber sie musste den unüberlegten Aktionismus endgültig unterbrechen. Am liebsten hätte sie alles, was Armin erfahren hatte, aus seinem Gehirn gelöscht. Wie bei dem Film 'Men in black'. Aber wie sollte sie das anstellen? »Wie ich sagte: Der Mann kommt in die Psychiatrie, wie seine Freundin mir erklärte. Dann ist er doch weggesperrt! Was wollen wir mehr?« Nun klang Astrids Stimme gereizt, während Armin überlegte, was er davon zu halten hatte. Allmählich ließ sein Eifer nach.

»Du, Onkel«, Astrid klang wieder zuckersüß. »Sei mir nicht böse, doch gerade, als du angerufen hattest, bin ich nach Hause gekommen. Es war ein anstrengender Tag mit meiner schwangeren Freundin. Sie leitet übrigens ein pathologisches Institut und hat garantiert Verbindungen zur Polizei, wenn es notwendig sein sollte. Also brauchst du dir wirklich keine Sorgen zu machen. Nun muss ich unbedingt auf die Couch. Meine Beine bringen mich heute um. Und das Baby scheint auch recht aktiv zu sein. Wollen wir in ein paar Tagen wieder telefonieren? Damit ich dir sagen kann, was aus der Geschichte geworden ist?«

»Darauf kannst du Gift nehmen«, erwiderte Armin Haas entschlossen. »Wenn dieser Mensch sich dir bis dahin nähert, rufst du mich aber sofort an, versprochen? Dann überlegen wir mit deinem Vater, was zu tun ist.«

»Ja, klar«, versprach Astrid so überzeugend, wie sie nur konnte. »Niemals würde ich riskieren, dass dem Baby etwas passiert. Bis dann.« Sie legte auf, ohne Armins Reaktion abzuwarten. Dann begab sie sich eiligen Schrittes in den Eingangsbereich ihres Sechs-Parteien-Mietshauses. So erfolgreich der Tag für sie gewesen sein mochte, brannte Astrid förmlich darauf, ihre lästige Verkleidung loszuwerden. Unter dem Kopfkissen auf ihrem Bauch staute sich bereits der Schweiß. Der Tag war unerträglich heiß gewesen.

Auf dem Weg zu ihrer Wohnung ließ Astrid den Briefkasten, an dem sie vorbeigehen musste, nicht aus. Als sie ihn öffnete, fiel eine

Postkarte aus Spanien herunter. Sie landete mit der bebilderten Seite nach oben auf dem Boden. Im gleichen Augenblick wusste Astrid instinktiv, von wem sie war. Diese Information beunruhigte sie zutiefst.

»Es ist soweit«, flüsterte sie, und diese Erkenntnis gab ihr nach dem Gespräch mit Armin den Rest. »Mein nächstes Problem.«

Verärgert drehte sie die Karte um und las den Inhalt durch. »*Ab dem 27.08.2011 bin ich wieder in Deutschland. Wir müssen reden. Du weißt, wie du mich findest.*« Unterschrieben mit: »*Andreas L.*«

Andreas Lange war wieder in Deutschland. Diese Tatsache durfte Astrid nicht ignorieren. Es bedeutet nur Probleme!

Kapitel 33

Das Zimmer, in dem ich mich augenblicklich befand, war hell erleuchtet. Wie ich dahingekommen war, daran konnte ich mich nicht erinnern. Doch es war unwichtig. Es war ein riesiger Raum mit auffallend vielen Fenstern, die sich im makellos glänzenden Holzboden spiegelten. Die hauchdünnen Vorhänge, die die Fenster bedeckten, blähten sich durch die hineinströmende Luft auf. Und trotzdem erschien der Durchzug nicht als unangenehm. Im Raum gab es nichts außer zwei Personen: Tammy und mir. Das Baby schlummerte zufrieden in meinem Arm. Bei dem Anblick ihres so schutzbedürftigen Gesichtchens fühlte ich schmerzliche Liebe, in der die Sorge um mein Baby eingeschlossen zu sein schien. Das war ein Gefühl von unbändiger Glückseligkeit und gleichzeitig unheimlicher Angst, die ich zugleich empfand und mich wunderte, wie diese Gefühle nebeneinander existieren konnten. Aber ich fühlte sie.

Plötzlich verdunkelte sich der Raum. Auf dem noch bis eben glänzenden Boden erschienen Schatten. Sie schienen die Arme nach meinem Kind auszustrecken. Immer näher kommend. Ich rannte in die Mitte des Raumes, wo ich die meiste Helligkeit vermutete, doch die Schatten folgten uns unermüdlich, bis ich in der Mitte zusammensank - mein Kind fest an meine Brust pressend. Das Baby rang im Schlaf nach Luft, während ich es von den Schatten weghielt. Vergeblich. Sie krochen am Körper meiner Tochter hinauf. »Lasst sie in Ruhe! Sie ist mein!«, schrie ich so laut ich konnte, doch aus meiner Kehle kamen keine Laute. »Sie ist doch nur ein Baby!« Aber die Schatten krochen weiter hinauf. Immer weiter und weiter, bis sie das winzige Näschen meiner Tochter erreicht hatten. Tammy wachte endlich auf und schaute mich beunruhigt an, als könnte ich ihr für all das eine Erklärung liefern, was passiert. Ich sah, wie sich ihre Augen zu weiten begannen. Sie rang nach Luft ... Ich schrie so laut ich konnte nach Hilfe, doch die krächzenden Geräusche, die aus meiner Kehle kamen, verstummten sofort.

Plötzlich fühlte ich etwas Feuchtes auf meiner Haut. Die samtweiche Zunge meines Hundes, die meinen Arm hoch und runter streichelte, brachte mich in die Gegenwart zurück. Ich öffnete die Augen und spürte, wie Tränen an meinen Wangen entlangliefen. Bevor ich fähig war, mich bei Muffin für diesen Liebesdienst zu bedanken, holte ich tief Luft.

»Braves Mädchen«, tätschelte ich ihren Kopf. »Danke, dass du mich geweckt hast. Du bist meine Rettung. Was würde ich nur ohne dich tun?« In diesem Augenblick fühlte ich eine unbändige Dankbarkeit dafür, dass wir sie ins Haus geholt hatten. Hätten wir gewusst, dass Tammy bereits unterwegs war, hätte es die Hündin wahrscheinlich nicht gegeben. In diesem Augenblick spürte ich, dass Muffin auch mein Kind mit ihrem Leben beschützen würde. Das tröstete mich.

»Frauchen steht gleich auf«, beruhigte ich die Hündin. »Dann gehen wir Gassi, okay?« Muffin stand aufrecht: zwei Pfoten auf dem Bett, zwei auf dem Boden, und wedelte wie verrückt mit ihrem Schwanz. Obwohl ich es besser wusste, hätte ich schwören können, dass sie lächelte. Ich grinste zurück. So für alle Fälle. Dann rollte ich mich gänzlich zur Seite, um schonend aufzustehen. Die Schwangerschaft fing langsam an, beschwerlich zu werden. Insgesamt fühlte ich mich zwar recht gut, doch absolut unsexy. In solchen Momenten wünschte ich mir, Tammy endlich außerhalb meines Körpers zu haben. Was sollte ich sagen, Geduld war nicht die Eigenschaft, mit der ich einst auf die Welt gekommen war.

»Kannst du noch warten?«, fragte ich Muffin, in der Hoffnung, die Antwort an ihrer Körperhaltung abzulesen. Die Hündin wedelte wieder mit dem Schwanz, was ich für eine Bestätigung hielt. »Dann zieht sich Frauchen vorm Gassi-Gehen noch diese entsetzlich enge Strumpfhose an. Du weißt, das wird dauern.« Der Hund wedelte wieder, während ich meine Sachen zusammensuchte. Seit Tagen beschloss ich, das Bett so zu verlassen, wie ich gerade aufgestanden war. Ohne es aufzuräumen. Es fiel mir schwer, Philippes zerwühltes Kissen zu sehen, das mich schmerzlich an meine Sehnsucht nach ihm erinnerte. Jede weitere Minute im Schlafzimmer war ein schlechter Anfang für einen weiteren Tag.

Als ich gefühlte zwei Stunden später mit zwei Brötchen vom Bäcker bewaffnet vor meiner Eingangstür stand, hörte ich das Telefon klingeln.

»Hi, Juli, ich bin es«, sagte Bärbel fröhlich. »Ich wollte mich nur erkundigen, ob es dir gut geht. Habe gerade einen Leerlauf in der Praxis.«

»Hi, alles prima. Nur das Baby scheint einen anderen Rhythmus als die Mama zu haben. Wenn ich schlafe, ist Tammy aktiv. Und umgekehrt. Daran müssen wir noch arbeiten.«

Bärbel lachte auf. »Das bekommst du erst nach der Pubertät hin. Wenn du Tammy von der Party abholen darfst. Also genau dann, wenn du rein biologisch wieder früher ins Bett willst.«

»Na toll«, entgegnete ich gespielt verärgert. »Warum nimmst du mir auch immer die Hoffnung?«

»Ich bin nur eine Realistin, mein Schatz«, neckte sie mich. »Hat sich Philippe schon gemeldet?«

»Nein, noch nicht«, entgegnete ich eine Spur zu wehmütig. »Heute wollte er nochmal zum Gericht, um es endgültig zu klären. Mal sehen ...«

»Willst du nachher zu uns kommen?« Bärbel klang besorgt um mich. »Ich backe sogar einen Kuchen, wenn du zusagst.«

»Oh, sonst gern, aber ...«, erwiderte ich zögerlich. »Ich habe für heute eine Verabredung.« Da mir klar wurde, wie falsch das klang, klärte ich sie auf. »... mit einer anderen Schwangeren, versteht sich. Vielleicht gehen wir zusammen zur Geburtsvorbereitung. Dann wäre ich nicht so allein.«

»Das klingt doch großartig!« Bärbel freute sich aufrichtig für mich. Sie wusste, wie sehr mir Philippe fehlte. Und dass die Arbeitsfreistellung zum Mutterschutz es nicht einfacher machte.

»Naja«, druckste ich herum. Doch meine Freundin hatte es verdient, die Wahrheit zu hören. »Es ist eine Bekannte, die du kennst. Diese Schwangere, meine ich.«

»Tatsache? Wer denn?« Ich schien ihre Neugier geweckt zu haben.

»Astrid«, schoss es wie aus der Pistole aus mir heraus. »Astrid Schneider.«

Stille. Ich wartete geduldig.

»Ist nicht dein Ernst!«, hörte ich sie plötzlich verärgert sagen. »Diese Frau ist verrückt! Mein Gott, Juli, wie oft machen wir das noch durch? SIE IST NICHT DICHT!«

»Sie hat sich geändert«, verteidigte ich Astrid trotzig. Vielleicht mehr vor mir selbst als vor Bärbel. »Sie wird alleinerziehende Mutter eines Kindes. Ihren Mann hat sie bei einem Unfall verloren. Das Einzige, was ihr übriggeblieben ist, ist das Baby im Bauch. Haben Menschen nicht eine zweite Chance verdient?« Auch mir wurde bewusst, wie pathetisch ich in diesem Augenblick klang.

»Herrgott, wie oft musst du noch auf diese Person hereinfallen, bis du es merkst?« Bärbel klang nun verzweifelt. »Diese Frau hat eine dunkle Aura um sich. Wenn man sich mit ihr umgibt, kommt man darin um. Ich hoffe, du wirst das verstehen, ehe es zu spät ist. Aber ich weiß, wie stur du sein kannst, Juli. Du wirst ihr die unverdiente, zweite Chance geben, und sie wird dich wieder enttäuschen. Zum Glück wird es immer mich geben, um dich aufzufangen. Dennoch bitte ich dich, halte dich fern von diesem Ungeheuer.«

Es war unsinnig, mit Bärbel zu diskutieren. Also ließ ich es. Sie war nicht dabei, als mir Astrid unter Tränen von ihrem liebevollen Mann erzählt hatte. Sie sah nicht, wie sich die Angst um das Ungeborene in ihren Augen spiegelte. Offensichtlich verlief Astrids Schwangerschaft nicht so traumhaft wie bei mir. Aber davon hatte Bärbel keine Ahnung. Das konnte ich ihr nicht verübeln.

»Vielleicht hast du recht. Ich werde darüber nachdenken«, beruhigte ich sie und beschloss im gleichen Atemzug, Astrid dennoch eine kleine Chance zu geben. Nur würde ich meine Entscheidung Bärbel verschweigen. Im Nachhinein überlegte ich oft, ob ich nur naiv oder einfach blind gewesen bin. Oder ob mich der frühe Verlust meiner Mutter so geprägt hatte, dass ich Menschen nicht gehen lassen konnte. Auch nicht diejenigen, die für mich Verderben bedeuteten.

»Wie geht es deinem Daddy?«, Bärbel wechselte ostentativ das ihr verhasste Thema. Damit hatte sie meine Freundschaft mit Astrid endgültig ad acta gelegt. Auf Nimmerwiedersehen.

»Großartig.« Auch ich war froh, über etwas Anderes zu sprechen. »Er überlegt sogar, in meine Nähe zu ziehen, wenn Tammy auf der Welt ist. Er möchte sich um das Baby kümmern, wenn ich wieder arbeiten gehen möchte.«

»Okay ...« Bärbel überlegte, wie sie ihre Bedenken in Worte kleiden konnte. Sie entschied sich dafür, direkt zu fragen. »Ist er nicht ein wenig zu alt? Versteh mich nicht falsch, aber ...«

»Dieser Gedanke kam mir auch bereits«, unterbrach ich sie. »Schauen wir, wie es klappt, wenn Tammy geboren ist. Und ob er wirklich dafür umziehen möchte.«

Im Hörer war ein Geräusch zu hören. Ein energisches Klopfgeräusch an einer Tür. »Moment«, bat mich Bärbel zu warten, deckte den Hörer ab und sprach mit jemanden. Ich schlussfolgerte, dass ihre Pause vorüber war. »Du, ich muss leider wieder ran. Ein kleiner Patient - vermutlich mit Windpocken. Wir telefonieren später?«

Aus der Art, wie sie fragte, konnte ich ablesen, wie sehr ich ihr fehlte. Unsere Treffen waren sehr rar geworden, seit ich schwanger war. Bärbel hatte panische Angst, mich mit irgendeiner aus der Praxis mitgebrachten Kinderkrankheit anzustecken, die für Tammy lebensgefährlich wäre. Uns blieben daher meist nur lange Telefonate. »Lass uns morgen quatschen. Dann weiß ich mehr über Philippe.« Im Grunde wollte ich mich nur nicht erklären, falls ich mich länger mit Astrid traf.

»Okay, halt die Ohren steif«, sagte Bärbel und legte auf.

Spätestens jetzt hätte ich über ihre Bedenken nachdenken müssen, doch ich tat es nicht. Stattdessen loggte ich mich bei Skype ein und rief Philippe an.

»Hey, du«, begrüßte ich ihn gespielt gelassen. Sein leicht ergrauter Dreitagebart sah in Verbindung mit der natürlichen Bräune seiner Haut unheimlich attraktiv aus. Über einem Hemd trug er ein dunkles Jackett, was mich daran erinnerte, dass in Australien gerade noch Winterende war. »Ist es bei euch kalt?«

»Meine Ladies!« Philippes Gesicht strahlte. Um seine Augenpartie legten sich kleine Lachfältchen, die ihn noch attraktiver erscheinen ließen. Meine Frage schien er zu ignorieren. Mit einem Mal verspürte ich ein unangenehmes Druckgefühl in der Herzgegend. Es war ein winziger Eifersuchtsanfall, dass er bei seiner Noch-Ehefrau und nicht bei mir war.

Warum ist er auch so schick angezogen? Für sie?, ging es mir durch den Kopf. *Was ist, wenn seine Liebe zu ihr noch nicht erloschen ist und er deshalb alles hinauszögert? Weil er sich nicht traut, es mir zu sagen.* Doch diesen furchtbaren Gedanken verbannte ich sofort aus meinem Kopf. Er durfte nicht in mir aufkeimen! »Wie geht es dir?«, fragte ich, statt das zu sagen, was mir eigentlich am Herzen lag. Nämlich, wie sehr er mir fehlte.

»Naja, es ist viel Stress«, Philippes Gesicht nahm einen ernsten Ausdruck an, »zwar hatten wir heute schon eine Anhörung beim Rechtsanwalt, doch es wird noch etwas dauern, denke ich. Ich komme nicht vor nächster Woche nach Hause, fürchte ich. ABER die Firma ist aufgelöst. Immerhin schon etwas erreicht!«

»Oh«, entgegnete ich traurig. »Ich hatte mich auf dieses Wochenende gefreut.«

»Tut mir eben leid, Schatz.« Es klang aufrichtig. »Ich bemühe mich aber sehr. Denn ich vermisse meine beiden Ladies so schrecklich! Was macht Tammy?«

»Sie feiert nächtliche Partys«, sagte ich und verdrehte die Augen. »Immer, wenn ich schlafen möchte, ist sie wach. Und umgekehrt. Das wird was werden, wenn sie auf der Welt ist.«

»Der Papa wird sie dann übernehmen, damit sich die Mama erholen kann.« Philippe grinste.

Und ich schmolz dahin. Mir wurde in solchen Momenten klar, wie sehr ich ihn liebte.

»Was machst du heute noch?«, fragte ich beinah unbeteiligt.

»Rachel holt mich gleich zum Essen ab«, antwortete er. »Der Babysitter passt heute auf Olivia auf, daher haben wir etwas Zeit für uns.« In diesem Augenblick bemerkte Philippe, wie ungünstig dieser Satz gewählt war, also verbesserte er sich. »Wir wollen noch ein paar Sachen besprechen. Und heute gab es kein Mittagessen, daher habe ich einen Bärenhunger.«

Egal, was er noch sagte. Das blöde Gefühl in mir blieb hartnäckig. Obwohl ich es besser wusste. Und obwohl ich ihm eigentlich vertraute.

»Wir können nachher telefonieren«, bot er an. »Irgendwann ... Wann auch immer du willst.« Das fühlte sich wie ein Vorwurf an, dass ich ihm nicht vertraute. Als wollte ich ihn kontrollieren. Ich durfte das nicht auf mir sitzenlassen.

»Heute nicht«, erwiderte ich zuckersüß. »Ich habe nachher eine Verabredung. Wenn ich wieder da bin, bist du schon längst im Bett, Schatz.«

»Oder gerade wach geworden«, schmunzelte er. »Ruf mich dennoch an. Bitte.« Dass er nicht fragte, mit wem ich verabredet war, schmerzte mich. *Hält er mich für nicht attraktiv genug, weil ich schwanger bin?*, fragte sich das Teufelchen in mir.

»Mal sehen«, entgegnete ich leichtfertig und beschloss, ihn zappeln zu lassen.

»So, ich muss los. Rachel ist gerade vorgefahren.« Mit diesen Worten und einem Handkuss meldete sich Philippe ab und ließ mich mit meinen Gedanken zurück. Während ich mit meinen aufsteigenden Emotionen zu kämpfen versuchte, beschloss ich, ihn heute nicht zurückzurufen. Er sollte auch die Chance bekommen, nachzugrübeln.

Plötzlich frustrierte mich alles. Und ich fühlte mich sehr alleingelassen. Ohne lange zu überlegen, wählte ich die mir so vertraute Handynummer. Meine einzige garantiert willkommene Abwechslung.

»Ja?«, hörte ich Astrids Stimme. Sie klang gehetzt.

»Hättest du jetzt schon für mich Zeit?«, fragte ich und bereute es sofort. *Bin ich wirklich so verzweifelt? Gibt es niemanden, der weniger problematisch ist, den ich auch anrufen könnte?* Aber nun war es zu spät.

»Ich bin bei der Arbeit«, erklärte Astrid.

»Ich Idiot!«, schimpfte ich mit mir selbst. »Natürlich bist du bei der Arbeit! Wie alle anderen auch.«

»Quatsch«, flüsterte Astrid plötzlich in den Hörer. »Gib mir bitte etwa eine Stunde, dann bin ich bei dir. Wenn ich nur sage, dass ich mich nicht wohl fühle, lässt man mich freiwillig nach Hause gehen. Sie haben Angst vor unerwarteten Komplikationen wegen der Schwangerschaft. Keiner will an sowas schuld sein. Also bis gleich.«

Kapitel 34

Drei Tage später. Das Leben konnte für Astrid nicht besser laufen. Mittlerweile telefonierte sie wieder fast täglich mit Julia. Ihr genialer Plan schien besser aufzugehen, als sie es sich je erträumt hätte. Natürlich spielte die unabsehbare Abwesenheit von Philippe Pienaar eine große Rolle darin. Dass er sich genau jetzt in Australien befand, war wie die sprichwörtliche Gottesfügung für die zart aufkeimende Freundschaft zwischen Astrid und Julia.

Endlich hatte alles einen Sinn.

Bis auf EINES. Die Tatsache, dass Andreas Lange wieder in Berlin war. Das würde alles ändern, wenn sich Astrid dieser Sache nicht annahm.

In der Hoffnung, Julias Telefonnummer am Display zu erkennen, schaute Astrid auf ihr gerade eingeschaltetes Handy. Dass sich der Akku abgeschaltet hatte, hatte sie seit gestern Abend nicht bemerkt. Und wurde gleich enttäuscht. Es waren etwa zehn Anrufe in Abwesenheit. Davon neun von Armin Haas und einer von Andreas. Astrid beschloss, zuerst den wichtigeren Anruf zu erledigen und wählte die verhasste Nummer.

»Ich bin's«, sagte sie kryptisch. Doch Andreas Lange wusste bereits, wer es war. »War Spanien nicht schön genug, um dort den Lebensabend zu erleben?«

»Doch«, entgegnete ihr die vertraute Stimme. »Wir müssen uns treffen.«

»Okay, wieder außerhalb. Du weißt wo. Ich möchte nicht, dass man uns zusammen sieht. Wäre dir 21 Uhr passend? Vorher treffe ich mich noch mit jemanden; sollte es aber schaffen.« Dabei dachte sie an Julia und die mittlerweile wöchentliche Tradition zu einem gemeinsamen Glas frisch gepressten Saft im Babyfachhandel. Heute wollten sie sich ernsthaft nach einem passenden Bettchen für Tammy umsehen. Um nichts in der Welt wollte Astrid diesen Termin verpassen. Und ebenso um nichts in der Welt durfte man sie mit Andreas Lange in Verbindung bringen!

»Ich bin da. Zur gewünschten Zeit«, erwiderte Andreas und legte auf.

Astrid überlegte, was bei diesem Treffen auf sie zukommen würde. Ein wenig fürchtete sich vor dem Gespräch. Daher rief sie gleich bei Armin Haas an - einer weiteren, sich anbahnenden Katastrophe, wenn sie ihn nicht unter Kontrolle bekam.

»Hallo Onkel, ich bin's. Du hast bei mir angerufen?«, zwitscherte Astrid in den Hörer, um eine gewisse Leichtfertigkeit vorzutäuschen.

»Mein Gott, Mädel, wo warst du die ganze Zeit?« Armin erwies sich als hartnäckiger Beschützer. »Ich habe mir Sorgen um dich und das Baby gemacht. Was ist bei euch los?«

»Ich habe gute Neuigkeiten«, sagte Astrid aufgeregt. »Du wirst es mir nicht glauben, doch der Typ, der mich verfolgt hatte, wurde geschnappt. Man wirft ihm mehrere Morde vor. Er war schon aktenkundig. DER HAT GEMORDET! Nun wird ihm der Prozess gemacht. Darum war ich kaum zu erreichen. Man hat mich verhört. Aber jetzt sitzt er hinter Gittern. Es kann mir nichts passieren.«

»Wie bitte?« Armin Haas klang skeptisch. »Dieser Andreas Lange, dessen DNA wir in der Datenbank fanden?« Er schien es ihr nicht abzunehmen. »Na gut, er war schon wegen einer Vergewaltigung verdächtigt. Und als Stalker hatte man ihn auch mehrfach verhört. Aber Mord?«

»Ja, unglaublich, nicht wahr?« Astrid malte sich in ihrer Fantasie aus, den alten Skeptiker auf der anderen Seite des Hörers eigenhändig zu erwürgen. *Er weiß einfach zu viel. Und ich brauche ihn nicht mehr. Also kein großer Verlust, wenn er plötzlich von uns geht.* »Das Gute ist«, setzte sie zwitschernd fort, »dass ich keine Angst zu haben brauche. Der Mann sitzt hinter Gittern, und nun sind wir beide sicher. Alles dank dir, Onkel. Du bist unser Held.« Astrid konnte sich nicht beherrschen, mit dem Zeigefinger in Richtung ihres offenen Mundes zu zeigen, als wollte sie ihre Worte mit der Brechgeste unterstreichen. Und das, obwohl niemand außer ihr im Raum war.

»Moment mal«, Armin schien sich in diesem Fall verbissen zu haben, »bist du dir dessen ganz sicher? Soll ich nicht meine

Kontakte spielen lassen, um wirklich sicher zu sein? Immerhin geht es um euch.« Astrid verdrehte die Augen.

»Aber natürlich bin ich mir sicher, Onkel«, erwiderte sie und merkte, wie sie ihre Kiefer vor Wut aneinanderpresste. *Versteht mich der alte Sack nicht? Er hat doch längst ausgedient!* »Ich war doch dabei! Und wenn du zu jeder Kleinigkeit bei den Kollegen nachfragst, wird uns keiner helfen, wenn es wirklich wichtig ist. Lassen wir die Sache ruhen! Sie hat sich bereits besser aufgelöst, als wir es uns je hätten träumen können!«

»Wann ist diese Verhandlung? Ich möchte dabei sein.«

»Oh, das werde ich dir sofort sagen, wenn es feststeht, Onkel. Du weißt doch, wie langsam unsere Justiz sein kann.«, versprach Astrid und hoffte, dass der alte Mann endlich Ruhe gab. Über die Zeit würde sie es schon hinkriegen, dass er es vergaß. »Onkel, ich muss mich gleich mit einer Freundin treffen. Bist du mir böse, wenn ich dich jetzt abhänge? Da ich endlich wirklich sicher bin, möchte ich die Zeit genießen.«

»Aber nein, meine Kleine.« Der alte Mann lachte. »Ich treffe mich gleich auf ein Bier mit deinem Vater.«

»Dann grüß ihn schön«, warf Astrid nach und legte sofort auf, ohne zu warten, dass Armin ihr wieder einen Vortrag hielt, wie sehr ihr Vater seine Tochter vermisste.

Kurze Zeit später verließ Astrid mit einem an ihren Bauch befestigten Kissen ihr Zuhause, um sich mit Julia zu treffen.

Kapitel 35

Noch bevor die Abenddämmerung die letzten Sonnenstrahlen der untergehenden Sonne verschluckte und eine der größten Studentenattraktionen der Hauptstadt in Dunkelheit hüllte, saß Astrid bereits an einem der am weitesten entfernten Tische eines kleinen Cafés in den Hackeschen Höfen. Die Gegend war nicht nur unter Studenten sehr bekannt. In jeder der zahlreichen Lokalitäten traf man junge Touristen aus aller Welt. Eine bessere Möglichkeit, in der breiten Masse aus Menschen unterzutauchen, gab es einfach nicht.

Das Café, das Astrid für das Treffen mit Andreas Lange auserkoren hatte, war ihrem Gesprächspartner bereits seit dem letzten, für ihn eher unerfreulichen Treffen vor Jahren bestens bekannt. Daher bedurfte die erneute Verabredung nicht vieler Worte. Nur dass diesmal Astrid diejenige war, die den unauffälligsten Tisch im Lokal ausgesucht hatte. Mit Zufriedenheit sah sie, dass die Kellner heute jede Menge zu tun hatten. Kein Mensch würde sich an jeden der Gäste erinnern – schon gar nicht an das Allerweltsgesicht von Andreas. Und die Menschen an den Nachbartischen? Diese verschwanden in der schummrigen Dunkelheit, die lediglich durch das schwache Licht der Papierlampions durchbrochen wurde. Perfekt für die Art von Treffen, deren Inhalt verborgen bleiben sollte.

Astrid nippte gerade an ihrem Glas Wasser, als sich ein drahtiger Mann ihrem Tisch näherte. Ohne zu grüßen, setzte er sich ihr gegenüber.

»Eine Ewigkeit her, seit wir das letzte Mal zusammen an diesem Tisch saßen«, stellte Andreas Lange fest und winkte dem Kellner zu.

»Kann sein«, stimmte ihm Astrid zu. »Liegt es an dem Licht, oder bist du wirklich so braun geworden? Das steht dir gut.«

»In Spanien ist es sehr sonnig. Besonders, wenn man am Strand für seinen Lebensunterhalt kellnert«, erklärte er freundlich. »Deshalb sind wir aber nicht hier, oder?«

»Du hast wieder einen Job?«, fuhr Astrid unbeirrt fort. Es klang mehr wie eine Feststellung als eine Frage.

»Wenn du das weißt, dann weißt du auch sicher, dass ich wieder Pakete ausfahren darf.« Andreas fühlte sich sichtlich unwohl bei der Richtung, die das Gespräch nahm.

»Jupp, weiß ich«, bluffte Astrid. Sie musste ihrem Gegenüber das uneingeschränkte Gefühl geben, dass sie die Kontrolle behielt. Und dass sie über alles Bescheid wusste. »Du hattest Glück. Es gibt wenige Ex-Sträflinge, die in Berlin einen Job bekommen. Oder weiß dein Arbeitsgeber das nicht?« Astrid senkte die Stimme, als sich der Kellner ihrem Tisch näherte.

»Ich hätte gern ein großes Hefeweizen, bitte«, orderte Andreas mit monotoner Stimme. Ein ähnliches Gespräch hatten sie schon mal geführt. Danach war er nach Spanien ausgewandert. Doch diesmal hatte er sich absolut nichts zuschulden kommen lassen. Sie konnte ihm nichts vorwerfen. Ihn nicht wieder erpressen.

»Ich hätte gern eine große Fassbrause«, bestellte Astrid. Als Andreas sie daraufhin skeptisch beäugte, erklärte sie grinsend: »Kein Alkohol für Schwangere.« Fassbrause war aus ihrer Sicht neben Hefeweizen das am häufigsten bestellte Getränk in Berlin. Es sollte alles unauffällig bleiben.

»Kommt sofort«, versprach der Kellner, doch die beiden fielen darauf nicht rein. Das Café war restlos überfüllt, und die Besetzung viel zu klein für diese späte Uhrzeit. Aber das machte nichts. Sie hatten es nicht eilig. Der Kellner entfernte sich ebenso unbemerkt, wie er zuvor erschienen war.

»Du bist schwanger?« Das war das Letzte, was sich Andreas bei dieser Frau vorstellen konnte.

»Ja, ich bekomme ein Baby. Daher haben sich die Dinge geändert, seit wir uns letztes Mal gesehen haben.« Astrid zuckte mit der Schulter. Für einen Augenblick weiteten sich die Augen ihres Gegenübers, was sie mit innerer Zufriedenheit registrierte. Seine Angst konnte sie spüren, was sie in eine wesentlich überlegenere Position brachte.

Wider Erwarten erschien der Kellner recht schnell mit den georderten Getränken, stellte sie ab und nannte den Preis, den Andreas wortlos für beide bezahlte. Weniger deshalb, weil er plötzlich zu einem Gentleman mutiert war. Sondern vielmehr, weil er Astrid gnädig stimmen wollte.

»Danke.« Astrid registrierte die Geste.

»Also«, begann Andreas und senkte die Stimme soweit, dass ihn niemand außer ihr hören konnte. »Nun habe ich mich an meinen Teil der Abmachung gehalten. Ich bin sogar für mehr als ein Jahr verschwunden. Und ich werde mich von Julia Hoffmann fernhalten. Vielmehr: Sie wird mich nie wiedersehen. Du auch nicht. Kannst du mir jetzt die Negative geben?«

»Nicht so voreilig«, erwiderte Astrid und nippte an ihrer Fassbrause. »Ah, ich liebe es - dieses Prickeln auf der Lippe. Fast so, als würde es die Lippe schneiden. Und dann das kühle Getränk, das die Kehle hinuntergleitet. Mhm ...«

»Willst du mich verarschen? Ich habe den Teil der Abmachung eingehalten!« Andreas beugte sich verärgert zu seiner Gesprächspartnerin hinüber. »Her mit den Negativen!«

»Wie ich dir gesagt hatte«, Astrid genoss ihre Macht sichtlich, »die Dinge haben sich geändert. Jetzt muss ich für mich und mein Baby sorgen. Und auch für Julia, die übrigens schwanger ist. Ich darf nicht zulassen, dass einem von uns etwas passiert.«

Bei der Erwähnung des Namens sah Astrid, wie Andreas seine Kiefer fest aufeinanderpresste.

»Niemandem wird etwas passieren. Es ist vorbei. Und ich aus ihrem und deinem Leben verschwunden! GIB MIR BITTE DIE NEGATIVE!« Andreas' Stimme nahm eine seltsame Mischung aus aggressiv und verzweifelt an.

»Es ist an der Zeit, etwas festzulegen«, entgegnete Astrid kalt. »Wenn du mich noch ein einziges Mal in dem Ton ansprichst, stehe ich auf, und die Bilder sind morgen im Polizeiabschnitt. Neben den Beweisen irgendeiner Vergewaltigung, bei der man, wie durch ein Wunder, deine DANN finden wird Das wäre sehr bedauerlich, aber wozu ich fähig bin, konntest du feststellen, als ich vor deiner Tür stand. Und zwar, nachdem du so doof warst, Beweise in Julias Garten zu hinterlassen. Das, was du beim Einbruch bei ihr fandest, ist übrigens bei Weitem nicht alles. Ein paar Erinnerungsstücke behielt ich im Nachhinein für mich. Weißt du, dass man das Alter von DNA nicht einfach so bestimmen kann, wenn es richtig gelagert wurde? Vor allem Haarproben oder Hautschüppchen. Und meine 'Beweise' lagern sehr gut, glaube es mir. Aber keinesfalls bei mir zu Hause. Sollte mir etwas passieren, sind sie mit ein paar nützlichen Informationen und Bildern bei einem sehr hingebungsvollen Bullen, der sie garantiert weiterleitet. Das Gleiche wird passieren, wenn Julia, ihrem Baby oder meinem etwas passiert. Verstehen wir uns? Schmeckt das Bier nicht, oder warum trinkst du nicht?«

»Du bist eine gottverdammte Schlampe!«, zischte Andreas. »Der Einbruch war doch deine Idee!«

»Psst«, ermahnte ihn Astrid. »Oder willst du, dass die Leute aufmerksam werden? Dabei schneidest du schlechter ab als ich. Glaub es mir! Wer wird schon einem Ex-Knacki mehr glauben als einer werdenden Mutter? Also, gib Obacht, was du sagst!«

»Du wirst in der Hölle verrecken, du Schlampe.« In Andreas' Augen loderte ungebremste Wut. Dennoch gab er sich Mühe, sich zu beruhigen. Er ahnte, dass er in der Patsche steckte. »Das war doch einzig und allein deine Idee! Du wolltest das Medaillon. Den Laptop bekamst du obendrauf. Während ich mich nur mit unbedeutenden Sachen begnügte. Das ist nichts, wofür sie mich lange in den Knast stecken können. Ich habe doch gar nichts getan!«

»Naja.« Astrid grinste. »Solange die Akte geschlossen bleibt, gibt es keine Beweise. In der Tat. Und der Einbruch, den ich so akribisch auf Bildern festgehalten habe, ist fast vergessen. Es sei denn, die Polizei bekommt eines Tages Beweise. Und wenn es verjährt ist, dann könnte es sein, dass man deine Spuren an einem willkürlichen Mordopfer findet. So, wie ich dich gefunden habe, kann ich dich auch im Knast verschwinden lassen. Glaub es mir einfach! Ich wäre da vorsichtig, wenn ich du wäre.«

»Du bist so ein Miststück!« Andreas' Stimme beruhigte sich allmählich. »Wenn es mich nicht persönlich betreffen würde, würde ich auf so eine Drecksau wie dich stehen. Nicht, weil du geil aussiehst, weiß Gott nicht! Sondern weil du so eine verlogene Schlampe bist. Aber ich tue es nicht. Wie geht es weiter?«

»Nun ...« Astrid nahm einen großen Schluck ihrer Fassbrause, sichtlich geschmeichelt. »Der One-Night-Stand mit dir war mir eine bittere Lehre. Von allen Männern warst du der miserabelste. Aber danke für das Angebot.« Sie grinste. »Weiter geht es so: Zunächst bekomme ich eine gültige Adresse von dir. Du brauchst dir keine große Mühe zu machen, eine zu erfinden. Ich kam schon beim ersten Mal dahinter. Diesmal wird es noch einfacher. Und für dich schmerzhafter. Ab sofort möchte ich wissen, wo du bist, sollte ich dich irgendwann vermissen.« Astrid lachte falsch auf.

»Ich werde dich garantiert nicht vermissen!« Dennoch fühlte Andreas die Niederlage, die auf ihn herunterprasselte.

»Der Rest ist noch einfacher«, fuhr Astrid fort. »Du verschwindest aus Julias und meinem Leben. Auch keine dieser verdammten Rosen mehr! Haben wir uns verstanden? Dann ist es so, als wäre nie etwas passiert. Kein Stalking, keine Rosen. Und du lebst dein beschissenes Leben weiter, bis ich mich vielleicht melde. Oder auch nicht. Das ist doch ein toller Deal?«

»Ich hasse dich«, zischte Andreas und erhob sich zum Gehen, ohne sein Glas zu leeren. »Deal. Du verbrennst in der Hölle!«

»Du wirst garantiert vorangehen«, entgegnete Astrid lächelnd. Sie beschloss sitzenzubleiben und ein Glas Merlot zu bestellen.

Nun war auch das letzte große Problem aus dem Weg geräumt...

Kapitel 36

»Jedes Paar hat einen gemeinsamen Tag, an den es sich später immer wieder erinnert; an dem es wachsen kann«, sagte mir einst meine Mutter, als sie mal ihre weniger depressive Phase hatte. In meiner Ehe mit Markus gab es einige wundervolle Tage. Doch all die Tage wurden von einem überdeckt - als ich zum ersten Mal Ben im Arm hielt. Wir konnten uns in allen Einzelheiten an den Tag seiner Geburt erinnern, doch keinesfalls daran, wie es bei uns zuvor zu zweit war. Oder auch als Paar danach. Irgendwann hatten wir uns zwischen dem Alltag, der Karriere und einem schreienden Baby aus den Augen verloren. Und ich verlor den Glauben an den wichtigen gemeinsamen Tag.

Der dritte November fing gewöhnlich uninteressant an. Mittlerweile lief die Zeit bis zur Entbindung immer schneller ab, was ich an der Häufigkeit der Besuche beim Frauenarzt ablesen konnte. Meine Tage wurden insgesamt sehr langweilig, weil ich als Hochschwangere weitgehend eingeschränkt war. Ich begann meine Arbeit zu vermissen. Philippe verschob seine Rückkehr aus Australien immer weiter, und langsam fragte ich mich, was ich davon halten sollte. Den einzigen Lichtblick in meinem Leben bot ein tägliches Telefongespräch mit Ben. Mittlerweile war mein Sohn fünfzehn und unsterblich in eine 'total süße' Mila verliebt - ein Mädchen aus seiner Klasse. Schmunzelnd registrierte ich, wie oft er in den Gesprächen mit mir das Mädchen erwähnte. Doch hin und wieder fragte er mich nach Tammy, woraus ich freudig schlussfolgerte, dass das kleine Schwesterchen wenigstens die zweite Stelle erobert hatte. Wenn Tammy die Welt erblickte, würde ihr dieser Platz garantiert sicher sein. Zwischen Markus und Fenja lief es offensichtlich blendend, was man aus der Stimmung meines Ex-Ehemannes schließen konnte.

Und das, obwohl unsere Partner nicht das beherrschende Thema waren, wenn wir miteinander sprachen. Neben den unzähligen beruflichen Themen, die wir miteinander austauschten, gab es mittlerweile eine tiefe, nicht körperliche Verbundenheit. Manchmal fragte ich mich, ob es eine andere Art von Liebe gewesen ist, die uns miteinander verband. Sicherlich liebte ich Philippe, wie mein Ex-Ehemann auch seine Freundin Fenja liebte. Die Beziehungen waren noch relativ frisch und voller Erotik. Doch Markus und mich verband etwas, das darüber hinausging. Eine Art Freundschaft, die hin und wieder zu Spannungen zwischen ihm und seiner Lebensgefährtin führte. Philippe schien diese Verbindung kaum zu kümmern, obwohl er mir seine Liebe ständig beteuerte. Dennoch stellte ich mir immer öfter die Frage: *Wenn du mich so liebst, warum bist du nicht bei mir, wenn ich dich am meisten brauche?* Ohne eine Antwort zu erhalten.

Das morgendliche Gespräch mit meinem Sohn stimmte mich mal wieder sentimental. Ein weiteres Wochenende allein.

Schwerfällig rollte ich mich vom Bett herunter. Mittlerweile wog der Bauch so viel, dass es meinen Rücken stark belastete. »Gleich«, rief ich Muffin zu und ging zunächst ins Badezimmer, wo meine Kompressionsstrümpfe lagen. Doch ich verzichtete diesmal darauf, sie anzuziehen. *Nicht heute!* Neuerdings drückte Tammy immer öfter auf die Blase, was zusätzlich unangenehm wurde. Diesen Abschnitt der Schwangerschaft mochte ich absolut nicht.

Plötzlich hörte ich die Türklingel läuten.

Ich warf mir einen Morgenmantel über. Ihn zuzumachen, davon konnte ich mit dem dicken Bauch nur noch träumen. Aber er bedeckte zumindest den Teil meines Körpers, der in ein dehnbares T-Shirt eingehüllt war. Das war eines der 'Schmuckstücke', die nach der Geburt als allererstes im Müll landen werden, beschloss ich.

»Moment«, rief ich, so laut ich konnte, und ging hinunter. Das Gesicht, das ich am Monitor der Alarmanlage sah, erklärte, warum Muffin so freudig bellte.

»Hi, schön, dass du da bist«, sagte ich lächelnd, während ich nach dem Entsichern der Alarmanlage die Tür öffnete.

»Hi ...« Astrids Gesicht strahlte Wärme aus. Es war erstaunlich, wie gut ihr die Schwangerschaft stand. »Heute ist so ein schöner Tag. Wollen wir nicht etwas zusammen unternehmen?«

»Eine großartige Idee, doch ich habe weder gefrühstückt noch war ich mit Muffin spazieren ...«, erwiderte ich.

»Hier ist mein Plan«, lachte Astrid laut auf. »Du machst dich fertig, während ich mit Muffin spazieren gehe. Wenn ich wieder da bin, gehen wir gemeinsam frühstücken. Heute möchte ich gern einen Schwangeren-Tag mit dir verbringen. Wäre das ein Deal?«

»Oh mein Gott«, rief ich wirklich dankbar. Ein wenig Ablenkung brauchte ich tatsächlich, um nicht den Fehler zu machen, Philippe wieder zu nerven. Ihm ohne versteckte Vorwürfe zu sagen, wie sehr ich ihn vermisste, konnte ich immer schlechter. Ich wollte nicht als das heulende Mütterchen erscheinen. Lieber fing ich dann zu nörgeln an, was im Hinblick auf unsere Beziehung noch bescheuerter war. »Das würdest du für mich tun?«

»Aber hör mal!« Astrid umarmte mich. »Wo ist die Leine?«

Als sich die Tür hinter ihr schloss, verspürte ich Dankbarkeit, dass ich diesmal nicht auf Bärbel gehört hatte. Doch dass Astrid und ich wieder engeren Kontakt zueinander hatten, verschwieg ich meiner mittlerweile zweitbesten Freundin.

Sie hatte Unrecht! Astrid hatte sich tatsächlich zu einem großartigen Menschen entwickelt! Wenn sie mal dabei war, ihre Grenzen leicht zu überschreiten, sagte ich es ihr sofort, und sie zog sich zurück. Damit konnte ich gut leben. Und es war Astrid, nicht Bärbel, die, so oft es ging, vor meiner Tür stand, um mir behilflich zu sein. Oder mich einfach nur seelisch zu unterstützen, wenn ich mich etwas einsam fühlte. Zwar nahm ich das Bärbel nicht übel, denn immerhin hatte sie zwei kleine Kinder, einen Mann und eine Praxis, die sie zu umsorgen hatte. Doch Astrid füllte die entstandene Lücke in meinem Leben hervorragend aus.

Da ich mich nun nicht mehr um Muffin zu kümmern brauchte, beschloss ich, es dennoch mit den verhassten und viel zu engen Strümpfen nach einer warmen Dusche zu versuchen. Es dauerte zwar recht lange, doch ich schaffte tatsächlich, sie hochzuziehen. Dann zog ich einen der Schwangerschaftsröcke über, ein viel zu breites T-Shirt, und wartete, bis Astrid an der Tür klingelte.

Etwa dreißig Minuten später saßen wir in einem kleinen Café in Zehlendorf und warteten, dass uns der Kellner die georderten Frühstücke bringen würde.

»Und?«, schaute ich Astrid amüsiert an. »Freust du dich schon auf das Baby?«

»Auf was?«, fragte sie entgeistert und verbesserte sich sofort. »Auf MEIN Baby? Aber natürlich freue ich mich drauf.«

»Hast du für sie schon einen Namen?«, hakte ich weiter nach. Bisher hatte ich vergessen, diese Frage zu stellen. *Wie peinlich,* ging es mir durch den Kopf. Doch irgendwie war die Gelegenheit nie da gewesen. Und ich hatte das Gefühl, dass es Astrid zu unangenehm war.

»Ähm, ja«, erwiderte sie. Ihre Augen bewegten sich so hektisch, dass mir klar wurde, wie unangenehm es tatsächlich war. »In meiner Familie hieß es, dass es Pech bringt, den Namen des Kindes vor der Geburt zu verraten.«

»Autsch.« Ich fühlte mich, als wäre ich in ein Fettnäpfchen getreten. Gleichzeitig bereitete es mir Unbehagen. Die Welt wusste bereits, wie mein Baby nach der Geburt heißen würde. Was, wenn es wirklich Pech brachte? »Es tut mir leid«, stammelte ich peinlich berührt.

»Kein Problem.« Astrids Miene erhellte sich. »Du konntest das doch nicht wissen. Wenn sie da ist, bekommst du es als Erste gesagt. Versprochen.«

Ich lächelte.

»Und bei dir?«, fragte sie zurück. »Philippe scheint nicht nach Hause zu wollen? Bist du sicher, dass er sich scheiden lassen will? Vielleicht hält er dich nur hin, während er sich mit seiner Ex amüsiert?«

Bäm.

Sie sprach aus, was ich dachte. Vielleicht sogar, ohne es zu wissen, traf Astrid meinen wundesten Punkt. Ich schluckte nur. Mein Hunger war plötzlich weg.

»Ist alles okay, Schatz?« Astrid schien besorgt zu sein. »Es tut mir so leid. Ich bin so unsensibel, ich Idiotin. Das ist doch Unsinn! Er liebt dich doch!«

Egal, wie sie sich bemühte, der Keim des Zweifels bekam weitere Wurzeln. *Was, wenn sie recht hat?* Weder von dem Frühstück, das ich maximal zu einem Drittel in mich hineingewürgt hatte, noch von Astrids beteuernden Monologen bekam ich in der folgenden

Stunde etwas mit. In Gedanken war ich bei der attraktiven Rachel, die ich nur von Bildern her kannte. Und bei Philippe. Ich sah beide Arm in Arm an goldenen Stränden Australiens entlanglaufen, wie frisch verliebt. Was war ich naiv zu glauben, dass er nur deshalb zu ihr hinflog, um die Beziehung endgültig zu beenden? So ein Unsinn.

»Du solltest mehr essen! Für das Baby.« Astrid unterbrach irgendwann meine Gedanken. Sie taxierte mich. »Oh mein Gott, weinst du etwa?«

»Ich? Weinen? Nee!« Mit dem Handrücken wischte ich die Tränen von meiner Wange. »Meine Augen waren nur zu trocken. Passiert mir oft seit der Schwangerschaft!« Dann wechselte ich sofort das Thema. »Ich esse zum Frühstück nicht ganz so viel. Dafür umso mehr zu Mittag. Vor allem wahnsinnig viele Vitamine. Was haben wir heute vor?«

»Das Wetter ist so traumhaft, dass ich dich gern in den Botanischen Garten entführen möchte. Das Baby ...«, sie verbesserte sich sofort, »... unsere Babys würden sich über eine extra Portion Sauerstoff freuen. Und wir verbringen eine schöne gemeinsame Mama-ohne-Baby-Zeit. Was sagst du zu diesem Plan?«

Alles, was sie vorgeschlagen hätte, wäre perfekt, um mich von den Bildern von Philippe und Rachel - engumschlungen am Strand - abzulenken. »Besser hätte ich es mir heute nicht vorstellen können. Vorher müssen wir aber noch zu mir nach Hause. Soweit ich weiß, dürfen Hunde dort nicht mit. Daher wäre es toll, wenn ich vorher mit Muffin eine längere Runde drehen könnte. Ist das für dich okay?«

»Aber natürlich.« Astrid freute sich aufrichtig, den Tag mit mir zu verbringen. Also hob ich die Hand, um dem Kellner zu signalisieren, dass wir gern zahlen würden.

An der Eingangstür meines Hauses angekommen, stellte ich fest, dass irgendetwas nicht stimmte. Ganz und gar nicht. Ich spürte, dass jemand im Haus war, schon bevor ich das starke, männliche Parfüm im Hausinnerem wahrnehmen konnte.

»Psst!«, flüsterte ich Astrid zu. »Da ist jemand.« Doch zu meiner Überraschung rannte Muffin schwanzwedelnd auf mich zu, kurze Zeit, nachdem ich die Tür aufgeschlossen hatte. Sie schien sich mächtig zu freuen. Das konnte nur Eines bedeuten! Ich konnte es kaum fassen.

»Philippe?«, rief ich mit steigender Freude in meiner Stimme.

»Muffin, du hast uns verraten«, hörte ich den Mann sagen, nach dem meine Sehnsucht mittlerweile unerträglich war. »Unsere Überraschung ist nun endgültig hin!« Er kam auf mich zu, doch sein Gesicht war durch einen Strauß aus wunderschön duftenden, roten Rosen verdeckt.

Rote Rosen, wie ich sie liebe, dachte ich. »Du bist wieder da?«

»Was glaubst du denn?« Philippes Stimme verriet, dass auch er sich freute. »Ich habe dich vermisst! Für jeden Tag, an dem ich nicht da war, gibt es eine Rose.« Er schaute seitlich an dem riesigen Strauß vorbei. Als ich sah, dass er sich meinetwegen sogar rasiert hatte, bekam ich weiche Knie.

»Wen bringst du denn da nach Hause, meine Süße?«, fragte er, als er plötzlich ein neues Gesicht bemerkte. »Du müsstest Astrid sein, die Freundin meiner Frau? Andere schwangere Freundinnen sind mir sonst nicht bekannt.«

Meine Freundin errötete. Schweigend senkte sie ihren Kopf zu Boden wie ein Schulmädchen, das man bei etwas Unanständigem erwischt hatte.

»Klar ist sie das!«, entspannte ich die Situation. »Sie hat mich zum Botanischen Garten eingeladen. Eigentlich wollten wir ...«

»Es tut mir leid, doch heute geht es nicht!«, unterbrach mich Philippe. »Bitte, kann ich meine Frau entführen? Es kommt wirklich nie, nie wieder vor, aber ausgerechnet heute habe ich schon eine große Überraschung für dich.« Seine Augen leuchteten vor Glück.

In diesem Moment wünschte ich, Astrid wäre einfach so verschwunden. Und ich hasste mich gleichzeitig für diesen Gedanken. Eigentlich war sie immer für mich da, wenn ich sie gebraucht hatte. Für Bärbel gab es in solchen Situationen nicht viel nachzudenken. Sie war sensibel genug, die Lage zu erkennen und zu gehen. Bei Astrid wartete ich darauf vergeblich. Stattdessen scharrte sie mit ihrem Fuß am Boden und schwieg weiterhin.

»Schatz, ich habe es Astrid versprochen ...«, startete ich einen neuen Versuch. »Kann man das nicht doch noch verschieben? Morgen soll es auch schön werden.« Gleichzeitig gab ich ihm eindeutige Zeichen mit den Augen, wie blöd ich selbst die Situation fand.

»Ich glaube, Astrid wird es verstehen. Immerhin habt ihr die letzten Wochen zusammen verbracht. Ich will meine Frau heute!«, sagte er trotzig wie ein kleines Kind. Auch wenn es wirklich frech war, liebte ich genau jetzt seine Sturheit.

»Ähm, wir könnten auch ein andermal ...« Astrid begriff endlich. Doch wie sie es sagte, weckte aufsteigende Schuldgefühle in mir. Sie tat mir wahnsinnig leid. Während mein Nachmittag gerade großartig begann, zerstörte ich ihren. »Ich wünsche euch viel Spaß.« Mit diesen Worten umarmte sie mich flüchtig, drehte sich auf der Ferse um und ging, ohne Philippe auch nur die Hand zu geben.

»Sie ist bestimmt sauer«, stellte ich fest, als die Tür zugefallen war.

»Kann sein. Sie wird sich schon fangen«, erwiderte er mit einem Schulterzucken. Dann legte er die Rosen auf einer kleinen Sitzbank im Flur ab und stellte sich vor mich. Philippe sah mich an, als wäre ich ein kostbares Gemälde. »Mein Gott, wie schön du bist. Ich habe dich so vermisst!« Dann drückte er mich so nah an sich, dass ich in seiner Umarmung verschwand.

Etwa eine weitere Stunde später saß ich bereits auf einer kuschelig-weichen Picknickdecke am Ufer des Berliner Lietzensees, während Philippe eine kleine Stärkung für uns drei vorbereitete. Die Silhouetten der in der Sonne dösenden, majestätischen Reiher spiegelten sich auf der Wasseroberfläche. Die Tiere ließen sich in ihrer Ruhe von den Besuchern eines der schönsten Seen im Herzen Berlins keinesfalls stören. In diesem Augenblick fühlte ich mich so glücklich wie nie zuvor im Leben, wenn man die Geburt meines Sohnes nicht mitzählte.

»Wann hast du all das Essen für uns vorbereitet?«, fragte ich. »Das Gemüse zum Salat geschnippelt, Getränke vorbereitet und ... Wo hast du die Decke her?«

»Die habe ich mitgebracht«, erwiderte er lächelnd. »Und ich hatte Glück, dass du nicht im Haus warst, als ich vom Flughafen gekommen bin. So hatte ich genug Zeit für Vorbereitungen!«

»Wenn du mir gesagt hättest, dass du heute ankommst, hätte ich dich abholen können.«

»Erstens wollte ich nicht, dass du hochschwanger mit dem Auto fährst«, erklärte Philippe und gab mir ein Glas Wasser in die Hand. »Zweitens wäre es keine Überraschung gewesen.«

»Das ist richtig«, schmunzelte ich. »Es ist wirklich eine großartige Überraschung.«

»Aber noch nicht vollständig«, fuhr er fort, holte etwas aus seiner Tasche und kniete sich vor mich hin. Dann überreichte er mir eine kleine Schmuckschachtel. Noch ehe ich sie geöffnet hatte, ahnte ich es! Tränen schossen mir in die Augen.

»Da ich jetzt ein freier Mann bin ... willst du mich heiraten?« Es bedeutete, dass seine Scheidung endlich durch war. Er war frei. Und wollte mich. Nur mich.

Ich nickte gerührt.

Rückblickend hätte ich mir gewünscht, weniger blind gewesen zu sein. Vielleicht hätte ich die aufziehenden Wolken am makellosen Himmel meines Schicksals bemerkt ... Vielleicht.

Kapitel 37

Als die Eingangstür zu Julias Haus zugefallen war, konnte Astrid nicht begreifen, wie mies die Welt wieder einmal zu ihr gewesen war. Hatte sie sich nicht jeden Tag um ihre Freundin und das Baby gekümmert? War nicht sie diejenige, bei der sich Julia ausheulen konnte, wenn ihr danach war? Und jetzt das?

Der Mann, den sie mehr als alles andere verachtete, nahm ihr ihre Freundin wieder weg! Und das Baby.

Das konnte sie nicht zulassen. Niemals.

Schnaubend entfernte sie sich von der Tür, um den beiden das Gefühl zu geben, sie wäre nach Hause gefahren. Aber das war sie nicht!

Stattdessen ging sie zu ihrem am Rand des Nachbarhauses geparkten Wagen, setzte ihn in Bewegung und fuhr zu einer entlegenen Straße, die sie von längeren Spaziergängen mit Julia und Muffin bereits kannte. Dort würde sie niemand hören. Astrid hielt an, schaltete den Motor ab und schrie plötzlich, so laut sie nur konnte. Sie war so wütend, dass sie ihre Hand zur Faust ballte und mit voller Wucht auf die Armaturen schlug, bis das Plastik der Vorderbelüftung durch die Luft flog. Dass die gebrochene Stelle ihre Hand verletzte, merkte sie nicht mal, so rasend, wie sie war. Auch nicht, dass sich feine Blutspritzer auf die Scheibe und den Sitzen verteilten.

»Ich bin schon so weit bei ihr gewesen. Nur noch einen winzigen Schritt. Und dieser Idiot hat mir alles vermasselt! Warum ist der bloß nicht in Australien geblieben? Er wird mir die beiden nicht wegnehmen!«, schrie sie zornig. »Sie gehören mir! Nur mir!« Doch weder ihre Schreie noch die fein verteilten Spritzer auf der Scheibe interessierten jemanden in dieser Einöde. Die Straße mündete in einem verlassenen, nicht befahrbaren Feldweg, der zudem kaum benutzt wurde. Die Hundebesitzer schienen zu dieser Zeit Besseres zu tun zu haben, als in der Hitze auf wenig beschatteten, menschenleeren Wegen spazieren zu gehen. Für Jogger war die Nachmittagshitze vermutlich auch unerträglich.

»Ich werde dich vernichten«, brüllte Astrid wie wild. »Du wirst dafür bezahlen! Sie gehören mir, nicht dir!«

Nach etwa einer Stunde verflog allmählich die Wut soweit, dass Astrid realisierte, wie sehr sie ihren Wagen beschädigt hatte.

So konnte sie nicht weiterfahren. Jeder herumstehende Polizist würde sie anhalten und zu klären versuchen, was vorgefallen sei. Wer weiß, was das dann für Astrid bedeuten würde. Vielleicht würde man ihr DNA-Profil speichern, weil man vermuten würde, dass in dem Auto etwas passiert war? Das war zwar der unwahrscheinlichste Fall, doch davon musste Astrid ausgehen. Und die Vorstellung gefiel ihr nicht.

Sie erinnerte sich, dass im Kofferraum ein Sechserpack Wasser lag. Sie hatte es für den Fall, dass Julia ihr Wasser zu Hause vergessen sollte. Sie wusste, wie wichtig es war, dass an Tagen wie diesen Schwangere genug Wasser zu sich nahmen. Astrid schnallte sich ab und suchte im Handschuhfach nach einer Tüte, in die sie den Müll packen konnte. Astrid fand zwar nur eine Gemüsetüte, doch das musste reichen. Dann stieg sie aus, ging zum Kofferraum, holte Wasser heraus und suchte nach etwas, das sie als Lappen benutzen konnte. Im Kofferraum befanden sich nur Einkaufsbeutel aus Leinen und eine Decke. Leinen war zwar nicht der beste Stoff für einen saugfähigen Lappen, zumal er wahrscheinlich behandelt worden war, doch Astrid hatte keine bessere Alternative. Also nahm sie einen der Beutel in die Hand und übergoss ihn mit Wasser. Auf dem Stoff bildeten sich kleine Bläschen - ein Beweis, dass die Flasche noch sehr viel Kohlendioxid enthielt. Doch das kümmerte Astrid nicht. Sie nahm sich vor, das Auto bestmöglich zu reinigen. Morgen würde sie es zu Hause fortsetzen, um alle Spuren ihrer rasenden Wut endgültig zu beseitigen.

Während sie die Blutspuren dürftig entfernte, gab sich Astrid ihren Gedanken hin. Sie brauchte wieder einen vernünftigen Plan, wie sie Philippe endgültig aus dem Leben ihrer Freundin vertreiben konnte. Eigentlich ahnte sie schon, wie es bei den beiden laufen würde. Wie bei ihr selbst. Auch Astrids Mutter hatte ihren Job aufgegeben, als sie geboren wurde. Früher arbeitete sie in einem kleinen Büro als Sachbearbeiterin, nichts von Bedeutung. Astrids Vater, ein sehr unattraktiver, aber umso erfolgreicherer Biologe, wollte seiner fünfzehn Jahre jüngeren, attraktiven Frau etwas bieten. Also stürzte er sich in noch mehr Arbeit, während sich Astrids Mutter nur um das Haus und das Baby kümmern sollte.

Doch Astrids Mutter interessierte sich deutlich weniger für das Baby als für ihr äußeres Erscheinungsbild, also überließ sie es weitgehend sich selbst. Um genau zu sein, befriedigte sie nur die überlebensnotwendigen Bedürfnisse wie Füttern und Wickeln. Umarmungen gab es nur, wenn sie in der Öffentlichkeit waren und es ihrer Mutter als vorteilhaft erschien. Selbst das Stillen schien ihrer Mutter zu viel Nähe zu sein. Nach einer Woche im Krankenhaus gab sie es sofort auf, ohne es zu bereuen.

Die ersten Erinnerungen an die Kindheit waren für Astrid besonders bitter. Sie verbrachte die Tage in vollkommener Isolation von anderen Kindern, während sich ihre untreue Mutter von einem zum anderen Mann hangelte. Auf der Suche nach dem, was sie selbst nicht imstande war zu geben: aufrichtige Liebe. Astrid fragte sich irgendwann, ob ihr Vater die Affären ihrer Mutter einfach übersah oder lediglich übersehen wollte. Warum er sie nicht irgendwann verließ, verstand sie bis heute nicht. Zuneigung um ihrer selbst willen, die für Kinder so notwendig war, war Astrid ihr Leben lang unbekannt. Wie auch die Tatsache, dass Kinder getröstet, gar scheinbar ohne Grund umarmt wurden. Den eigenen Vater kannte sie kaum. Zärtlichkeit mit ihrem Vater waren ihr mindestens so fremd wie die mit ihrer Mutter. Sie erinnerte sich an keine einzige. Und auch als Erwachsene fand sie kaum Zugang zu dem mittlerweile ergrauten Doktoranden, für den Lehre einen deutlich höheren Wert als die verkorkste Familie hatte. Aber vielleicht wusste er nur nicht, wie man auf Menschen zuging? Womöglich konnte er mit Kindern nichts anfangen?

Denn dass Astrid eigentlich das ungewollte Kind aus einer Art missglücktem One-Night-Stand war, aus dem ihre Eltern das Beste gemacht hatten, musste nicht betont werden. Es schrie aus der Haltung ihrer Eltern ihr gegenüber heraus. *Du bist und bleibst ungewollt!*

Was sie als Kind schmerzhaft erfahren hatte, sollte ihrer Familie niemals passieren! Julia und das Baby waren ihre Familie! Nur Philippe gehörte nicht dazu!

Nach einer Weile war Astrid mit ihrer Putzarbeit zufrieden. Für den Rest würde sie zu Hause sorgen. Mittlerweile begann die Sonne unterzugehen, was so viel bedeutete, dass sie ihren ganzen Nachmittag an dem Platz verbracht hatte, an dem sie mit Julia und

Muffin hin und wieder spazieren war. Das tröstete sie ein wenig und schaffte mehr Nähe zu den beiden in ihr. Und es entschädigte für den verlorenen Tag.

Alles wird wieder gut, sprach sie sich in Gedanken Mut zu. Ihre Freundin mochte diese Stelle besonders gern, weil sie Muffin unangeleint laufenlassen konnte, ohne Angst zu haben, dass der Hund vor ein Auto lief. Mittlerweile konnte man vereinzelt Jogger sehen. Bis die Hundebesitzer vorbeikamen, war nur eine Frage der Zeit. Also womöglich auch Julia mit Muffin. Höchste Zeit für Astrid, zu verschwinden.

Ihr letzter Blick, nachdem sie die dreckigen Lappen und Teile der zerbrochenen Armatur in der Gemüsetüte verstaut hatte, galt ihrem Handy, das grün blinkte. Sie löste die Tastensperre.

Eine Nachricht von Julia? Sie hat also doch noch an mich gedacht. In Astrid wuchs Freude. Schon die bekannte Nummer am Display versetzte sie in pure Euphorie.

Doch was sie zu sehen bekam, paralysierte sie sofort. Unter dem Bild mit einem wunderschönen Ring an Julias Hand stand nur ein Satz, der ihr sofort den Boden unter den Füßen wegzog:

Er hat gefragt, und ich habe 'Ja' gesagt.

Kapitel 38

Mittlerweile hielt der Herbst Einzug im Herzen von Berlin. Die herumliegenden Blätter verdeutlichten, wie viel mehr Natur in der Großstadt heimisch war, als es den meisten bewusst war. Den Erwachsenen erschienen sie lästig. Die Älteren hatten Angst auszurutschen und die Jüngeren, in herumliegende Tierextremente zu treten. Nur kleine Kinder hatten sichtlich viel Freude daran, durch die zur Seite geräumten Blätterhaufen zu rennen, um sie dann hochzutreten. Zumindest solange sie dabei nicht von Erwachsenen aufgehalten wurden.

Mittlerweile war ich überfällig. Zwei Tage nach dem errechneten Termin. Das bedeutete, dass ich jeden Tag beim Frauenarzt erscheinen musste, damit man Tammys Herztätigkeit und Versorgung im Mutterleib gezielt kontrollieren konnte. Das Ende vom September und den Anfang vom Oktober nahm sich Philippe gänzlich frei. Laut ärztlicher Prognose erwarteten wir das Baby früher als errechnet. Doch Tammy überraschte uns alle. Obwohl alles darauf hinwies, dass unsere Tochter als Frühchen zur Welt kommen würde, erwies sie sich so stur wie ihre Mutter. Wir mussten weiter warten.

Es war bereits Mittag, als jemand an meiner Tür klingelte. *Das müsste Astrid sein,* dachte ich bei mir. Seit meiner Verlobung kümmerte sie sich an den Wochenenden um mich, wenn Philippe wichtige Aufträge hatte. Dafür war ich ihr dankbar. Und selbst Bärbel musste irgendwann einsehen, dass ich so jemanden wie Astrid unbedingt brauchte. Denn Bärbel war zu sehr in ihren Alltag eingespannt, als dass sie mich hätte irgendwohin begleiten können. Vor allem zur Ärztin. Das war der Vorteil, wenn man eine schwangere Freundin hatte, die etwas mobiler war. Ich freute mich bereits, ihr den gleichen Service bieten zu können, wenn sie soweit war.

»Na, bereit zu einem kleinen Spaziergang?«, fragte Astrid grinsend.

»Am liebsten würde ich nur auf der Couch liegen«, erwiderte ich. »Ich fühle mich wie ein gestrandeter Wal.«

»Nix da!«, verneinte Astrid energisch. »Der Arzt sagte, du sollst dich bewegen, damit sich etwas tut. Also machen wir das! Philippe hat mich gebeten, dich abzuholen.«

Zu meiner Freude kehrte sich die anfängliche Abneigung zwischen meinem Verlobten und meiner besten Freundin in ein deutlich entspannteres Verhältnis um. Die Sorge um mich und das Baby schien die beiden zumindest so zu verbandeln, dass sie sich gegenseitig akzeptierten. Gelegentlich bat Philippe meine Freundin um kleine Gefallen, wie jetzt, sofern es sich mit ihrer Schwangerschaft vereinbaren ließ. Ich freute mich darüber, weil mich Harmonie in meiner Umgebung in der derzeitigen Situation sehr beruhigte. Die Aufregung um die bevorstehende Geburt und unsere Hochzeitspläne für den nächsten Sommer waren ausreichend Aufregung für mich.

»Wie geht es dir?«, fragte ich Astrid und umarmte sie zur Begrüßung, was sie bereitwillig erwiderte. Muffin bellte wie verrückt und wedelte vor Freude mit ihrem Schwanz.

»Im Moment sehr gut, kann nicht klagen. Nur die Schwangerschaft wird zunehmend anstrengender. Aus, Muffin! Sitz!«, befahl sie meiner Hündin.

»Wem sagst du das?«, lächelte ich. Muffin setzte sich brav hin.

»Wow«, staunte Astrid. »Wann hat sie das gelernt?«

»Sagen wir es mal so«, erwiderte ich lächelnd, »ich habe den ganzen Tag nicht allzu viel zu tun. Also üben wir hin und wieder etwas Erziehung. Und es scheint zu fruchten!«

»Und wie!«, stimmte mir Astrid zu. »So, bereit?«

»Los geht's«, sagte ich wenig begeistert und warf mir eine Jacke um. Dann packte ich meinen Hals in einen dicken Schal. Währenddessen leinte Astrid Muffin zum Gehen an.

»Ist Philippe lange weg?«, fragte mich Astrid beiläufig, als wir in einen verlassenen Feldweg einbogen. Ich mochte den besonders, weil er nicht weit weg von meinem Haus lag. Dieses Stückchen

Erde machte einen naturbelassenen Eindruck und lud förmlich dazu ein, Muffin von der Leine zu lassen, was Astrid auch tat.

»Heute Nacht fliegt er wieder zurück. Eine kleine Ausnahme. Er ist bei einem Kunden in Spanien. Eigentlich wollte er nicht übernachten, doch es gab unerwartete Probleme«, antwortete ich. »Wenn es nach ihm ginge, würde er sich den ganzen Oktober freinehmen. Doch dann springen die Kunden ab. Also besucht er seine dringendsten Fälle, wobei sein Handy immer eingeschaltet ist, falls es losgeht.«

»Ich bewundere dich für dein Vertrauen«, fing Astrid an, doch ich unterbrach sofort.

»Ich glaube, es ist geplatzt«, sagte ich erschrocken. Da Astrid kaum zu reagieren schien, versuchte ich es anders. »Ich glaube, es geht los! Ruf bitte den Notruf!« Warmes Wasser ergoss sich auf meine Beine. Viel zu viel, als das ich Tammy hätte verdächtigen können, es sich wieder auf meiner Blase bequem gemacht zu haben.

Endlich verstand auch Astrid die Aufforderung. Mit zitternden Händen wählte sie die Nummer, um die ich sie gebeten hatte, und erklärte unsere Lage. Ich setzte mich auf den Boden und zitterte am ganzen Körper. Vermutlich vor Kälte. Oder Aufregung. Oder beides?

Astrid legte ihren Mantel auf die Erde und bat mich, mich wenigstens darauf zu setzen. Meine nassen Beine fühlten sich unangenehm an. Mit einem Mal verspürte ich die Wehen und fing an zu beten, dass Tammy nicht auf diesem Weg zur Welt kommen möge.

Und ich hatte Glück. Der Rettungswagen war recht schnell vor Ort, obgleich es mir vorkam, als wären es Stunden gewesen. In diesem Augenblick füllte sich der sonst recht verlassene Weg mit Menschen. Während meine Sinne vollständig auf die bevorstehende Geburt geschärft waren, nahm ich nebenbei wahr, wie Astrid um paar Informationen gebeten wurde.

»Bring Muffin ins Haus«, flehte ich sie an, während meine Wehen immer häufiger wurden.

»Mache ich, dann komme ich ins Krankenhaus«, hörte ich sie sagen, bevor man mich auf einer Trage in den Rettungswagen brachte.

Doch wir schafften es nicht rechtzeitig ins Krankenhaus. Während wir uns auf dem Weg befanden, war es bereits so weit. Der Wagen hielt an, und ich brachte das kleine Mädchen gesund auf die Welt. Im Krankenhaus eingeliefert, war ich bereits offiziell eine frischgebackene Mutter. Das einzig Traurige war dabei, dass die erste Person nach mir, die Tammy zu Gesicht bekommen, nicht ihr Vater, sondern Astrid war. Auch wenn er den schnellsten Flieger nach Hause nahm. Astrid war die erste Person, in deren Armen die frisch gewaschene Tammy schlummerte, während ich nach den Strapazen der Geburt schlief.

»Du bist mein kleines Wunder«, flüsterte Astrid ihr zu. »Mein kleiner Schatz, ich werde dich nie verlassen. Das ist ein Versprechen!«

Ob ich diese Worte wirklich gehört oder nur geträumt hatte, da war ich mir nicht sicher.

Kapitel 39

Samstag, 24.12.2011,
etwa zwei Monate später

Winterstimmung wollte dieses Jahr nicht so wirklich aufkommen. Der orkanreiche November beendete ein für diese Jahreszeit ungewöhnlich mildes Wetter und verwandelte Berlin in eine triste, verregnete Stadt. Nicht eine Schneeflocke fiel auf den Boden.

Weihnachtliche Vorfreude konnte Astrid Schneider nicht wirklich mitreißen, seitdem sie erfahren hatte, dass Julia die Weihnachtstage mit ihrer Familie in Wiesbaden verbringen würde. Da es eine Art Familienzusammenführung werden würde, war Astrid nicht mal als Babysitter erwünscht. Eine Rolle, die sie mittlerweile zu gern und so oft wie möglich einnahm.

Gewiss hatte Astrid die Möglichkeit, ihr Elternhaus aufzusuchen. Doch ob sie es tat oder nicht, war unwichtig. In der Familie Schneider feierte man keine gemeinsamen Feste, wie man es aus Bilderbüchern kannte. Viel wahrscheinlicher war es, dass ihr Vater wieder bis in die Nacht arbeitete und ihre Mutter betrunken auf der Couch lag. Vielleicht in der Umarmung eines neuen Liebhabers? Aber das war unwichtig. Julias Familie war ihre wahre Familie!

Die Einsamkeit des Heiligabends erwischte Astrid mit voller Wucht. Sie vermisste den wohligen Geruch von Tammy, ihr Babylächeln, ihre kleinen Füßchen, ihre Händchen, die sie am Finger packten ...

Mittlerweile bot sie sich jederzeit an, auf Tammy aufzupassen, wenn Julia und Philippe sich eine kleine Auszeit von dem Baby gönnten. Oder wenn ihre Freundin sich den Luxus nahm, mal wieder auszuschlafen, wenn Philippe arbeiten war. Astrid war immer bereit. Selbst tagsüber, wenn sie eigentlich arbeitete. Sobald man ihr Babysitting von Tammy in Aussicht stellte, erfand sie eine Ausrede, warum sie nicht in der Arbeit bleiben konnte. Und meist war es die erdachte Schwangerschaft, die ihr zu schaffen machte. Ihren Kolleginnen missfiel zwar, dass sie oft für Astrid einspringen mussten, doch ihre Beschwerden blieben ungehört. Zumindest angesichts der Tatsache, dass es sich um die Risikoschwangerschaft einer Kollegin handelte. Und Astrid sorgte dafür, dass es ausreichend Belege für ihre freudige Erwartung gab. Es war nicht schwer, die dazu notwendigen Papiere zu fälschen. Mit ein wenig Recherche, Einblick in Julias ärztliche Unterlagen und einigen Übungen war es kein Problem, Komplikationen zu attestieren. Zumal Astrid zur Patientin in Julias gynäkologischen Praxis wurde. Natürlich ohne dass ihre Freundin davon wusste, denn Astrid achtete pingelig genau darauf, keine Termine zu bekommen, bei denen sie Julia in der Praxis hätte treffen können. Wenn sie zum Frauenarzt ging, musste sie auf das Kissen auf ihrem Bauch verzichten, also mied sie die Besuche, sofern sie es konnte. Dennoch musste man sie als Patientin registrieren, damit sie endlich die ärztliche Schweigepflicht genießen konnte. Astrids großes Glück war, dass Julia sie nie gefragt hatte, bei welchem Frauenarzt sie sei. Sonst hätte sie ihre Freundin anlügen müssen.

Das habe ich davon, dass ich mich immer wieder aufopfere, dachte Astrid verärgert. *Meine Familie lässt mich am Heiligabend im Stich!*

Wobei es gar nicht um beide Eltern von Tammy ging. *Eines Tages wird Julia einsehen müssen, was für ein Idiot ihr Philippe ist. Untreuer Weiberheld,* dachte Astrid. Nur so bestand Hoffnung, dass sie in der Nähe des Babys bleiben konnte. Für immer.

Ich liebe das Kind mehr, als seine Mutter das tut, beteuerte sie jedes Mal vor sich selbst. Besonders, wenn sie die Gelegenheit bekam, auf das Kleine aufzupassen. *Ich habe immer Zeit und Lust auf sie. Julia nicht. Und ich bin deutlich jünger. Es sollte mein Baby sein! Ich würde sie verwöhnen und für mein Baby sorgen. Julia hat doch immer noch den Hund, den sie so liebt. Es ist unfair.*

Mit jedem Tag, an dem sich Astrid von Julia verletzt fühlte, weil sie mehr Anspruch auf das Baby erhob, wuchs die Wut auf ihre Freundin. *Julias Gedanken drehen sich doch lediglich um ihren Philippe! An das Baby denke nur ich,* redete sie sich immer wieder ein. *Was ist das für eine Mutter? Und nun nimmt sie mir auch noch das erste Weihnachten mit unserem Baby weg. Und wozu das Ganze überhaupt? Wahrscheinlich will sie wieder mit ihrem Ex zusammen sein und der arme Philippe ahnt nichts. Dann wirft sie ihn weg, wie mich. Womöglich zieht sie dann nach Wiesbaden um und nimmt Tammy mit?* Astrids Gedanken drehten sich ununterbrochen im Kreis, seit die Familie gestern aufgebrochen war. Je öfter sie sich ereiferte, desto weniger war sie bereit, die Widersprüche zu erkennen.

Zwischendurch sah Astrid zum gefühlt hundertsten Mal auf ihr Handy, ob sie eine Textnachricht aus Wiesbaden bekommen hatte. Doch außer dem gestrigem 'Wir sind angekommen' konnte sie nur ihre eigenen Anfragen sehen. Es waren jetzt genau sechs. *Offensichtlich bist du zu beschäftigt, mir zu antworten!*, ärgerte sich Astrid. *Nur wenn du mich brauchst, kommt mal etwas zurück, sonst nicht. Ich bin für dich doch nur eine billige Nanny, mehr nicht!*

Dabei gab sich Astrid in letzter Zeit wahnsinnig viel Mühe, ein wichtiger Teil dieser Familie zu sein. *Die stärkste Leistung von meiner Seite ist doch, zu Philippe freundlich zu sein, nachdem er mich beim ersten Mal aus dem Haus geworfen hat. Wegen gar nichts. Haben die nicht genug Zeit miteinander? War es notwendig, mich wegen eines hirnrissigen Picknicks rauszuwerfen? Wo war er denn, als Tammy auf die Welt kam? Ich! Ich habe das Baby gerettet. Nicht er.* Dennoch wusste Astrid instinktiv, dass sie sich mit Philippe gut verstehen musste, wollte sie in der Nähe des Babys bleiben. Zumal Bärbel sie bereits wie einen eitrigen Pickel behandelte.

Astrid ging in die Küche, holte aus dem Kühlschrank einen zuvor gekauften Kartoffelsalat und entnahm davon einen großzügigen Löffel. Daneben legte sie ein kaltes Würstchen. Um es ein wenig festlicher werden zu lassen, öffnete sie den Rotwein, den sie von Julia zum Geburtstag bekommen hatte, und goss sich einen ordentlichen Schluck in ein hohes Glas. Dann nahm sie beides mit ins Wohnzimmer und schaltete den Fernseher ein.

Das Programm zu Weihnachten war immer gleich. Filme wie »Stirb langsam« oder »Tödliche Weihnachten« schienen eine seltsame Ironie des Schicksals zu sein. Ihres Schicksals.

Plötzlich hörte sie den Ton für eine angekommene Textnachricht. *Das wird Julia sein!*, ging es ihr durch den Kopf, und sie fühlte sich augenblicklich von Glück erfüllt. Und es war tatsächlich ihre Freundin, die Astrid frohe Weihnachten wünschte.

Nichts mehr.

Kein Bild von Tammy.

Keine weiteren Informationen.

Ich bin es nicht mal wert, dass man mich anruft? Dafür werden sie bezahlen!

Astrid hatte es satt, die zweite Geige zu spielen! Und sie musste irgendwie ihr Problem mit der Schwangerschaft auf eine Art lösen, die zugleich tragisch als auch glaubhaft erschien. Bevor eines Tages die Wahrheit ans Tageslicht kam. Wer weiß, wie lange sie diese Lüge noch aufrechthalten konnte? Während sie einen Schluck des Weins zu sich nahm, kam ihr eine nahezu geniale Idee, wie sie Tammy wieder mehr um sich haben und zugleich ihre 'Schwangerschaft' loswerden würde. Es war ein perfekter Plan!

Doch bis dahin musste sie den Kontakt zu ihrer neuen Familie bis etwa Mitte Januar abbrechen. Keine Textnachrichten, keine Bilder, keine Telefonate! Zweifelsohne war das der schmerzhafteste, wenn auch der sinnvollste aller Schritte.

Kapitel 40

Sonntag, 15.01.2012,
drei Wochen später

Berlin. Vollkommen still saß ich in einem bequemen Sessel am Bett meines Babys. Ihr winziger Brustkorb hob und senkte sich harmonisch auf und ab. Es war so wundervoll, ihr zuzusehen, wie zufrieden sie schlief. Wie sie die Geborgenheit eines ruhigen Vormittagsschläfchens in vollen Zügen auskostete. Ich ertappte mich grinsend dabei, wie ich meine eigenen Atemgeräusche kontrollierte. Keinesfalls sollte mein Baby davon gestört werden.

Erstaunlich war, wie ähnlich sie Philippe sah - mit dem dunklen Teint und ihren pechschwarzen Haaren. Und auch wenn ich etwas älter als die sonstigen Mütter im Krankenhaus war, sie zu bekommen, war nach Ben das Beste, was mir je in meinem Leben passiert war. Ich war überglücklich.

Mittlerweile, nach drei Monaten mit dem Baby, bekamen wir eine gewisse Routine im Alltag. Die Nächte wurden zunehmend länger, was bedeutete, dass sich Tammy langsam an den Tag-Nacht-Rhythmus gewöhnte. Am Tag blieb sie zunehmend länger wach. Nicht, dass ich die erste Zeit mit Ben als Baby nicht genossen hätte. Doch damals war ich so jung. Viel zu jung, um mir die Zeit für das Wesentliche zu nehmen. Das wollte ich bei Tammy nachholen.

Während Philippe einen ausgiebigen Spaziergang mit Muffin machte, stahl ich mich kurz aus dem Kinderzimmer, um einen Anruf zu tätigen. Die Handynummer von Astrid hatte ich noch im Kopf, doch meine letzten Versuche, sie zu erreichen, waren gescheitert. Was mir immer mehr Sorgen bereitete. Mein letzter Kontakt mit ihr war am Heiligabend, dann brach er ab. Im Durcheinander der Weihnachtstage und der versammelten Familie hatte ich es nicht geschafft, sie anzurufen. Ich hoffte inständig, dass sie mir das nicht übelnahm. Seit wir vor einer Woche wieder in Berlin angekommen waren, rief ich sie mehrfach am Tag an. Bisher ohne Erfolg.

Irgendetwas stimmt da nicht, dachte ich, und ich beschloss, sie heute unerwartet zu besuchen. Am besten, wenn Philippe wieder zu Hause angekommen war. In der Hoffnung, dass sie den

Anrufbeantworter abhörte, rief ich sie nochmal an, um sie vorzuwarnen.

Etwa eine halbe Stunde später hörte ich, wie die Eingangstür aufging. Natürlich erschien Muffins schnüffelnde Nase zuerst auf dem Plan. Erst einige Sekunden später erschien das rote Gesicht von Philippe. Ganz offensichtlich war es eine schnelle Runde gewesen. Ich grinste meinen Verlobten an.

»Soll das ein Winter sein?«, lachte er. »Ich glaube, wir haben schon Frühling! War viel zu warm für's Joggen angezogen. Was macht die Kleine?«

»Sie schläft«, antwortete ich und küsste ihn zur Begrüßung. Philippe erwiderte meinen Kuss.

»Dann hätte Mami jetzt Zeit für Papi, oder?« Er zwinkerte mir verführerisch zu.

»Theoretisch ja ...«, druckste ich herum. Denn natürlich wollte ich lieber Zeit mit Philippe verbringen. Aber Astrid ging mir nun mal nicht aus dem Kopf. Und versprochen hatte ich es ihr auch. Wenn auch nur auf dem Anrufbeantworter. »Praktisch aber habe ich es wieder bei Astrid versucht. Sie meldet sich immer noch nicht zurück. Ich mache mir wirklich Sorgen. Was ist, wenn ihr etwas passiert ist? Immerhin ist sie doch schwanger! Hast du etwas dagegen, wenn ich kurz rübergehe? Milch für Tammy findest du im Kühlschrank.«

»Wenn es sein muss ...« Philippe verdrehte theatralisch die Augen.

»Es muss sein, Schatz. Aber ich bleibe nicht lange weg. Und ich nehme das Fahrrad. Es nieselt zwar, doch so bin ich schneller. Spätestens zum Mittag bin ich zu Hause. Versprochen.«

»Wenn es sein muss ...«, wiederholte Philippe sichtbar unzufrieden und ließ mich gehen.

Etwas später klingelte ich an der Eingangstür des Mehrfamilienhauses von Astrid. Zunächst passierte gar nichts, sodass ich annahm, dass sie nicht zu Hause war. Doch plötzlich löste sich die Türsperre, und man ließ mich hinein.

Als ich dann direkt vor Astrids Wohnung stand, öffnete sie sofort, ohne dass ich angeklopft hatte.

Sie sah scheußlich aus.

Schwarz gekleidet, mit dunklen Augenringen, sah sie so verweint aus, dass sich mein Herz bei dem Anblick zusammenzog.

»Oh mein Gott, was ist mit dir passiert?«, fragte ich entsetzt.

»Ich ...«, fing sie an, und Tränen schossen ihr aus den Augen. »Ich habe mein Baby verloren«, brach es aus ihr heraus. Ein paar Tränen flossen über ihre Wangen.

Just in diesem Moment realisierte ich, was passiert war. Ein angsteinflößendes Bild schoss mir in den Kopf, wie schrecklich es für sie gewesen sein musste. *Wenn mir das mit Tammy passiert wäre? Nein, das hätte ich nicht ertragen können,* dachte ich und verspürte einen dicken Kloß im Hals. *Während ich mein Baby in den Händen wiegte, hatte meine Freundin ihres verloren. Und ich war nicht an ihrer Seite, um ihr zu helfen.*

»Darf ich rein?«, stotterte ich.

»Aber klar.« Astrid ließ mir Platz, dass ich hineingehen konnte. Mir fiel auf, dass es das erste Mal war, dass ich ihre Wohnung betreten hatte. Ansonsten trafen wir uns immer nur unterwegs oder bei mir. Warum, wusste ich nicht, wie stark sie in letzter Zeit unter dem Verlust ihrer wichtigsten Menschen gelitten hatte. Nicht nur, dass sie von ihrem Mann verlassen wurde. Nun auch von dem letzten Bindeglied, welches sie beide in ihrer Liebe auch nach dem Tod verband. *Wie schrecklich!*

Als die Eingangstür zugefallen war, ging ich auf sie zu und drückte sie wortlos an mich. Jetzt brauchte sie nichts mehr als Geborgenheit und Trost.

»Es war am ersten Weihnachtstag ...«, begann Astrid. »Ich fühlte mich so komisch, hatte starke Unterleibsschmerzen. Dann kam eine starke Blutung.« Sie schniefte. »Ich fuhr in die Notaufnahme. Der Arzt hat mich untersucht und stellte fest, dass man keine Herztöne hören konnte. Das Baby war schon tot, Julia ... Einfach tot. Wie ihr Daddy ...« Astrids Schultern bewegten sich rhythmisch zum Schluchzen. »Dann«, setzte sie fort, »hat mir der Arzt eine Ausschabung empfohlen. Am zweiten Weihnachtstag war ich keine Mutter mehr.«

»Oh mein Gott, wie schrecklich.« Ich war voller Mitgefühl. »Warum hast du mich nicht angerufen? Ich wäre sofort zu dir gekommen.« Gegen die aufsteigenden Schuldgefühle in meinem Innersten konnte ich nichts tun. Mit voller Wucht legten sie sich um mich, wie ein eng geschnittenes Korsett. Ich bekam kaum Luft.

»Warum?«, fragte Astrid plötzlich verwundert. »Das Baby war doch schon tot! Du hättest nichts tun können. Meine Schwangerschaft war eh schon immer schwierig. Jetzt kennen wir das Ende davon.« Es klang irgendwie nüchtern, fast pathetisch. Das erklärte ich mir durch ihren unendlichen Schmerz, den sie sicherlich verspürte.

Es gab nichts, was ich ihr sagen konnte, um sie zu trösten. Ein Kind zu verlieren war die furchtbarste Sache der Welt, die ich mir als Mutter vorstellen konnte.

»Schau mal«, Astrid nahm meine Hand in ihre eigene und führte mich in das vorbereitete Babyzimmer, »es ist so schön eingerichtet. Und jetzt?« Mir brach es das Herz, das Ausmaß ihres Leidensweges zu sehen.

»Wie kann ich dir helfen?«, fragte ich sie zaghaft. Es war mir bewusst, dass sie in dieser Wohnung voller Erinnerungen nicht allein bleiben durfte. Andererseits konnte ich sie nicht nach Hause mitnehmen. Wer wusste, welche Wunden Tammy bei ihr aufreißen würde.

»Wenn du mir wirklich helfen willst ...«, stammelte sie leise, »nimm mich mit zu dir. Ich brauche jetzt das Gefühl einer heilen Familie.«

Diese Worte hatten mich mehr als erstaunt. Hätte ich in ihrer Situation ähnlich entschieden? Garantiert nicht! Es hätte mir vermutlich zu sehr wehgetan. Oder vielleicht doch? Ich konnte mich gar nicht in ihre Lage versetzen. *Weiß sie wirklich, was sie von mir verlangt? Was ist, wenn sie es nicht verkraftet?*

»Vergiss es!«, fügte Astrid entschuldigend hinzu, als hätte sie mein Schweigen verletzt. »Ich verlange zu viel von dir.«

»Nein, nein«, erwiderte ich energisch. »Natürlich kommst du zu uns. Und zwar so lange, wie du es brauchst!«

Kapitel 41

Etwa zwei Wochen später bekam mein heiles Bild von Astrid endgültig einen Riss. Mittlerweile wurde sie zu einem nicht wegzudenkenden Bestandteil unserer kleinen Familie. Zwar übernachtete sie seit ein paar Tagen wieder allein in ihrer eigenen Wohnung, doch sie opferte uns jede freie Minute, die sie nicht in der Arbeit verbrachte. Zunächst gefiel es mir sehr, wie selbstlos sie sich um Tammy kümmerte. Sobald das Baby irgendein Bedürfnis äußerte, war Astrid diejenige, die sofort ans Bettchen lief.

Das ließ ich gern zu. Nicht nur, weil es mir eine Chance zur Erholung gab. Dabei war Tammy kein anstrengendes Baby. Vielmehr war sie der Inbegriff eines durch und durch harmonischen Kindes. Nur mein eigenes Alter stand mir ein wenig im Weg. Als Ben noch ein Baby war, fühlte ich mich nicht müde. Auch was den Haushalt betraf, schaffte ich damals mehr. Heute nutzte ich jede freie Minute, um mich hinzulegen und den mangelnden Schlaf nachzuholen. Da ich nun oft aus praktischen Gründen auf Schminke verzichtete, traten meine Augenringe und Fältchen immer mehr hervor. Ich fühlte mich, als würde ich doppelt so schnell altern. Auch wenn Philippe etwas anderes behauptete - es schien mir so, als würde der Altersunterschied zwischen uns mit jedem Tag größer.

Astrids Hilfe bedeutete vor allem mehr Zeit zur Erholung. Und diese Zeit gönnte ich mir. Zumindest nachdem ich sah, dass Tammys Anwesenheit meine Freundin glücklich machte. Unerwartet schnell schien sie den Schmerz über den Verlust ihres eigenen Babys vergessen zu haben, während sie meines in ihrem Arm wiegte. Manchmal, wenn ich sie mit meinem Kind sah, empfand ich für sie eine tiefe Traurigkeit. *Sie wird die Freude der Mutterschaft vermutlich niemals erfahren. Dabei hat sie so viel Liebe zu geben,* dachte ich. *Das Schicksal kann fies sein.*

Manchmal vergaß ich die Trauer und genoss einfach nur, eine ergebene Freundin um mich zu haben. Wie auch an einem kalten Sonntag im Januar 2012. Gerade kam Astrid mit frischen Brötchen vom Bäcker.

»Da ist mein Baby ...«, sagte sie breit grinsend, als ich ihr mit Tammy im Arm die Tür aufschloss. Dabei streckte sie ihre Arme meinem Kind entgegen. Das Baby gurgelte zufrieden. Kein Wunder, denn gerade hatte ich Tammy gestillt. Widerwillig übergab ich ihr mein wohlriechendes Baby zum Halten und sah zu, wie sie es zärtlich auf die Stirn küsste.

Die Selbstverständlichkeit, mit der Astrid Tammy wie ihr eigenes Kind behandelte, war natürlich nicht vom Himmel gefallen. Dennoch fiel es mir heute negativ auf. Vielleicht lag es am schlechten Wetter. *Möglicherweise bin ich nur eifersüchtig?*, überlegte ich und schämte mich ganz plötzlich vor mir selbst für diese Gedanken.

Was es genau war, warum mir ausgerechnet jetzt Astrids Nähe nicht gefiel, vermochte ich nicht zu sagen. Aber an diesem Tag verstärkte sich das Gefühl immer mehr. Es begann sich wie ein Virus in meinem Kopf auszubreiten, ohne dass ich ein Mittel dagegen fand.

Mit diesem Gedanken war es wie mit dem berühmten Phänomen: Wenn man sich einen Hund angeschafft hatte, schien das Gehirn alles um einen herum nach Hunden, Hundebesitzern und passenden Produkten auszufiltern. Und das nicht deshalb, weil sich mit dem Erwerb eines Tieres die Welt plötzlich komplett veränderte. Nein, sie änderte sich gar nicht. Doch mit jeder Veränderung im eigenen Leben änderte sich auch der Fokus, mit dem man die Umgebung wahrnahm. Dinge, die früher unbedeutend waren, gewannen an Bedeutung. Andere dagegen wurden plötzlich unwichtig ...

Zunächst ignorierte ich bewusst mein abruptes Gefühl von Unwohlsein in Astrids Nähe. Ich ließ sie hinein und tat so, als wäre die Welt in bester Ordnung. Nachdem sie mein Kind lange liebkost hatte, umarmte sie schließlich auch mich zur Begrüßung und ging ins Wohnzimmer, wo bereits der Frühstückstisch gedeckt war. Als wäre sie von einer Aura umgeben, beobachtete ich argwöhnisch jede ihrer Bewegungen. Was mir früher entging oder unbedeutend erschien, interpretierte mein Kopf nun sehr kritisch. Ich schien darüber keine Kontrolle mehr zu haben. Wie konnte ich das bloß stoppen? Wer oder was hatte mir den Schalter im Kopf umgelegt?

Philippe kam kurze Zeit später lächelnd herunter. In einen Morgenmantel aus dunkelblauem Satin gehüllt, in dem noch

Wassertropfen aus seinen nassen Haaren tropften, umarmte er Astrid fast zu herzlich zur Begrüßung. »Wir haben schon auf dich gewartet.«, sagte er mit seinem leichten australischen Akzent, der mich immer noch zum Wahnsinn trieb. Astrid lächelte verlegen, als hätte er ihr soeben seine Liebe gestanden. Das ärgerte mich.

Seit wann sind sie so vertraut miteinander?, ging es mir durch den Kopf. Als hätte ich durch die Aufmerksamkeit, die ich Tammy schenkte, die Welt um mich herum vergessen. Das, was ich sah, gefiel mir gar nicht mehr. Zugleich ärgerte ich mich über mich selbst.

»Ich habe Hunger«, warf ich in den Raum. Im Grunde hatte ich eigentlich keinen mehr. Doch es war ein Versuch, den Start in den Tag zu beschleunigen und Astrid irgendwann loszuwerden, um in Ruhe mit Philippe sprechen zu können. Zwar schloss ich aus, dass jemals mehr an Intimität zwischen den beiden möglich sein könnte. Dennoch erstaunte mich, wie schnell sie sich so vertraut zu sein schienen, dass sich Philippe erlaubte, vor ihr im Morgenmantel zu laufen. In einem Morgenmantel, der jede Erhebung seines männlichen Körpers erahnen ließ.

Das Frühstück lief wie gewohnt ab. Tammy lag auf einer Babydecke. Über ihr ein Spieltrapez mit bunten Greifelementen, zu denen sie gurrend ihre Händchen streckte, sofern sie nicht gerade schlief. Muffin schaute ihr mit schläfrigem Blick aus dem Hundebett in der hintersten Ecke des Zimmers zu, während wir meistens in einem Smalltalk über Babys vertieft waren. Doch erst heute fiel mir auf, wie lebendig und voller Freude Astrid über das Thema sprach. Diese Tatsache hätte mich an einem anderen Tag sicher glücklich und ein bisschen dankbar gemacht. Immerhin teilte sie scheinbar ohne größeren Schaden das Thema, das uns sehr am Herzen lag. Aber heute sah ich es anders.

Sogar komplett anders. Es war mir plötzlich unheimlich. Das Gefühl verstärkte sich noch, als ich wie eine Außenstehende das Gespräch zwischen den beiden wahrnahm. Dabei war weniger wichtig, worüber sie sprachen. Viel wichtiger erschien es mir, dass sie meine fehlende Beteiligung ganz offensichtlich nicht bemerkten. Oder dass es ihnen egal war. Ich war wie Luft, während sich das Gespräch um Tammys geplanten Schwimmkurs für Babys drehte. Ein Kurs, über den ich zuerst mit Philippe allein sprechen und dem ich nicht als stummer Zuhörer beiwohnen wollte. Zu meinem

Entsetzen bemerkte ich, dass Astrid nicht entging, dass sich im Eifer der Diskussion der Gürtel an Philippes Morgenmantel lockerte und einen Einblick auf seine behaarte Brust zuließ. Einen so intimen Moment wollte ich niemals mit meiner Freundin teilen. Niemals. Zugleich sah ich, dass sich Astrid mit ihrer Zunge über die Lippen fuhr, als sie sich unbeobachtet fühlte. Es widerte mich an! Und ich fühlte mich plötzlich wie das sprichwörtliche fünfte Rad am Wagen, weil Philippe nichts tat, um Astrid loszuwerden.

Also stand ich auf und ging in die Küche. Ich hoffte, das offensichtliche Teufelchen, das mir all die fiesen Bilder in den Kopf einredete, zum Schweigen zu bringen. *Was ist bloß mit mir los? Woher die unerwartete Eifersucht?*, fragte ich mich und fand keine Antwort. Es dauerte einige Zeit, bis Philippe mir endlich folgte. Aber immerhin schien er meine Abwesenheit doch bemerkt zu haben.

»Alles okay mit dir?«, fragte er besorgt.

»Seit wann verstehst du dich mit ihr so blendend?«, erwiderte ich mit einer Gegenfrage.

»Mit wem?« Unverständnis spiegelte sich in seinem Gesicht. »Mit Astrid?«

»Ja, mit Astrid«, nickte ich und ermahnte uns beide wispernd, leise zu sein.

»Seit du mich darum gebeten hast«, erklärte er ebenfalls flüsternd, doch bestimmt. »Und das, nachdem sie ihr Baby verloren und einige Tage bei uns gewohnt hat. Sie ist tatsächlich gar nicht so schlimm, wie ich dachte. Na gut, vielleicht etwas penetrant, aber ...« Abrupt unterbrach er. »Du meinst ... es könnte etwas zwischen uns laufen? Zwischen Astrid und mir?« Er lachte auf. Es klang ehrlich.

»Nein«, entgegnete ich peinlich berührt, ihn einer solchen Ungeheuerlichkeit verdächtigt zu haben. Nun klang diese lächerliche Unterstellung auch für mich erbärmlich. »Es tut mir leid, heute ist irgendwie ein seltsamer Tag.«

»Hey«, sein Lachen verstummte urplötzlich. Philippe ging auf mich zu, drückte mich so stark an sich, dass ich kaum Luft bekam. »Ich will niemanden außer dir, verstehst du?«, wisperte er mir ins Ohr. Vielleicht die warme Luft seines Atems, aber vielleicht auch seine Worte bewirkten, dass mir ein Erregungsschauer über den Rücken lief.

Du bist so bescheuert!, sagte etwas in mir, während ich meine Hände auf seinen im weichen Satin verhüllten Hintern legte. Auch er schien erregt zu sein, wie ich am Druck seines Gliedes gegen meinen Oberschenkel verspürte.

»Wo seid ihr?« Astrids Stimme, die immer näherkam, zerstörte schlagartig den magischen Augenblick.

»In der Küche!«, rief ich, obwohl mir bereits klar war, dass es nur eine Höflichkeitsfrage war. *Wo sollten wir sonst sein?*

Philippe ließ mich los, und ich bereute, dass Astrid dazu fähig war, unsere Zweisamkeit zu stehlen. Gern hätte ich mich von ihm länger festhalten und womöglich auch leidenschaftlich küssen lassen. Auch ich ging auf Abstand, als Astrid die Schwelle zur Küche betrat.

»Ich gehe mit Muffin raus«, eröffnete Philippe zerstreut.

»Ich werde Tammy anziehen, und wir kommen mit. Das Baby braucht frische Luft«, stellte Astrid mit einer Stimme fest, die keinen Widerstand duldete. »In der Zeit kann sich Julia etwas hinlegen. Wenn wir wieder zurück sind, werde ich den Tisch abräumen.«

Dann wandte sie sich zu meiner Tochter: »Wir gehen zusammen spazieren«, redete sie auf sie ein. »Du und ich, mein kleiner Schatz.« Diese Worte trafen mich wie ein Blitz. Was sollte ich davon halten? Bestimmte sie etwa darüber, was ich zu tun hatte? War das möglich? Wer gab ihr das Recht dazu? Inständig hoffte ich, dass Philippe darauf adäquat reagieren würde.

»Eine gute Idee«, pflichtete ihr Philippe bei, als hätten wir nicht gerade über Astrid gesprochen. »Ich ziehe mich nur schnell an!« Liebevoll küsste er mich auf die Stirn. Dann machte er kehrt und verschwand leichtfüßig aus der Küche. Eine Woge der Enttäuschung über seine fehlende Loyalität schlug unvorbereitet über mir zusammen wie eine Welle gegen harte Felsen.

»Kannst du kurz auf Tammy achten?«, bat ich Astrid. »Ich weiß, Muffin tut nichts, doch ...« Obwohl ich unserer Hündin vertraute, war sie für mich immer noch ein Tier. Daher ließ ich sie ungern allein mit dem Baby. Ich lief Philippe hinterher. Just in dem Augenblick, als ich die Tür zum Schlafzimmer aufschlug, suchte er gerade nach seiner Jeans. Bekleidet nur in Boxershorts, sah er zum Anbeißen aus. Doch daran dachte ich diesmal nicht.

»Du bringst sie nach Hause!«, bestimmte ich. Philippe erkannte an meinem Ton, dass es keine Bitte war, also nickte er wortlos. Vermutlich verstand er nicht, warum ich so reagierte, aber dass Widerstand zwecklos war, begriff er sofort. Während er die endlich gefundene Jeans über seine nackten Beine zog, verließ ich schnaubend das Zimmer.

Unten angekommen sah ich, wie Astrid Tammy liebeerfüllt in den Armen wiegte.

»Astrid«, sagte ich trocken. »ICH ziehe Tammy an. ES IST MEIN BABY! Dann wird dich Philippe nach Hause bringen. Ich fühle mich heute nicht nach Besuch!« Ich war mir nicht sicher, ob ich mich wie eine ungerechte Furie oder angemessen benahm.

»Was ist denn los?« Astrid klang besorgt. Sie schien meinen Ärger nicht zu verstehen. Für sie lief der Tag wie Tage zuvor ab. Nur bei mir hatte sich etwas geändert. Endlich legte ich meine rosarote Bequemlichkeitsbrille ab. Es war ein unverzeihlicher Fehler gewesen, diese Frau in meine Familie einzuladen!

Noch einen dieser Art werde ich niemals machen, schwor ich mir. Doch ich irrte. Die Tür zu meiner persönlichen Hölle war gerade dabei, sich zu öffnen.

Kapitel 42

»ICH HASSE DICH ÜBER ALLES!«, schrie Astrid Schneider erneut. Der Schmerz, den man ihr zugefügt hatte, wollte nicht vergehen! Lediglich die nachlassende Heiserkeit zeugte davon, dass eine Woche vergangen war, seit man ihr ihre Familie wieder genommen hatte.

Es war bereits zehn Uhr vormittags, und sie schaute wie gebannt auf ihr Handy, in der Hoffnung, dass Julia endlich zurückrufen würde. Doch sie tat es immer noch nicht. Nicht ein einziger ihrer täglich über zwanzig abgesetzten Anrufe wurde beantwortet. Das machte Astrid rasend vor Wut.

Ich war schon so nah am Ziel! Und nun das! Man hat mir wieder alles genommen!, dachte sie verbittert. *Aber warum? Wer gibt ihr das Recht dazu? Was habe ich denn so Schlimmes getan, dass sie mir das Baby wegnimmt?*

Seit jenem Sonntag fehlte ihr jede Verbindung zu Julia und Philippe. Was aber noch deutlich entsetzlicher war - sie wusste nicht, wie es dem Baby ging. IHREM BABY. Aus irgendwelchen ihr unerklärlichen Gründen wollte Julia sie nicht mehr in ihrer Nähe haben. Nun war Astrid endgültig abgeschrieben... Und daran würde sich nichts mehr ändern. Es gab keine Möglichkeit mehr, dass sie ein Teil der Familie werden würde. Alle Mühen waren vergeblich!

Diese Erkenntnis war grauenhaft.

Sie war nicht anzunehmen!

Astrid wollte nicht wortlos zusehen, wie man ihr das Baby wegnahm. Je öfter sie darüber nachdachte, desto überzeugter erschien es ihr, dass man sie ihres Babys beraubt hatte. Die einzige Möglichkeit, Tammy zurückzugewinnen, war nun nicht Philippe, sondern Julia loszuwerden. Denn Julia würde nie wieder zulassen, dass Astrid Tammy wieder näherkam. Mit Philippe würde es anders laufen. Nicht nur, dass er Astrid mochte ... Wenn sich seine Verlobte plötzlich in Luft auflösen würde, könnte Astrid diejenige sein, die sich um das Kind kümmern würde. Philippe war berufstätig, Bärbel viel zu viel mit ihrer Familie beschäftigt, und einen Babysitter hatten sie nicht. NOCH NICHT! Also musste sich Astrid beeilen! Nur wie sollte sie Julia verschwinden lassen?

Es dauerte nicht länger als zwei Stunden, bis Astrid einen hinterhältigen Plan geschmiedet hatte. Er war so genial, dass sie am liebsten vor Freude geschrien hätte. Sie würde ein paar Tage brauchen, um alle Einzelheiten im Detail auszuarbeiten, doch im Groben gefiel ihr schon, wie er war. Wenn alles gutging, würde sie Tammy in einigen Wochen wiedersehen. Bis dahin gab es viel zu tun.

Sie beschloss, die Vorbereitungen sofort zu treffen. Zuerst holte sie aus dem Badezimmer ein paar Latex-Handschuhe, die sie überzog. Dann ging sie zum großen Schrank im Babyzimmer und schob eine der Türen zur Seite, um an den Inhalt zu kommen. Darin befand sich, zwischen rosafarbenen Stramplern versteckt, eine rote Kiste. Astrid zog diese heraus, stellte sie auf dem Teppich ab und schob den Deckel zur Seite. Die Kiste war zum Bersten gefüllt: mit Julias benutzten Schlüpfern, zahlreichen Sexspielzeugen, sowie Julias und Astrids gemeinsamen Bildern.

Wie lange war das her, dass Astrid ihren Schatz geöffnet hatte? Ihre Nase vernahm den konzentrierten weiblich-süßlichen Duft, der sie früher um den Verstand gebracht hatte, wenn sie Julia körperlich vermisste. Es war für Astrid kein großes Unterfangen, bei einem ihrer zahlreichen Besuche gelegentlich eine ihrer Trophäen aus dem Wäschekorb zu greifen und sie unbemerkt aus dem Haus zu schmuggeln. Ein reizvoller Nebeneffekt war, dass die Tasche noch einige Tage später nach Julia roch, was Astrid besonders erregte, wenn sie den Duft vernahm. Aber als Gipfel der Lust empfand sie, wenn sie den benutzten Schlüpfer ihrer Freundin überzog, wenn sie bei Julia und Philippe zu Besuch war.

Doch diesmal ging es Astrid nicht darum, Erregung zu verspüren. Dennoch zitterten ihre Hände vor Anspannung, als sie das Medaillon und einige Bilder herausnahm, die tief in der Kiste vergraben waren. Sie ging immer vorsichtig damit um. Schließlich waren das ihre größten Schätze! Mit den Einweghandschuhen war es nicht leicht, die Fotos voneinander zu trennen, doch sie wollte diesmal keine weiteren Fingerabdrücke hinterlassen. Es waren schon mehr als genug darauf, und sie würde sich viel Mühe geben müssen, diese zu entfernen. Nun musste sie sortieren, welche der

Beweise sie benötigen würde und welche nicht. Auf einigen davon konnte man sogar den DHL-Kleinlaster von Andreas Lange samt der Kennzeichen gut erkennen. Auf anderen Bildern konnte man den Verlauf des Einbruchs verfolgen. Bessere Beweise konnte man den Bullen nicht liefern! Die Fotos waren für Astrid die wichtigste Lebensversicherung, was Andreas Lange, Julias penetranten Stalker, betraf.

Was man nicht sehen, aber erahnen konnte, war, dass es einen Zeugen des Einbruchs gegeben haben musste. Schließlich hatte jemand den Einbrecher mit der Fotokamera begleitet. Aber wer? Die Antwort auf die Frage kannte nur Astrid. Niemand anders! Wenn sie es wollte, konnte sie es im Handumdrehen auflösen. Wenn nicht, brauchte sie die Bilder nur inkognito zu verschicken. Sofern sie nicht zuließ, dass man darauf DNA von ihr fand, würde niemand darauf kommen, dass ausgerechnet sie die Bilder gemacht hatte. Auch nicht diejenigen, auf denen gestohlene Sachen zu sehen waren. Zum Beispiel Julias geliebtes Medaillon, ihr Laptop, die im Garten gefundenen Kippen und Mütze oder ihre gestohlene Unterwäsche.

Um dem Verdacht zu entgehen, dass Andreas eine Komplizin gehabt hatte, achtete Astrid peinlich genau darauf, mit ihm niemals gesehen zu werden. So für alle Fälle. Falls er unvorsichtig genug war, aufzufallen. Und diesmal ergab diese möglicherweise übertriebene Vorsichtsmaßnahme sogar einen tieferen Sinn.

Astrid brauchte nicht viel Überzeugungskraft, Andreas Lange dazu zu überreden, bei ihrer Freundin einzubrechen. Für ihn schien es ein harmloser Schritt zu sein, bei dem er eine Komplizin in Astrid zu haben glaubte. Zusätzlich versprach sie ihm eine Belohnung und Eigenbeteiligung am Gestohlenen. Dass sie es anders meinte, erfuhr er erst später. Für Astrid war der Einbruch ein guter Schachzug, um den Mann von Julia fernzuhalten.

Seinen Namen erfuhr sie von Armin Haas, der ihr die zum DNA-Profil der Kippen passende Adresse genannt hatte. Astrid machte sich die Mühe, den Stalker zu stalken, um möglichst viele Informationen über ihn zu sammeln. Zunächst wollte sie den Namen direkt an Julia weitergeben. Als diese sich aber nach Astrids Friseurbesuch für längere Zeit distanziert hatte, entschied sie, alles für sich zu behalten. Für Andreas stand zu der Zeit sehr viel auf dem Spiel. Mit Bagatellen gegen die Bewährungsauflagen zu verstoßen, bedeutete für ihn, für fünf Jahre im Gefängnis zu landen. Zu blöd, dass sein Freiheitsdrang nicht stärker als sein Zwang zum Nachstellen war, also hörte er damit nicht auf. Und bekam großzügige Unterstützung von Astrid, die sich zunächst als Julias rachsüchtige Freundin vorgestellt hatte. Mit der Zeit gewann sie sein Vertrauen, als sie beiläufig immer mehr und mehr über das Objekt seiner Begierde verriet. Mit der Zeit musste Andreas nicht mal Julias Müll durchsuchen, um zu wissen, welche Art Unterwäsche sie gerade gekauft hatte. Astrid verriet es ihm, da sie so gut wie alles über ihre Freundin wusste. Er bekam eine Komplizin, die nicht nur alles über die Frau seiner Träume wusste. Vielmehr stachelte ihn Astrid regelrecht an, dem Nachstellen 'sinnvolle' Taten folgen zu lassen, wie den Einbruch, bei dem er Julia näher als jemals zuvor sein würde.

Und das tat er. Er lief nackt in Julias verlassenem Häuschen herum, während Astrids Aufgabe darin bestand, aufzupassen, dass sie nicht erwischt wurden. Als erstes legte er sich auf Julias Bett im Schlafzimmer. Allein ihr Geruch brachte ihn so um den Verstand, dass er, während er sich an der weichen Decke rieb, in ein vorher übergestreiftes Kondom ejakulierte. Denn Andreas Lange war nicht töricht. Nochmals so eine DNA-Panne wie damals im Garten sollte ihm nicht passieren. Vor dem Einbruch rasierte er sich gründlich alle Haare, selbst die auf seinem Schädel. Und er achtete penibel darauf, keine Gegenstände mit dem Mund zu berühren. Nur bei der Bettwäsche machte er eine Ausnahme und streifte die Einweghandschuhe herunter. Zu groß war die Versuchung, die Stellen zu berühren, die zuvor seine Göttin gestreift hatte. Allerdings verblieb er nicht länger als die verabredete Stunde im Haus. Zur Krönung seines Besuches stahl er einige der persönlichen Gegenstände, wovon er zum großen Bedauern ein Teil an Astrid abgeben musste.

Er vermied es, DNA-Spuren zu hinterlassen.

Daher machte er einen viel größeren Fehler. Andreas Lange fragte sich nicht, warum sich Astrid Schneider niemals mit ihm in der Öffentlichkeit sehen ließ. Oder wo sie war, als er in das Haus von Julia Hoffmann eingebrochen war. Oder warum ihn Astrid so lange Zeit mit den Informationen über ihre Freundin anfütterte, bis er letzten Endes einem Einbruch zugestimmt hatte. Das sah er erst, als sie ihm die Kopien der Bilder zeigte, die sie gemacht hatte, während er der größten seiner Perversionen in Julias Haus nachging.

Damals mit den Worten:»Du bist geliefert. Selbst wenn sie meine Fingerabdrücke finden, so what? Ich habe in dem Haus vor kurzem gewohnt. Du nicht! Also bist du der Einbrecher! Und wenn du dich nicht ganz weit weg aus ihrem Leben verpisst, landen die Bilder schneller bei den Bullen, als du bis drei zählen kannst.«

In diesem Augenblick hatte er sich in die Hände von Astrid hineinmanövriert, die ihn dazu genötigt hatte, für längere Zeit das Land zu verlassen. Für eine lange Zeit. Bis jetzt.

Bis er für Astrid wieder zu einer Bedrohung wurde, weil er zurückkehrte. Er musste also wieder verschwinden. Nur diesmal stand nicht Julia, sondern Tammy auf dem Spiel. Und genau das war das Genialste an ihren Plan. Für einen kurzen Augenblick überlegte Astrid, ob sie dazu das Medaillon als Beweisstück brauchte, doch sie entschied sich dagegen. Sie mochte das Ding sehr. Diese Trophäe machte sie Julia gegenüber so überlegen! Also würde sie das Schmuckstück behalten. Wer weiß, vielleicht würde sie es irgendwann brauchen, um ihrer Freundin zu zeigen, wie genial, wie gerissen sie war. Vielleicht ...

Den Rest der Sachen, der sie für immer mit Julia Hoffmann verband, packte sie zurück in die Kiste. Nachdem sie das Medaillon in einem Strampler im Babyschrank verstaut hatte, nahm sie die rote Kiste und stellte sie direkt vor die Tür. Den Inhalt würde sie erst am Abend in den Mülltonen der Umgebung verteilen, um alle Beweise an ihrer Beteiligung bei dem geplanten Mord zu zerstören. Falls etwas schief ging und man ihr Haus durchsuchen würde, war sie bestens vorbereitet. Dann nahm sie ein Telefon in die Hand und wählte eine ihr sehr gut bekannte Nummer.

»Hi«, begann sie, als sich eine männliche Stimme meldete. Ihr Gesprächspartner wurde abrupt still. Seine Anspannung war deutlich spürbar.»Ich habe es mir nochmal überlegt«, setzte Astrid zuckersüß fort.»Wir begraben unsere Streitigkeiten. Es ist Zeit, abzuschließen, findest du nicht?«

»Meinst du das ernst?«, fragte Andreas Lange konsterniert. Es schien das Letzte zu sein, mit dem er gerechnet hätte.

»Ja«, erwiderte Astrid, »ich habe eine neue Beziehung und möchte nun alles hinter mir lassen. Möchtest du die Beweisfotos wiederhaben?«

»Mit den Negativen?«, fragte Andreas ungläubig.

»Alles, was du willst.« Astrid lachte. »Ich bringe es dir nach Hause, und dann ist es mit uns beiden vorbei. Ab dann kennen wir uns nicht mehr. Verstanden?«

»Ja, okay.« Andreas begriff nur langsam. Er klang nun erleichtert, als er »Wann? Heute?« fragte.

»Nein, ich muss alles zusammensammeln. Es soll doch vollständig sein, nicht wahr? Ich bin bei dir nächsten Samstag um sechs. Deine Adresse kenne ich ja. Keine Zeugen, sonst siehst du nichts davon. Ab da kennen wir uns nicht mehr. Einverstanden?«

»Klar«, bestätigte Andreas. »Bis dann.« Er legte auf.

Nach einer kurzen Überlegung öffnete Astrid ihr Handy, holte die Sim-Karte und den Akku heraus und warf beides in die bereits volle Kiste vor der Tür. Sie würde auch diese entsorgen müssen. Dann holte sie Julias alten Laptop, startete ihn und suchte nach einem Kino in der Nähe von Andreas' Adresse. *Kino Zukunft am Ostkreuz*, las sie und klickte auf das Programm. Das einzige, was ihr einigermaßen vom Thema gefiel, war ein Film von einem ganz offensichtlich russischen Regisseur, der 'Faust' auf seine Art verfilmt hatte. Astrid nahm das Festnetztelefon und rief im Kino an, um sich nach Karten für kommenden Samstag zu erkundigen. Man sicherte ihr zu, dass sie auch einen Platz bekäme, wenn sie spontan ins Kino kam. Doch Astrid wollte auf Nummer sicher gehen und nahm sich vor, im Laufe der Woche zwei Karten zu besorgen.

Als nächstes kniff sich Astrid so stark in den Arm, dass ihr vor Schmerz die Augen tränten. Sie schniefte und wartete einen Moment ab, bis ihre Stimme traurig genug klang. Dann nahm sie den Hörer erneut in die Hand und wählte eine der Nummern, die sie von der Arbeit kannte.

»Hallo«, meldete sich eine Frauenstimme schüchtern.

»Hallo, Agnes«, schluchzte sie in den Hörer. »Ich bin es, Astrid. Astrid Schneider.«

»Ah, ja«, erinnerte sich die junge Frau. Sie war gerade in der Ausbildung und genauso schüchtern, wie ihre Stimme es vermuten ließ. Eine sehr naive Persönlichkeit. Perfektes Bauernopfer! »Was ist los?«

Astrid konnte sich ihre großen, angsterfüllten Augen vorstellen. *Agnes wird eine perfekte Zeugin abgeben, falls ich ein Alibi brauche. Sie wird den Richter verzaubern.* »Du weißt bestimmt«, Astrid gab sich viel Mühe, verzweifelt zu wirken, »dass ich mein armes, kleines Baby verloren habe?«

»Ja, na klar«, Agnes war voller Mitgefühl, »das tut mir so wahnsinnig leid.«

»Kann ich dir etwas darüber erzählen? Ich habe niemanden sonst zum Reden. Doch der Schmerz erdrückt mich, und ich habe Angst, dass ich mir das Leben nehmen könnte.«

»Aber natürlich habe ich Zeit. Bitte, erzähl es mir«, bat ihre Kollegin flehend und hörte Astrids Schilderungen geduldig zu, in der Hoffnung, ihr etwas von dem unendlichen Leid zu nehmen. »Manchmal habe ich Lust«, beendete Astrid, »einfach auszubrechen. Dahin gehen, wo Menschen noch glücklich sind. Wo man Schmerzen vergessen kann.« Sie schnaubte.

»Ich verstehe dich«, entgegnete Agnes traurig. »Ich habe vor kurzem meine geliebte Oma verloren. Das ist zwar nicht das Gleiche, tut aber auch weh.«

»Das stimmt.« Astrid zwang sich, noch trauriger zu klingen, während Agnes sie mit jedem ausgesprochenen Satz immer mehr langweilte. »Du bist so gut zu mir. Ich traue mich fast nicht zu fragen, ob du Lust hättest, dir mit mir nächsten Samstag einen Film anzugucken. Habe zwei Karten bekommen, doch niemand hat Zeit für mich. Es würde mich ablenken.«

»Nächsten Samstag?« Agnes überlegte. »Wann?«

»Die Vorstellung beginnt um 21 Uhr 45. Aber nur, wenn du willst. Es ist eine 'Faust'- Verfilmung von einem russischen Regisseur. Ich weiß nicht mal, ob sie gut ist.«

»Klar komme ich mit«, erwiderte Agnes.

»Danke«, Astrid schluchzte, »danke auch für dein offenes Ohr. Es ist nicht leicht.«

»Keine Ursache«, erwiderte Agnes. »Sehen wir uns morgen in der Arbeit?«

»Aber klar, bis morgen.« Astrid legte zufrieden auf.

Mit einem Seufzer der Erleichterung räumte sie alles zusammen, was ihr einfiel, dass man im Entferntesten mit Julia in Verbindung bringen konnte. Mittlerweile war es stockdunkel. Die Uhr im Babyzimmer zeigte neun Uhr, als sich Astrid entschied, die rote Kiste in ihr Auto zu packen. Die Beweise würde sie zwar erst nach Mitternacht beseitigen, wenn es am unauffälligsten war. Doch vorher gab es eine wichtige Sache, die sie noch zu erledigen hatte.

Etwa eine Viertelstunde später verließ Astrid ihre Wohnung. Draußen war es, wie für den tiefsten Februar zu erwarten, bitterkalt. Seit ein paar Tagen gab es eine neue Kältewelle, die in Berlin Einzug gehalten hatte.

Anders als sonst war Astrid lediglich in einen dunklen Kapuzenpullover und eine zwar dicke, doch recht unauffällige Jacke gekleidet. Ihre dunklen Haare hatte sie in einem Dutt in der Kapuze versteckt. Insgesamt wirkte ihre Kleidung unscheinbar. Selbst die dunklen, nachbearbeiteten Ränder unter den Augen passten hervorragend zum Bild und verliehen ihr etwas Schmuddeliges. Sie wirkte wie ein langjähriger Junkie.

Eine halbe Stunde später, im Zentrum der Stadt angekommen, parkte sie ihren Wagen auf der Mittelinsel der Straße des 17. Juni und stieg aus. Schnellen Schrittes überquerte sie die Straße an der Seite, wo die meisten Prostituierten vor Kälte zitternd, dennoch knapp angezogen, standen, um dann den Schritt zu verlangsamen. Ihr Ziel war es, durch den Park im dunklen Tiergarten zum Zoologischen Garten zu gelangen, wo sie Junkies oder viel besser ihre Dealer vermutete. Doch sie hatte sich geirrt.

»Psst«, hörte sie eine Stimme und fragte sich, wie lange die Dealer geübt haben mussten, sich so unauffällig dem Kunden zu nähern. »Willst du was?« Der Dealer bewegte sich von einem Fuß zum anderen, um so kraft Muskelbewegung der Kälte zu trotzen. Dennoch klapperten seine Zähne fürchterlich, wenn er sprach.

Astrids Verkleidung entfaltete die beabsichtigte Wirkung. Immerhin wurde sie angesprochen.»Klar. Hast du 'Liquid Ecstasy'«?«, fragte sie leise.

»Du meinst 'Roofies'?« Der Dealer, ein ungepflegt wirkender, junger Mann schaute Astrid durchdringend an, als könnte er dadurch erkennen, ob sie ein Bulle war. Weder hatte er sie hier jemals gesehen, noch sah sie wie ein typischer Junkie aus. Und sie roch viel zu gut. *Wahrscheinlich Frischfleisch*, dachte er und schaute unauffällig um sich, ob sie eine Begleitung hatte. Aber er konnte nichts Auffälliges bemerken. Was Astrid allerdings nicht wusste, der Dealer beobachtete sie, seit sie auf dem Parkplatz angehalten hatte. Zum einen war gerade nicht viel los, zum anderen war es nicht üblich, dass Frauen in dieser Gegend um diese Zeit ohne Begleitung anhielten. Da ihr niemand folgte, entschloss er sich, es mit ihr zu versuchen. Sie roch nach Kohle.»Aber es kostet richtig.«

»Ich zahle hundertfünfzig. Aber es muss gutes Zeug sein.« Astrid wusste, dass der Preis übertrieben hoch war. Dafür war es aber nicht nachprüfbar. Den Preis war es ihr wert.

Die Augen des Dealers leuchteten auf. Er hätte ihr das Zeug auch für einen Hunderter mit einer sehr guten Marge besorgt. Doch so klang es noch deutlich besser. Schnell überlegte er, wer von seinen Kollegen 'Roofies' zum Verkauf hatte.»Es dauert aber.«

»Dann fällt der Preis erheblich«, erwiderte Astrid trocken.»In genau zwanzig Minuten bin ich wieder da. Hast du das Zeug nicht, platzt unser Deal.« Ihr Ziel war es nun, den Wagen so unauffällig wie möglich auf die Mittelinsel der U-Bahnstation Deutsche Oper umzuparken. Es durfte keine Zeugen geben! Die paar Stationen zum Ernst-Reuter-Platz würde sie locker in der angegebenen Zeit schaffen. Es war unüberlegt, direkt vor der Nase der zwielichtigen Gestalten zu parken. Wer weiß, was sie sich alles merken konnten? Kennzeichen garantiert. Um ehrlich zu sein, hatte sie nicht erwartet, so schnell auf einen Dealer zu treffen.

Erneut schaute sie sich um, bevor sie ins Auto stieg. Sie fühlte sich nicht beobachtet und fuhr los.

Wenn man erwartete, dass Berlin im tiefsten Winter sehr spät am Abend dazu bereit war, im Schlaf zu versinken, irrte man sich. Denn Berlin schlief nie. Das konnte man nicht nur den grell erleuchteten Häusern der Bismarckstraße entnehmen, in die Astrid eingebogen war. Die sechsspurige Straße strahlte in der Dunkelheit beinahe so, als wäre es Tag, und verriet, dass für viele Hauptstadtbewohner noch nicht die Zeit für einen gemütlichen Abend auf der Couch gekommen war. Astrid fuhr noch eine Weile, bis sie in der Nähe der Deutschen Oper einen geeigneten Parkplatz in der Nähe der U-Bahn fand. Kurze Zeit später wartete sie bereits auf den Zug, der sie nach nur einer Station zum Ernst-Reuter-Platz bringen würde, wo sie sich mit dem Dealer verabredet hatte. Der Zug hatte eine leichte Verspätung von fünf Minuten, also stellte sie sich an die Wand hinter einer Säule, zog sich die Kapuze tiefer und hoffte, dass man sie im Zweifelsfalle nicht auf einem Bild erkennen würde. *Vielleicht hat sich wieder einer vor die Gleise geworfen. So ein Depp!,* ging es Astrid durch den Kopf.

Um diese Zeit konnte man die Vielseitigkeit der Hauptstadt erkennen. Astrid beobachtete neben sich Gestalten, zwei vermutlich junge Frauen und drei ebenso heruntergekommene Männer, die sich im Outfit nicht von ihr unterschieden, jedoch in der Duftmarke. Sie stanken nach einer Mischung aus Gras, Billigparfüm und Urin. Daneben in sicherer Entfernung zwei junge Pärchen, die ganz offensichtlich heute eine Opern-Vorstellung genossen hatten. Die Frauen trugen lange Cocktailkleider, während die Männer in teure, dunkle Anzüge gekleidet waren. Sie sprachen sehr leise, sehr gediegen und lachten gelegentlich. Während die Junkies mit lauter Stimme und obszönen Ausdrücken in Richtung der 'reichen Säcke' diese zu übertrumpfen versuchten. Und gereizt reagierten, wenn man sie erwartungsgemäß ignorierte.

Weder bei der zweiten noch bei der ersten Gruppe fühlte sich Astrid gut aufgehoben. Als der Zug auf dem Gleis vorgefahren war, stieg sie eilig ein und wartete das gewohnte »Zurück bleiben, bitte«. Der Zug setzte sich in Bewegung, und in Sekundenschnelle vergaß Astrid, was sie in der letzten Viertelstunde beschäftigt hatte. Ihr Ziel war jetzt klar! Sie musste die nächste Station erreichen und sich zum verabredeten Platz begeben. Ihr Körper schaltete auf Automatik, während sie den Zug verließ. Ihr Kopf schmiedete dagegen weitere Pläne, wie sie zwei Menschen für immer aus ihrem Leben verbannen konnte.

»Das ist das beste Zeug, das es in der Umgebung gibt«, flüsterte jemand hinter ihrem Rücken, als sie gerade den großzügig angelegten Fußgängerweg entlang der Straße des 17. Juni in der Höhe des Hauptgebäudes der Technischen Universität passierte.

Astrid erschrak, ließ es sich aber nicht anmerken. Sie blieb abrupt stehen, nahm ein kleines Plastikfläschchen entgegen und blickte auf die Verpackung. Der Inhalt schien zu stimmen. »Woher soll ich wissen, dass du mich nicht bescheißt?«

»Kannst du nicht«, er zuckte mit der Schulter, »probieren geht über Studieren. Aber ich zwinge niemanden, mir zu glauben. Deal?«

Astrid zählte das Geld zusammen. »Deal. Hundertfünfzig. Wie lautet mein Autokennzeichen?«

»Welches Kennzeichen? Wer sind Sie?« Der Dealer machte kehrt und verschwand grinsend in der Dunkelheit, aus der er so plötzlich gekommen war. Er hatte scheinbar begriffen, dass Astrid keine Beweise hinterlassen wollte. Natürlich würde sie sich auf der kurzen U-Bahn-Strecke zum geparkten Auto vorsichtshalber umschauen. Aber sie glaubte nicht, dass jemand Interesse hatte, ihr zu folgen.

Als sie ihren Wagen erreichte, war es mittlerweile Mitternacht. Astrid wusste, dass sie in Charlottenburg in der Nähe der Platanenallee war - einer Straße mit vielen Häusern, wo sie viele Müllcontainer vermutete. Nachdem sie ihr Auto erreicht hatte, schaltete sie den Motor ein und fuhr zu ihrem Ziel los. In den am Rand stehenden Mülltonnen würde sie unauffällig einen Teil der Sachen aus der roten Kiste entsorgen. Den Rest würde sie dann später auf dem Umweg nach Hause in den kleinen Steglitzer Gassen verteilen, die im Vergleich zum Zentrum sparsam erleuchtet waren. Aber die Elektronik würde sie demnächst vorsichtshalber in der Havel versenken. Natürlich an einer der Stellen, die nicht zugefroren war. Sollte man sie finden, würde man nichts auslesen können.

Und Astrid kannte bereits eine Stelle, an der sie das jederzeit unbeobachtet tun konnte.

Kapitel 43

»Im Leben eines Menschen gibt es Tage, die er nie wieder vergisst. Wie eine Mutter den Tag der Geburt ihres Babys«, sagte die Hebamme feierlich, als ich Ben vor sechzehn Jahren auf die Welt brachte. Dieser Satz verfolgte mich seit meiner Verhaftung immer wieder. Dabei begann der schicksalhafte Samstag überraschend schön.

»Ich bringe den Müll weg«, eröffnete mir Philippe nach einem gemeinsamen Frühstück. »Dann gehe ich mit Tammy und Muffin spazieren.«

»Wunderbar«, entgegnete ich zufrieden. »Markus hat mich gebeten, eine seiner Veröffentlichungen durchzusehen. Er wollte wissen, was ich davon halte.«

Auch wenn die Erwähnung meines Ex-Ehemannes ihm immer noch nicht besonders gefiel, so ließ Philippe es nicht anmerken. Unsere freundschaftliche Beziehung zueinander setzte ihm zu. Dennoch gab es keinen Grund, ihm etwas zu verschweigen.

»Ich werde nicht zu lange daran sitzen«, versprach ich. Da Philippe in der letzten Woche geschäftlich viel unterwegs war, stand ihm das uneingeschränkte Wochenende mit der Familie zu. Und auch ich freute mich schon auf ihn.

»Was sein muss, muss sein«, sagte er mit leicht wahrnehmbarer Verärgerung in der Stimme, die sich schnell legte, als unsere Tochter zu gurren anfing. Sie war nicht nur das Beste, was uns beiden passieren konnte. Sie entspannte auch jede kritische Situation.

»Soll ich Tammy schon anziehen?«, fragte ich, während ich mich vom Platz erhob, um meinem Verlobten einen Versöhnungskuss zu geben.

»Können wir nicht noch ein wenig damit warten? Ich habe eine Idee, was mir besser gefiele«, zwinkerte er mir zweideutig zu.

»Was hältst du davon«, grinste ich, »... wenn du mit den beiden spazieren gehst und wir es uns nachher, wenn das Baby schläft, gemütlich machen?«

»Nicht viel«, entgegnete er. »Aber was sein muss ...«

»... muss sein«, wiederholte ich Philippes Worte. »Zieh dich lieber warm an. Draußen ist es wirklich sehr kalt. Und vermutlich auch recht glatt.«

Etwas später sah ich Philippe zu, wie er die verschneite Einfahrt mit dem Kinderwagen verließ. Muffin wedelte voller Freude mit dem buschigen Schwanz an seiner Seite. Mir fiel auf, wie stark sich ihre cremefarbene Fellfarbe von den verschneiten Wegen unterschied. Als ihre Silhouetten in der Ferne immer winziger wurden, schloss ich wieder die Eingangstür, setzte mich im Wohnzimmer vor meinen Laptop und begann den wirklich bemerkenswert gut geschriebenen Artikel von Markus zu lesen.

Die Zeit verflog an diesem Tag wie im Flug. Als Philippe wieder zurückgekommen war, unterbrach ich widerwillig meine Arbeit. Aber die gemeinsame Zeit am Wochenende war mir wichtiger.

Es war bereits sieben Uhr, als mir einfiel, dass ich am Freitag vergessen hatte, Windeln zu kaufen. Alles in allem hatten wir vielleicht noch zwei Stück. Bis Montag würde es nicht reichen. Nicht mal bis morgen, wenn wir Pech hatten. Dadurch, dass Philippe in letzter Zeit unsere Tochter liebevoll versorgt hatte, damit ich Markus helfen konnte, hatte ich es vergessen.

»Ich gehe die holen, okay?«, erklärte ich. »Aber ohne Muffin. Auch wenn es nicht lange dauert, doch ich kann sie nicht draußen vor dem Laden in der Kälte anbinden ...«

»Es ist zu dunkel. Ich mache es!«, widersprach mir Philippe.

»Ach, Quatsch! Ich mach das schon!«, entgegnete ich. Ein kleiner Spaziergang würde meinen Kopf frei machen.

Was ich Philippe nicht ehrlich erzählt hatte, war, dass mir Markus' Artikel im Kopf herumschwirrte. Irgendetwas gefiel mir nicht in seiner Argumentation. Doch was? Konnte ich nicht sagen. Meine Gedanken kreisten ununterbrochen um das Thema, um den logischen Fehler zu finden. Doch so schön es war, im Hintergrund mein Baby brabbeln oder meinen Verlobten sprechen zu hören, konnte ich mich nicht auf das Wesentliche konzentrieren. Der Weg zum Supermarkt kam mir daher wie gerufen.

»Na gut, dann bis gleich«, sagte er geistesabwesend, während ich Stiefel und meine dickste Jacke anzog. Muffin war blitzschnell an der Tür.

»Na gut, aber nur ganz kurz«, ließ ich mich auf ihren Hundeblick ein und rief ins Hausinnere:»Vorher gehe ich noch mit dem Hund ganz kurz raus.«

Einige Zeit später befand ich mich schon auf dem Weg zum Supermarkt. Diesmal ließ ich mir Zeit, denn ich wusste, dass Tammy bestens versorgt war. Die Papa-Tochter-Zeit gönnte ich den beiden. Dass mir auf dem Weg zum Supermarkt jemand folgte, wäre mir nicht mal im Traum eingefallen.

Bereits in der Nähe einer kleinen, dunklen Gasse spürte ich plötzlich einen Ruck an meiner Schulter. Instinktiv wollte ich mich umdrehen, als eine Stimme mir von hinten ins Ohr flüsterte:»Das, was du im Rücken spürst, ist eine Waffe. Sie ist auf dich gerichtet. Nur eine Bewegung, und ich knalle dich ab. Wenn du gehorchst, lasse ich dich laufen. Ich will nur dein Geld.«

Vor Panik war ich unfähig, mich zu bewegen. Die Stimme klang weiblich, doch ich traute mich nicht zu schauen, wer die Person war, die mich bedrohte. Kein Zweifel, dass es die Mündung einer Waffe war, die auf meinem Rücken zu spüren war. Mich vom Gegenteil überzeugen wollte ich nicht. Der Angreifer hatte sich die beste Zeit ausgesucht. Die Straße war menschenleer.

»Sie können mein ganzes Portemonnaie haben«, sagte ich leise.

»Schnauze!«, zischte es hinter mir. »Weitergehen. Keine Tricks! Du hast doch mehr auf der Bank, oder?«

Durch meinen Kopf schossen viele Gedanken, wie ich mich möglicherweise befreien konnte. Doch meinen Körper schien es nicht zu kümmern. Der Angreifer zwang mich auf einen anderen Weg. *In Richtung meines Hauses ... Zu Tammy und Philippe*, stellte ich entsetzt fest. *Zwar könnte Philippe uns verteidigen. Doch nicht, ohne vorgewarnt worden zu sein*, überlegte ich mit steigendem Entsetzen.

Soweit kamen wir nicht. Nach ein paar Schritten hielten wir an, und der Angreifer zwang mich, hinter das Steuer eines Autos zu steigen. Wieder gehorchte mir mein Körper nicht. Panische Angst blockierte meine Gedanken. Es war surreal! Mein Angreifer half mir unerwartet. Die Frau, wie ich vermutete, setzte sich direkt hinter mich und bestimmte, was ich zu tun hatte.

Als der Motor startete, ahnte ich bereits, dass genau das ein großer Fehler war. Nur in wenigen der mir bekannten Fälle war das Opfer, das von einem Täter in ein Fahrzeug gezwungen worden war, lebend aufgefunden worden. An der Tatsache, dass wir uns von meinem Zuhause entfernten, war nur eines gut: Vorerst war nur ich in Gefahr.

Geistesgegenwärtig prägte ich mir alle Einzelheiten des Wagens, ein: die Farbe der Armatur, die Farbe der Sitze, die Form der Frontscheibe, den mit Stoff bedeckten Innenspiegel, damit ich keinen Blick nach hinten werfen konnte. Es war ein kleiner, weißer Toyota mit der Aufschrift einer Autovermietung. All das notierte ich in meinem Kopf, während ein Teil meines Gehirns den Befehlen meines Angreifers und den Straßengegebenheiten folgte. Unser Weg führte nicht, wie ich es sonst von Berlin gewohnt war, über die Stadtautobahn, sondern durch kleine Straßen, die ich selbst nicht kannte. Und es dauerte recht lange, bis wir am Ziel angekommen waren.

»Wir könnten doch hier ranfahren«, sagte ich, als ich eine Bankfiliale sah. »Dann kann ich das Geld abheben.«

Der Angreifer ignorierte mich.

»Jetzt links ran«, sagte die Stimme hinter mir. Ich fuhr in eine verlassen wirkende Sackgasse. » Und halten!«

Nun ist es soweit. Ich werde mich gleich verteidigen müssen. So leicht kriegt sie mich nicht, ging es mir durch den Kopf.

Nachdem der Wagen zum Stehen gekommen war, sah ich plötzlich eine von hinten nach vorn gestreckte Hand mit einer Flasche Wasser.

Der Angreifer trug eindeutig filigrane Handschuhe. Frauenhandschuhe.

»Trink aus!«, befahl mir die Frau. »Zur Information. In der anderen Hand halte ich immer noch die Waffe. Wenn du nicht tust, was ich sage, stirbst du. Dann dein Baby. Mit deiner Tochter werde ich mir besonders viel Mühe geben. Versprochen. Also, TRINK!«

Sie kennt mich, dachte ich, und die Nackenhaare stellten sich bei mir auf. Die Panik stieg in mir hoch und drohte mich zu ersticken. Das war kein bloßer Überfall. *Diese Frau kennt mein Baby! Sie wird zuerst mich und dann Tammy töten*, dachte ich entsetzt.

Plötzlich streckte die Angreiferin meinen Kopf nach oben zum Dach des Wagens. Mit der anderen Hand, die sie vorher vom Handschuh befreit hatte, griff sie an meine Kehle, als wollte sie mich eigenhändig erwürgen. Doch sie drückte nicht zu. Offensichtlich wollte sie lediglich die Kontrolle darüber behalten, dass ich austrank, ohne sich mir zu zeigen. Der Innenspiegel war nach wie vor verdeckt.

»KEINE TRICKS! TRINK ENDLICH«, sagte sie übertrieben langsam. »Du stillst doch, du dummes Weib. Das Baby wird Milch brauchen, wenn ich dich Zuhause absetze!«

»Zuhause?« »Absetzen« klang erstmal sehr hoffnungsvoll. Daran wollte ich glauben, obwohl ich meine Zweifel hatte. Und auch die Sorge um meine Tochter war ein gutes Zeichen, dachte ich. Natürlich konnte ich einen Teil der Flüssigkeit an meinem Kinn unbemerkt heruntertröpfeln lassen. Der größere Teil gelangte trotzdem in meine Kehle.

»Braves Mädchen«, lobte sie mich, als ich meine Hand mit der leeren Flasche sinken ließ. Unmittelbar darauf fühlte ich mich schwindelig. Mir wurde übel.

»Schau mal, ich habe was für dich!«, sagte die Frau und reichte mir eine volle Vodkaflasche. »Erinnerst du dich an unsere gemeinsamen Partys, Juli? Noch bevor du Philippe kennengelernt hast?«

Ich nickte. Alles um mich drehte sich. Ich konnte meine Gedanken nicht zusammenkriegen.

»Dann weißt du, dass du einiges verträgst, nicht wahr?«, sagte die Stimme besänftigend. »Trink ruhig alles aus.« Irgendetwas in mir kämpfte noch dagegen, doch nach einer Weile tat ich, was sie mir befahl.

Plötzlich öffnete sich die Fahrertür, und die Frau half mir aus dem Wagen. Sie erinnerte mich an jemanden, den ich kannte. An wen, konnte ich nicht sagen. Meine Gedanken waren zu sehr durcheinander.

»Wir wechseln die Plätze, mein Schatz«, hörte ich die Frau sagen. Mittlerweile war es mir egal, wer sie war. Die Stimme hatte das Sagen. Während ich die Flasche mit der rechten Hand an meinen Mund hielt, spürte ich, wie mein Arm abgeklemmt wurde. Nach einer Weile folgte ein Stich in meine Armbeuge. Zwar nahm ich es wahr, doch es interessierte mich nicht mehr. Es tat nicht mal weh. Die Frau hielt eine Spritze in meiner Ader, die sich nun vollständig mit einer roten Substanz füllte.

»Wozu brauchst du mein Blut, Astrid?«, fragte ich mit letzter Kraft, als wäre ich vollkommen betrunken. Nur schien mir das Sprechen genauso schwer zu fallen, wie meine Gedanken zu fokussieren.

Astrid Schneider ignorierte meine Frage. »Es ist nicht mehr weit. Bleib bei mir«, hörte ich sie sagen, während sie das Auto wieder in Bewegung setzte.

Und obwohl ich eigentlich bei Bewusstsein war, schien mir die Welt plötzlich absolut gleichgültig zu sein.

Zur gleichen Zeit wurde in einem Reihenhaus in Zehlendorf ein Notruf nach einer vermissten Frau von ihrem besorgten Verlobten abgesetzt.

Kapitel 44

Mühsam fuhr ich mit zittriger Hand durch meine struppigen Haare. Um mich herum herrschte völlige Dunkelheit. Mein Schädel drohte zu zerspringen, und ich wusste nicht, weshalb. Aus welchem Grund auch immer war ich völlig verkatert. Ich stank nach Alkohol und nach Erbrochenem. *Was ist mit mir los?*, fragte ich mich. *Wie konnte ich so einen Zustand zulassen?* Doch das Letzte und Einzige, woran ich mich erinnern konnte, war mein Gang zum Supermarkt. *Ich wollte doch irgendwas holen?*, überlegte ich. Aber ich konnte mich nicht erinnern, was. Geschweige denn daran, etwas getrunken zu haben.

Ich hatte einen Filmriss.

Weder hörte ich Philippes gewohntes Schnarchen noch die sonst so vertrauten Geräusche meiner Tochter. Dazu merkte ich, wie stark meine Hände klebten.

Schwerfällig stützte ich mich an irgendwelchen Möbeln ab, die mir vollkommen unbekannt waren. Mein Körper schmerzte entsetzlich. Dann entschied ich mich, einen Teil des Weges zu robben, bis ich den Lichtschalter an einer Wand fand. Meine Beine fühlten sich wie Watte an.

Es kam mir so vor, als hätte ich Jahre gebraucht, doch irgendwann verspürte ich einen Widerstand vor mir. Es schien eine Wand und kein Möbelstück zu sein. Ich zog mich daran hoch und wurde fündig. Ich drückte auf den Schalter.

Das Licht war sofort da. Ganz hell. Scheinbar hatte ich den Hauptschalter für die Festtagsbeleuchtung erwischt. Nur langsam stellten sich meine Pupillen auf die plötzliche Helligkeit ein. Doch das, was ich sah, war blanker Horror. Mein Gehirn schien langsam zu verarbeiten, was mir die Augen vorzugaukeln versuchten. Denn es musste ein Albtraum sein!

Unweit von der Stelle, wo ich vermutlich aufgewacht war, lag ein menschlicher Körper. Es war ein drahtig aussehender Mann. Bei so vielen Wunden in der Brust vermutete ich, dass er längst tot war. Er bewegte sich zumindest nicht. Ein Messer steckte noch halb in einer Wunde in seiner Brust. Das überall verteilte Blut war bereits geronnen, was mich darauf schließen ließ, dass der Mord nicht gerade eben passiert war. Der Kopf des Mannes lag zum Teil in Erbrochenem.

Meinem Erbrochenen, wie ich vermutete.

Ich robbte zu dem Mann hin. Neben ihm lagen Bilder und ein Zettel mit einer Adresse in Druckbuchstaben, die mir gänzlich unbekannt vorkam. Irgendjemand hatte sie auf einem Computer ausgedruckt.

Den Anblick des Mannes verkraftete ich kaum, also schrie ich, so laut ich konnte. Doch es änderte nichts an meiner Lage. *Wach auf! Verdammt! Wach auf!*, schrie ich mich in Gedanken an.

Nichts.

Dann robbte ich zu seinem Gesicht. Die Ärztin in mir überwand meine Panik, und ich hoffte, dass dieser Mensch trotz aller Überzeugung noch leben würde. Also legte ich meine Finger auf seine Kehle. Doch vergeblich. Kein Puls war zu spüren. Die Leiche war bereits kalt.

Ich hob die Bilder auf. Würden sie mir erklären, was passiert war? Und wie! Sofort war mir klar, dass darauf mein Haus zu sehen war. Die Fotos waren eine seltsame Dokumentation dessen, was sich vor gut zweieinhalb Jahren ereignet hatte, als bei mir eingebrochen wurde. Selbst die Gegenstände, die man mir damals gestohlen hatte, waren darauf zu sehen.

Das ist der Einbrecher!, dachte ich entsetzt. *Doch was mache ICH hier?* Auf die nächsten Bilder des nackten Mannes in meinem Schlafzimmer war ich keinesfalls vorbereitet. *Wie widerwärtig!*, dachte ich. Es folgten auch viele Bilder, auf denen ich zu sehen war. Die ich noch nie zu Gesicht bekommen hatte! Zu Hause, auf dem Weg zur Arbeit, im Café, mit Bärbel im Theater.

Das war krank!

Ich kniff mich, so stark ich konnte, in den Unterarm.

ES MUSS EIN ALBTRAUM SEIN!

Doch statt aufzuwachen, fühlte ich nur Schmerz. Dann fielen mir die zahlreichen Wunden auf meinen Händen auf.

War ich das? Habe ich den Mann etwa ermordet?

Hatte ich den Einbrecher gefunden und so zugerichtet? Aber warum?

Das ist unmöglich. Ich habe noch nie jemanden schwer verletzt geschweige denn ermordet!

War ich dazu fähig?

Mit einem Mal spürte ich, wie mir Tränen in die Augen schossen. Es war so entsetzlich, nicht zu wissen, was in diesem Raum passiert war. Nur eines schien klar: dass ich einen Menschen ermordet hatte! War das möglich?

Einen kurzen Augenblick später sah ich ein dick gefülltes Portemonnaie auf dem Tisch neben der Leiche liegen, und ich griff zu. Dort musste sein Ausweis sein! Und er war tatsächlich drin. *Andreas Lange*, las ich. *Die Adresse stimmt mit der auf dem Computer-Ausdruck überein,* fiel mir auf. Der Name auf dem Ausweis kam mir seltsam bekannt vor. Nur woher?

Nun konnte ich meine Schreie nicht mehr unterdrücken. Mein Magen rebellierte, während ich meine Emotionen ungehemmt freiließ. Mein schönes, bisheriges Leben würde sich in einen Albtraum verwandeln.

Einen Albtraum, aus dem es kein Entkommen gab.

Erst jetzt fiel mir ein Telefon auf der Kommode auf, entlang der ich mich hochgezogen hatte, um den Schalter zu drücken. Ich robbte wieder zurück, nahm das Mobilteil in die Hand und wählte die Zahlenfolge 110. Nachdem sich eine Frauenstimme gemeldet hatte, flüsterte ich: »Kommen Sie schnell. Ich habe jemanden ermordet! Ich glaube, die Adresse ist ...« Dann fiel mir der Hörer aus der Hand. Meine Beine gaben nach, und es wurde trotz des grellen Lichts plötzlich dunkel um mich.

Teil III: SÜHNE

Kapitel 45

Freitag, 29.06.2018,
Berliner Frauen-JVA

Auch wenn die Räume seit mehr als sechs Jahren für mich zum Alltag gehörten, weigerte ich mich, das Gefängnis als meine rechtmäßige Bleibe anzuerkennen. Zumal sich meine Haft langsam dem Ende näherte. Nur noch zwei Jahre, und der Mord an Andreas Lange wäre gesühnt. Doch leider traf die Sühne ein weiteres Opfer eines grausamen Komplotts.

Mein Rechtsanwalt verspätete sich etwas, doch ich nahm es ihm nicht übel. Vielmehr gierte ich darauf, ihm von unserem gesuchten 'Wunder' zu erzählen. Mittlerweile war ich überzeugt davon, dass nicht ich für den Mord verantwortlich war. Ich kannte die Täterin. Doch würde mir jemand glauben?

Im Gebäude der Frauen-JVA ließ man die Jalousien herunterfahren, um die starke Sonneneinstrahlung zu mindern. Normalerweise fand ich das traurig. Die Sonnenstrahlen hoben meine in letzter Zeit oft gedrückte Gemütsverfassung. Doch heute brauchte ich es nicht. Heute war mir alles egal. Außer, dass der Anwalt endlich in dem Raum erschien. Voller Hoffnung versuchte ich meine freudige Aufregung Minute um Minute zu unterdrücken.

Die Uhr zeigte bereits fünf nach zehn, als sich endlich die Tür öffnete. Ein in einen grauen Anzug gekleideter Mann mittleren Alters trat ein. Auf ihn traf alles zu, was man an Vorurteilen über Rechtsanwälte hatte. Sein Alter schätzte ich auf etwa fünfundfünfzig, wenn man die leicht ergrauten Haare und den stilvollen Auftritt in Verbindung brachte. Uns unterschieden also im höchsten Fall fünf Jahre. Und dennoch strahlte er auf mich eine leicht distanzierte Autorität aus. Aber nicht auf unangenehme, herrische Weise. Eher männlich, fast väterlich, würde ich sagen. Wie der sprichwörtliche Fels in der Brandung. Es stellte sich nicht für einen Augenblick die Frage, wie dieser Mann aufgewachsen war. Das Vermögen war schon seiner selbstsicheren Art anzumerken.

»Guten Morgen, Professor Hoffmann«, lächelte er und gab mir die Hand zur Begrüßung. Mir fiel dabei auf, dass an seiner rechten Hand der Ehering fehlte. Aber ich erwähnte es nicht.

»Guten Morgen, Doktor von Bayer«, lächelte ich zurück. »Ich habe Ihr *Wunder* gefunden, schätze ich.« Es sprudelte aus mir heraus.

»Okay, lassen Sie es mich hören.« Er zeigte sich sehr interessiert. »Denn auch ich hätte für Sie eine Kleinigkeit. Dazu aber später mehr.«

»Nur eine Bitte, bevor ich anfange«, sagte ich schüchtern. Nicht nur, dass der Mann mir Respekt einflößte. Ich wollte nur nicht, dass er es falsch verstand.

Mein Anwalt verdrehte unmerklich den Kopf. Meine Äußerung schien ihn überrascht zu haben.

»Nun«, begann ich. »Ich würde mich freuen, wenn wir endlich auf die Formalien verzichten und uns beim Vornamen nennen würden, wenn es Sie nicht stört. Die Titel stören doch, oder? Ich heiße Julia...«, platzte es aus mir heraus. In den Räumen der JVA erschien mein Titel so deplatziert, dass es sich beinahe wie Spott anhörte. Es klang für mich wie ein Vorwurf, einst so viel erreicht und dann nichts daraus gemacht zu haben.

»Einverstanden«, grinste mein Anwalt. »Dann nennen Sie mich Henrik.« Während er dasaß, fiel mir ein winziger Bauchansatz auf, der ihn endlich etwas weniger makellos erscheinen ließ. *Auch er hat kleine Makel, dem Herrn sei Dank,* freute ich mich insgeheim.

»Wunderbar, dann hätten wir zumindest diesen Teil hinter uns«, seufzte ich erleichtert. »Was haben wir?«, begann ich, und mein Gesichtsausdruck wurde ernst. »Wir haben eine männliche Leiche, die DNA-Spuren unter ihren Fingernägeln trug, meine Fingerabdrücke auf der Tatwaffe und auf den Bildern. Sowie blutige Abdrücke in der gesamten Wohnung. Wir haben ein Motiv, denn dieser Mann hatte mich gestalkt. Vielmehr, er hatte mich fotografiert, sich beim Einbruch sogar beim Onanieren abgelichtet, meine Sachen angezogen - insgesamt lauter Dinge getan, die man kaum aussprechen möchte. Und wir haben einen computergeschriebenen Zettel mit seiner Adresse, ebenfalls mit meinen Fingerabdrücken darauf.«

»Genau«, bestätigte mein Rechtsanwalt. »Eine ziemlich eindeutige Lage, weshalb der Staatsanwalt Sie damals zu dem Deal mit dem Schuldeingeständnis bewegt hat, um die Strafe so milde wie möglich ausfallen zu lassen. Aber auch ich war nicht untätig. Mir fiel auf, dass einige der Beweise nicht vorschriftsmäßig behandelt wurden, weshalb eine erneute Revision möglich wäre. Das reicht nicht zur Wiederaufnahme des Verfahrens aus, doch über eine Revision könnten wir tatsächlich nachdenken. Es sei denn, dass Ihr *Wunder* mich noch mehr überzeugt.«

Er hatte eindeutig seine Aufgaben gemacht. Ich tippte darauf, dass ihn Markus über das ganze Verfahren informiert hatte.

»Und wie es das tun wird, Henrik«, erwiderte ich mit leuchtenden Augen. »Letzten Sonntag war meine Tochter Tammy zu Besuch bei mir. Sie kommt nach dem Sommer in die Schule.« Meine Augen leuchteten vor Freude, während mir Henrik von Bayer schweigend mit seinem Blick folgte. »Also, als meine Tochter bei mir zu Besuch war, zeigte sie mir ein Medaillon. DAS MEDAILLON! Das mir einst von meinem angeblichen Opfer gestohlen wurde. Und was man nach dem Mord im Rahmen der Untersuchungen nicht finden konnte. Anders gesagt: Bei meinem Opfer fand man einige der gestohlenen Gegenstände, nur nicht den alten Laptop und nicht diese Kette. Damals erklärte man es sich so, dass er vielleicht beides verkauft hatte, was ich für Unsinn hielt. Beides ohne materiellen Wert. Nun taucht aber die Kette wieder auf.«

»Wie ist das möglich? Vielleicht eine Kopie oder so etwas?«, dachte er laut mit.

»Nein«, ich schüttelte verneinend meinen Kopf. »Es ist MEIN Erbstück. Darauf verwette ich meinen Kopf, dass die Kette echt ist. Die Frage, die sich tatsächlich stellt, ist, wie meine Tochter in ihren Besitz gekommen ist? Und die Antwort ist so einleuchtend, dass es wehtut.«

»Ich bin auf Ihre Theorie gespannt.« Henrik von Bayer schien tatsächlich verblüfft zu sein.

»Als ich verhaftet wurde«, fing ich an, »stellte sich nicht die Frage, ob ich schuldig bin oder nicht. Ich habe mich sogar schuldig bekannt, OBWOHL ich keinerlei Erinnerungen an die Geschehnisse vom 11.02.2012 hatte. Hat man Ihnen vermutlich erzählt. Ich hatte damals einen Filmriss, was den Abend betraf. Da der Alkoholtest positiv ausgefallen war, dachten wir zuerst, dass Alkohol den Gedächtnisverlust verursacht hatte. Zumal nichts anderes in meiner Blutbahn nachgewiesen werden konnte. Jedoch ... Es gibt noch eine Substanz, die eine ähnliche Wirkung verursacht. Es ist die sogenannte GHB, oder Gamma-Hydroxybuttersäure. Der Volksmund nennt das K.O.-Tropfen oder Roofies.«

»Klar«, erwiderte mein Anwalt. »Gerade in Strafverfahren haben wir manchmal damit zu tun. Die Opfer werden betäubt und binnen Minuten gefügig gemacht. Die Substanz steht oft in Verbindung mit Vergewaltigungen. Denn die Opfer wirken zuerst, als wären sie betrunken, was es den Tätern erlaubt, zum Beispiel eine Diskothek Hand in Hand mit der vermeintlich betrunkenen Partnerin zu verlassen, ohne besonders aufzufallen. Das Gemeine dabei ist, dass die Droge nach zwölf Stunden praktisch nicht mehr nachweisbar ist. Im Blut sogar deutlich früher, weshalb die Täter nicht belangt werden können. Das Opfer kann praktisch alles behaupten, ohne es beweisen zu können. Dann steht Aussage gegen Aussage, was für mich eine sehr dünne Sachlage bedeutet.«

»Eine viel wichtigere Eigenschaft der Droge ist aber«, ich konnte meine Aufregung kaum verstecken, »dass das Opfer sich an Geschehnisse unmittelbar nach der Aufnahme nicht mehr erinnern kann. Oder ...«, ich verbesserte mich, »nicht BEWUSST erinnern kann. Unterbewusst möglicherweise schon. Deshalb leiden manche Opfer an sogenannten Flashbacks, wenn sie einen bestimmten Geruch oder eine bestimmte Stimme wahrnehmen. Die Erlebnisse kann man unter Umständen mithilfe von Hypnose zurückrufen ...«

»Okay, verstanden.« Henrik von Bayer nickte. Dennoch sah ich ihm an, dass er keinen Zusammenhang zu meinem Fall sah.

»Nun«, fuhr ich fort. »Stellen wir uns mal vor, dass man mich so betäubt hätte. Dann wäre doch erklärbar, warum es keine Spuren gibt, wie ich zum Tatort kam, oder? NIEMAND erinnert sich, wie ich dort angekommen bin. Dabei muss ich quer durch Berlin gefahren sein. Von Zehlendorf bis Mitte ... BETRUNKEN? Warum tauchte nie ein Taxifahrer oder ein sonstiger Zeuge auf, der mich gesehen hätte? Der Fall war damals so brisant, dass er in den Nachrichten lief. Und Andreas Lange wurde vor Mitternacht und noch vor meinem Besuch im Lebensmittelladen erstochen. Zu dieser Zeit müssen doch die öffentlichen Verkehrsmittel voll mit Passagieren gewesen sein, oder? ES WAR EIN SAMSTAG und recht kalt draußen. An eine Strecke quer durch Berlin würde sich doch ein Taxifahrer erinnern, oder?«

»Wahrscheinlich schon«, bestätigte mein Rechtsanwalt. »Okay, dann wurden Sie betäubt, vermutlich alkoholisiert und hingebracht. Wie können wir das beweisen? Nach Jahren? Hypnose ist kein Beweismittel, selbst wenn es möglich wäre, es nachzuweisen.«

»Nein«, erwiderte ich. »Hypnose wäre in meinem Falle nur dazu gut, mich an den Tag zu erinnern. Eine Erinnerung hatte ich aber, der man keine Beachtung schenkte. Sie steht irgendwo in den Unterlagen. Ich hatte damals behauptet, entführt worden zu sein. Doch mein damaliger Anwalt hielt dies für irrelevant. Ich sollte einen Deal mit der Staatsanwaltschaft eingehen, um uns allen einen langwierigen, schmerzhaften Prozess zu ersparen, den ich sowieso verlieren würde. Also wurde dem nicht nachgegangen. Meine Aussage würde aber erklären, wie ich zum Tatort gekommen bin, nicht wahr?«

»Einverstanden, das ist aber noch nicht alles?«

»Ich komme langsam in Fahrt«, erklärte ich mit hämischem Grinsen. »Denn was für eine Fülle von Beweisen am Tatort gefunden wurde, wissen Sie von meinem Ex-Ehemann. Und alles davon hat mich belastet. Alles. Das kann doch kein Zufall sein. Viel wichtiger ist aber genau das, was wir nicht fanden, oder? Was wir nicht fanden, waren: mein Laptop, mein Medaillon, meine Unterwäsche. Warum behält ein Stalker, der aus perversen Gründen bei mir eingebrochen ist, nur einen Teil meiner Unterwäsche? Den Rest schmeißt er aber weg? Klingt unlogisch. Viel wichtiger: Wo hat er die gestohlene, wertlose Kette versteckt? Die Kripo hat sicherlich die gesamte Wohnung auf den Kopf gestellt.«

»Vielleicht hat es jemand vorher vom Tatort entwendet?«, überlegte mein Anwalt.

»Möglich wäre es ...«, gab ich zu. »Genauso möglich ist aber auch, dass er es jemandem gab, der genau wusste, was es mir bedeutete.

Und sie für sich behielt. Und nun, da es nicht mehr prozessrelevant ist, meiner Tochter gab. Finden Sie nicht?«

»Klingt plausibel«, nickte Henrik bestätigend. »Zumindest würde es erklären, wie Ihre Tochter zu dem Medaillon kam. Wer soll die geheimnisvolle Person sein? Dazu haben Sie sicherlich auch eine Erklärung parat, oder?«

»Laut Aussage meiner Tochter kann es nur die Person sein …« auf diese Frage hatte ich mich besonders gefreut, seit ich ihren Plan begriffen hatte, »die meinen wertvollsten Schatz will: mein Kind. Es ist meine Freundin, Astrid Schneider. Sie als einzige profitiert davon, dass ich im Gefängnis sitze. Die Zeugen im Haus behaupteten, dass sie an jenem Tag eine weibliche Stimme im Flur hörten. Was wäre, wenn sie ZWEI weibliche Stimmen im Flur gehört hätten, ohne es zu wissen? Astrids Stimme klingt ähnlich wie meine.«

»Gut, möglich wäre alles«, stellte Henrik von Bayer mit einem Schulterzucken fest. »Sie wurde zwar damals laut Unterlagen überprüft und hatte ein sehr gutes Alibi. Doch diesem nochmal nachzugehen, schadet nicht.« Er überlegte kurz. »Aber was war ihr Motiv? Ihnen das Kind auf diese Weise zu stehlen?«

»Nun«, sagte ich überzeugt, »auch zu dieser Frage habe ich mir reichlich Gedanken gemacht, seit meine Tochter mir die Kette am Sonntag gezeigt hat. An jenem Tag, als ich Astrid in der Chirurgie kennenlernte, wurde sie am Arbeitsplatz von einer anderen Frau bedrängt. Die Frau, an deren Namen ich mich nicht mehr erinnern kann, schimpfte lautstark und bat Astrid, sie in Ruhe zu lassen. Mir erschien das damals seltsam, wie ähnlich sie sich äußerlich waren. Wie Schwestern. Doch kaum war Astrid mit mir befreundet, änderte sich nicht nur ihr Kleidungsstil, sondern auch ihre Frisur. Plötzlich glich sie mir wie ein Zwilling. Das war auch der Grund, warum ich damals Abstand von ihr brauchte. Unsere Freundschaft wurde wieder frisch, als sie und ich schwanger waren. In meiner Naivität dachte ich, dass sie sich als werdende Mutter geändert hätte. Doch dann verlor sie ihr Baby … Vielleicht löste das irgendein Trauma in ihr aus? Mein Kind liebte sie jedenfalls von der ersten Minute an.«

»Um ehrlich zu sein, klingt die Geschichte sehr wirr und etwas unglaubwürdig, aber ich spinne sie mit Ihnen weiter. Ich will keine offenen Fragen«, gab mein Rechtsanwalt ehrlich zu. »Ihr Verlobter hat keine deutsche Staatsangehörigkeit. Könnte sich Ihre Freundin Chancen auf eine Adoption Ihres Kindes ausgerechnet haben, falls man den Vater des Landes verweisen würde? Sie können im Moment nicht für Tammy sorgen. Ihr Kind hat die deutsche Staatsbürgerschaft. Könnte sie denken, dass man für das Wohl des Kindes entscheiden würde?« Henrik schien auch über meine persönlichen Verhältnisse bestens informiert zu sein. Das war großartig!

»Oh, Gott, klar«, diese Vorstellung entsetzte mich, »sie hat sich sehr viel Mühe gemacht, dass sich meine beiden Kinder nicht verstehen. Genau genommen ist Astrid in ihrer vermeintlichen Sorge um meine Tochter darum bemüht, dass sie so wenig Kontakt mit ihrer leiblichen Familie hat, wie es nur möglich ist. Bei einem ihrer Besuche erzählte mir Tammy, dass Astrid nicht mal gern sieht, wenn Nachbarskinder zu uns kommen. Aber immer, wenn ich darüber mit meinem Verlobten spreche, bagatellisiert er das und hält mich für paranoid«, beklagte ich mich. Endlich jemand, der mich ernst nahm. »Ich verstehe zwar, dass Philippe Hilfe bei der Erziehung unserer Tochter brauchte und immer noch braucht. Und dass Astrids Hilfsbereitschaft enorme Vorteile bietet. Nicht nur, dass sie es umsonst tut. Obendrauf vergöttert sie unsere Tochter und ist äußerst flexibel. Wenn Philippe sie braucht, ist sie jederzeit einfach da. Aber ...«

»Verrückt klingt das«, Henrik von Bayer unterbrach mich. »Es wird mir einiges an Arbeit abverlangen, das zu beweisen. Aber okay! Nochmal zum Anfang: Ihre Tochter hatte das Medaillon also um den Hals, als sie Sie besuchte? Könnte es auf einem anderen Wege zu Astrid Schneider gelangt sein? Vielleicht wurde es aus der Wohnung von Herrn Lange gestohlen? Oder ähnlich? Kannte diese Frau das Opfer persönlich? Im Zeugenstand hatte sie es verneint. Wir brauchen aber eine wirklich gute Verbindung zwischen den beiden.«

Ich überlegte kurz. *Aber ... Kann das die Möglichkeit sein? Verdammt!* »Vielleicht gibt es da eine Verbindung«, klatschte ich vor Aufregung in die Hände, »damals, als Andreas Lange mir nachgestellt hat, fand ich Zigarettenstummel und eine Mütze von ihm im Garten. Es war zwar kein feiner Schachzug, doch ich ließ die DNA in meinem Institut bestimmen. Astrid versprach mir damals, sich mit irgendeinem Freund ihres Vaters zusammenzuschließen. Sollte das Profil dieses Mannes in der Datenbank existieren, würden wir den Stalker schon ausfindig machen. Doch angeblich gab es keinen Treffer. Was, wenn doch? Dann hätte sie rein theoretisch zumindest seinen Namen kennen müssen.«

»Dazu könnte man Zeugen aufsuchen«, nickte der Anwalt motiviert. »Irgendjemand wird auch Ihnen geholfen haben, das DNA-Profil zu erstellen. Vielleicht finden wir dazu Beweise in Ihrem ehemaligen Büro? Und vielleicht werden wir fündig, was diesen Freund des Vaters von Astrid Schneider betrifft? Das ist schon jede Menge. Aber wir brauchen mehr! Wir brauchen einen Beweis, welcher Ihre Freundin direkt mit dem Tatort in Verbindung bringt. Alles andere klingt etwas zu dünn.«

»Wie wäre es mit Hypnose? Vielleicht erinnere ich mich an mehr Details?«

»Klingt gut«, bestätigte Henrik von Bayer. »Nur vor Gericht wird das vermutlich als Hokuspokus abgetan. Ich werde es dennoch veranlassen. Vielleicht erinnern Sie sich an etwas, das Sie noch nicht erwähnt haben? Vielleicht zu dem Gefährt, mit dem Sie am Tatort angekommen sind?«

Plötzlich kam mir eine verrückte Idee in den Kopf. Ich atmete tief durch, bevor ich mich entschloss, sie zu äußern. »Astrid scheint keine Angst zu haben, dass ihr Plan auffliegen könnte. Sie wiegt sich in Sicherheit, und dennoch will sie mich von ihrer Genialität nach Jahren überzeugen. Sie MUSSTE das Medaillon meiner Tochter nicht schenken! Aber sie tat es! Vielleicht würde sie mir auch von ihrer Tat erzählen? Wäre ihr Geständnis vor Gericht verwendbar?«

Henrik von Bayer lachte auf. »Das wäre das Beste, was uns passieren könnte. Uns würden Türen zur Wiederaufnahme des Verfahrens offenstehen. Aber es würde für Astrid Schneider bedeuten, dass sie hinter Gitter käme. Welchen Anreiz hätte sie, das zu riskieren? Nein, das wird sie doch niemals tun. Sie wäre doch verrückt!«

»Ich glaube, ich weiß, wie ich sie zum Reden bringen könnte«, sagte ich mit innerer Überzeugung. »Lassen Sie sich überraschen. Vielleicht brauche ich dazu zu gegebener Zeit Hilfe von Ihnen?

Doch das werden Sie noch erfahren. Aber ich bin überzeugt, dass ich Ihnen ein Geständnis liefern kann.«

»Sie sind eine erstaunliche Frau, Julia«, stellte Henrik von Bayer mit Anerkennung fest. Dabei grinste er.

»Jetzt sind Sie an der Reihe, Henrik«, lachte ich, während mich mein Anwalt würdigend beäugte. Seine grünen Augen spiegelten die wenigen Sonnenstrahlen, die die nun hochgezogenen Jalousien durchließen. Sie glitzerten verführerisch. Doch es war mir egal, denn zum ersten Mal seit Jahren fühlte ich mich stark. Ich hatte Astrids teuflischen Plan begriffen! Und war bereit, zurückschlagen.

»Sie sagten am Anfang, Sie hätten eine kleine Überraschung für mich. Was ist es?«

»Ach!«, grinste er. »Ich wollte erzählen, dass ich in zwei Wochen einen Termin im Gericht habe. Wir stellen einen Antrag auf ein Additionsverfahren. Das ist sozusagen immer der Anfang eines Wiederaufnahmeverfahrens und muss dann natürlich noch genehmigt werden. Nur, dass wir eine besonders eilige Behandlung bekommen. Fragen Sie einfach nicht, warum. Wenn die Geschichte, die Sie mir erzählt haben, stimmt, sind Sie vielleicht bis Weihnachten wieder Zuhause, wenn alles so klappt, wie ich es mir vorstelle. Das hängt wiederum davon ab, wie überzeugend wir im zweiten Schritt, dem Probationsverfahren, werden. Darin werden die Beweismittel nochmal einer Prüfung unterzogen. Meine Aufgabe wird sein, Ihre Geschichte stichhaltig zu beweisen. Sie haben tatsächlich Ihr *Wunder* geliefert, Julia.«

»Das klingt wie ein Traum«, sagte ich, plötzlich von Henriks Worten gerührt. Spätestens jetzt wusste ich, dass ich alles dafür tun würde, meinen Namen reinzuwaschen. Notfalls würde ich über Leichen gehen!

»Wir haben nur ein Problem«, Henrik von Bayer löschte meine Begeisterung, »wie erklären wir die vorhandenen DNA-Spuren am Tatort? Oder das DNA-Material unter den Fingernägeln des Opfers?«

Kurz schaute ich den Mann an, der dabei war, mir die Hoffnung zu nehmen, die er mir gerade geschenkt hatte. Dann hob ich meine Hand in Richtung seiner. Mir fiel auf, wie gepflegt seine Hände waren. Eigentlich erwartete ich, dass er sich unwohl fühlen würde, doch er verfolgte meine Bewegung mit steigendem Interesse. Ich genoss es, Emotionen in Menschen zu wecken. Zu lange war ich eingesperrt gewesen. Und dieser Mann bedeutete für mich Freiheit. Er glaubte an mich!

Als meine Hand ganz langsam auf seinen Handrücken glitt, kratzte ich ihn merklich, aber nicht allzu stark. Gerade genug, dass man Spuren meiner Fingernägel auf seiner Haut sehen konnte.

Henrik von Bayer verzog leicht das Gesicht, doch er gab sich nicht die Blöße, etwas zu sagen.

»Wollen wir wetten«, sagte ich langsam und deutlich, »dass ich Ihre DNA unter meinen Fingernägeln habe?« Ich ließ den Satz kurz so stehen. »Entscheidend ist doch nur«, setzte ich fort, »wo und wieviel Sie von Ihrer Erbsubstanz bei mir hinterlassen haben.«

»Sie sind ...«, in den Augen von Henrik von Bayer spiegelte sich Bewunderung wider, »der Hammer. Einen Menschen wie Sie habe ich noch nie getroffen ...«

»Vergessen Sie das nicht«, lachte ich auf, »vor einiger Zeit war es meine Aufgabe, solchen Fragen nachzugehen. Es gibt Dinge, die man nicht vergisst.«

»Okay - und das Blut?«, fragte er amüsiert. »Werden Sie mir sagen, dass ich mir die Spritzmuster anschauen soll, weil man das wegen Ihres Schuldbekenntnisses nicht ausreichend untersucht hat?«

»Sie lernen schneller, als ich dachte«, entgegnete ich feixend.

Kapitel 46

Dass etwas nicht stimmte, erkannte ich in dem Augenblick, als mir Frau Bachmeier die Tür zum Besucherraum öffnete und ich das angespannte Gesicht von Philippe sah. Eigentlich war es meine Idee, dass ihn unsere Tochter diesmal nicht begleiten sollte. Schließlich hatten wir einiges zu klären. Welche Informationen er von mir zu hören bekäme, hing stark davon ab, welche Rolle Astrid Schneider tatsächlich in unserem Leben spielte. Ich musste es herausfinden.

»Was ist los?«, fragte ich ohne Umschweife, als ich sah, wie elendig er wirkte. Seine Haare schienen seit Tagen nicht gewaschen zu sein, sein Hemd kaum gebügelt. In so einem verloderten Zustand kannte ich ihn nicht. Frau Bachmeier nahm hinter einem Beobachtungsfenster neben einer weiteren Kollegin Platz. Die Aufseherinnen verfolgten aufmerksam jede unsere Bewegung als eine Art Maßnahme gegen Schmuggel von Drogen, Schmuck oder Zigaretten. Mittlerweile machte mir diese ständige Kontrolle nur wenig aus. Kurz nach dem Strafantritt war es für mich die Hölle.

»Setz dich bitte!«, erwiderte er, nachdem wir uns zur Begrüßung umarmt hatten. Ich nahm den vorgesehenen Platz am Tisch ein - ihm gegenüber.

»Ist alles in Ordnung?« Langsam jagte mir sein Schweigen Angst ein. »Irgendetwas mit Tammy?«

»Nein«, erwiderte er bestimmt. »Es geht um ... Muffin.« Da ich daraufhin schwieg, setzte er fort: »Sie ist tot, Juli.«

»Oh, mein Gott, wie ist das passiert? Sie war doch erst sieben Jahre alt. Die jüngste war sie zwar nicht, aber ...«

»Sie hat sich von der Leine losgerissen«, unterbrach mich Philippe, »und ist direkt vor ein Auto gelaufen. Astrid musste sie beim Arzt einschläfern lassen. Jetzt ist sie bei Tammy und tröstet sie.«

Der Schmerz, den ich fühlte, war unbeschreiblich. Die Hündin war nicht nur ein Familienmitglied. Sie hatte für Tammy einen therapeutischen Wert. Wenn sie Muffin umarmte, fühlte sie sich, als wäre ich in ihrer Nähe, hatte sie mir einst erzählt. Nun war unsere Hündin nicht mehr am Leben, und ich konnte mein Kind durch sie nicht mehr trösten. »Wann genau ist es passiert?«, fragte ich traurig.

»Gestern.« Philippes Gesichtsausdruck verriet tiefe Trauer. »Als Astrid mit ihr Gassi war. Plötzlich riss sich Muffin von der Leine.«

»SIE WAR MIT DEM HUND UNTERWEGS?«, unterbrach ich energischer, als ich eigentlich beabsichtigt hatte. »Warum das? Du weißt, dass sie Muffin nicht ausstehen kann.«

»Beruhige dich doch!« Philippe zeigte mit einem Kopfnicken in Richtung von Frau Bachmeier, die uns nun intensiver als zuvor beobachtete. »Ich konnte nicht mit dem Hund raus, weil ich noch zu tun hatte. Und sie hatte sich angeboten. Das war im Nachhinein falsch, aber für mich in dem Augenblick bequemer. Ich hoffe, ich werde es mir irgendwann verzeihen können.«

Alles egal. Nicht mehr lange, und ich werde herauskommen und diese Frau mit ihrem pseudo-altruistischen Helfersyndrom aus unserem Leben verbannen, sagte ich beruhigend zu mir selbst. Dabei bebte mein ganzer Körper vor Schmerz - gepaart mit Wut. *Themawechsel, sonst raste ich noch aus.* »Wie stehen Eure Vorbereitungen für Australien? Hast du schon Karten für Tammy und dich bekommen?«

»Astrid hat sie besorgt«, erwiderte Philippe, ohne mir in die Augen zu schauen. »Sie hat angeboten, dass sie dort auf Tammy aufpassen könnte. Ich habe einen wichtigen Auftrag bekommen, den ich nicht ablehnen kann. Und die Frage war, ob meine Eltern so lange auf Tammy aufpassen können. Da bot es sich doch an, dass ...«

Mehr wollte ich nicht hören, also unterbrach ich Philippe. »Bist du so blöd und weißt nicht, was hier passiert?«, zischte ich leise, um meiner Aufpasserin, Frau Bachmeier, keinen Grund zu geben, die Visite vorzeitig abzubrechen. Aber ich war wirklich wütend. »Zufälligerweise lief die Hündin, auf die Astrid gegen meinen Willen aufpassen sollte, acht Wochen vor einem lukrativen Urlaub unter ein Auto und wird überfahren? Was ist mit dir los? Schläfst du mit der? Anders kann ich mir die Blauäugigkeit nicht erklären!«

»Nein«, erwiderte er so energisch, dass mir schlagartig klar wurde, dass er mich anlog.

»Du brauchst dir keine Mühe zu geben, Geschichten zu erfinden«, stellte ich trocken fest, »Tammy hat es mitbekommen und mir erzählt.«

Stille.

»Du warst mit ihr im Bett, du Mistkerl!«, zischte ich erneut. Die Spannung, die in mir wuchs, war kaum auszuhalten. »Und unsere Tochter hat es mitbekommen!«

»Hat sie nicht«, wisperte Philippe. »Ich hatte keinen Sex mit dieser Frau. Zumindest nicht bewusst.«

»Ich war besoffen ... bla, bla, bla«, äffte ich nach, was ich gleich zu hören erwartete.

»Vielleicht«, fuhr er fort. »Daran, wie wir im Bett gelandet sind, kann ich mich nicht erinnern. Ich weiß nur, dass sie irgendwann am Sonntag neben mir in unserem Bett erwachte. Ich weiß nicht, wie es passiert ist. WIRKLICH NICHT. Es tut mir so leid.«

Das klang ja wie mein Geständnis für den Mord an Andreas Lange. War es möglich, dass sie ihm auch die Tropfen gegeben hat? Oder war er vielleicht nur besoffen? Log er mich womöglich nur an? Was sollte ich glauben? Ich glaubte gar nichts mehr. So war es besser!

Philippe schien es aufrichtig zu bereuen. Dennoch blieb die Tatsache, dass er mit meiner größten Feindin vermutlich intim gewesen war. Das musste ich genauer erfragen. »Hattet ihr Sex?«

»Tu mir das nicht an«, bat er mich flehend.

»Hattet ihr an dem oder einem anderen Tag Sex?« Ich ließ mich nicht darauf ein. Er konnte mir nicht mehr wehtun, als er es bisher getan hatte.

Philippe nickte, ohne mir in die Augen zu schauen. »Aber ich kann mich wirklich nicht daran erinnern.«

ES TUT SO WEH.

Hilflos spürte ich, wie mir die Tränen in die Augen schossen. Aber ich riss mich zusammen und wischte sie weg. Ich brauchte seine Hilfe, um aus dem Gefängnis zu kommen. Den Rest konnte ich dann in Freiheit regeln. Allerdings stand mein Entschluss fest, dass ich ihm nichts von den Hoffnungen auf ein Wiederaufnahmeverfahren erzählen würde.

Ich traue dir nicht mehr, sprach ich in Gedanken zu Philippe. *Aber ich brauche dich mehr als je zuvor.*

»Schwamm drüber«, sagte ich stattdessen und bewunderte mich zugleich für meine plötzliche Verlogenheit. Es war das Ergebnis jahrelanger Knastlehre. Die Zeit drängte. »Wir lassen alle Informationen sacken. Könntest du mir einen Gefallen tun?«, fragte ich gespielt zuckersüß. Mit einem Mal baute ich eine große Mauer zwischen uns auf, wie ich es in meinem Gefängnisalltag zu Mitinsassinnen bereits perfektioniert hatte.

»Klar kann ich das«, erwiderte Philippe, perplex darüber, wie schnell ich mich fing.

»Ich möchte, dass du mir vertraust und keine Fragen stellst, okay?«, bat ich hastig. »Es klingt seltsam, doch ich brauche einen genauen Arbeitsplan von Astrid. Könntest du mir den schnellstens besorgen und Tammy mitgeben, wenn sie morgen zu Besuch kommt?«

»Sag nicht«, Philippe verdrehte die Augen, »dass du wieder eine Verschwörung vermutest. Diese Frau hat ihre Macken. Und ich verstehe, dass du sauer auf sie und erst recht auf mich bist. Doch, Herrgott, SIE HILFT MIR! Und das umsonst. Ich verdiene nicht genug, um Tammy eine aufopferungsvolle Nanni zu besorgen, Juli. Und - sei mir nicht böse - ich bin nun mal alleinerziehender, berufstätiger Vater. ZWISCHEN DER FRAU UND MIR LÄUFT NICHTS! Irgendwelche Rachepläne zu schmieden, bringt uns nicht weiter! Es macht uns beide nur kaputt.«

»Vielleicht«, sagte ich mit fester Stimme, »haben wir uns gerade falsch verstanden. ICH BITTE DICH NICHT UM DEINE MEINUNG. Wenn du mir diese Information nicht geben kannst, ist es nicht schlimm. Ich besorge sie mir auf einem anderen Weg. Dann brauchst du allerdings nie wieder bei mir auftauchen. Haben wir uns verstanden?«

»Frau Bachmeier«, rief ich meine Aufseherin. »Die Visite ist hiermit vorbei!« Dann stand ich auf, ohne mich von Philippe zu verabschieden.

Zur gleichen Zeit gingen mir Ideen durch den Kopf, wie ich mir diese Informationen auch ohne Philippes Hilfe beschaffen konnte. Nach so einer langen Strafzeit blieben mir nicht allzu viele Alternativen, ohne Astrids Aufmerksamkeit auf sich zu ziehen.

Eigentlich nur eine einzige. Eine Person, der ich grenzenlos vertraute. Die mich nie enttäuscht hatte, und die mich am Montag - wie schon seit Jahren - wieder besuchen würde.

Meine Freundin Bärbel Hartmann.

Kapitel 47

Der heutige Tag würde einer der wichtigsten in meinem Leben werden, daher wachte ich lange vor der Lebendkontrolle auf. Als die Aufseherin die Tür meiner Zelle aufgesperrt hatte, war ich bereits fertig angezogen.

Den Morgen begann ich wie immer mit einer Tasse schwarzen Instant-Kaffee, den ich mir - wie übrigens auch den Wasserkocher - in der Holzwerkstatt der Anstalt allein verdient hatte. Alle Insassinnen der JVA waren angehalten, einem Job nachzugehen. Und ich kannte kaum eine Inhaftierte, die diese Abwechslung vom tristen Alltag nicht gern in Anspruch nahm, um sich monatlich mit Duschgel und ähnlichen Gütern zu versorgen. Mein einziger Luxus war der Instant-Kaffee am Morgen und das von mir eigens bezahlte Fernsehprogramm.

Nach dem Standardfrühstück bat ich die Aufseherin - ein neues, blutjunges Gesicht unter dem für uns zuständigen Personal - meinen Anwalt anrufen zu können. Nach kurzer Rücksprache mit der Anstaltsleitung erlaubte sie es mir.

»Rechtsanwaltskanzlei von Bayer & Partner, Lehmann am Apparat. Wie kann ich Ihnen helfen?«, fragte eine junge Frauenstimme am Telefon.

»Mein Name ist Julia Hoffman. Ich muss dringend mit Herrn von Bayer sprechen«, erklärte ich.

»Herr Doktor von Bayer ist gerade in einer Besprechung«, fuhr die Frau fort. »Unter welcher Telefonnummer soll er Sie zurückrufen?« Offenbar war diese Frau nicht mit meinem Fall vertraut.

»Ich rufe aus der JVA an«, klärte ich sie auf. »Es ist wirklich enorm wichtig, dass er mit mir spricht.«

»Moment ...« Musik im Hörer.

»Von Bayer...«, meldete sich endlich eine männliche Stimme.

»Hallo, Henrik, hier ist Julia. Ich habe etwas für Sie!«

»Schießen Sie los«, bat er mich. Henrik von Bayer schien wirklich sehr daran interessiert zu sein, was ich ihm zu sagen hatte.

»Nicht am Telefon«, erwiderte ich. »Könnten Sie mich heute Abend besuchen? Vielleicht gegen 16 oder 17Uhr? Es wäre wahnsinnig wichtig, dass wir uns sehen!«

»Einverstanden«, sicherte er mir zu. »Aber es wird eher gegen 17 Uhr sein. Vorher habe ich noch ein paar andere Termine.«

»Umso besser«, warf ich zufrieden ein. »Das lässt mir mehr Zeit.«

»Zeit wofür?«, fragte Henrik von Bayer besorgt.

»Bis später«, ignorierte ich seine Frage und legte auf. Er würde kommen! Das zählte.

»Ich möchte jetzt zur Arbeit«, wandte ich mich an meine Aufseherin.

»Werkstatt?«, fragte sie. Ich nickte.

»Gleich hole ich Sie ab.«

Als ich dann fünfzehn Minuten später abgeholt wurde, hatte sich meine Zelle durch die Sonnenstrahlen ordentlich aufgeheizt, sodass ich froh war, ihr zu entkommen. Über Berlin rollte eine weitere, große Hitzewelle. Über 30 Grad im Schatten. Nichts war uns an solchen Tagen heiliger, als während des einstündigen Hofgangs an die frische Luft zu gehen. Nur heute würde ich nicht in den Genuss kommen.

Die Werkstatt war bereits gut gefüllt mit Insassinnen aus verschiedenen Blöcken. Nur Rosi war noch nicht dabei. Dass sie sich verspätete, war nicht neu, dennoch hatte ich etwas Angst davor, dass sie heute nicht auftauchen würde.

Rosi, eine dreißigjährige, kurzgeschorene Blondine, war die wahre Personifizierung explosiven Jähzorns. Man durfte sich nicht von ihrem eher schlaksigen Körperbau täuschen lassen. Wenn sie in Fahrt kam, war sie nicht zu bremsen. Ich vermutete, dass sie von allen am häufigsten im Bunker zu Gast war, also einer Art Isolationshaft für besonders aggressive oder selbstmordgefährdete Insassinnen. Für einen Augenblick fürchtete ich, dass Rosi wieder etwas ausgefressen hatte und heute nicht mehr erscheinen würde.

Aber ich irrte mich. Als sie die Werkstatt betrat, spürte man bereits die Anspannung in der Luft. Sie war in bester Streitlaune - wie seit langem nicht mehr. Wahrscheinlich lag es am Wetter. Also leichtes Spiel für mich. Bisher lief alles nach Plan, zumal ich vorgestern aus vertrauenswürdiger Quelle erfahren hatte, dass das interne Röntgengerät immer noch defekt war. Wie zu der Zeit, als ich noch im Klinikum tätig war. Das war ein wichtiger Teil meines Plans.

Unsere selbstauferlegte Aufgabe war heute, Schmuck für unseren Online-Verkauf herzustellen. Also versuchte ich mich zunächst in die Arbeit zu vertiefen. Doch es fiel mir nicht leicht. Mein Blick wich kaum von der über der Tür angebrachten Uhr ab. Stunde um Stunde fühlte ich, wie mein Puls stieg und mich die Nervosität vereinnahmte.

Elf, elf Uhr dreißig, zwölf ...

Jetzt schließt die Chirurgie, in der Astrid arbeitet. Noch zehn Minuten abwarten ...

Jetzt!

Unsere Aufseherin verließ wie gewohnt für einen Augenblick den Raum. Wer in der Werkstatt arbeitete, genoss einen gewissen Grad an Vertrauen und hatte sich in der Vergangenheit bewiesen. Bis auf Rosi, die allerdings immer wieder durch die Werkstatt belohnt wurde. Diesen Job zu verlieren bedeutete, einen deutlich weniger beliebten, wie das Putzen, zu bekommen. Aber selbst das war für mich okay, wenn mein Plan gelang.

Eiligen Schrittes ging ich zu Rosi, als wollte ich ihr meine selbstgebastelte Kette zeigen.

»Hey«, sagte ich herausfordernd. »Hände weg von Marion. Sie ist ab sofort mein Schatz. Halt dich von ihr fern, sonst erzähle ich denen, wo du dein Handy versteckt hast.«

Damit hatte ich genau zwei wunde Punkte von Rosi getroffen. Erstens die hübsche Marion, in die sie verknallt war. Aus Mangel an männlichem Angebot waren Liebschaften zwischen den Frauen alltäglich, wenn auch nicht offiziell erwünscht. Deshalb war für Rosi auch vorstellbar, dass ich Interesse an ihrer Liebsten hegte. Der zweite wunde Punkt war der Besitz eines Handys, was definitiv verboten war. Zwar wusste ich nicht, wo sie es versteckte. Aber dass sie eins hatte, wusste ich definitiv. Sowas ließ sich im Knast nie lange verheimlichen. Ich war mir recht sicher, dass sie nicht viel Zeit brauchte, bevor sie explodieren würde.

Und ich sollte recht behalten. Augenblicklich wurde Rosi zur Furie. Im nächsten Augenblick fühlte ich eine Faust auf meiner Nase aufschlagen. Die Wucht hatte mich zuerst so überrascht, dass ich den Schmerz nicht realisierte. Er kam mit Verspätung bei mir an. Just als ich die zweite Faust kassierte. Niemals hätte ich mir in meinen schlimmsten Albträumen vorstellen können, dass etwas so wehtun konnte wie Rosis Schläge.

Doch ich verteidigte mich mäßig, in der Hoffnung, so viele Schläge einzustecken, dass meine Nase oder sonst etwas gebrochen wäre. Alles lief wie im Zeitlupentempo ab, während Rosi in Wut den letzten Atemzug aus mir herausprügelte. Dass die Aufseherinnen uns getrennt hatten, erfuhr ich später, als mein Körper schon längst zusammengesackt am Boden lag. Der Schmerz schien mein Bewusstsein abgeschaltet zu haben. »Es tut mir leid«, wisperte ich leise.

Dann wurde es plötzlich dunkel.

Später erwachte ich in der gefängniseigenen Krankenstation.

»Meine Güte, man hat Sie ganz schön zugerichtet«, hörte ich den Gefängnisarzt sagen.

Doktor Engelhardt, las ich. *War das nicht unser alter Kunde, als ich noch in der Pathologie arbeitete?* »Halb so übel!«, versicherte ich ihn. Doch tatsächlich fühlte ich jeden einzelnen Knochen und überlegte, wie viele davon gebrochen waren.

»Ich muss Sie zur Chirurgie schicken ...«, sagte er traurig. »Wer weiß, ob die Nase nicht gerichtet werden muss? Und unser Röntgengerät funktioniert immer noch nicht.«

Scheinbar konnte sich der Arzt an mich erinnern. Oder die mitgelieferte Akte lieferte meine einst so glänzende Vorgeschichte, die mir Astrid an einem einzigen Tag geklaut hatte.

Ich sagte nichts.

»Leider ist heute Mittwoch, und die Praxis hat zu. Wir müssen bis morgen warten. Oder ich bringe Sie woanders unter? Scheint sehr ernst zu sein.«

»Um Gottes Willen, auf meine Eigenverantwortung: NEIN!«, rief ich energisch. Diese Eventualität hatte ich im Eifer gar nicht bedacht. Doch, sich am nächsten Tag krankenhausreif verprügeln zu lassen, war riskant. Je nachdem, wie schnell der Gefängnisarzt reagiert hätte, hätte ich unter Umständen Astrid verpasst. »Ich halte bis morgen durch, versprochen! Meine Nase ist garantiert nicht gebrochen! Außerdem muss ich heute noch etwas Wichtiges mit meinem Anwalt besprechen. Er ist garantiert bald da.« Ich versuchte aufzustehen. Aber ich fühlte mich elendig. »Sie können mich doch schon mal erstversorgen!«

»Ganz ruhig!«, befahl mir der Arzt. »Ich habe Ihnen etwas gegeben, das die Schmerzen lindern sollte. Sind Sie sicher, dass ich Sie nicht woanders hinbringen soll? Was ist, wenn es eine Gehirnerschütterung ist? Ich bin für Sie verantwortlich.«

»Ich bin immer noch eine ausgebildete Ärztin, Doktor Engelhardt«, erwiderte ich. »Es geht mir gut. Es ist keine Gehirnerschütterung! Und morgen können wir uns nochmal versichern, was mit der Nase passiert ist. Solange halte ich durch.«

»Na gut, aber eine kleine Erstuntersuchung müssen Sie dennoch über sich ergehen lassen.« Der Arzt duldete keinen Widerspruch.

»Wie spät ist es?«

»Sechzehn Uhr zehn«, antwortete er. »Ihr Anwalt wird schon auf Sie warten, keine Sorge.«

»Ich weiß«, lächelte ich und spürte prompt, dass das keine so gute Idee war. Mein Gesicht fühlte sich überall wund an. »Legen Sie los, damit sich mein Anwalt nicht zu lange gedulden muss!«

Kapitel 48

Donnerstag, 05.07.2018

»Gefangentransport in der Eins. Frau Schneider, bereiten Sie bitte die Patientin vor«, hörte ich jemanden durch die Tür sagen. Auch wenn es so verabredet war, hätte es leicht passieren können, dass Astrid nicht zur Arbeit erschienen war. Mein Puls raste, während ich tief ein- und ausatmete, um mich zu beruhigen.

Ein. Aus. Ein. Aus.

Wie ein Mantra.

Astrid ließ mich nicht lange warten. Als sie wenige Minuten später die Tür zu meinem Behandlungsraum öffnete, war nichts klarer als meine Gedanken. Ich brauchte einen scharfen Verstand und hatte kaum Zeit, um Fehler zu vermeiden. *Los geht's*, sagte ich mir, um mein Selbstvertrauen zu stärken. *Reden wir endlich Tacheles!*

»Julia?«, Astrid war sichtlich überrascht, als sie mich sah. Es war das erste Mal seit einer sehr langen Zeit, dass wir uns wieder begegneten. Ich hoffte, mich genug unter Kontrolle zu haben, um den Plan nicht zu gefährden. Innerlich bebte ich vor Aufregung.

Ihre anfängliche Verwirrung wich in Sekundenschnelle einem entsetzten Ausdruck in ihren Augen. Die Ursache war nicht nur die Tatsache, mir unerwartet gegenüberzustehen. So zugerichtet sah ich einfach nur entsetzlich aus. Mein Gesicht war über die Nacht stark geschwollen und nun mit einer Farbmischung aus rot und lila überzogen, als hätte mich nicht nur eine, sondern gleich eine ganze Herde Rosis mit Prügel traktiert. Dass meine Nase gebrochen war, stand mittlerweile nicht zur Debatte. Meine Hoffnung war, dass sie sich trotz der Verzögerung vernünftig richten ließ. Doch jedes der schmerzenden Hämatome auf meinem Körper war es wert, wenn mein Plan aufging.

»Hallo, Astrid«, begrüßte ich sie so freundlich, wie ich nur konnte. Dabei wollte ich sie am liebsten eigenhändig umbringen. Dann hätte man mich wenigstens für etwas verurteilt, das ich tatsächlich begangen hatte. *Ich werde dir die größte Hölle auf Erden bereiten. Versprochen!*

»Meine Güte, was ist mit dir passiert?«, entfuhr es Astrid.

»Naja«, sagte ich gespielt leichtfertig, »eine Insassin hatte etwas gegen mich. Passiert ...«

»Die Nase ist bestimmt gebrochen. Aua«, stellte sie fest, als sie mir näher kam.

»Halb so wild«, entgegnete ich. Ich entschied mich für eine Schockkonfrontation. Mit dem Medaillon für meine Tochter hatte sie vielleicht nur unterbewusst entschieden, mit mir reden zu wollen. Nun gab ich ihr die Chance dazu. »Wie hast du es geschafft, dass mein Blut am Tatort war? Das war grandios, gebe ich zu!«

»Wie bitte?« Mit der so offensiv gestellten Frage spielte ich ein riskantes Spiel. Ich ahnte instinktiv, dass ich sie nur so zu einem Geständnis bewegen konnte. Astrid hätte Tammy nicht das Medaillon gegeben, wenn sie für ihre Genialität nicht hätte gelobt werden wollen. Aber wer gab mir die Garantie, dass ich es nicht vermasseln würde?

»Komm schon«, lachte ich auf, »das Medaillon! Du kanntest Andreas Lange schon vor mir. Er hat das gestohlen und aus welchem Grund auch immer dir gegeben.«

Als sie weiterhin schwieg, setzte ich fort: »Wir sind hier unter uns, das weißt du. Die Gespräche mit Pflegekräften oder Ärzten werden nicht abgehört. Dein Plan war so genial, dass ich Jahre gebraucht habe, um alles zu durchschauen. Bist brillant! Aber das wirst du niemandem außer mir je erzählen können. Und ich sitze im Knast. Wer würde schon einer verurteilten Mörderin glauben?«

»Ich kannte Andreas schon, seit du mir sein DNA-Profil geschickt hattest. Der Freund meines Vaters, weißt du noch?« Astrid lächelte triumphierend. Sie hatte also den Köder geschluckt. »Der hat mir den Namen besorgt. Unser Andreas war kein unbeschriebenes Blatt. Er war zu diesem Zeitpunkt bereits durch kleinere Delikte aufgefallen. Ihm zu begegnen, wäre aber auch für dich kein Problem. Er hat dich ja gestalkt, wie du weißt. Hättest du dir die Mühe gemacht, dich nachts hinauszuschleichen, hättest du ihn vielleicht sogar kennengelernt. Unser Andreas wollte aber nicht, dass einer von seiner kriminellen Leidenschaft erfährt. Dadurch konnte ich ihn gut in Schach halten. Und zwar so gut, dass er sogar bei dir eingebrochen ist.«

»Das war also deine Idee?« Wie gerissen Astrid war, überraschte mich immer wieder aufs Neue.

»Aber natürlich war das meine Idee, du Dummerchen.« Astrid lachte hämisch. »Du wolltest doch nichts mehr von mir wissen. Wie hätte ich dir besser zeigen können, dass du mich noch brauchst?« Plötzlich verengten sich ihre Augen zu kleinen Schlitzen. Sie schaute mich finster an. »NIEMAND, verstehst du? NIEMAND GEHT SO MIT MIR UM!«

Oh, Gott, ich bin mit einer Verrückten im Raum, ging es mir durch den Kopf. Aber es gab keinen Schritt zurück. »Also war das Medaillon die Belohnung für all deine Mühe, richtig?«, fragte ich.

»Ja, ich wollte etwas von dir haben, das uns für immer verbindet. Und die Kette war dir immer so wichtig. Vermutlich sogar wichtiger als ich«, erklärte Astrid lächelnd. Ihre Launenhaftigkeit verwirrte mich. »Zeig mal dein hübsches Gesichtchen.«

Ich streckte ihr mein Gesicht entgegen, damit sie die Hämatome begutachten konnte. Sie sollte keinen Verdacht schöpfen.

»Au, au«, sie schüttelte ihren Kopf, »das sieht sehr, sehr böse aus. Ob der süße Philippe das noch ansprechend finden wird? Möchte ich bezweifeln!«

Es kostete mich wahnsinnig viel Kraft, mich auf ihre Provokation nicht einzulassen. Doch ein paar Antworten war sie mir noch schuldig. Wenn ich jetzt nicht die Ruhe bewahrte, würde ich die nie erfahren. Also zwang ich mich zur zweiten Runde.

»Der ist mir scheißegal. Du kannst ihn haben! Ich denke, der Knast hat mir die Augen geöffnet, dass er sich schon immer mehr für dich als für mich interessiert hat.« Insgeheim hoffte ich, dass sie vielleicht eine Art Hass-Liebe zu mir empfand, die ich zu meinem Vorteil ausnutzen konnte. Irgendetwas musste sie für mich empfunden haben, so wie sie früher an mir hing. Was auch immer es war, das wollte ich jetzt in ihr wecken. Und ihre tiefverwurzelte, narzisstische Vorliebe für ihre eigene Person.

»Wow«, entfuhr es Astrid. »Hätte ich nicht gedacht. Ich war mir sicher, dass das zwischen euch wahre Liebe ist.« Das Aufleuchten in ihren Augen bewies, dass ich mich nicht geirrt hatte. Meine vermeintliche Güte hatte sie beeindruckt.

»Erzähl schon«, flehte ich sie zwinkernd an und ignorierte, dass sie an meiner Nase herumdrückte. Es tat höllisch weh. »Was ist an diesem Tag passiert? Wir haben nicht mehr viel Zeit. Irgendwann muss ich zurück. Aber ich will das unbedingt wissen.«

»Was bringt es dir? Warum sollte ich das tun?«, fragte Astrid neugierig. *Es ist klar, ich muss dir etwas bieten, wenn ich etwas von dir will.*

»Wenn du es mir erzählt hast, werde ich auf mein Sorgerecht für Tammy verzichten. Du bist so clever, dass du dich um sie kümmern solltest.« Als ich es ausgesprochen hatte, klang es so falsch, dass ich dachte, Astrid hätte mich durchschaut. Doch offensichtlich verblendete ihre Liebe zu meinem Kind ihre Sinne, denn plötzlich nickte sie zustimmend. Ging sie mir auf den Leim oder hatte sie mich durchschaut? Ich konnte es nicht sagen.

Astrid schaute mich dennoch für einen Wimpernschlag misstrauisch an, bevor sie sich einen der hölzernen Stühle an der Wand holte, um sich mir gegenüber zu setzen. »Okay, ich erzähle dir alles. Dafür verzichtest du auf Tammy und lässt sie in Ruhe, ja?«, betonte sie nochmal. »Und Philippe darf tun und lassen, was er will? Du wirst ihn nie wiedersehen?«

Ich bin am Ziel!, dachte ich voller Euphorie. Doch genau das durfte ich ihr jetzt nicht zeigen. Was für ein Glück hatte ich, dass sie ihr Gewissen erleichtern wollte? Ich konnte es kaum fassen. »Alles, was du willst«, pflichtete ich ihr stattdessen bei. »Niemand würde einer verurteilten Mörderin glauben. Erzähl mir, wie genial du eigentlich bist!«, stachelte ich weiterhin den Narzissten in ihr weiter an.

»Also«, begann Astrid, »als die Geschichte mit dem Einbruch nichts brachte, weil du nicht bei mir angerufen hattest, versuchte ich das mit den toten Katzen in der Mülltonne. Du solltest noch mehr Angst bekommen. Dann tauchte plötzlich Philippe auf, und mir wurde klar, dass ich dich auf diese Weise nicht mehr zurückbekommen würde.«

»Die toten Katzen waren also auch deine Idee?« Es entsetzte mich, daran zu denken. Sie war kränker, als ich es mir je hätte erträumen lassen.

»Na klar.« Astrid zuckte mit den Schultern. »Weißt du noch, als wir uns kennengelernt hatten? Du hattest Katzenhaarallergie, also musste leider mein Kater Leo verschwinden. Für dich hätte ich damals alles getan, Juli. Jedenfalls gibt es in der Nähe deines Hauses viele Streuner in der Nacht.«

Ich gab mir Mühe, sie voller Bewunderung anzusehen. »Sehr schlau von dir«, erwiderte ich.

»Nicht wahr?« Astrid freute sich wie ein Kind über das vermeintliche Kompliment.

»Und dann?«, gierte ich nach dem Rest.

»Nun, es hat wahnsinnig lange gedauert«, fuhr sie fort, »dich wieder zur Freundin zu haben. Zuerst musste ich deinen Stalker, dessen Namen ich bereits kannte, irgendwie loswerden. Zum Glück hatte er so viel Angst, erwischt zu werden, dass er mit überzeugenden Argumenten erst mal das Land verließ. Darum verschwanden irgendwann seine bescheuerten Rosen vor deiner Tür. Ich wollte sicher sein, dass er keine Dummheiten macht, die uns voneinander entfernten.«

»Also hast du ihn irgendwie ... erpresst?«, schoss ich ins Blaue hinein. Die Geschichte war mittlerweile noch verrückter, als ich es je vermutet hätte. *Ein Stalker ersetzte einen anderen?*

»Ah, naja«, Astrid zuckte erneut unschuldig mit den Schulten, »so eng würde ich es nicht sehen. Aber okay, die perversen Bilder vom Einbruch, die man nach dem Mord bei ihm zu Hause fand, waren natürlich von mir. Sie waren dein Motiv. Andreas wollte selbstverständlich nicht, dass alles herauskommt. Er wollte halt nicht wieder in den Knast und das diesmal noch als Perverser. Übrigens: Der Spanienaufenthalt hat ihm am Ende wirklich gutgetan.«

»Tatsache ...« Ich war sprachlos.

»Ich war mir sicher, dass die Luft aus unserer Freundschaft längst raus war«, setzte Astrid unbeirrt fort. »Und dann habe ich gesehen, dass du oft beim Frauenarzt warst. Zum Glück zuerst nach Feierabend, daher konnte auch ich mich dort als Patientin registrieren. Ärzte sind heutzutage sehr beschäftigt. Im Behandlungsraum wartet man schon mal einige Minuten, bis der Arzt kommt. Die PCs sind in der Regel nicht gesperrt. Und die Datei eines anderen Patienten aufzurufen dauert nicht besonders lang, wenn man weiß, was zu tun ist. Da unterscheiden sich die

Programme der Gynäkologen kaum von denen der Orthopäden. Nun hatte ich irgendwann auch noch schwarz auf weiß die Erklärung, warum dein Bauch plötzlich so groß wurde. Eine eigene Mutterschaft war meine Chance, dich wieder um mich zu haben. Doch was tun, wenn man keinen Stecher hat, der einen schwängern kann? Zum Glück hatte ich eine gute Idee. Wenn man sich ein Kissen eng um den Bauch bindet, sieht man plötzlich wie schwanger aus. Immerhin hast du es mir abgenommen. Sogar in der Arbeit wurden keine Fragen gestellt, nachdem ich ein paar Dokumente gefälscht hatte. Ärztliche Schweigepflicht und das Vertrauen der Menschen sind schon manchmal sehr hilfreich beim Lügen.«

Oh mein Gott, wie skrupellos ist diese Frau?, ging es mir durch den Kopf. Astrid war nicht nur böse. Sie war der Teufel in Person. Es entsetzte mich zutiefst.

»Das bedeutet ...«, stotterte ich plötzlich, »du hast nie um ein Baby getrauert? ES GAB GAR KEIN BABY? Das hast du mir nur vorgespielt, um mich als Freundin zu haben? Das ist doch verrückt! Warum hast du mir das angetan?«

»Die Wahrheit ist ...«, Astrid schaute mich teilnahmslos an, »ich dachte, du wärst mein Ein und Alles. Dass ich ohne dich nicht leben kann. Du bist immer die Bessere von uns gewesen, Frau Professor. Ich war deine dumme, hässliche Zwillingsschwester. Karriere, Kind, Männer, die dich vergötterten. Und ich? Habe ich nicht alles geopfert, um so zu sein wie du?«

Während sie sprach, fragte ich mich, wie verrückt das Ganze tatsächlich war. Konnte jemand die Welt derartig falsch wahrnehmen?

»Und dann bekamen wir Tammy«, setzte sie fort. Das ließ mich erneut erschaudern. »Zunächst dachte ich, du würdest endlich Philippe loswerden, damit wir unsere Tochter gemeinsam aufziehen können. Er war doch ein untreuer Parasit, der dich mit dem Baby oft sitzenließ, um seine Tussi in Australien zu treffen. Doch es passierte nicht! Im Gegenteil. Er hat mir meine Familie weggenommen. Wunderst du dich, dass ich mich rächen wollte? Tammy gehört mir! Ich liebe sie mehr als du! Das war doch immer so. Und ich bin jünger als du! Und geduldiger! Du hast dir das Kind doch gar nicht verdient. Es ist meins!«

Unfähig, ein Wort zu sagen, ließ ich mich noch mehr auf den Stuhl sinken. Ich fühlte mich betrogen. Wieso hatte ich nicht erkannt, was in dieser Frau vorging? Warum hatte ich jedes Anzeichen dieser Geisteskrankheit übersehen?

»Philippe ist ganz schön gut im Bett«, sagte Astrid plötzlich.

»Hast du ihm auch das gleiche Zeug wie mir gegeben?«, fragte ich resigniert.

»'Roofies', oder besser gesagt: die K.O.-Tropfen?« Sie lachte auf. »Klar. Mittlerweile bin ich ganz gut darin, sie richtig zu dosieren. Das Coole daran ist nicht nur, dass derjenige, der sie genommen hat, sich an nichts mehr erinnern kann. Viel wichtiger ist, dass schon eine winzige Dosis die Person gefügig für ungehemmten Sex machen kann. Philippe hat das ja mehr oder weniger erfahren. Und selbst in größerer Dosis kann es mit der Zeit nicht nachgewiesen werden, weil die Substanz schnell abgebaut wird, wie du weißt. Der Pathologe muss schon wissen, wonach er sucht. Das ist weder bei dir noch bei dem armen Andreas, Gott habe ihn selig, passiert. Darum stand nie infrage, dass du die Mörderin warst. Vermutlich hätte ich nicht mal das Blut und die DNA unter seinen Fingern platzieren müssen. Der Fall war einfach wasserdicht.«

»Ja genau. Wie kamen eigentlich meine Spuren dorthin?«

»Das war besonders schlau von mir.« Astrid lachte diabolisch. »Eigentlich war das Kerlchen schon tot, als wir beide in seiner Wohnung angekommen waren. Und du warst schon ziemlich hin. Ich musste dich beinah reintragen. Mir war klar, dass der Gerichtsmediziner den Tod nicht auf die Minute genau bestimmen konnte, daher besorgte ich mir für diesen Tag ein Alibi, falls doch etwas schieflaufen würde. Ich war mit jemanden im Kino. Aber das brauchte ich nicht mal. Und die DNA kam direkt aus deiner Ader. Ich habe dir, als du schon benebelt warst, Blut entnommen und überall verspritzt. Und dich mit der Hand von dem toten Andreas überall gekratzt. Es war nicht leicht, weil trotz der vorher geöffneten Fenster und der klirrenden Kälte im Zimmer bei ihm die Leichenstarre einzusetzen begann. Das war es aber wert.«

Mein Magen drehte sich bei jedem ihrer Worte um. Einen so tiefen Einblick in meine Vergangenheit hätte ich nicht erwartet. Dennoch musste ich aus dieser Irren so viele Informationen herausholen, wie es nur möglich war, damit Henrik mit der Arbeit beginnen konnte. »Wo hast du die K.O.-Tropfen her?«

Astrid lachte. »Du glaubst nicht, was man im Tiergarten in der Nacht so alles kaufen kann, wenn man genug Kohle anbietet. Einfach alles.«

Es könnte also auch dort einen Zeugen geben, dachte ich.

»So, wir sollten etwas tun, bevor ich Ärger kriege«, erinnerte sich Astrid wieder an ihre eigentliche Aufgabe. »Es war angenehm, mit dir zu plaudern, aber wir sind nicht zum Spaß hier. UND NUN FÜR DIE ZUKUNFT: HÄNDE WEG VON MEINER FAMILIE!«

»Okay«, stimmte ich ihr zu. »Noch zwei Fragen, bevor wir loslegen. Dann bist du mich für immer los.«

»Wenn's sein muss.« Astrid zuckte gleichgültig mit den Schultern. »Mach aber schnell.«

»Warum ausgerechnet mein Hund? Warum hast du Muffin umgebracht?« Es war nur eine Vermutung, dass sie es getan hatte, doch ich wollte ihre Reaktion sehen.

»Weil dieser Köter Tammy jeden Tag an dich erinnerte«, erwiderte sie, ohne mit der Wimper zu zucken. »Sie denkt zu viel an dich. Dabei bin doch ich ihre Mutter. Findest du das nicht unfair? Aber keine Sorge, ich kaufe ihr einen neuen Hund, der sie nur an mich, ihre eigentliche Mami, erinnern wird. Weißt du, was Kinder für einen niedlichen, kleinen Welpen alles tun? Bald wird sie mich so nennen, wie es sich gehört? Ich bin ihre Mutter!«

»Du willst Tammy mit einem Hund kaufen?« Es erstaunte mich nicht weniger als alles, was sie mir bisher erzählt hatte.

»Zumindest wünscht sie sich einen. Und Philippe werde ich schon zu überzeugen wissen«, entgegnete sie. »Und die letzte Frage?«

Bevor ich sprach, holte ich tief Luft. »Dass du mir all das erzählt hast, liegt doch nicht nur daran, dass du meine Familie für dich haben möchtest. Warum noch? Warum hast du mir dein Geheimnis verraten?«

Astrid hielt für einen Augenblick inne, als wollte sie es mir verschweigen. Dann entschied sie sich anders. Sie bückte sich zu mir so herunter, dass sie mir direkt in die Augen sehen konnte. Darin spiegelte sich so viel Wut, dass es mich erschaudern ließ. »Ich habe dir das deshalb erzählt«, sprach sie langsam und sehr deutlich, »damit du die Wahrheit kennst. Für deine Arroganz sollst du genauso leiden wie ich damals. Was musste ich mir alles einfallen lassen, damit du mich beachtest? Damit ich ein Teil deiner Familie werde, die dir praktisch umsonst in den Schoß fiel? Tammy ist dir so ähnlich, dass ich manchmal das Gefühl habe, du wärst bei mir. Und das Gute dabei ist ... sie wird mich nie verlassen! Ganz einfach, Frau Professor. Sie ist nun für immer mein Baby! So, jetzt an die Arbeit. Wir brauchen ein Röntgenbild von deiner hässlichen Nase.«

Im gleichen Moment ertönte über Lautsprecher, dass man Frau Schneider an der Rezeption erwartete. Astrid stöhnte auf und verdrehte die Augen.

»Bin gleich wieder da«, versprach sie. Dann stand sie auf und verließ schnellen Schrittes meinen Behandlungsraum. Keine fünf Minuten später konnte ich einen Tumult hören. »Lassen Sie mich los! Was machen Sie da?«, waren die letzten Worte die ich von ihr hörte. Mir blieb nicht vergönnt, ihr letztes Mal in die Augen zu sehen. Aber damit fand ich mich ab. Statt Rache empfand ich in diesem Augenblick nichts. Ich war einfach nur müde.

Kurz darauf trat die Justizvollzugsbeamtin ein, die mich in die Praxis begleitet hatte. Es war genauso, wie wir es verabredet hatten.

»Ah ja, abmachen«, fiel mir ein, was noch zu tun war. »Ich hoffe, dass alles drauf ist«, sagte ich und machte vorsichtig die Klebestreifen vom Mikrophon ab, das unter meinem T-Shirt befestigt war. »Können Sie jetzt endlich jemanden holen, der sich meine Nase angucken kann? Ich habe wirklich höllische Schmerzen.«

In diesem Augenblick fühlte ich mich, als hätte man mich mit heißem Blei übergossen. Ich hatte gewonnen. Gleichzeitig fühlte ich mich verraten und überlegte, ob ich mich mehr über Astrid Schneider oder meine eigene Naivität ärgern sollte.

Aber ich vergoss keine einzige Träne.

Zumindest bis ich wieder in den Gefangenentransporter eingestiegen war. Mit einem Mal kamen die Schmerzen zurück, die mir Rosi gestern mit ihren Tritten und Faustschlägen zugefügt hatte.

Doch sie taten nicht im Mindesten so weh wie die Tatsache, dass mir eine Person, der ich einst vertraute, so viele Jahre meines Lebens gestohlen hatte. Und dass ich nichts davon verhindern konnte.

All meine Emotionen entluden sich plötzlich in einem so furchtbaren Schrei, dass selbst die Fahrerin ihren Kopf nach hinten drehte.

»Ist alles okay?«, hörte ich ihre Kollegin besorgt fragen, als ich mit meinem Kopf kräftig gegen die Kopflehne schlug, bis ich einen unerträglichen Schmerz verspürte.

»Bringen Sie mich bitte schnell zurück«, antwortete ich schwach. »Mein Rechtsanwalt wartet sicher schon auf die Tonaufnahmen.«

EPILOG

Als ich meine Augen aufschlug und mich umsah, stellte ich mit Entsetzen fest, dass ich mich wieder in meiner alten Zelle befand, in der ich einen großen Teil meines Lebens verbracht hatte.

»Oh, nein!«, schrie ich, so laut ich konnte, doch kein Ton verließ meine Kehle. Irgendetwas war anders als gewohnt. Ich überlegte. Ein Etagenbett ... Ich lag darauf, ganz unten. Also hatte ich vielleicht eine Zellennachbarin?

Wenigstens das. »Ich bin doch unschuldig! Astrid war's!«, versuchte ich ihr zuzuschreien und sah nur, wie sie ihr Bein herunterbaumeln ließ. Mehr nicht. Sie reagierte nicht auf meine Panik. Aber vielleicht nahm sie mich nicht wahr? Weil ich nicht sprechen konnte? Also versuchte ich nochmal, meinen Mund zu einem Satz zu formen. Auch jetzt kamen keine Laute aus mir heraus. Wie konnte das sein? War ich krank? Verzweifelt kroch ich aus meinem Teil des Etagenbettes heraus und zog mich an den Stangen nach oben. Ich musste dieser Frau sagen, dass ich unschuldig war. Sie musste es wissen!

Doch als ich endlich - mich an der Leiter ihres Bettes festhaltend - zu ihr herunterblickte, war ich entsetzt. Es war das Gesicht des Teufels, das plötzlich lauthals lachte.

Es war Astrid Schneider.

Schweißgebadet wachte ich aus meinem Traum auf und setzte mich aufrecht. Ich vermutete, dass mich mein eigener Schrei aufgeweckt hatte, doch sicher war ich mir dessen nicht. Die Uhr auf meinem Nachttisch zeigte, dass es noch keinen Bedarf gab, aufzustehen. Es war erst sechs Uhr. Für gewöhnlich Zeit für die Lebendkontrolle in der JVA. Diese jahrelange Gewohnheit ließ mich offensichtlich noch nicht los.

Ich atmete tief durch und sah zu meiner rechten Seite. Tammy schien meine Unruhe nicht geweckt zu haben. Sie schlief fest, wie ein Baby. Für einige Augenblicke genoss ich es, ihr zuzuschauen und überlegte, mich nochmal hinzulegen. Doch dann überkam mich die Lust, das Gesicht mit kaltem Wasser abzuspülen, um die Erinnerungen an meine Vergangenheit zu beseitigen. Es waren erst zwei Monate vergangen, seit ich mein Wiederaufnahmeverfahren gewonnen hatte. Alles war noch so frisch, und dennoch fühlte ich mich in meinem Zuhause bereits, als wäre ich nie weggewesen.

Ganz leise, um meine Tochter nicht aufzuwecken, schlich ich mich aus dem Schlafzimmer. In der Dunkelheit hörte ich das leise Geräusch der auf dem Fensterbrett auftreffenden Regentropfen. Es hörte sich so vertraut an, dass ich vor Glückseligkeit lächelte.

Ich beschloss, meine tägliche Morgenroutine im Bad zu vollziehen. Gesicht waschen, Zähne putzen ... Nur heute wollte ich mich nicht sofort anziehen. Ich würde im Pyjama auf Tammy warten, damit wir gemeinsam gemütlich frühstücken konnten. Nächstes Wochenende würde meine Tochter dann bei ihrem Vater verbringen, daher freute ich mich bereits auf unseren heutigen Sonntag.

Seit Philippe aus meinem Haus ausgezogen war, mussten wir uns irgendwie arrangieren, was Tammy betraf. Sie brauchte sowohl ihren Vater als auch ihre Mutter. Ich durfte ihr die Zeit mit Philippe nicht nehmen, also einigten wir uns darauf, dass sie jedes zweite Wochenende bei einem von uns beiden verbrachte. Das schien unserer Tochter gut zu bekommen, obwohl mir das Loslassen immer noch sehr schwerfiel.

Nach der Morgentoilette ging ich runter in die Küche, um die Vorbereitungen für ein ausgedehntes Frühstück zu treffen. Diesmal beschloss ich, Tammy ihre geliebten Spiegeleier zu machen. Seit ich in Freiheit war, versuchte ich, Bescheidenheit in unser Leben zurückzubringen. Wir hatten Unmengen an Spielsachen, mit denen Astrid meine Tochter überhäuft hatte, aussortiert und verschenkt oder verkauft. Doch ab und an wollte ich meine Tochter auch noch verwöhnen. Auch wenn es *nur* ihr Lieblingsessen war.

Während ich die Backbrötchen schon mal in den Ofen schob, hörte ich den Ton für eine angekommene Nachricht auf meinem Handy. Mein Telefon vibrierte noch, als ich sie las. *Bist du schon wach? Wenn du willst, können wir telefonieren. Fräulein Klara hat mich wieder geweckt; nun kann ich nicht mehr schlafen. Umarmung, Bärbel.*

Es ging nicht anders, ich musste schmunzeln. *Fräulein Klara* war ein weiblicher Golden Retriever-Welpe, der Muffin in ihrer Welpenzeit erstaunlich ähnlich sah. Kaum zu verdenken, dass, wenn es nach Tammy ginge, wir die meiste Zeit bei Tante Bärbel verbringen würden. Was meine Tochter noch nicht wusste, für den nächsten Wurf der Mutter von *Fräulein Klara* waren wir bereits vorgemerkt. Aber das würde meine kleine Überraschung werden. Ein kleines Trösterchen für all das, was man meinem Kind angetan hatte.

Nachdem ich den Ofen angestellt hatte, nahm ich das Festnetztelefon in die Hand und wählte Bärbels Nummer.

»Hi«, begrüßte sie mich fröhlich.

»Na? Wie geht es dir?«, fragte ich ebenso vergnügt. Mit jedem solcher Telefonate wurde mir bewusster, wie schön die Freiheit duftete.

»Argh«, erwiderte sie, »*Fräulein Klara* hat noch viel zu lernen, bis ich sie als Stressabbau-Hund in die Praxis mitnehmen kann. Ansonsten sehr gut. Die Mädels haben noch ein paar Klassenarbeiten vor den Weihnachtsferien. Da sollten wir noch einiges tun. Aber es könnte nicht besser laufen. Fast zu schön, um wahr zu sein. Und wie geht es dir?«

»Ähnlich, und weißt du was?«, fragte ich, ohne ihr Zeit für eine Antwort zu geben. »Ich liebe es! Ich liebe den Alltagsstress. Vielmehr: Ich kann nicht genug davon haben!«, lachte ich.

»Wie läuft es mit Philippe?«

»Eigentlich erstaunlich gut«, warf ich ein. »Wir haben wieder ein freundschaftliches Verhältnis, wobei ich denke, dass er mehr als das will ... Wie auch Tammy.«

»Und du?« Bärbel klang ernsthaft interessiert. »Willst du es mit ihm versuchen? Oder hat Doktor Henrik von Bayer dein Herz schon im Sturm erobert?«

Ich lachte auf. Und verriet mich damit. »Mal sehen, was in der Zukunft passiert. Mein Herz und die Schmetterlinge im Bauch entscheiden. Wie immer.« Dass Henrik und ich uns immer näherkamen, verschwieg ich lieber. Auch dass es mir mehr als guttat.

»Dann wird es Philippe wohl nicht so einfach haben«, stellte Bärbel nüchtern fest.

Wie immer hatte sie recht. Die Zeit im Gefängnis und seine Skepsis zu meinem Misstrauen Astrid gegenüber hatten uns sehr entzweit. Ob unsere Zuneigung diese Kluft noch überwinden konnte, bezweifelte ich. Dennoch mochte ich Philippe immer noch sehr. Ob es für eine ernsthafte Beziehung ausreichen würde, stand offen. Für den Augenblick reichte es mir, dass wir uns bestens verstanden.

»Hey.« Meine Stimme wurde plötzlich ernster. »Noch drei Monate bis zum Prozess.«

»Willst du da wirklich jeden Tag hin?«, fragte Bärbel.

»So zumindest war der Plan«, entgegnete ich. »Sie hat mich einen Teil meines Lebens gekostet. Dass sie sich dafür verantworten muss, will ich nicht verpassen. Zu schade, dass es nicht schneller geht, damit ich die Geschichte endlich abschließen kann. Naja, nicht jeder kann sich einen von Bayer als Rechtsanwalt leisten, der einen aus dem Knast herausboxt.«

»Na, sagen wir es mal so ...«, Bärbel lachte. »Er hatte auch einen Grund, seiner geliebten Mandantin so schnell wie möglich die Freiheit zu erkämpfen.«

Ich schmunzelte. Diesmal ließ ich mich nicht zu einem Kommentar bewegen. Solange ich mir noch nicht sicher war, für wen mein Herz wirklich schlug, wollte ich darüber nicht mal nachdenken.

»Und? Hast du dich schon entschieden, ob du mit Markus das neue Institut in Berlin aufbaust? Wie weit seid ihr schon?« Erst jetzt fiel mir auf, dass wir schon die ganze Woche nicht mehr miteinander gesprochen hatten. In letzter Zeit war viel passiert, wovon sie noch keine Ahnung hatte.

»Die Pläne«, sagte ich stolz, »stehen bereits fest. Wir sehen uns gerade nach geeigneten Räumen um. Und ich freue mich schon darauf. Aber vorher muss ich natürlich etwas Zeit mit Tammy nachholen, die wir verloren haben. Heute backen wir Weihnachtsplätzchen, mit allem Drum und Dran. Also auch mit Teigablecken und gespieltem Schimpfen, weil sie vom Teig genascht hat.«

»Schon wieder?« Bärbel lachte.

»Ich kann nicht genug von Plätzchen bekommen«, gab ich kichernd zurück. »Du weißt doch selbst, wie schnell die Kids erwachsen werden. Meine Zeit dafür läuft langsam ab. Ich genieße die Zeit mit Tammy und bin dankbar, dass Philippe das so gut versteht.«

Im gleichen Augenblick klingelte es. Wer kann das sein, dachte ich irritiert und ging zur Tür. Am Monitor sah ich das vertraute Gesicht, und mein Herz überschlug sich. Es hörte nicht auf, und ich konnte förmlich spüren, wie stark es hämmerte. Zugleich verspürte ich ein leichtes Kribbeln im Bauch.

»Du«, wandte ich mich an Bärbel, »Henrik ist überraschenderweise an der Tür. Sieht so aus, als wollte er ein Gratisfrühstück. Ist es okay, wenn ich auflege?«, fragte ich und öffnete zugleich die Eingangstür.

»Ich höre förmlich deine Schmetterlinge im Ohr«, feixte Bärbel. »Husch, husch ... Verliebte Kerle sollte eine Frau nicht warten lassen.«

Aber diese Worte hörte ich nicht mehr, denn Henrik riss mir den Hörer aus der Hand, um mich leidenschaftlich zu küssen.

Danksagung

Ein Buch wie dieses entsteht nicht über Nacht. Und damit es entsteht, habe ich viel Hilfe bekommen. Nun ist es an der Zeit, mich zu bedanken. Damit ich niemanden vergesse, möchte ich mich in logischer Reihenfolge bedanken – von der Idee bis zum fertigen Buch.

Für die Idee möchte ich mich bei meiner Mutter bedanken, die mir den notwendigen Tritt und Ideen gegeben hat. Ohne sie gäbe es dieses Buch gar nicht. Danke für Deine Geduld und Deine Zeit fürs Spinnen von Ideen an den heißen Sommertagen 2018 in Eurem Garten.

Für die Ideen der Protagonisten möchte ich mich bei zwei Frauen bedanken, die ich nicht namentlich erwähnen möchte:

Liebe Astrid, es war mir ein Vergnügen, Deine Geschichte zu verfolgen, mich in Dich hineinzuversetzen und dennoch eine gänzlich neue Persönlichkeit zu erschaffen. Du warst meine Schablone und dafür einen herzlichen Dank. Es war auf seine Art faszinierend.

Liebe Julia, oder die Dir zugrunde liegende Person. Ich habe diese Geschichte so abgeschlossen, wie Du es Dir gewünscht hättest. Du hast Deine Tammy wieder, die Dir so unglaublich ähnelt. Es tut mir leid, dass das Leben zu Dir so bitter war. Ruhe in Frieden.

Die Geschichte basiert zwar auf wahren Begebenheiten, doch Orte, Personen und Daten sind meiner Fantasie entsprungen.

Während meiner Recherchen begleiteten mich einige meiner Kollegen. Hier möchte ich mich bei Kay Noa und Greta Schneider für juristische Ratschläge bedanken. Es hat viel Spaß gemacht, mit Kay den Plot zum Buch zu besprechen. Oder mit Greta die Irrungen und Wirrungen der Wiederaufnahmeverfahren durchzugehen.

In polizeilichen Belangen konnte ich auf das Wissen meiner Kollegin Ilona Noß und des großartigen Polizisten Markus F. zurückgreifen. Dank Markus weiß ich mittlerweile alles über Peilsender ☺ Danke Euch.

Ein großer Dank geht an meine Lektorin Elke Krüßmann, die geduldig nach Fehlern gesucht hat. Ich kann mir keine bessere

Lektorin als Dich vorstellen. Mein Erfolg ist auch Dein Erfolg, Elke.

Dank der Hilfe meines Ehemannes, Carsten, der sich noch zusätzlich auf die Suche nach logischen Fehlerchen gemacht hat, entstehen meine Cover. Für seine engelsgleiche Geduld möchte ich mich besonders lieb bedanken.

Nicht zuletzt waren da meine Familie und Freunde, die mir nicht nur einige Arbeit abgenommen haben, sondern auch oft auf mich verzichten mussten. Da denke ich an meine Eltern, meinen liebsten Bruder, meinen Ehemann und meine Kids. Ich habe Euch unendlich lieb.

Aber was wäre mein Buch ohne Sie, liebe LeserInnen. Für Ihre geschenkte Zeit möchte ich mich bedanken. Es ist für mich nicht selbstverständlich, dass Sie mir die Möglichkeit geben, eine Geschichte zu erzählen. Wenn Sie diese Danksagung lesen, habe ich Sie auch noch fesseln können. Das ist ein großes Kompliment für mich.

Nicht zuletzt bedanke ich mich für meine liebsten BlogerInnen und die Freundschaften auf Social Media, die mir immer Mut zugesprochen haben. Insbesondere dabei bei Mel, Tani, Emi, Sylvia, Laura, Marion, Bettina, Jasmin, Isi, Dani D. und unendlich vielen anderen.

Und natürlich an meine KollegInnen, die mich tagtäglich bei der Arbeit begleiten.

Um es mit den Worten von Aristoteles zu sagen:

»Das Ganze ist mehr als die Summe seiner Teile.«

Ihr seid alle ein Teil des wunderbaren Ganzen für mich.

Vielen Dank,

Ihre/Eure Nora Richter/May Brooke Aweley.

Zum Buch

Die hier dargestellten Personen entspringen voll und ganz meiner eigenen Fantasie. Ebenfalls deren Beziehungen und sämtliche dargestellten Sachverhalte.

Die Grundideen basieren jedoch auf wahren,

wenn auch verfremdeten Gegebenheiten.

Ihre Nora Richter/May Brooke Aweley.

Weitere Titel der Autorin:

Ein Mädchen.
Er liebt es.
Es ist falsch.

Zoey Andrews verschwindet an einem warmen Herbsttag aus einem Park mitten im Herzen von New York City. Es gibt keine Zeugen.

Die Cops des New York City Police Departments halten das Mädchen für das dritte Opfer des von ihnen spöttisch genannten »Dolly-Lovers«.

Für die Journalistin Doreen Bertani beginnt ein Wettlauf gegen die Zeit. Sie hat exakt sieben Tage, die Antwort auf die Frage zu finden:

Wie weit würdest du für das Leben eines fremden Kindes gehen?

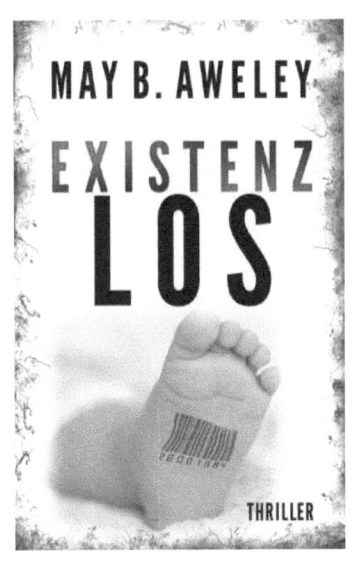

MAY B. AWELEY

EXISTENZ LOS

THRILLER

Du öffnest die Augen.
Du weißt nicht, wer du bist. Eine Frau ohne Namen, ohne
Vergangenheit.
Kann das, was sie dir erzählen, deine Geschichte sein?
Vielleicht ist die simple Wahrheit,
dass sie dich deiner wahren EXISTENZ beraubt haben!

Die Polizistin Alicia Juárez wird im Central Park bewusstlos aufgefunden.
Wie im nahegelegenen Krankenhaus später festgestellt wird, leidet sie an
retrograder Amnesie. Während sie versucht, ihrer Vergangenheit auf die Spur
zu kommen, findet sie dunkle Geheimnisse. Sie öffnet dabei Türen, die besser
verschlossen geblieben wären ...

MAY B. AWELEY

DER ANGST HEILER

THRILLER

Er beobachtet seine Opfer genau.

Er erschleicht sich ihr Vertrauen.

Wenn sie sich am sichersten fühlen, werden ihre schlimmsten Albträume wahr ...

Das Leben der Profilerin Angel Davis gerät gänzlich aus den Fugen, als sie einen wichtigen Einsatz vermasselt. Sie wird suspendiert. Während sie versucht, ihr Leben wieder in den Griff zu bekommen, ahnt sie nicht, dass sie sich bereits im Visier eines Psychopathen befindet.

Wird sie ihre größte Angst besiegen und eine neue Liebe finden?

Ein nervenaufreibendes Katz-und-Maus-Spiel beginnt, doch die Zeit wird knapp ...

Ein Psychopath.
Ein Spiel.
Fünf tote Mädchen.

Als Sophie Pritchard ihre Wohnung verlässt, um einen Unbekannten zu treffen, ahnt sie es nicht.

Sie wurde bereits zum Opfer eines grausamen Spiels auserwählt, das das FBI-Team an den Rand des Erträglichen bringt.

Denn irgendwo, tief im Wald, beginnt mit ihr die Jagd auf blutjunge Frauen.

Er muss sie töten.
Sie will sterben.
Nur nicht auf seine Art.

Ein grausamer Doppelmord und ein missglückter Bombenanschlag ...

Zwei unterschiedliche Taten, die auf seltsame Weise miteinander verbunden sind. Das Werk eines Geisteskranken?

Als das New Yorker Ermittlerteam um Scott Goodwin den bizarren Zusammenhang erkennt, verschwinden wieder zwei Menschen.

Und der Serienkiller ist noch nicht fertig. Noch lange nicht ...

Band 1: Vergeltung

Ein schreckliches Unrecht vor langer Zeit.
Eine unterschätzte Phase scheinbaren Friedens.
Zeit für Vergeltung.

Im Jahr 2064 verändert sich das Antlitz der Erde für immer. Gooliath ist allgegenwärtig. Nun liegt das Schicksal des blauen Planeten in seiner Hand.

Die Welt um David wurde zu einem leibhaftigen Alptraum. Seinem Dämon muss er sich allein stellen. Und er muss sich entscheiden, wie weit er zu gehen bereit ist.

Band 2: Vernichtung

Ein erbarmungsloser Gegner.
Eine Situation ohne Ausweg.
Am Rande der Vernichtung.

Die Rettung der Kinder ist nicht das Ende. Sie ist der Auf-takt zu einem unerbittlichen Wettlauf gegen die Zeit.

Davids Niederlage würde das Schicksal der Menschheit besiegeln. Also kämpft er mit allen Mittel – ohne jegliche Rücksicht.